여험의 희생자

마리 앙투아네트

1

혁명은 불가피했다

여혐의 희생자

마리 앙투아네트 1

엔도 슈사쿠 지음

김미형 옮김

티타임

여혐의 희생자 마리 앙투아네트

왜 지금 마리 앙투아네트인가?

열 네 살의 어린 나이에 오스트리아에서 프랑스로 시집 와 38세에 처형된 왕비 마리 앙투아네트는 끊임없이 소설, 영화, 드라마로 만들어지는 매혹적인 캐릭터이다. 최고 권력자의 아내로 사치와 호사의 극치를 누리다가 나중에 단두대에서 목이 잘리는 처참한 죽음을 맞이한 것이나, 예쁘고 발랄한 소녀가 백발의 초라한 행색으로 변하는 인생 무상의 이미지라든가, 스웨덴 장교 페르센과의 순수하고 가슴 아픈 사랑의 이야기가 후세 독자들의 심금을 울리기 때문이다. 더 이상 새로울 것이 없는 그녀의 이야기를 왜 우리는 지금 다시 꺼내는가?

왕비의 정치적 재판은 선례가 없다

프랑스 대혁명 당시 국왕인 루이16세는 전적으로 정치적 범죄 때문에 처형되었다(1793년 1월). 그러나 10개월 뒤 처형된 왕비의 죄목은 주로 포르노그라피에 근거를 둔 것이었다. 프랑스는 중세 이래 살리카 법전의 지배를 받는 나라로, 여자의 토지 상속권이나 왕위계승권이 아예 법으로 금지되어 있는 나라였다. 영국에는 여왕이 있었지만 프랑스에서는 여왕의 존재를 상상조차 할 수 없는 이유였다. 이처럼 여성이 통치할 권리를 아예 기본법에서 제외시킨 국가에서 왕비를 정치적으로 재판에 회부한다는 것 자체가 이상한 일이었다. 여왕을 인정했던 영국에서 조차 아내를 제외하고 국왕만을 재판하였지, 왕비를 재판한 선례는 어느 나라에도 없었다. 그런데 왜 마리 앙투아네트는 정치적 재판을 받고 처형되었는가?

정치적 재판인데 근거는 포르노그라피였다

프랑스 대혁명은 거의 전적으로 포르노그라피 덕분에 성공한 혁명이라 해도 과언이 아니다. 혁명이 일어나기 전 구체제 하에서도 선정적인 팜플렛은 기승을 부리면서, 도래할 혁명을 준비하였다. 포르노그라피의 성적 선정성은 궁정, 교회, 귀족, 아카데미, 살롱, 군주제 등 기존 제도 전체를 공격하기 위해 선택된 수단이었다. 그 중에서도 마리 앙투아네트에 대한 포르노그라피가 대세였다. 혁명 후 더욱 더 맹렬해지는 포르노그라피 속에서 그녀는 온갖 추악한 외설적 언사로 조롱되고 비하되다가 재판에 회부되어 처형까지 되었다.

왜 그랬을까? 여자였기 때문이다.
마리 앙투아네트는 역사상 최초의 여혐(女嫌, misogynie)의 희생자였다.

마리 앙투아네트는 누구인가?

1755년 신성 로마 제국 프란츠 1세와 마리아 테레지아 여제(女帝) 사이에서 막내인 열다섯 번째 자녀로 태어났다. 어린 시절부터 자유분방하게 성장한 그녀는 활달하고 사교적이며 화려한 성격이었다. 희고 고운 피부와 탐스러운 머리, 날씬한 몸매를 가지고 있었고, 복장과 머리 손질에 관심이 많아 패션과 유행을 선도했다. 당시 프랑스 왕실이 왕비가 옷을 갈아입는 것과 화장하는 모습까지도 모두 공개했으므로 베르사유 궁전에는 왕비를 구경하려는 사람들로 매일 북새통을 이루었다. 어쩌면 이런 가시성(可視性)이 적국 출신의 왕비라는 약점과 함께 사치하는 왕비라는 악의적 소문의 근원이 되었는지 모른다.

프랑스의 다른 왕비들과 비교하면 그녀가 쓴 돈은 그다지 많은 수준이 아니었다. 남편인 루이 16세가 검소했던 탓에 이들 부부는 왕실 예산 중 겨우 1/10 정도만 사용했을 뿐이었다. 다만 이미 왕실의 재정상태가 좋지 않았다.

그리고 상승계급인 부르주아계급은 왕의 코 밑까지 치고 올라와 대혁명 당시 행정부와 사법부의 90%를 부르주아 계급이 차지하고 있었다. 이미 국가를 다 떠맡은 그들에게 남아 있는 유일한 적대 세력, 즉 형식적인 수장(首長)인 왕을 제거하는 일은 지푸라기 허수아비 인형의 목을 베는 것만큼이나 쉬운 일이었다.

루이 16세가 무능해서였다느니, 마리 앙투아네트가 사치를 해서라느니 하는 해석들은 한갓 부질없는 역사적 변명일 뿐이다.

그렇더라도 혁명가들에게는 민중을 설득시킬 자극적인 변명 거리가 필요했다. 그 희생자가 마리 앙투아네트였고 그 방법이 포르노그라피였다.

처형의 죄목은 근친상간

1793년 10월 마리 앙투아네트 재판을 주도했던 검사 푸키에-탱빌은 악의적인 기소장으로 악명이 높았다. 우선 그녀를 "프랑스 국민들의 천벌이자 흡혈귀"라고 부른 후, 혁명 이전에는 '무절제한 쾌락'과 그녀의 오빠인 오스트리아 황제를 은밀히 지원하기 위해 프랑스의 공금을 낭비하였고, 혁명 이후에는 궁정의 반혁명 음모의 정신적 지주였다고 했다. 더 나쁜 것은 국왕에게 영향력을 행사하여 완고한 대신들을 공직에 지명하는 범죄를 저지른 것이라고 했다. 그리고 마지막으로 결정적인 범죄 사실을 다음과 같이 적시했다.

"우리 시대의 아그리피나(로마의 왕비로서 칼리굴라의 어머니)로서 모든 점에서 부도덕한 카페(Louis Capet, 루이 16세의 이름)의 미망인은 너무도 사악하고 모든 죄악에 너무도 익숙해서, 어머니로서의 자질과 자연법이 정한 한계를 망각하였다. 아들인 루이 샤를 카페의 자백에 따르면 그녀는 아들에 대한 탐닉을 멈추지 못해, 생각만 해도 우리를 공포에 떨게하는 음란 행위에 빠져들었다."

왕비의 재판에서 근친상간에 대한 기소는 그 당시 가장 '대중적'이었던 외설 신문 '뒤셴 신부(神父)'의 편집자 에베르에 의해 채택되었다. 파리 시 검사보의 자격으로 재판정에 출석한 에베르는, 루이 16세의 아들을 돌보라는 임무를 받았던 구두공 앙투안 시몽이 아홉 살 난 소년이 '음란한 모독'(수음)에 몰두하고 있는 현장을 잡았다고 했다. 그 소년에게 어디서 그런 짓을 배웠느냐고 물으니 어머니와 고모가 가르쳐주었다고 대답했다는 것이다. 아홉 살 짜리 아들과 근친상간을 했다는 것이 마리 앙투아네트 처형의 최종 죄목이었다.

포르노그라피의 사례들

　근친상간 이야기는 시동생인 아르투아 백작과 연인관계라는 소문과 함께 이미 혁명 이전부터 떠돌아다니기 시작했다. 소문의 강도는 점점 높아져 국왕의 조부인 루이 15세와도 성적 관계가 있었다는 얘기가 나돌더니 마침내 추잡함의 상상력을 최대로 밀고 나가, 왕비에게 "가장 더러운 쾌락인 근친상간의 열정"을 가르쳐준 것이 바로 친아버지인 오스트리아 황제 프란츠 1세라는 이야기까지 나왔다.

　1789년 혁명의 도래와 함께 수문이 열리자 왕비를 공격하는 팜플렛의 숫자는 신속하게 증가하기 시작했다. 노래와 우화, 가상적 전기와 고백과 연극에 이르기까지 그 형태는 모든 장르를 망라했다. '마리 앙투아네트의 생애에 대한 역사적 논문'이라는 가상적 전기도 있었다. 이 가상의 전기는 1781년 이후 다양한 제목으로 나타났는데, 어떤 글들은 정치적 내용이 거의 없는 노골적인 포르노그라피였다.

　1791년 출판된 '루이 16세의 부인, 마리 앙투아네트의 자궁의 분노'에서는 국왕이 발기 불능이어서 아르투아와 폴리냑이 그를 대신하고 있는 채색 판화가 보인다. '프랑스 국왕 루이 16세의 부인, 오스트리아의 마리 앙투아네트의 삶, 처녀성 상실부터 1791년 5월 1일까지'와 두 권으로 된 속편 '프랑스의 전 왕비 마리 앙투아네트의 은밀하고 방탕하고 추잡한 삶'에도 상상할 수 있는 거의 모든 사람들과 애욕적인 포옹을 하고 있는 마리 앙투아네트의 모습이 보인다.

　그녀의 첫 번째 연인으로 추정되는 독일의 장교, 노령의 루이 15세, 발기 불능의 루이 16세, 아르투아 백작, 두 여자와 한 남자의 다양한 3인 1조, 다이아몬드 목걸이 사건의 로앙 추기경, 라파예트, 바르나브 등이 왕비의 성적 파트너로 등장하는데, 거기에는 "신이시여! 이 황홀경이라니! 내 영혼은 날아가고, 나는 표현할 말이 없네" 같은, 각운을 맞춘 대구시(對句詩)가 곁들여 있다.

여성이라고 여성의 동지는 아니었다. 당시의 여권운동가인 루이즈 드 케랄리오(Louise de Keralio)는 '프랑스 왕비들의 범죄'라는 팜플렛에서 왕비의 연인으로 추정되던 많은 남녀를 열거한 후, "정치적 타란툴라 독거미인 왕비는 그 더러운 벌레를 닮았다. 그것은 어둠 속에서 오른 쪽에 정교한 거미줄을 친 다음 멋모르는 모기들이 걸려들면 그것들을 게걸스럽게 먹어치운다"라고 썼다. 그리고 이어서 피의 맛을 본 후 더 이상 만족하지 못하는 암호랑이에 왕비를 비유했다.

마리 앙투아네트는 온갖 짐승으로도 비유되었다. 폐위 된 후 감옥에 갇힌 왕비는 오스트리아의 암원숭이, 암 늑대 또는 암호랑이가 되기도 했다. 그녀의 재판에 즈음하여 에베르는 그녀가 원인이 되었던 모든 유혈에 대한 보복으로 페티 요리를 위한 고기처럼 그녀를 난도질하자고 제안하기도 했다.

차분하면 또 차분하다고 비난

난잡함, 근친상간, 음모 등을 빌미로 삼은 이 모든 공격은 공적 여성에 대한 남성들의 근본적인 불안감을 반영한다. 창녀를 빼고는 공적 영역에 진입한 여성이 하나도 없던 구체제하에서 왕비는 가장 극단적인 형태의 공적 여성이었다. 왕비에 대한 극렬한 포르노그라피는 혁명과 함께 남녀 구분이 붕괴되기 시작했던 상황에 대해 사람들이 극도로 불안감을 느끼기 시작했다는 표증이다.

사람들은 마리 앙투아네트가 차분하고 고요한 표정을 지으면 또 속과

겉이 다르다고, 속마음을 숨기는 나쁜 여자라고 비난했다. 혁명 재판소에서 사형 선고를 내렸을 때 그녀는 심문 때와 마찬가지로 '고요하고 확신에 찬 표정'을 유지하고 있었다. 사형대로 향하는 길에서도 그녀는 수많은 무장한 군중을 지나치며 아무런 동요 없이 냉담한 자세를 유지했다. 그녀의 얼굴에서는 낙담도 자만도 찾아볼 수 없었다. 이를 묘사한 신문기사는 그녀가 보통 때나 다름없이 '감정의 동요 없는 오만한 성격을 마지막 순간까지' 보여 주었다고 비난했다.

놀랍게도 국왕의 처형에는 인격적인 중상비방이 거의 뒤따르지 않았다. 에베르가 왕을 돼지, 식인귀 혹은 주정뱅이라고 부르기는 했지만 이것은 상대적으로 특수한 경우에 속했다. 국왕에 대한 조롱은 고작해야 오쟁이 진 남편(부정한 아내의 남편)이었는데 이것은 마리 앙투아네트에 대한 끈질기고 추악한 성적 비하에 비교하면 아무것도 아니었다. 혁명가들이 루이 16세에 대해 상대적으로 침묵을 지켰다는 사실은 당시 많은 사람들의 저변에 깔려있던 생각, 즉 권력과 통치는 남성의 것이라는 인식을 반영한다.

마리 앙투아네트는 사상 최초로 정치적 영역에서의 여혐의 희생자였다.

아버지의 통치가 끝나고 형제들의 시대로

절대주의 이념이 지배하던 왕정 체제는 가부장제와 밀접한 관련이 있다. 국왕은 백성들의 아버지였고, 신민은 모두 왕의 아들 딸들이었다. 프랑스 혁명의 3대 구호를 동양권에서는 자유, 평등, 박애(博愛)라고 번역했지만, 실상 박애는 프랑스어의 fraternité를 의역하여 옮긴 것이고, fraternité의 실제 뜻은 '형제애'이다. 이 한마디 말에서 우리는 프랑스 대혁명이 가부장제에 기반한 정치적 부권의 종언을 뜻한다는 것을 알 수 있다. 혁명이 아버지에 대해 '형제들'이 벌인 성공적인 투쟁이었다고 해석하기 위해서는 굳이 정신분석 이론에 깊이 들어갈 필요조차 없다는 것을 이 단어 한 마디가 보여준다.

프랑스 혁명의 3대 슬로건인 '자유, 평등, 형제애' 중에서 사실 형제애는 가장 이해가 쉽지 않은 가치였다. 급진적 시기였던 1792~94년에 형제애는 주로 공포를 자아내는 좁은 의미로 쓰인 경우가 더 많았다. 즉 대중들의 수준에서 '우리'와 '그들'을 나누는 경계선의 역할을 했다. 1793년 2월 파리의 한 집회에서 나온 다음과 같은 선언이 그것을 잘 보여준다. "자유로운 국민들에게 중립적인 존재란 있을 수 없다. 형제 아니면 적만이 있을 뿐이다."

로베스피에르 몰락 이후 형제애는 혁명의 슬로건에서 탈락되었고, 자유와 평등만이 남게 되었다. 공식 화가들도 주제 목록에 더 이상 형제애를 포함시키지 않았다. 이 간략한 역사가 보여주듯 형제애라는 말은 과격한 혁명과 불가분의 관계로 연결된 정치적 용어였다.

그렇다면 만일 가부장제가 형제애라는 모델로 대체되어야 한다면 이 새로운 모델의 함의는 무엇인가? 그리고 형제라는 말에서 배제된 자매, 즉 여성은 어떤 정치적 위치를 갖게 될까?

아버지 죽이기가 인류의 기원

『토템과 터부』(1913)에서 프로이트는 인류의 기원을 다음과 같이 제시하고 있다. 이른바 '희생(犧牲)이라는 최초의 행위' 속에서 아들들은 함께 뭉쳐 아버지를 죽이고 그의 몸을 먹었다. 아버지가 모든 여성을 독점하고 아들들을 쫓아냈기 때문이다. 죽은 아버지의 몸을 먹음으로써 아들들은 아버지와의 동일화를 완수했다. 이런 일을 저지른 형제들은 곧 죄의식을 느꼈고, 그리하여 두 가지 터부를 만듦으로써 자신들의 행위를 속죄하려 했다.

첫 번째는 어떤 특정의 동물을 정해놓고, 그것이 아버지를 대신하는 것으로 상정해 놓은 다음 부족 구성원들에게 이 짐승을 죽이는 것을 금했다. 즉 토템 동물을 죽이는 것에 대한 터부였다. 두 번째는 근친상간에 대한 터부였는데, 이는 아버지가 사라져 자유롭게 된 자매들을 그 어떤 형제도 소유할 수 없도록 한 것이었다. 평화롭게 함께 살려면 형제들은 이전에 아버지가 거느리던 여성들을 거절해야만 했다. 이러한 터부를 제도화함으로써 아버지를 죽이고 난 후에 당면한 주요 문제, 즉 여성들을 둘러싼 상호간의 경쟁 문제를 해결할 수 있었다. 이 두 터부는 각기 종교와 친족 제도를 발생시켰다. 이 두 가지 금기를 통해 인류는 아버지를 죽이고 어머니와 자고 싶다는 욕망인 오이디푸스 콤플렉스 문제를 효과적으로 해결했다.

그런데 프로이트의 관점은 너무나 가부장 중심적이어서 그가 생각할 수 있는 유일한 투쟁은 아버지와 아들 사이에만 국한되었다. 오이디푸스 삼각관계에서 어머니는 물론 제일 중요한 존재이지만, 조금 더 생각해 보면, 그녀는 오로지 아버지와 아들의 욕망의 대상일 뿐, 스스로 행동하는 주체가 아니다. 정치권력의 영역에서 어머니가, 다시 말해 여성이 완전히 배제된 것은 이런 과정을 통해서였다.

마리 앙투아네트는 역사적 여혐의 희생자

프로이트가 아버지의 살해 이후에 발생한다고 예상했던 문제, 즉 여성을 어떻게 해야 하는가의 문제는 결국 해결하기가 매우 어려운 것임이 판명되었다. 가정과 국가에서 남성과 분리된, 그리고 남성과는 다른, 그러면서도 불평등한 여성에게 어떤 역할을 주어야 할 것인가의 문제가 남성 공화주의자들을 괴롭혔다. 처음에는 동등한 상속과 이혼의 자유 등을 허용했지만 곧 여성의 정치 참여는 금지되었다. 1793년에 여성 클럽은 법률로 금지되었고, 1795년 봄 국민공회에 대한 대중들의 봉기에서도 여성들은 입법부의 방청석에서 배제되었다. 모든 정치적 모임에 참가하는 것이 금지된 것은 물론 길에서도 여성들은 다섯 명 이상 모이는 것이 금지되었다.

마리 앙투아네트는 물론 여성의 권리에 아무 관심이 없었다. 프랑스의 초기 여권론자들 역시 왕비에 대해서는 아무 관심이 없었다. 오히려 그녀들은 남자들과 함께 왕비를 마구 공격하기에 바빴다. 그러나 아이러니 하게도 마리 앙투아네트와 여성의 지위 문제는 밀접하게 연관되어 있다. 왜냐하면 형제들의 공화국에서 형제들은 여자에게 공적인 역할을 부여할 생각이 전혀 없었고, 왕비는 공적인 영역에서 활동하는 가장 중요한 여성이었기 때문이다.

그러므로 새삼 왜 마리 앙투아네트인가?

지난 1년간 우리나라에서 일어난 최고 공적 여성에 대한 정치적 여혐(女嫌)의 사례가 그녀를 생각나게 했기 때문이다.

아, 물론 무엇보다도 마리 앙투아네트 이야기는 재미있기 때문이다. 폭풍 같은 사랑, 호사스러움이 극에 이른 사치, 끝 모르게 어두운 음모와 배신, 복수의 달콤함, 고통스러운 죽음 등 온갖 전율적 요소들이 우리를 가슴 떨리게 만드는 영원한 낭만주의 서사이기 때문이다.

2017년 10월 박정자

환영인파

"멍청하기는."

빵집 안주인은 마르그리트를 큰 소리로 꾸짖었다.

"이것아, 언제쯤이면 청소 좀 야무지게 할래? 마지막으로 하는 말이니까 똑똑히 새겨들어. 이런 식으로 쓸모없이 굴면 이 집에서 진짜 내쫓을 거다."

소녀는 울지도 않고 눈을 흡떠 안주인을 바라보았다. 그런 사나운 태도가 더욱 안주인의 화를 돋우었다.

그때, 손님이 들어왔다. 검은 상복을 입은 푸코 부인이었다.

"아이고야."

안주인은 냉큼 웃음을 지어보이고는,

"뜨끈뜨끈한 빵이 지금 막 나온 참이에요."

"어휴, 다행이군."

푸코 부인은 한숨을 쉬었다.

"오늘은 빵 하나 사러 스트라스부르(Strasbourg)를 죄다 뒤져야 하나 싶었지. 문 연 가게가 있어야지, 원."

"누가 아니래요."

안주인은 고개를 끄덕였다.

"왜 이렇게 다들 난리래요. 이 나라 왕자님이 다른 나라 계집이랑 결혼한다고 우리처럼 없는 사람들 살림이 펴지는 것도 아닌데…… 그, 뭐였더라? 그 오스트리아 계집 이름이……."

"마리 앙투아네트."

"거 참, 이름 한 번 거창하네. 그나저나, 그 두 사람은 사귀어보길 했나, 만나보길 했나, 그러면서 어쩜 덥석 결혼을 한대요? 귀한 집에서 태어나는 것도 그리 썩 좋은 것만은 아니다 싶네요."

대성당 종소리가 울려 퍼졌다. 그 장중한 울림에 화답하듯, 스트라스부르에 있는 다른 모든 성당의 종루에서 종소리가 경쾌하게 울렸다.

"이제 세 시간만 있으면 그 외국 왕녀께서 여기 도착하신다는 신호지."

푸코 부인은 종소리 숫자를 손꼽아 세더니 안주인에게 설명했다.

"구경하러 안 가나?"

"가서 뭐하게요."

안주인은 어깨를 으쓱하면서 우습다는 듯이 대답했다.

그랬던 사람이, 푸코 부인이 나가자마자 허둥지둥 가게 안을 치우기 시작했다.

"마르그리트, 이따가 나 좀 나가볼 테니까……, 가게 잘 지켜. 빈둥대지 말고."

스트라스부르 대성당 앞 광장에는 이미 구경꾼들이 몰려 있었다. 잘츠부르크(Salzburg)와 사베른처럼 먼 데서 온 사람들도 있다. 축제 때나 입는 알자스(Alsace) 풍의 옷을 빼입은 남녀 무리들이 섞여 있다. 말 탄 병사들이 서로 밀쳐대는 군중들을 윽박지르며 줄을 세웠다. 마리 앙투아네트 공주를 태운 마차와 일행은 오후 3시에 대성당 광장에 도착한다는데, 이미 한낮부터 군중들이 몰려들기 시작했다.

일찍부터 그들이 모여든 이유가 반드시, 이 나라의 왕세자와 결혼해 후일 프랑스 국왕의 아내가 될 오스트리아 소녀를 구경하겠다는 것만은 아니었다. 이제 두 시간 후면 모습을 나타낼 어린 공주는 몇 세기에 걸친 전쟁으로 피폐해진 민중들에게 평화의 상징이기도 했기 때문이다.

그렇다, 프랑스와 오스트리아는 너무나 오랜 기간 전화(戰禍)를 겪어야만 했다. 1733년에는 폴란드 왕위계승을 둘러싸고 2년이나 전쟁을 치렀고, 1740년에는 오스트리아 왕위계승 문제로 역시 2년 동안 분쟁이 일어났다. 어리석게도 그렇게 전쟁 비용에 허덕이던 두 나라가 이제 겨우 제정신으로 돌아왔다. 영국과 프로이센 같은 신흥국들을 제압하기 위해서라도 두 나라가 손을 잡는 편이 이로울 것이다. 그 우호의 상징으로 국왕 루이 15세의 손자와 오스트리아 여제인 마리아 테레지아의 막내딸의 결혼은 매우 바람직한 계책이었던 것이다.

이제 5월의 훈풍에 아름다운 금발을 날리며 천진난만한 얼굴의 오스트리아 공주가 모습을 드러낼 것이다. 그녀는 양국의 입장에서도, 그리고 이 프랑스 민중들에게도 마치 자그마한 천사처럼 느껴졌다. 이제 조금 있으면 나타날 그 천사를 기쁘게 하려고 사람들은 꽃 파는 장사치들에게서 앞 다투어 꽃을 산다. 악단들도 이미 광장에서 대기하고 있다.

하지만 프랑스 사람들은 트집을 잡지 않고 그냥 넘어가는 법이 없다. 한편에서는 이렇게 열광하면서도 남자들은 이 공주에 대해 야비한 농담을 귓속에 대고 주고받는다.

"자네, 그거 아나? 오스트리아에서 프랑스로 들어오는 국경에서 그 공주가 뭘 했는지 말이야. 몸에 두른 옷이란 옷은 속옷까지 죄다 벗고 프랑스 걸로 갈아입는 의식을 치렀다지 뭔가."

"정말인가? 그럼 그 공주가……."

"태어날 때랑 마찬가지 알몸으로…… 그것도 모두가 지켜보는 앞에서 말야……."

웃음소리가 터져 나오고 주위 여자들이 뒤로 돌아 경멸하듯이 흘겨보았다.

특별석이 설치된 곳에서는 상류층 부인들이 이제 무릎을 꿇고 머리를 숙여야 할 그 소녀에 관한 정보를 주고받는다.

"가엾게도……, 프랑스어를 잘 못하신대요. 어렸을 때부터 공부에는 영 젬병이었나 본데요."

"그럼 대체 어떻게 하실 셈이래? 이 나라에 사시면서……, 폐하와 전하껜 어떻게 인사를 드리려고……."

"왕세자 전하와는 꼭 프랑스어로 말씀을 나누실 필요는 없지 않을까요? 신랑이랑 신부는 다른 언어로……."

숨죽인 웃음소리가 쿡쿡 새어나온다.

빵집 안주인은 그런 군중들 사이에서 어떻게 하면 잘 보이는 곳을 찾아낼까 기웃거리고 있었다. 빵집 하녀인 마르그리트도 가게를 몰래 빠져나와 사람들 속에 섞여 있었다. 곁에는 잇속 빠른 장사치들이 과자와 설탕물과 꽃다발을 늘어놓은 좌판을 벌이고 어머니 손에 끌려온 아이들은 그 과자를 먹고 싶다며 조르고 있다.

대성당 종소리가 재차 다섯 번 울렸다. 군중들은 환호성을 지르며 손뼉을 쳤다. 마리 앙투아네트 공주의 행렬이 이미 스트라스부르 바로 가까이에 왔다는 신호다. 그 신호에 맞춰 도시에 있는 온 성당의 종소리도 울려 퍼졌다.

"대체 몇 살이래? 공주님은."

마르그리트 곁에 서 있던 남자가 아내처럼 보이는 여자에게 묻는다.

"열네 살? 그렇게 어려?"

열다섯 살의 마르그리트는 그 남자 목소리에 우뚝 발을 멈췄다. 열네 살. 열네 살. 열네 살. 나보다 한 살 어린 조그만 계집아이를 위해 이렇게 많은 사람들이 모여들다니. 시장과 주교들이 대성당 앞에서 열 지어 있다. 아이들이 꽃을 담은 바구니를 들고 대기해 있다. 온 도시의 성당에서 죄다 종소리를 울린다.

그녀는 그 순간, 이제 곧 나타날 그 열네 살 공주에게 시기심을 느꼈다.

(미워 죽겠어……)

그 공주에 비하면 내 비참한 몰골 좀 봐. 고아원에서 빵집으로 팔려가 빵 굽는 아궁이 앞에서 매일매일 재를 뒤집어쓰고. 하루 종일 몸을 구부려 가게 청소와 빨래에 치여 살고. 마르그리트는 마리 앙투아네트가 마냥 싫었다. 마냥 미웠다……

오후 2시 50분.

멀리서 축포가 땅을 울렸다. 스트라스부르의 모든 성당 종소리가 서로 교차하듯 울려 퍼졌다. 광장에서 도시를 감싸는 성곽까지 꽉 채운 군중들 속에서 일제히 환호성이 터졌다. 그 소리들에 놀라 대성당 지붕에 앉아 있던 비둘기들이 5월 오후의 하늘에 쌍곡선을 그리며 흩어졌다.

악단이 음악을 연주하기 시작했다. 시장이며 주교들이며, 상류층 남녀들 모두 꼿꼿이 서서 행렬이 오기를 기다렸다.

맨 처음에 은색 투구를 쓰고 은색 창을 오른손에 든 기마병들이 광장에 나타났다. 그리고 그 뒤를 북을 치고 나팔을 불며 뿔피리를 하늘을 향해 치든 군악대가 줄지어 행진했다. 마차가 몇 대나 이어졌다. 그 모든 마차들에는 귀족 문장이 흰색으로 도드라지게 부조(浮彫)되어 있었다.

군중들 속에서 한숨인지 환성인지 알 수 없는 소리가 터져나오고, 그 소리는 마치 파도처럼 광장으로 퍼져나갔다.

드디어 모습을 드러냈다. 유리에 금색 창틀이 박힌 오스트리아 왕녀의 마차가.

회색 섞인 금발의 공주가 미소를 띠며 가볍게 손을 흔든다. 사람들이 마치 술에 취한 듯한 목소리를 냈다. 이렇게나 가녀린 사랑스러운 공주라고는 누구 하나 상상하지 못했기 때문이다.

소녀들이 그 마차 바퀴를 향해 꽃잎을 던진다. 뿌린 꽃잎 위를 마차가 지나간다. 작은 스위스 친위대 복장을 한 소년들이 그 마차와 함께 긴장한 표정으로 행진한다.

공주는 즐거운 듯 웃고 있었다. 아직 열네 살이라는데, 그녀는 이 폭풍과도 같은 군중들의 고함소리에도, 도시를 온통 뒤덮는 열렬한 환영에도, 겁먹거나 기죽은 기색 없이 순수하게 그 분위기를 즐기고 있다.

"만세, 마리 앙투아네트 공주님."

"만세, 우리 왕녀님."

군중들 등 사이에서 마르그리트는 그 미소 짓는 공주의 얼굴을 매서운 눈초리로 노려보았다.

'역겨워, 저 애.'

그녀는 마음속으로 저주의 말을 쏟아 부었다.

'저런 애는…… 빨리 죽어버려야 하는데. 누가 빨리 죽여줬으면.'

그날 밤, 스트라스부르 시는 왕녀 마리 앙투아네트의 눈을 즐겁게 하기 위해 시가지를 흐르는 일(Ill) 강을 꽃으로 장식하고 촛불을 밝힌 수많은 배들을 띄웠다. 일렁이는 불빛이 강물에 비치고, 강변에 모인 군중들은 대주교관 테라스에 나타난 그녀의 모습에 다시 환호성을 질렀다.

스트라스부르 시에 도착하고 나서도 이 열네 살의 왕녀는 쉴 틈이 없었다. 끊임없이 찾아오는 시장과 성직자들, 독수리 같은 얼굴의 노부인들에게 웃어 보이고 고개를 비스듬히 기울여 서툰 프랑스어로 말을 하고 그리고 저녁부터 시작된 따분하고 긴 만찬회에서도 경쾌하고 기쁜 듯이 행동했지만—그러나 그것으로도 의무가 다 끝난 게 아니었다. 만찬회 다음으로 연극 관람회가 남아 있었다. 프랑스어를 전혀 못 하는 왕녀에게 그 연극이 재미있었는지 어떤지는 알 수 없다. 다만 그녀는 거기서도 웃음을 잃지 않고 기뻐하는 모습을 보였다.

연극이 끝나자 이미 한밤중이었다. 그래도 그녀는 여전히 쉴 수 없었다. 이 지역 전통무용을 왕녀에게 보여주기 위해 모두가 무도회장에서 대기하고 있었기 때문이다.

그 시각, 빵집 하녀인 마르그리트는 훨씬 전부터 다락방에서 깊은 잠에 빠져 있었다. 잠들기 전, 그녀는 오늘 오후 사람들 어깨 너머로 본 왕녀의 얼굴을 떠올리며, 다시 한 번 질투심에 이를 악물었다……

스트라스부르 다음으로 낭시(Nancy), 샬롱(Châlon), 랭스(Reims), 수와송(Soisson), 가는 곳마다 왕녀는 사람들의 열광적인 환영에 휩싸였다. 어느 도시에서든 비슷한 얼굴을 한 남자들이 비슷한 환영인사를 했고, 어느 도시에서든 비슷한 장식과 비슷한 연설과 비슷한 만찬회가 열렸다. 그리고 어느 도시에서든 왕녀는 똑같이 사랑스런 얼굴로 웃고 똑같이 즐겁게 행동했다.

왕녀는 그 모든 행사들이 고통스러웠을까? 아니다. 반드시 그렇다고만은 할 수 없다. 그녀는 그녀 나름대로 만족스러웠다. 모든 사람들이 그녀 한 사람에게 주목하고, 이국의 민중들과 귀족들이 그녀 한 사람을 위해 모여들어 손을 흔들고 환호성을 지른다. 그것은 열네 살 소녀의 허영심을 만족시키기에 충분했다.

(난 이제 어른이야) 하고.

수와송에서 콩피에뉴(Compiègne) 숲을 향하는 마차 속에서 그녀는 금색 자수로 장식된 팔걸이의자에 앉아 쉬면서 현재 자신의 처지를 천천히 음미했다. 마차에는 방이 두 개 있었고, 둘 다 내부가 호화로운 침실로 되어 있었다.

창에서 바라보는 5월의 프랑스는 아름다웠다. 키 큰 포플러나무가 강가를 따라 심어져 있고 그 가지 저편으로 마치 솜을 뜯어놓은 듯한 권운(卷雲)이 하나둘, 떠다니고 있다. 시냇가 목장에서 소떼들이 한가로이 풀을 뜯고, 경작지에서는 농부 가족들이 가래로 흙을 파던 일손을 멈추고 지나가는 말과 마차 행렬에 손을 흔들었다.

왕녀는 이제 빈(Wien)의 호프부르크(Hopburg) 왕궁에서 꼬마 취급을 받던 막내 공주가 아니라는 사실이 기뻤다. 20일 전까지만 해도 그녀는 매일, 어머니 마리아 테레지아 여왕의 엄격한 훈육과 공부를 강요받고 있었다.

귀찮기만 했던 독일어와 프랑스어 공부. 교육 담당 신부와 시종들은, 춤과 역사 말고는 도통 흥미를 보이지 않는 그녀를 보고 늘 한숨을 쉬었다. 제일 싫었던 건 글씨 쓰기였다. 게다가 여왕폐하인 어머니는 이 응석받이 막내딸에게 고귀한 자가 지녀야 할 마음가짐에 대해 끊임없이 엄중하게 설교를 늘어놓았다.

(하지만, 난 이제…… 그럴 나이는 지났으니까.)

추웠던 오스트리아. 추웠던 왕궁. 왕녀님, 그래서는 아니 되옵니다. 왕녀님, 그렇게 놀지만 마시어요. 왕녀님, 그렇게 큰 소리로 웃으시면 품위가 떨어지옵니다.

마차 진동에 몸을 맡기고 그림 같은 포플러 나무의 초록 잎이 이어지는 길을 달리며 왕녀는 그 작은 머리로, 내일 콩피에뉴 숲에서 프랑스 국왕 루이 15세와 함께 그녀를 기다리는 왕세자의 모습을 상상해보려고 애썼다.

(어떤 분이실까?)

평생을 맡길 분이자 남편이 되실 분. 그녀는 그 모습을 석 장의 판화와 두 장의 초상화로만 본 적이 있다. 빈에 있는 프랑스 대사는 그녀에게 그 그림들을 정중히 보여주면서,

"미래의 국왕에 걸맞은 분이십니다."

그렇게 말했다.

그 사람은 어쩌면……, 그녀는 작년 겨울의 일을 떠올린다. 그녀는 왕궁 정원에서 한 소년과 놀고 있었다. 소년은 궁정악단 콘서트마스터의 아들이었다.

커다란 눈을 한, 영특해 보이는 그 소년은 왕녀의 마음에 쏙 들었다. 궁녀들의 눈을 피해 둘은 대리석이 깔린 회랑에서 숨바꼭질을 하고 있었다.

"난 작곡가가 될 거야."

소년은 자랑스럽게 말했다.

"언젠가 내가 작곡한 곡을 들려줄게."

"정말?"

"우리 결혼하자. 너, 크면 나한테 시집오는 거다."

"응."

그 아이 이름이…… 아마데우스 모차르트라고 했지, 아마.

그 영특하고 눈이 커다란 소년. 왕녀는 내일 만날 프랑스 왕세자 얼굴 위로 그 소년의 잔영을 포개어 떠올리고 있었다. 그만큼 왕녀에게는 여린 마음이 남아 있었다.

근위병과 경기병들의 말이 두 줄로 서고 사관과 병사들이 검을 가슴에 댄 채, 행렬이 숲길에서 나타나기를 조용히 기다리고 있었다.

루이 15세와 왕족들이 의장마차 앞에 섰고 그 양 옆에는 잘 차려입은 귀족들과 궁녀들이 줄지어 있었다. 형형색색의 의상들이 초록빛 나무들 속에서 도드라져 보였다.

숲 저편에서 뿔피리 소리가 들렸다. 사람들은 귀를 기울였다. 숲 저편에서 어렴풋이 울리는 규칙적인 말발굽 소리가 전해져 온다. 왕녀를 태운 왕실 마차가 다가오고 있었다.

루이15세는 만족스러운 듯이 손자인 왕세자를 돌아보았다.

"어때, 기쁘냐?"

포동포동한 왕세자는 자그마한 소리로 대답을 했지만, 그 목소리는 왕에게 들리지 않았다. 왕의 얼굴에는 미남이었던 과거의 잔상이 남아 있기는 했으나 이미 부어오른 눈꺼풀에는 주름이 잡혀 있었고, 문란한 생활의 피로가 배어 있었다.

왕의 세 딸들─왕세자에게는 고모들인 중년의 여인들은 이때 서로 얼굴을 보며 눈짓을 주고받았다. 심술궂은 표정의 고모들은 왕비가 될 오스트리아 여자아이를 왕궁의 웃음거리로 만들지, 아니면 이용해 먹을지, 남몰래 말을 맞춰뒀던 것이다.

사관들은, 5월의 햇빛에 더 반짝일 수 있도록 긴 칼을 비스듬히 치켜세웠다. 그러자 나팔수들이 나팔을 입에 댔다.

부르봉 왕가의 문장(紋章)을 도드라지게 두른 마차가 나무들 사이를 뚫고 이쪽을 향해 달려오고 있다. 북소리가 울린다. 나팔이 일제히 울려 퍼진다. 마차는 천천히 멈춰 섰다.

가발을 쓰고 길고 흰 양말을 신은 의전 담당이 문을 열었다. 사람들은 숨을 죽이고 그 문에서 이제 막 모습을 드러내는 소녀를 지켜보았다.

마리 앙투아네트 왕녀는 마차에서 내리자 귀여운 고개를 비스듬히 기울여 미소 지었다.

가볍고 우아하게, 한 발 한 발 왕 앞으로 다가가 무릎을 구부려 작은 머리를 숙였다. 왕은 넋을 잃고 사랑스러운 그 얼굴에 시선을 내려 두 팔로 그녀를 안아 일으켰다.

"국왕의 축복과 사랑을 담아……."

모두에게 들리도록 말한 다음, 웃으며 그 뺨에 입을 맞추었다.

마리 앙투아네트는 미소를 띤 채, 시선을 왕 옆에 멍하니 서 있는 포동포동한 왕세자에게로 돌렸다. 이 분이…… 오늘부터 내 모든 걸 내맡길 분이시구나.

밤새 운 것처럼 퉁퉁 부운 눈의 청년. 퉁퉁하고 짧은 다리. 근시 때문인지 눈빛도 탁하고 어딘가 먼 곳, 혹은 자신과는 무관한 무언가를 보듯이 그녀를 쳐다보고 있다. 그리고 그는 그녀의 손을 잡아 의무적으로 얼굴을 갖다 댔다.

이때, 한 마리 벌레가 윙윙 소리를 내며 날아왔다. 벌레는 땀이 살짝 밴 왕세자의 얼굴 주위로 둔한 소리를 내며 날아다니고 있었다. 그는 당황하여 몸이 굳어졌다.

그 순간 왕녀는 오랫동안 키워왔던 꿈이 완전히 허물어지는듯한 기분을 느꼈다. 함께 꿈 꿀 요소가 무엇 하나 없는 이 청년과 평생을 함께 해야 한다는 사실을 깨달았던 것이다.

다시 나팔소리가 울려 퍼졌다. 사관들의 긴 칼은 5월의 햇빛에 반짝였고, 병사들은 국왕 일족과 왕세자비가 될 마리 앙투아네트에게 받들어 총자세를 했다.

"가자꾸나."

루이 15세는 멍하니 서 있는 왕녀를 보고는, 그녀가 긴장하고 있다고 생각했다. 그는 일부러 친숙하게 팔을 내밀어 그녀를 데리고 마차를 향해 걸었다. 왕세자와 세 공주들이 그 뒤를 따랐고, 조금 거리를 두며 마중 나온 시종들, 귀족과 귀부인들이 움직이기 시작했다.

왕녀는 그 사랑스러운 미소를 다시 분홍빛 뺨에 드러냈다. 누구하나 이 열네 살 소녀가 약혼자에게서 느낀 첫 감정을 헤아리지 못했다. 무슨 일이 있어도 사람들에게 미소 지어 보일 것─그게 바로 마리 앙투아네트의 의무라고 어머니에게서 끊임없이 훈계를 들었던 것이다.

빵집 하녀 마르그리트는 아궁이에 불을 지피면서 몇 번이나 눈을 문질렀다. 장작이 젖어서 그런지 새어나오는 연기 때문에 눈물이 하염없이 흘렀다.

"뭘 그렇게 꾸물대?"

안주인은 계단 위에서 소리쳤다.

"아궁이에 불 하나 붙이는 데 무슨 시간이 이렇게 걸린대? 청소도 다 안 끝냈잖아. 이게 정말 보자보자 하니까, 비 안 맞고 집에서 따습게 지내는 게 다 누구 덕인 줄 알기나 해?"

마귀할멈 같으니라고. 마르그리트는 마음속으로 외쳤다.

터져 나올 것 같은 분노를 억누르기 위해 그녀는 겨우 붙은 불을 노려

본다. 선홍색 불빛 속에 마차가 움직인다. 기마병 병사들이 지나간다. 마차 안에 엷은 하늘색 의상을 입은 왕녀가 고개를 비스듬히 기울여 손을 흔든다.

(그 계집은 일도 하나 안 하겠지. 원하는 건 뭐든 다 살 수 있겠지. 하고 싶은 건 뭐든 다 할 수 있겠지.)

마르그리트는 그렇게 혼잣말을 한다. 이렇게 왕녀의 모습을 불길 속에서 떠올리며 손에 닿지 않는 자유를 모두 가진 존재를 시기하는 것만이, 이 무렵 마르그리트가 살아가는 보람이었다……

아니다, 왕녀 마리 앙투아네트에게 자유란 없었다. 만약 자유가 있었더라면 어머니 마리아 테레지아에게 편지를 써서 성에 차지 않는 프랑스 왕세자와의 결혼을 재고해 달라고 애원했을 지도 모른다. 만약 마리 앙투아네트가 빵집 마르그리트와 같은 서민이었다면, 마음에 들지 않는 청년의 손아귀에서 도망칠 수도 있었을 것이다.

그러나 왕녀는 왕녀다. 오스트리아 왕녀와 프랑스 왕세자의 결혼은 그냥 평범한 처녀 총각의 결혼과는 완전히 달랐다. 그것은 국가와 국가 간의 약속이며, 정치가 결정하는 것이었다.

눈에 보이지 않는 커다란 힘과 운명으로부터 왕녀는 도망칠 수 없다. 정해진 궤도 밖으로 뛰쳐나가서는 안 되는 것이었다.

5월 16일. 하늘은 매우 맑았다. 구름 한 점 없었다.

베르사유의 루이 14세 성당을, 화려하게 차려 입은 귀족과 귀부인들이 가득 메웠다. 기침소리, 커다란 손수건으로 코를 푸는 소리가 성당 안쪽 여기저기서 들렸다. 그들은 한참 전부터 왕세자 루이 오귀스트와 왕녀 마리 앙투아네트의 결혼식을 꼿꼿이 서서 기다리고 있었다.

장엄한 빛이 정면과 좌우 채색유리에서 쏟아져 들어온다. 오르간 소리가 성당 안을 낮고 조용히 흐른다.

오후 1시.

오르간 소리가 별안간 급격히 높아졌다. 소년합창대의 합창이 파도처럼 너울대며 몰려왔다. 그것을 신호로 귀족들이 기립하면서 빨간 모자를 쓴후, 긴 지팡이를 짚은 에몽(Hémon) 대주교가 선두에 서서 입장한 왕실 일가에게 벼 이삭처럼 고개를 숙였다.

대주교 뒤에서 국왕이 자애롭게 인사를 했다. 그 뒤를 신랑신부가 따랐다. 금색 자수로 장식한 벨벳 옷을 입은 왕세자는 자신이 걸친 옷이 불편한듯 살짝 찡그린 표정이었다. 마치 이 결혼식이 자기와는 무관하다는 듯이. 그것은 귀족들에게 친근하게 인사를 하는 국왕과는 너무나 대조적이었고, 시리도록 흰 의상을 입고 우아하게 웃음을 지으며 제단을 향해 걸어가는 왕녀 마리 앙투아네트의 가녀린 몸매를 한층 돋보이게 했다.

"어쩜 예쁘기도 하셔라."

사람들의 시선은 왕세자가 아니라 오로지 이 신부에게만 쏠렸다. 속으로 경멸했던 오스트리아 왕녀가 이렇게 매력적인 신부가 될 줄이야. 아무도 상상하지 못한 일이었다. "어쩜 아름답기도 하셔라" 여기저기서 비슷한 속삭임이 샘처럼 솟았다. 열네 살의 소녀는 이날, 성당을 꽉 채운 귀족들의 마음을 완벽히 사로잡았다.

그러나 그 성당 안에서 단 한 사람, 육감적인 체형의 여인만이 이 신부를 한 순간—단 한 순간이지만 도전적인 눈빛으로 바라보았다. 국왕 루이 15세의 애첩인 뒤바리(Madame du Barry) 부인이다.

하층계급 출신이었던 그녀는 귀족과 결혼하고 그 남자와 헤어진 다음 루이 15세 눈에 들어 호색한 왕의 애첩이 되었다. 당연한 귀결로 왕궁 안에서 호사가 귀부인들 험담을 한 몸에 받고 있었지만 침실에서 왕의 육체와 마음을 사로잡은 그녀에게 정면에 대놓고 대항할 사람은 아무도 없었다.

그 뒤바리 부인 역시, 자신과 마찬가지로 잘 차려입은 귀족들에 섞여 제단을 향하는 작은 신부를 바라보았다. 흰 신부의상에는 다이아몬드 하나 말고는 아무 것도 걸쳐져 있지 않았다. 그런데도 왕녀는 뒤바리 부인이 이미 잃어버린 푸릇푸릇한 생명력과 아름다운 젊음이 온몸에서 샘처럼 솟고 있었다. 그리고 부인이 그토록 원했지만 가질 수 없는 타고난 우아함과 기품이 행동 하나하나에서 느껴졌다. 아침 풀꽃 같은 가련한 미소. 어린 사슴 같은 가벼운 발걸음.

부인은 이 소녀에게 순식간에 불안과 적대감을 느꼈다. 어쩌면 내일 당장 이 소녀가 자신을 왕궁에서 쫓아낼 강력한 적수가 될 지도 모른다. 자신을 국왕에게서 떼어내려는 책략가들에게 가장 강력한 무기가 될 지도 모른다.

부인은 자기가 도전적인 눈빛으로 열네 살의 왕녀를 바라보고 있음을 느꼈다. 그러나 그녀는 어리석은 여자가 아니다. 그 도전적인 표정을 황망히 거두고, 다른 귀족들처럼 축복의 웃음을 만들어 지었다.

이 결혼식 후에 왕과 왕족들과 더불어, 평생의 남편이 될 왕세자와의 결혼서약서에 마리 앙투아네트가 서명한 서툰 글씨가 남아 있다. 마리 앙투아네트 조제프 잔Marie-Antoinette Josèphe Jeanne이라고 쓰인 볼품없는 그 서명.

그녀는 결혼 미사 후에 이 서명을 했다. 미사가 시작되기 전, 화사한 제의를 입은 대주교는 열세 개의 은화와 결혼반지에 축도(祝禱)한 다음 왕세자에게 건네면서 엄숙히 물었다.

"신랑은 신부를 평생 배필로 맞이하겠는가?"

금으로 가장자리를 장식한 붉은 융단에 왕세자와 왕녀가 무릎을 꿇자 왕녀의 은색 의상 소매가 달빛처럼 융단 위를 흘렀다.

"네."

왕세자는 둔탁한 목소리로 대답했다.

"신부는 신랑을 평생 남편으로 섬기겠는가?"

왕녀는 사랑스럽고 순진하게 고개를 끄덕인다. 이 순간, 두 사람은 죽는 날까지 하느님 말고는 누구도 갈라놓을 수 없다는 그 서약을 맺고 말았다. 이 순간, 두 사람은 앞으로의 운명에 대해 그 무엇도 알지 못했다. 두 사람의 미래에 상상도 못할 비극이 일어날 줄은 꿈에도 몰랐다.

마리 앙투아네트의 앙증맞은 약지에 반지가 끼워졌을 때, 합창단이 드높게 축혼찬가를 부르기 시작했다.

미사 후에 베르사유 교구 주교가 결혼기록부를 갖고 나왔다. 국왕에 이어 마리 앙투아네트가 펜을 들었다. 그녀는 기록부에 서툰 글씨로 이름을 썼다. 이때 펜에서 잉크가 떨어져 양피지 위에 더러운 얼룩이 묻었다. 그것은 마치 이 결혼의 불행을 암시하면서 동시에 실망스러운 청년과 평생을 함께 해야 하는 그녀의 마음을 드러내는 것만 같았다⋯⋯.

그리고—.

그리고 그날 하루 베르사유 궁전은 군중들과 귀족들 인파로 들끓었다. 이날은 서민들도 베르사유 정원에 들어갈 수 있었기 때문이다. 밤 늦게 대규모 불꽃놀이가 예정되어 있었으나 저녁에 갑자기 비가 내리기 시작했다. 빗줄기가 더욱 거세지자 군중들은 일단 나무 아래로 몸을 피했지만, 결국엔 포기하고 하나둘 궁전을 떠났다.

결국 비는 그쳤다. 궁전 안 '연극의 방'에서 밝은 빛이 새어나왔고, 그

빛은 여전히 빗방울을 떨어뜨리는 나뭇잎과 풀잎들을 싱그럽게 비추고 있었다. '연극의 방'에서는 큰 만찬회가 열리고 있었다.

국왕 루이 15세는 시종일관 유쾌했다. 그는 자기 테이블에 앉은 이십여 명의 동석자들에게 한 사람 한 사람 말을 걸고 농담을 하고 재치를 발휘했다. 신랑인 왕세자는 이날 처음 만족스런 눈으로 쉴 새 없이 나오는 요리를 바라보며 바쁘게 입을 움직이고 있었다.

그 왕세자를 신부인 마리 앙투아네트는 멍한 눈으로 바라보았다. 정신 없이 먹고 있는 이 남자, 입을 움직일 때마다 관자놀이 언저리까지 바쁘게 움직이는 이 남자, 그가 평생을 함께 할 내 남편이라니.

"왜 그러느냐?" 국왕은 신부에게 물었다.

"피곤한가?"

"아니옵니다."

그녀는 서둘러 뺨에 미소를 만들어 짓고는 옆 자리의 아르투아 백작 (comte d'Artois)에게 더듬더듬 프랑스어로 말을 건넸다.

"파리에 대해 잘 알고 계시는지요……?"

국왕은 불안하게 왕세자를 바라본다. 오로지 먹는 데 정신이 팔린 손자. 손자 녀석은 과연 오늘 밤 침대에서 신부를 기쁘게 할 방법을 알고나 있을까?

"이제 그만 먹는 게 어떻겠느냐." 국왕이 작게 소곤거렸다. "오늘밤을 위해 위장을 너무 가득 채우지 않는 게 좋겠다……."

놀란 표정으로 왕세자는 얼굴을 들었다.

"네? 왜요? 저는 많이 먹어 둬야 잠이 잘 오던데요."

그 목소리를 동석한 사람들이 다 들었다. 여자들은 그렇다 치고, 남자 귀족들은 서로 얼굴을 쳐다보고는 웃음을 삼키고 있었다.

사슴 정원

길고 긴 만찬회가 끝났을 때는 이미 한밤중이었다.

만찬회 장소로 쓰인 '연극의 방'에서 국왕과 왕세자, 그리고 막 왕세자비가 된 마리 앙투아네트, 공주들이 귀족들의 경례를 받으며 퇴장했다.

당시 왕실 풍습에서 귀족들은 왕과 왕족이 식사하는 모습을 구경할 수 있었다. 그날도 식탁에 둘러앉은 자들 이외에 그런 관람객들이 회랑을 가득 메우고 있었다.

그 사이를 뚫고 국왕 루이 15세는 왕세자와 마리 앙투아네트를 데리고 첫날밤을 보낼 침실로 갔다. 이날의 마지막 의식을 거행하기 위해서이다. 의식이란 신랑인 왕세자에게 잠옷을 건네주는 일이다. 이는 후일 자신의 뒤를 이을 자의 첫날밤을 국왕이 인정한다는 증거였다.

왕세자비인 마리 앙투아네트의 옷을 갈아입는 것을 도와줄 사람은, 최근에 결혼한 가장 지체 높은 귀부인으로 정해져 있었다. 그래서 이날 밤 샤르트르(Chartres) 부인이 그 의식을 거행했다.

회랑의 귀족들에게는 이 두 광경을 구경할 권리가 주어졌는데, 다만 국왕이 침실을 나간 후에는 남아 있을 수 없었다. 남은 사람은 오늘 결혼식

미사를 올린 프랑스의 대주교뿐이다.

대주교는 오늘의 신랑신부가 첫날밤을 보낼 호화로운 침대에 엄숙히 성수를 뿌려 축성했다. 축성이 끝나자 그는 정중하게 두 손을 모아 침실에서 나갔다. 가발을 쓰고 긴 양말을 신은 시종이 침실 문을 닫았다. 문이 둔중한 소리를 내며 닫히자, 그곳에는 깊은 정적이 남았고 침대를 함께 쓸 두 사람만이 남겨졌다.

열네 살의 마리 앙투아네트가 이날 밤 성에 대한 지식을 얼마나 갖고 있었는지는 아무도 모른다. 아마 그녀는 성에 대해 당시 그 연령대의 소녀가 갖고 있는 만큼의 지식도 갖고 있지 않았을 테고, 또 모르고 지내도록 키워졌을 것이다. 그것을 가르쳐 줄 사람은 빈에 있는 어머니 테레지아 여제도 아니었고, 교육담당 궁녀도 아니었다. 더군다나 가정교사라지만 평생 독신으로 지내는 신부도 아니었다. 가르쳐줄 수 있는 사람은 오로지 단 하나, 이날 밤 그녀와 같은 침대에서 잠들 남편뿐이었을 것이다.

그러나 그 남편—왕세자 루이 오귀스트(Louis Auguste)는 졸린 눈으로 그녀를 바라보고는 의례적인 위로의 말을 두세 마디 건넸을 뿐이었다. 서툰 프랑스어로 마리 앙투아네트는 그 말에 대답했다. 그녀는 잠옷만 입은 모습을 보이는 게 부끄러워, 오히려 몸을 감추었다. 14세 소녀는 아직 남편을 불태울 방법도 몰랐고, 또한 사랑의 말을 속삭일 만큼 프랑스어를 배우지도 못했다. 그저 그녀는 본능적으로 이날 밤, 무언가가 일어나리라고 예감했을 것이다.

그 무언가가 무엇인지도 모른 채, 마리 앙투아네트는 가만히 침대로 들어갔다. 그리고 숨을 삼키고 작은 가슴의 고동을 느끼며 기다리고 있었다…….

그러나—.

그러나 촛불을 서툴게 끈 왕세자는,

"잘 자시오."

하고 포동포동하게 살찐 육체를 그녀 곁에 누이고 바로 코까지 골면서 잠들었다.

실망과 안도감을 안고 마리 앙투아네트도 잠들었다. 오늘 하루가 이 소녀에게는 너무나 길었고, 너무나 많은 일들이 일어났다.

마리 앙투아네트에 대해 이야기하는 사람들은 이 초야 이튿날, 왕세자가 회색 직물로 된 일기장에 쓴 유명한 구절을 어김없이 인용한다.

"쓸 게 아무 것도 없다."

왕세자는 일기에 그렇게 썼다. 쓸 게 아무 것도 없다는 게, 결혼식 날조차 평소와 마찬가지로 의무와 의례로 점철된 하루였다는 뜻인지, 아니면 사적인 비밀이나 밤의 은밀함에 대해 쓰기를 피한 것인지—그것은 아무도 모른다.

한편, 그 이튿날 아침, 사람들 앞에 나타난 왕세자비의 얼굴은 변함없이 순진하고, 뺨에서는 사랑스러운 미소가 사라지지 않았다. 그녀는 그날, 수많은 신하들과 귀족들을 다시 소개 받고, 축사를 듣고, 밤에는 '페르세우스'라는 오페라를 관람했다. 따분한 오페라 공연이 열리는 동안 마리 앙투아네트가 하품을 참고 있다는 것을 누구나 알 수 있었다. 그러나 전날부터 먼지처럼 그 마음을 뒤덮기 시작한 실망감에 대해서는 누구 하나 알아채지 못했다.

성에 대해서는 아무 것도 모르는 열네 살 여자아이라 하더라도, 자신을 처음으로 안을 남자에 대해서는 무언가를 꿈꾸고, 무언가를 기대하는 법이다. 그러나 다른 수많은 사람들을 보는 눈으로 그녀를 바라보고, 결혼

만찬회에서는 그저 먹는 데만 열중하는 남편에게서 어떻게 달콤한 도취를 얻을 수 있을까.

그렇다, 먹으면서 관자놀이까지 움직이는 남자, 침대를 함께 쓰면서도 아무 것도 하지 않고 코를 골며 잠드는 남자, 그런 남자에게 몸이 마비될 것 같은 열정을 품을 수는 없었다. 그러나 그 남자야말로 미래의 프랑스 국왕이며, 마리 앙투아네트의 남편인 것이다. 이미 레일은 깔렸고, 그녀의 인생은 그 레일 위를 달리도록 정해져 있었다.

이튿날 밤에도 두 사람은 물론 베르사유 궁전의 화려한 침실, 호화로운 침대에서 함께 잠들었다. 그러나 아무 일도 일어나지 않았고, 아무 것도 하려 들지 않았다. 뚱뚱한 몸을 뒤척일 때면 코골이가 잠시 멈추는 남편에게 등을 돌려 그녀는 고독한 밤을 보냈다. 그리고 다음날 아침에는 전날과 마찬가지로 귀족들 앞에서 웃고, 고개를 끄덕이고, 이야기를 했다…….

호기심에 가득 찬 신하들은 며칠 후, 신부가 때때로 보이는 외로운 표정을 알아챘다.

"그 두 사람은…… 아직 진짜 결혼식은 올리지 않은 모양이야."

웃음을 참으면서 표면적으로는 염려스러운 듯이 그들은 작게 속삭인다. 소문이 어느덧 궁전 안에서 파문처럼 퍼졌다.

"알고 계시나? 왕세자는 오늘 아침 일찍 침실을 나와서 사냥을 나가셨다네."

"비전하를 남기고?"

"응. 혼자 남겨진 비전하는 말이지……, 강아지랑 쓸쓸히 놀고 계셨어."

그들은 왕세자 부부의 침실을 청소하는 하인과 하녀들에게도 돈을 쥐어주어 뭔가 새로운 소식이 없는지 꼬치꼬치 캐물었다.

빈 왕궁에서 마리 앙투아네트의 가정교사였다가 베르사유 궁전까지 따라온 벨몽(Belmont) 신부 귀에 그 소문이 들어갔다. 그는 허둥지둥 완곡한 표현으로 편지를 썼다.

"왕세자 전하께서는 갑작스레 성장을 하셔서 체질이 약해지셨기 때문인지, 그 늦된 본능이 전혀 눈을 뜨지 못한 것으로 사료되옵니다."

보고를 받은 마리 앙투아네트의 어머니 테레지아는 직접 펜을 들어 딸에게 아내로서 남편을 대하는 방법에 대해 가르쳤다. 왕세자에게 지나치게 은근해서도, 부끄러워해서도 안 됩니다. 참을성 있게 그를 달래고 격려하세요—아마도 이것이 어머니로서 쓸 수 있는 최대한의 표현이었을 것이다.

가련한 왕세자, 루이 오귀스트. 그는 결코 아내를 싫어하는 게 아니었다. 그의 생애를 살펴보면, 그는 지나치리만치 선량한 사람이었다. 너무나 선량한 나머지 우둔하게조차 보이는 사람. 그런 성격의 사람이 있다면, 그는 그런 사람들 중 하나였다.

물론 그는 어렸을 때부터 그다지 영민해 보이지 않는 행동을 할 때가 많았다. 미사 때, 혼자 박자가 어긋난 성가를 큰 소리로 부르기도 하고, 그리스도교인이 그리스도의 신성한 몸으로 받아먹는 성체를 나이프로 잘라 먹었다는 식의 일화가 남아 있다.

그러나 그런 이상하고 어리석은 행동들은 많은 아이들에게 종종 나타나는 것들이다. 그것만으로 그를 우둔한 사람이라고 치부하는 것은 잔혹한 평가일 것이다. 그는 그저 유년시절과 소년시절, 평범한 다른 남자애들보다 응석받이로 자란 탓에 정신적으로 성장이 늦되었다고 보는 편이 옳을 것이다.

정신적인 성장이 더뎠던 그는 열다섯 살이 되도록 여인에게 호기심과 흥미를 그다지 느끼지 못했다. 오스트리아의 왕녀를 신부로 맞이했어도,

마치 오랫동안 떨어져 지냈던 이복동생을 만난 것쯤으로밖에 생각하지 않았을 것이다.

그리고 육체의 욕망은—이 시기에는 아직 알려지지 않았지만, 그가 포경이었다는 것을 후일 왕실 시의가 알아챘다. 그러나 그가 수술로 포경을 고친 것은 결혼하고 나서 몇 년이나 지난 후, 이미 그가 프랑스국왕이 되고 나서였다.

이렇게 결혼 첫날밤부터 왕세자 부부는 너무나 어리고 너무나 무지한 형태로 생활해야만 했다. 그들은 신하들과 귀족들의 내밀한 비웃음과 험담의 도마 위에 올랐다.

그러나 그런 비웃음과 험담 속에서 왕세자비 마리 앙투아네트는 순진하게 미소 짓고, 순진하게 사람들과 이야기를 나누었다. 그것이 그녀의 천성인 것 같았다. 때로는 외로이 혼자서 강아지와 놀기는 했어도, 그녀는 밝고 천진난만한 여인으로 비춰졌다.

왕세자의 결혼식을 축하하는 행사는 1주일 내내 계속되었다.

결혼식 사흘 후에 베르사유 궁전에서 대무도회가 열렸다. 한껏 빼입은 귀족들과 귀부인들이 저녁이 되자 속속 모여들었다. 모든 촛대에 불이 켜지고, 대낮처럼 밝은 무도회장에서 그들은 손을 잡고 궁정악단이 연주하는 미뉴에트에 맞춰 화려하게 춤을 추었다.

왕세자는 관례에 따라 손님들 앞에서 아내와 한 곡을 추어야 했다. 사람들은 발에 걸리고 리듬이 맞지 않는 그의 움직임에 웃음을 삼켰다. 그리고 뚱뚱한 몸에 땀을 흘리던 왕세자가 궁중에서 춤의 명수라 불렸던 샤르트르 공작 손에 아내를 맡겼을 때, 사람들은 일제히 마리 앙투아네트의 가볍고도 현란한 스텝에 눈을 크게 떴다. 그녀는 상기된 갸름한 얼굴을 약간 위로 들어 기쁜 듯 샤르트르 공작의 리드에 몸을 맡겼다.

왕세자는 그 모습을 우두커니 서서 멍하니 바라볼 뿐이었다. 너무나 대조적인 부부의 모습이 사람들의 이목을 끌었다. 소곤거림과 숨죽인 웃음소리가 여기저기서 흘러나왔다.

무도회가 끝나갈 무렵, 귀족과 귀부인들은 모두 회랑과 테라스를 향해 움직이기 시작했다. 불꽃놀이가 시작되기 때문이다. 오월의 선선한 밤하늘에 꽃잎처럼 불꽃이 오른다. 감탄의 목소리가 궁정 정원에 퍼졌다. 왕세자의 문장(紋章)을 그린 불꽃, 바람개비처럼 돌아가는 불꽃, 별처럼 하늘에 퍼지는 불꽃. 탄성과 웃음소리가 신록의 냄새를 품은 바람을 타고 궁전 정원을 흐르는 운하까지 실려 갔다. 그 운하 옆에서 궁정악단이 음악을 연주하고 있었다.

축연, 오페라 감상, 발레 감상, 왕세자의 혼인을 축하하는 행사는 매일 쉴 새 없이 열렸다.

사람들의 소문과 험담에도 불구하고 왕세자비 마리 앙투아네트는 늘 즐거워 보였다. 정해진 행사에 하나하나, 그녀는 소녀처럼 기뻐하며 참석했다. 기쁨을 가장하는 것이 아니라, 그녀는 본디 타고나기를 화려한 것들, 향락적인 것들이 싫지 않았다.

물론 그런 그녀 역시 어려운 연극을 봐야 할 때에는 따분한 나머지 부채로 입을 가려 남몰래 하품을 죽이기도 했다. 그러나 그런 시간조차, 밤에 궁전으로 돌아가 왕세자와 침실에서 단둘이 마주보고 있는 것보다는 나았다.

(나쁜 분은 아닌데.)

그녀는 남편이 결코 심술궂은 청년은 아니라고 느끼고 있었다. 아니, 오히려 그는 그녀가 지금까지 만나본 적이 없을 만큼 좋은 사람이고 선량한 인간이다. 무슨 말을 해도 화를 내지 않고, 무슨 짓을 해도 역성을 내지 않는다.

그러나 그 선량함이 마리 앙투아네트를 되레 따분하게 만들었다. 결혼한 지 일주일이 지났는데도 단 둘이 있을 때, 이 두 젊은 부부는 한 번도 마음을 터놓고 이야기를 나눈 적이 없다. 모든 사랑하는 연인들이 느끼는 그, 언제까지나 둘만 함께 있고 싶다는 마음, 밤새도록 이야기를 나누고 싶다는 감정을 맛본 적이 없다.

"피곤하신가요."

"아닙니다."

"여기 생활은 마음에 드십니까?"

"네."

밤이 되어 침실을 함께 쓸 때조차 부부의 대화는 이것으로 끝이 나고, 침묵이 이어지면 왕세자는 정말로 졸린 듯 하품을 했다.

"내일은 사냥을 나갑니다. 난 빨리 일어나겠지만, 당신은 그냥 주무십시오."

혼잣말처럼 중얼거리고 금 촛대의 불을 껐다. 그리고 코골이가 시작된다. 높아지고 다시 낮아지면서 마리 앙투아네트를 잠 못 이루게 하는 그 코골이. 무도회 밤에 함께 춤을 추었던 샤르트르 공작의 단정한 옆모습을 문득 떠올리게 하는 그 코골이가, 언제까지나 계속되었다……

결혼식의 모든 행사는 끝났다. 그리고 국왕도 귀족들도 다시 베르사유 궁전의 일상생활로 돌아갔다.

베르사유 궁전—. 오늘날에도 여기를 찾는 사람들은 지금으로부터 약 300년 전에 이렇게나 호화로운 건축물이 파리 교외에 건설되었다는 사실에 놀랄 것이다. 이는 "짐이 곧 국가다"라는 말을 당당히 내뱉을 수 있었던 독재적 권력자 루이 14세의 작품이다. 부와 노동력을 동원해 늪을 메우고 나무를 심고 돌을 나르고, 그렇게 해서 그는 여기에 권력과 영광의 상징인 대궁전을 세웠다. 궁전 주위를 매우 정교한 정원으로 둘러 쌓았다.

거기 모인 귀족이 3000명, 시종이 4000명, 그들에게는 천국이라고 할 만한 이 궁전에서 그들은 독자적인 대화와 독자적인 예의범절로 '궁중 생활'을 영위했다. 번쩍거리는 의상을 입은 그들은 거울로 벽면을 가득 채운 방과 대리석 복도를 걷고, 속삭이고, 험담을 하고, 음모를 꾸몄다. 이제는 공허해진 그 궁전에 서면, 아직도 우리에게 옷자락이 스치는 소리, 사람들의 속삭이는 소리가 들릴 것만 같다.

국왕은 물론 왕세자와 왕세자비 마리 앙투아네트의 일상생활이 시작되었다. 지금은 기이하게 들리겠지만, 아침에 국왕이 눈을 떴을 때, 귀족들은 그 침실을 들여다볼 수 있었다. 옷을 갈아입는 국왕, 세수하는 국왕, 그리고 기도하는 국왕의 모습을 귀족들은 공손한 태도로 바라보았다.

왕세자비 마리 앙투아네트의 일상생활은 9시 반이나 10시에 일어나면서 시작되었다. 옷을 갈아입고 아침 기도를 올린다. 그리고 아침을 혼자 먹고(남편인 왕세자는 이 시간이면 사냥을 나가거나 취미로 대장장이 공방에 나가 있었다), 시고모인 공주들의 방으로 찾아간다. 거기서 국왕폐하를 알현하는 경우도 있다. 11시에는 머리 미용. 12시에는 오전 미사를 위해 성당으로 간다. 이때, 돌아온 왕세자와 동행한다. 왕세자와 함께 오찬. 오후 3시경까지는 남편과 함께 시간을 보내거나 자기 방에서 자유롭게 혼자 지낸다. 저녁에는 어학 공부, 피아노, 노래 연습, 그리고 그 다음에는 다시 고모들과 얘기를 나누거나 산책을 한다. 9시, 만찬. 11시에 취침.

"이게 제 정해진 일과랍니다." 그녀는 그렇게 편지에 썼다.

그러나 이 무렵 마리 앙투아네트에게는 아이다운 부분이 여전히 남아 있었다. 그녀는 저녁에 배워야 하는 어학 공부를 그다지 좋아하지 않았다. 사부(師父)인 벨몽 신부가 정각에 방에 나타나도, 공부에 좀처럼 집중하려 들지 않았다.

그보다는 시동생들, 그녀와 동년배인 프로방스(Provence) 백작, 아르투아 백작과 연극놀이를 하는 걸 더 좋아했다. 그럴 때의 그녀는 유부녀라기보다는 아직 순진한 여자아이처럼 보였다.

그러나 그녀에게 단 한 가지, 마음에 걸리는 일이 있었다. 결혼식 후에 여기저기 행사와 모임에서 많은 귀부인들 속에 섞여 한 여인이 때때로 자기를 가만히 쳐다보고 있었던 것이다.

날씬한 여인이었다. 다만 그 얼굴은 풍성한 장미와 같은 매력을 발산하고 있어서 다른 귀부인들보다 훨씬 눈에 띄었다. 다른 사람에게 속삭일 때, 웃으며 고개를 끄덕일 때, 성숙한 여자의 요염함을 느끼게 했다.

그 여인이 때때로 마리 앙투아네트를 지그시 바라보았다. 그냥 보는 게 아니라, 호기심이 담긴 시선으로 본다.

그뿐만이 아니다.

그 주위를 늘 여러 명의 귀족들과 귀부인들이 에워싸고 있다. 궁정 고관들도 그 곁으로 다가갈 때면 공손한 태도를 취한다.

(대체 저 분은 누구실까?)

그녀의 눈에는 신기하게 보였다. 처음에는 수석시녀인 노아유(Noailles) 백작부인에게 물어보았다.

그러자 이 엄격한 수석시녀의 얼굴이 순간 굳어졌다.

"그 분은……."

수석시녀는 더듬거렸다.

"그 분은…… 그러니까 국왕폐하에게 기쁨을 선사하는 분이십니다."

국왕폐하를 기쁘게 해주다니. 그 뜻을 제대로 이해하지 못한 마리 앙투아네트는 순진하게 외쳤다.

"그럼 그 분은 제 경쟁상대로군요……."

국왕 루이 15세가 자신을 예뻐한다고 마리 앙투아네트는 믿고 있었다.

그러나 얼마 후 그녀는 또 하나, 이해할 수 없는 사실을 알게 되었다. 그 여인 - 뒤바리 백작부인은 다른 사람의 아내이면서 이 베르사유 궁전에 기거하고 있다. 게다가 그 방은 국왕의 침소 안쪽에 있다.

어느 날 밤, 그녀는 무심코 남편에게 그 의문에 대해 물었다.

남편은 평소처럼 멍하니 아내를 바라보았다. 거짓말을 못하는 이 선량한 청년은 당황했는지,

"그 부인은……, 국왕폐하와 침실을 함께 쓰는 여성입니다" 라고 대답했다.

표현할 길 없는 혐오감이 마리 앙투아네트의 등줄기를 타고 내려왔다. 아직 어린 그녀에게 여성이 남편이 아닌 남자(그게 비록 국왕이라고 하더라도)와 같은 침대에서 잠드는 걸 상상조차 할 수 없었다.

그녀는 이때의 혐오감을 시고모들에게 털어놓았다. 그리고 그 여성이 귀족출신이 아니라, 파리의 이상야릇한 장사를 하던 집 딸이었음을 알게 되었다……

태양왕 루이 14세 이후의 베르사유 궁전은, 관점에 따라서는 왕과 그를 둘러싼 애첩들, 귀족들과 귀부인들의 애욕이 불타오르다 꺼지고, 검은 불꽃을 태우다 재가 되는 정열의 세계이기도 했다.

루이 14세는 왕비 마리 테레즈가 엄연히 존재하는데도 4명의 연인

을 차례로 갈아치웠다. 첫 연인은 동생의 아내인 앙리에트 당글르테르 (Henriette d'Angleterre) 부인. 영국국왕의 딸로 태어나 루이 14세의 동생 필립과 결혼했으나 사드(Sade) 취향을 가진 남편과는 사이가 원만하지 못해 형인 국왕과 부정한 남녀관계를 맺기에 이르렀다. 후일, 그녀는 누군가에게 독살 당했다고 전해진다.

두 번째 연인은 몽테스팡(Montespan) 부인이다. 어렸을 때 결혼한 그녀는 방탕했던 남편에게 재산을 뺏겼기 때문인지, 야망에 불타 궁정에 출입하며 스스로 국왕에게 접근하려고 했다. 지금도 남아 있는 부인의 초상화를 보면, 풍만한 몸, 통통한 얼굴, 모든 게 성숙한 여자의 매력을 발산하고 있는데, 그녀 역시 자신의 육체에 자신감을 갖고 있었을 것이다.

부인은 야망을 위해서라면 흑미사에 참석하는 것도 불사했다. 흑미사란 그리스도교 미사와는 반대로 악마에게 영혼을 팔아 이승에서의 이득을 실현하기 위한 의식이다. 그런 노력까지 쏟아가며 그녀는 왕의 연인이었던 루이즈 드 라발리에르(Louise de Lavallière) 부인을 제치고 총애를 한 몸에 받게 된다. 라발리에르 부인은 슬픔에 젖어 베르사유를 떠나 수녀원에서 평생을 보내게 된다.

그러나 그렇게 해서 얻은 사랑의 승리도 겨우 10년간 지속되었을 뿐, 그녀 역시 국왕의 총애를 잃게 되었다. 괴로움에 짓눌린 몽테스팡 부인은 다시 흑미사에 참석해 유기된 갓난아기를 돈으로 사서 희생양으로 삼고, 그 풍만한 벗은 몸을 제단에 아낌없이 던졌다. 그러나 이 흑미사가 발각되면서 그녀 역시 영원히 궁정에서 추방되었다……

루이 14세 피를 이어받았는지, 루이 15세도 국왕이 되고 나서 많은 여성들과 염문을 뿌리고 다녔다. 그가 애인들과 함께 만든 할렘 같은 호색의 세계를 세상 사람들은 '사슴 정원'이라고 불렀다. 이 '사슴 정원' 말기에 등장하여 왕을 완전히 사로잡았던 것이 뒤바리 부인이었다.

국왕은 부인에게 푹 빠졌다. 때로는 숫처녀처럼, 때로는 음탕한 창녀처럼 왕의 마음과 육체에 기쁨을 주는 이 여자의 포로가 되었다. 오랫동안 이어진 호색한 생활 탓에 옛날에는 단정했던 얼굴이 나이를 먹으면서 추하게 변한 이 국왕의 쇠약해진 욕망도, 그녀에게만큼은 고무되곤 했다. 왕은 자신의 침소 안쪽에 그녀의 침실을 만들었다. 그것은 베르사유 궁전 안에서 공공연한 비밀이 되었다.

루이 15세의 총애를 한 몸에 받는 뒤바리 부인 주변에는, 출세욕에 불타는 신하들과, 그녀에게 아첨하는 귀부인들이 모여들곤 했다. 침실에서의 베갯머리송사 도중에 부인이 국왕의 귀에 속살거리는 말이 궁정 정치를 좌지우지하는 경우도 허다하기 때문이다.

"전 그 분이…… 어쩐지 마음에 안 드옵니다."

입술을 삐죽이며 마리 앙투아네트가 세 공주들에게 그렇게 말했을 때, 그녀들은 서로 얼굴을 바라보았다. 공주들이란 말할 것도 없이 루이 15세의 딸들이다. (국왕에게는 8명의 딸이 있었는데 모두 결혼하지 않고 궁정에서 살았다. 사람들은 그녀들을 '프랑스의 부인들' Mesdammes de France 이라고 불렀다―역주). 둘째 딸 루이즈(Louise)는 수녀원 중에서도 엄격하기로 소문난 카르멜회 수녀가 되었다. 그리고 베르사유 궁전에는 젊었을 적 미모를 잃고 걸레처럼 바짝 말라버린 심술궂은 장녀 아델라이드(Adélaide), 선량한 셋째 딸 빅투아르(Victoire), 그리고 너무나 박색인 막내딸 엘리자베트(Sophie Philippine Elisabeth Justine de France), 이 세 사람이 살고 있었다.

결혼하고 나서 마리 앙투아네트는 세 공주의 방에 매일 문안을 드리러 갔다. 그녀들의 방에서 옷을 갈아입기도 하고, 함께 성당에도 갔다. 식사 전에 하는 카드놀이와 게임도 이 시고모들과 함께 했다. 거의 매일, 함께 저녁식사를 했다. 세 공주는 이제 왕세자비와 하루의 반을 함께 보낼 만큼 강한 유대관계로 이어져 있었다.

"그 분이라니요?"

공주들은 작은 마리 앙투아네트가 누구 얘기를 하는지 알면서도 짐짓 시치미를 떼었다.

"혹시…… 뒤바리 부인 말인가요?"

"네, 물론이죠. 왜냐하면 해서는 안 될 일을 하고 있잖아요."

순진하게 얼굴을 붉히며 마리 앙투아네트는 더듬거리는 프랑스어로 속마음을 털어놓았다.

"그분은 마치 여왕님처럼 굴고 계세요."

"그렇죠."

장녀 아델라이드 공주는 무겁게 고개를 끄덕였다.

"장하시네요. 왕세자비는 이 궁전에 온지 얼마 되지 않았는데도 우리가 생각하는 바를 다 알아채셨군요. 물론 국왕폐하도 결코 잘하시는 건 아니죠. 하지만 뒤바리 부인이 뒤에서 조종하니까 그런 겁니다. 정말 나쁜 사람은…… 그 부인이에요."

"왜죠?"

마리 앙투아네트는 작은 새처럼 고개를 비스듬히 기울이고 시고모들에게 물었다.

"그 분께 왜 충고를 하지 않으시는 거죠? 왜 바른 길로 돌아오실 수 있게 말씀을 드리지 않는 건가요?"

"우리가요?"

눈을 꿈쩍하며 아델라이드 공주는 마치 슬프다는 듯이 눈을 내리깔았다.

"그럴 수 있다고 생각해요? 우리는 공주이긴 하지만…… 지금의 당신에 비하면 궁정에서 아무런 힘이 없답니다. 아무리 옳은 일이라도 힘이 없으면 할 수 없는 게, 지금 우리의 처지거든요."

마리 앙투아네트는 눈을 깜박이며 세 공주를 가만히 쳐다보았다. 아델라이드의 여동생들은 수를 놓으며 아무 말도 하지 않았다.

"왕세자비라면,"

아델라이드는 얼굴을 들어 말에 힘을 주었다.

"우릴 도와줄 수 있을 거예요. 왕세자비는 미래의 왕비가 되실 분이니까."

"어떻게요?"

"그 부인한테 생각만큼 자기에게 힘이 없다는 걸 느끼게 해줬으면 해요. 아니, 적어도 귀족들이 그 부인을 무서워하지 않게 해줬으면 해요."

다른 공주들은 아무 말도 하지 않는다. 그 침묵 때문에 그녀들 역시 언니의 의견에 찬성하는 것처럼 보였다.

"하지만 전…… 어떻게 하면 좋을지 모르겠어요."

마리 앙투아네트는 어찌할 바를 모르고 고개를 숙였다. 그녀는 이때, 결혼 전에 빈 왕궁에서 어머니 마리아 테레지아로부터 수차례 들었던 말을 떠올렸다.

"잘 들어요. 프랑스에 가면 왕세자비로서 이것만큼은 꼭 지켜야 합니다. 정치에 간섭하지 말 것. 다른 사람 일에 쓸데없이 참견하지 말 것. 이 두 가지만 지키면 절대 누구에게도 미움 받지 않을 겁니다."

그 말이 가슴 속에 되살아나기는 했으나 아델라이드 공주의 "왕세자비라면 우리를 도와줄 수 있을 거예요"라는 부탁이 그녀의 자존심과 허영심에 부채질을 했다.

"게다가…… 뒤바리 부인은 행실이 좋지 못한 집 딸이잖아요. 그래서 태어날 때부터 음란한 피가 그 부인 몸에 흐르고 있는 거예요."

아델라이드 공주는 왕세자비의 분노에 기름을 붓듯, 궁전에서 소문이 자자한 뒤바리 부인의 어두운 과거에 대해 말해주었다. 작위를 얻기 위해 뒤바리라는 귀족과 결혼하고, 결혼하자마자 떨어져 살면서도 그 작위를 이용해 베르사유 궁전에 출입하게 된 여인이라고 했다.

"전……."

마리 앙투아네트는 결심한 듯 공주들에게 맹세했다.

"오늘부터 두 번 다시 그분과 말을 하지 않을 거예요. 인사도 물론 안 할 거구요."

"그거예요. 그렇게 해주시면 왕세자비가 어떤 존재인지 귀족들도 다시금 생각하게 되겠죠. 그리고 그 부인은 분명 자신의 자만심을 부끄러워할 테고요."

마리 앙투아네트가 점심 식사 때 입을 옷을 갈아입기 위해 방을 나서자, 아델라이드 공주는 웃으며 여동생들에게 이렇게 말했다.

"앞으로 일이 아주 재미있어질 겁니다."

마리 앙투아네트는 공주들이 쳐놓은 덫을 전혀 눈치 채지 못했다. 그날 밤, 그녀의 결심을 듣고 왕세자는 반대할 기력조차 없어 그저 당혹스런 표정으로 입을 다물었을 뿐이었다.

그녀는 자기가 선한 일을 한다고 생각했다. 자기 힘으로 공주들을 슬픔에서 구하고 궁정사람들에게 올바른 게 무엇인지를 똑바로 가르쳐주겠다고 마음먹었다.

서로 다른 운명

새벽 냉기가 마르그리트를 눈뜨게 했다. 그녀는 마른 짚에 덮인 몸을 일으켜 쥐처럼 겁이 난 눈으로 주위를 살폈다.

(그렇지, 도망쳐 나왔었지.)

그때, 그녀는 더 이상 빵집 아궁이의 구석진 곳에서 자고 있는 게 아니라는 사실을 깨달았다. 그리고 어젯밤부터의 일들이 하나씩 또렷하게 떠올랐다.

그렇다. 그녀는 한밤중에 그 빵집에서 도망쳤다. 한밤중, 안주인은 저녁식사 때 포도주를 과음하고 칠칠맞지 못하게 입을 벌린 채 잠들어 있었다. 그 틈을 타 서둘러 속옷들을 챙기고 재빨리 가게를 나왔다. 그 정경들 하나하나가 눈에 선하다.

죽음 같은 밤에 덮인 광장이었다. 두 야경꾼이 등불을 들고 골목골목 돌고 있었기 때문에 들키지 않으려고 도시를 둘러싼 성벽을 따라 걷다가 한 성문에 다다랐다. 대성당 종이 10번 울리면 그 문이 닫힌다.

종종걸음으로 성문을 빠져나온 바로 그때, 종이 울렸다. 그녀는 곧바로 풀숲에 몸을 숨겨 야경꾼이 삐걱대며 문 닫는 소리를 들었다.

파리로 가자. 그녀는 거기서 파리까지 얼마만큼의 거리인지 알 수 없었다. 그러나 파리에는 무슨 일이 있어도 꼭 가야겠다. 파리는 온갖 즐거움과 사치가 넘치는 곳이라고 사람들에게 들어 알고 있었다. 제 아무리 궁핍하더라도 그 도시에서는 운이 좋으면 그때까지의 비참한 생활에서 빠져나갈 수도 있다는 말을 들었다.

더 이상 빵집 아궁이 옆에서, 안주인의 고함소리를 들어가며 일하는 건 끔찍하게 싫었다.

(나도…… 즐기며 살 거야. 나도 예쁜 옷 입으며 살 거야.)

마르그리트의 뇌리에는 금빛 마차로 스트라스부르에 나타난 소녀 마리 앙투아네트의 얼굴이 다시금 떠올랐다. 하느님은 어째서 그 여자아이에게 이 세상의 모든 행복을 주시고, 나에게는 이렇게 비참하고 가련한 날들을 주셨을까, 마르그리트는 알 수 없었다. 그녀는 그런 신을 저주했고, 신을 저주하면서 마리 앙투아네트를 증오했다.

성문을 나선지 3시간, 발이 가시에 찔려 상처투성이가 되고 온몸이 너덜너덜해질 때까지 걸었다. 거름 냄새. 밭 냄새. 잠든 마을을 몇 개나 지나고, 그리고 더 이상 걸을 수 없게 되었을 때, 한 농가 헛간에 숨어들었다. 그리고 짚 속으로 몸을 집어넣어 돌처럼 잠에 빠졌다……

아침이 왔다. 지푸라기를 몸에 붙인 채, 그녀는 몰래 헛간 문을 열었다.

이미 밤의 검은 구름이 열리고, 하늘과 땅이 금빛으로 물들었다. 닭장에서 닭이 울고 있었다.

그녀는 아까부터 공복을 느꼈다. 목도 말랐다. 소리를 죽이고 닭장으로 다가가 판자 사이로 손을 넣어 굴러다니는 달걀을 집으려 했다. 닭들이 두려움에 시끄럽게 홰를 쳤다.

손 안의 달걀은 아직 따스했다. 그녀가 달걀을 주머니에 넣었을 때, 등 뒤에서 무슨 소리가 났다.

놀라 뒤를 돌아보자 농가 문이 열리며 웃통을 벗은 남자가 나왔다. 멍청하게 놀란 얼굴을 한 남자는 마르그리트를 발견하자,

"어어!"

하고 크게 소리 질렀다.

마르그리트는 달렸다. 아침이슬로 축축한 밭을 내달려 숨이 턱까지 차면서 너도밤나무 숲으로 뛰어 들어갔다. 남자는 더 이상 쫓아오지 않았다.

달걀 꼭지를 돌로 깨, 입에 대고 빨았다. 달걀을 빨며 그녀는 살쾡이처럼 주변을 살폈다.

도로변에 있는 '금사자 식당'에 상인 풍모의 남자가 테이블에 앉아 있었다. 하늘은 쾌청하고 양털 같은 권운이 둥실둥실 떠다니고 있었다.

신사는 천천히 빵에 파테(pâté, 고기 혹은 생선을 갈아 만든 파이, 영어는 patty-역주)를 바르고, 양고기에서 뼈를 능숙하게 발라내고, 테이블에서 포도주 병을 들어 유리잔에 가득 부었다.

어디로 보나 먹성이 좋음 직한 남자였다. 그는 이제 막 차려진 요리에 만족스럽게 손을 비벼댄다.

그 만족스러운 얼굴을 들어 문득 길가 쪽으로 시선을 보낸 그는, 지저분한 여자아이가 나무에 기대 이쪽을 가만히 바라보는 모습을 보았다.

얼마나 배가 고픈지 작은 여자아이는 그가 식사하는 모습을 부러운 듯이 바라보고 있었다.

"이런……."

그는 재미있다는 듯이 되받아치듯 그녀를 바라보며 천천히 나이프와 포크를 집어 들었다. 그리고 뼈가 붙은 어린양고기를 입 안 가득 물고, 맛

있게 뺨을 움직이기 시작했다.

그의 생각은 적중했다. 여자아이는 나무에 기댄 채, 뚫어지게 그의 손이 움직이는 것을 바라보고 있었다. 그녀가 침을 삼키고 한숨 쉬는 소리까지 들려올 것만 같았다.

천천히 입맛을 다시며 남자는 고기를 먹어치웠다. 그리고 냅킨으로 입을 닦고, 포도주를 꿀꺽, 꿀꺽, 목울대를 울리며 마셨다. 잔을 비우고, 다시 한 번 창밖으로 시선을 보냈다.

그녀가 여전히 서 있는 것을 보고 그는 뺨에 웃음을 지어보이고는 손가락으로 소리를 내 식당 주인을 불렀다.

"계산해주게. 그리고 빵에 버터를 듬뿍 발라서 좀 싸주게."

"빵에 버터를요?"

"그래."

계산을 끝내고 주인이 건네준 빵을 받아 든 후 그는 식당을 나왔다.

남자가 걷는 모습을 여자아이는 눈으로 쫓고 있었다.

"아가씨."

갑자기 발걸음을 멈춘 그가 웃으며,

"아주 배가 고팠나보군. 이 빵 먹지 그래?"

라고 말하자 여자아이는 경계하듯 나무 뒤로 숨었다.

"걱정 하지 않아도 돼. 무서워할 거 없어. 그냥 네게 이 빵을 주려는 것 뿐이야."

머뭇머뭇 빵을 받아든 그녀는 이번에는 들개마냥 입을 움직이기 시작했다.

"행색이 왜 그래? 부모님은 안 계신가?"

남자가 그렇게 말하며 재미있다는 듯 그녀를 바라보았다.

"보나마나 어딘가에서 쫓겨나 갈 데 없는 신세겠지, 그렇지?"

그는 잠시 생각하는 듯하더니,

"그럼…… 내가 도와줄까? 난 지금부터 파리로 돌아가는데…… 파리에서 일할 데를 알아봐주지."

웃으며 그녀의 어깨에 손을 얹었다.

그 순간, 여자아이는 튕겨나가듯 뒤로 물러났다.

"그래? 그럼 할 수 없고."

남자는 어깨를 움츠렸다. 그리고 파리로 향하는 마차 대합실 쪽으로 걸어갔다.

그러나 그는 느끼고 있었다. 이 여자아이가 분명 뒤쫓아 올 것을 알고 있었다.

"그래, 맞아."

남자는 갑자기 뒤로 돌아보고 큰 소리로 웃었다.

"행운을 놓치면 안 되지. 금화가 항상 길바닥에 떨어져 있는 건 아니거든. 자, 가자. 파리에 가 본 적은 있나?"

그녀는 더 이상 도망치지 않고 남자의 말에 귀를 기울였다. 남자의 목소리와 말은 마치 최면술처럼 그녀의 마음을 사로잡았고 몽상에 빠지게 만들었다.

"나는 말이지, 선량한 그리스도교 신자야. 지금 유행하는 무신론자나 자유주의자도 아니고. 매주 일요일이면 노트르담 성당에 가서 신부님이 돌리는 주머니에 꼬박꼬박 헌금도 하거든. 길에서 이렇게 만난 너를 도와주려는 마음이 든 것도……, 그게 바로 하느님의 가르침이기 때문이야."

마차가 건조한 길을 달려 소리를 내며 나타났다. 멈춘 말의 몸에서는 땀이 흘렀고, 입에 거품을 물고 있었다. 젊은 마부는 포도주를 마시러 금사자 식당으로 사라졌다. 좀 있다가 그는 가죽으로 된 술 주머니를 입에 대며 돌아왔다.

　　빈의 아가씨, 오셨다네
　　이제 곧 왕비가 된다지
　　덕분에 전쟁도 끝났고,
　　덕분에 살림도 편해지겠군.

　　그는 유행가를 부르고는 큰 소리로,
　　"자, 마차에 타거라"라고 말하며
　　여자아이를 재촉했다.
　　"앞으로 너도 행복해지는 거야."
　　이렇게…… 마르그리트는 파리로 향하는 마차에 몸을 실었다.

　　파리까지의 나흘간의 여행—.
　　라로크(마르그리트를 파리로 데려가주겠다고 약속한 남자의 이름이다) 씨는 자상했고, 신사적이었다.
　　르네빌, 낭시, 샬론, 가는 도시마다 그는 마르그리트를 같은 식탁에 앉혀 자신이 먹는 것과 같은 요리를 먹게 해 주었다. 낭시에서는 넝마를 입은 그녀를 위해, 깔끔한 옷까지 사주었다.
　　게다가 밤을 보내기 위해 들어간 여관에서 그리스도교 신자답게 방을 두 개 잡고 마르그리트에게는 손가락 하나 대지 않았다.
　　"파리에서 열심히 일하면 너도 편안히 살 수 있을 거야. 그리고 좋은 남자 만나서 결혼도 해야지."
　　라로크 씨는 마차 안에서든 여관에서든, 늘 이 교훈을 되뇌었다. 마르그리트의 마음속에서 얼음처럼 굳었던 것이 조금씩 풀리고, 이제 순순히 고개를 끄덕이게까지 되었다.

나흘 후, 세잔느에서 새로운 말로 교체한 마차는 드디어 대망의 파리 시가지로 입성했다.

"여기가 파리란다."

라로크 씨는 마르그리트의 어깨에 손을 얹었다. 눈을 동그랗게 뜬 그녀는 붐비는 사람들과 마차들에 압도되었다. 스트라스부르의 거리에서는 상상도 할 수 없을 활기가 넘쳐 흐르고 있었다. 진흙투성이 사거리에 장이 서고, 손님을 불러 모으려는 목소리가 사방팔방에서 울려 퍼졌다. 손님들은 끊임없이 돌아다니고 있었다.

당시 파리 인구는 50만을 훨씬 웃돌았다. 도시는 성벽으로 둘러싸이고, 수많은 성문을 통해 외부로 드나들 수 있었다. 만약 지금의 일본인 관광객이 당시 파리의 넓이를 알고 싶다면, 샹젤리제 거리가 서쪽 끝이고 생탕투안 거리가 동쪽 끝 문에 닿았다고 생각하면 된다. 그러나 이 무렵, 성 밖에도 서민들이 사는 마을이 새로이 생겨나며 몸집을 불리고 있었다. 몽마르트르(Montmartre)와 라 레르 그리고 보지라르(Vaugirard) 같은 곳은 당시 성 밖으로 점점 팽창하던 서민 마을이었다.

파리에 도착한 라로크 씨는 곧장 마르그리트를 데리고 꽃의 도시에서도 가장 화려한 쿠르라렌(Cours la Reine) 거리로 안내해 주었다. 그것은 튈르리(Tuilerie) 궁전 옆에서 현재의 알마 광장까지 센 강을 따라 뻗은 길인데, 당시 파리에서도 특별히 세련된 거리였다.

이 거리에는 느릅나무 가로수가 아름답게 심어져 있었고 한쪽에는 유행하는 물건들을 파는 3, 4층 상점 건물들과 공방이 늘어서 있었다. 그리고 그 상점들 앞에서 긴 모자를 비스듬히 쓴 멋쟁이 사내들이 여기저기서서, 길을 걷는 귀부인들을 눈으로 쫓고 있었다.

"어때?"

라로크 씨는 자랑스럽게, 그저 입을 멍하니 벌려 주위를 두리번거리는 마르그리트에게 물었다.

"지금 저 마차에서 내린 아가씨 좀 보렴. 정말 옷이 세련되지 않니? 이 파리에서는 저런 옷도 얼마든지 살 수 있단다. 너도…… 조금만 있으면 입을 수 있어."

마르그리트는 너무나 기쁜 나머지 가슴이 풍선처럼 부풀었다. 최면술에 걸린 듯 그녀는 쉴 새 없이 그녀 앞을 지나가는 남자와 여자의 얼굴과 옷을 바라보고 있었다. 스트라스부르 같은 시골에서는 아무도 입지 않는 대담하고 화려한 의상을 차려입은 그들을 바라보는 것만으로도, 참을 수 없을 만큼 행복했다.

"파리에 오길…… 정말 잘했지?"

만족스럽게 라로크 씨는 속삭였다.

그는 마르그리트의 팔을 끌고 이 쿠르라렌에서 생토노레(Saint Honoré) 거리로 향하는 작은 길로 접어들었다.

"그래……, 네가 일할 곳을 알아보자꾸나. 다행히 친절한 사람을 내가 알고 있지……."

드디어 오를레앙 호텔(Hôtel Orléans)이라는 금박 글씨가 새겨진 여관 문을 밀고 들어간 그는,

"안녕하세요."

아무도 없는 카운터에서 큰 소리로 부르고는,

"이 집 사람들은 이 라로크를 잊어버렸나 보군."

그 목소리를 들었는지, 안쪽 홀에서 새하얗게 화장을 한 뚱뚱한 여자가 부채를 들고 나타났다.

"어머, 피에르."

그녀는 그렇게 소리치고는 드러낸 팔을 라로크 씨 목에 감고 키스했다.

"언제 왔어?"

"방금 도착했지. 혼자가 아니야. 혹 달고 왔어."

그리고 웃으며 마르그리트를 곁눈질로 보고,

"당신한테 이 애를 부탁하려고 말이야."

"그래서 들렀구나. 볼일이나 없으면 안 오지 뭐."

하지만 사람 좋아 보이는 뚱뚱한 여자는 웃으며 라로크 씨의 어깨너머로 눈을 찡긋해 보였다.

"당신 부탁을 내가 어떻게 거절하겠어. 좋아. 내 이름은 마담 라펭(Lapin)이야. 모두들 토끼 아주머니라고 부르지. 넌 이름이 뭐니?"

"마르그리트."

세 사람은 카운터 안쪽 방으로 들어갔다. 토끼 아주머니의 거실 벽에는 커다란 거울 옆에 배와 흑인 그림이 걸려 있었으며 둥근 책상 위에는 집시가 쓰는 극채색 타로카드가 널려 있었다.

토끼 아주머니는 쾌활한 태도로 라로크 씨와 마르그리트에게 자두 과실주를 따라주었다. 그리고 라로크 씨와 잡담을 나누면서 때때로 힐끗힐끗 마르그리트를 관찰했다. 그 눈은 마치 시장에서 송아지 가격을 매기는 소장수와 같았다.

"슬슬 일어서야겠는 걸."

한 시간 정도 시간을 때우고 라로크 씨는 하품을 하면서 일어섰다. 그리고 아무 것도 모른 채 그와 함께 나가려는 마르그리트에게,

"아냐. 넌 오늘부터 여기서 지내도 돼. 도움 청할 일이 있으면 이 토끼 아주머니가 잘 돌봐주실 거야. 열심히 살다보면…… 꼭 잘 될 거다."

여행 도중에 했던 말들을 되풀이했다.

"걱정스럽지?" 토끼 아주머니가 달래며 말했다. "그래도 여기 일이 그렇게 어려운 건 아니야. 그래 맞다, 여길 신부 수업하는 학교라고 생각하면 되겠다. 많은 걸 배울 수 있는, 여자를 위한 학교임에는 틀림없으니까."

그날부터 마르그리트는 토끼 아주머니의 여인숙인 '오를레앙 호텔'에서 살게 되었다.

아주머니는 상냥하고 친절했다. 빵집 안주인처럼 소리를 지르거나, 때리지도 않았다. 그렇기는커녕 마르그리트가 그때까지 살아왔던 이야기를 듣더니, 눈에 눈물을 가득 머금고 커다란 손수건으로 코를 풀고는,

"꼭 춥고 비 오는 날만 있는 건 아니란다, 살다보면 맑은 날도 반드시 올 거야."

스스로에게 다짐하듯이 그렇게 중얼거렸다.

마르그리트는 처음 일주일 동안은 이 작은 여관 청소를 하고 아주머니와 손님을 위한 아침상을 차렸다. 하지만 처음엔 그 아침상을 항상 토끼 아주머니가 방으로 날랐다.

손님 중에는 여관에 묵지 않고 밤에 왔다가 한밤중에 나가는 남자도 있었다. 저녁이 되면 반드시 서너 명의 여자가 아주머니의 거실에 들어와 그녀와 카드게임을 하기도 하고 아주머니에게서 점을 보기도 했다. 그러나 그 여자들은 손님이 들어오면 한 사람씩, 거실에서 사라졌다. 마르그리트는 그 여자들이 무얼 하는 사람들이며, 또 손님이 올 적마다 왜 사라지는지, 이해할 수 없었다……

일주일 쯤 지났을 때, 한밤중 가까이 호텔 앞에서 마차가 한 대 멈추는 소리가 들렸다.

긴 모자를 한 손에 들고 어깨에 장식이 들어 있는 조끼와 장식 술이 달린 반바지를 입고 목이 짧은 장화를 신은 남자가 문을 밀어 여관 안으로 들어왔다. 남자는 낯빛이 매우 창백하고 어두운 그림자가 드리워 있었다.

"어머나, 어머나, 나리."

토끼 아주머니는 카운터에서 과장되게 두 팔을 벌려 환영했다.

"오랫동안 안 오셔서 무슨 일 있었나 걱정했지 뭐예요."

남자는 입술을 약간 비틀어 빈정거리는 미소를 지었다.

"그 일이 잘 안 돼서 말이야……, 좀 얌전히 지내야만 했지."

"정말 운이 참, 안 좋으셨어요."

두 사람은 촛대를 들고 서 있는 마르그리트에게는 눈길도 주지 않고 소곤대고 있었다.

남자를 방에 안내했던 아주머니는 한숨을 쉬며 돌아오더니,

"어쩜 좋대."

그렇게 중얼댔다.

"후작님 시중 들 여자아이가, 오늘 밤에 못 왔는데."

"후작님요?"

마르그리트는 작게 깜짝 놀란 소리를 냈다. 지금 그 얼굴이 창백한, 어두운 미소를 띤 남자가 후작님이라고는 생각지도 못했던 것이다.

"그래. 저 분은 아비뇽 근처에 영지를 갖고 계신……, 사드(Marquis de Sade, 1740~1814, 사디즘이란 말의 유래가 된 소설가-역주) 후작님이야. 임금님과 왕세자님하고도 친하셔. 우리랑은 신분이 다르지. 그 분 시중을 들어드리는 것만으로도 영광인데…… 안 그래, 마르그리트?"

토끼 아주머니는 평소보다 훨씬 부드러운 목소리를 냈다.

"얘야, 그 분 방에 가 주지 않으련?"

토끼 아주머니는 도자기 물병과 뭔지 모를 끈이 달린 가죽주머니를 마르그리트에게 건넸다.

"있지, 이걸 후작님 방에 좀 갖다 드리렴."

시키는 대로 마르그리트는 계단을 올라갔다. 촛대 없는 계단이 무척이나 어둡다. 후작의 방은 맨 끝 방이다.

방문을 두드리자,

"누구냐."

낮은 목소리가 들려왔다. 이름을 대자 열쇠를 돌리는 소리가 들렸다.

사드 후작은 이미 겉옷을 벗어 바지 위에 새하얀 조끼 차림이었다. 그는 어두운 눈으로 마르그리트를 머리에서 발끝까지 쳐다보았다. 구석구석 핥듯이 쳐다보는 그 시선에 그녀는 그만 몸이 떨렸다.

"들어 오거라."

후작의 목소리에서 마르그리트는 왠지 저항할 수 없는 힘을 느꼈다. 몽유병자처럼 그녀는 방 안으로 들어갔다.

방은 후작의 목소리처럼 어둡고, 음침했다. 금색 장식이 달린 침대 위에 커다란 레이스 모기장이 늘어뜨려져 있었고, 그 옆 테이블 위에는 후작이 방금까지 사용한 것으로 보이는 깃털 펜과 몇 장의 종이가 흩어져 있었다.

"여태껏 본 적 없는 아인데……, 새로 들어왔느냐?"

후작은 깃털 펜을 만지작거리며 물었다.

"어디서 왔지?"

"스트라스부르……."

"도망쳤구나."

후작은 허공의 한 점을 주시하며 마치 혼잣말처럼 중얼거렸다. 그리고 천천히 마르그리트에게 시선을 향하고는,

"무서워하지 말거라. 난 널 추궁하려고 하는 것도 아니고, 경찰에 고발하려는 것도 아니다. 나 역시……, 얼마 전까지만 해도 국왕 경찰에 쫓기던 몸이니까."

"경찰에요?"

마르그리트는 눈을 동그랗게 떴다. 후작처럼 높은 사람이 저 같은 가난한 사람들처럼 경찰에 잡혀가는 상상을 도저히 할 수 없었던 것이다.

(이 사람이…… 뭔가를 훔칠 리도 없고.)

열다섯 살 난 그녀의 가련한 머리로는 경찰 하면 도둑질밖에는 떠오르지 않았다.

"나? …… 난 파렴치죄로 쫓겨 다녔단다."

사드 후작은 그렇게 설명하고 핏기 없는 입술에 굳어진 웃음을 띠었다.

"후작님이……."

"후작님이……." 사드 후작은 비웃듯이 마르그리트의 말을 되풀이했다. "그래, 난 후작이야. 하지만 난 후작이기 이전에 자유인(리베르탱)이다. 리베르탱(libertin). 넌 그 뜻을 아니?"

사드 후작은 마치 열에 들뜬 사람이 헛소리를 하듯 혼자 지껄이기 시작했다. 그 말은 마르그리트에게 하는 것이 아니라 자신의 상념을 정리하기 위해 하는 말 같았다.

"난 이 사회를 증오해. 쓸모없는 질서와 쓸모없는 종교가 지배하는 이 사회를. 그리스도교는 인간의 모든 자유와 인간의 모든 가능성을 우리에게서 빼앗아갔어. 그리고 난폭한 정의로, 난폭한 도덕률로 사람들을 옭아

매고 있지. 이 사회 질서 역시 마찬가지야. 신의 의지를 구현하는 자가 국왕이고, 그 국왕을 돕는 게 귀족. 그래서 그 질서를 어지럽히는 자는 신의 질서를 어지럽히는 자가 되는 거지. 내가 경찰에 쫓기게 된 것도 그 질서를 혼란에 빠뜨렸기 때문이라고 하더군. 하지만 진정한 질서란 그런 불한당 같은 질서가 아니야. 자연을 봐. 자연에는 그런 쓸모없는 질서가 아니라, 진짜 순수하고 진짜 생명력이 넘치는 질서가 있잖아. 그 질서란 말이지, 지배하는 자와…… 지배 받는 자, 주인과 노예, 그뿐이야."

마르그리트는 망연히 후작의 입술이 움직이는 것을 바라보고 있었다. 무슨 말인지 그녀는 도통 알아들을 수 없었다.

(이 사람……, 혹시 병인가?)

후작이 갑자기 입을 다물었다. 그는 그때 처음으로 한 사람의 여자아이가 눈앞에 있다는 사실을 알아챈 것처럼,

"너는 군주제가 좋으냐?"

"군주제?"

"국왕과 왕비와…… 왕세자와 왕세자비. 그런 위선적인 자들이 좋으냐?"

마르그리트는 사드 후작이 왜 이런 어려운 질문을 하는지 이해할 수 없었다. 그녀는 겁먹었고 당황했고, 그리고 머리를 흔들었다.

"그 애가…… 싫어요."

"누구?"

"마리 앙투아네트."

후작의 입술에 비틀린 웃음이 천천히 떠올랐다.

"그렇구나. 싫다고. 넌…… 나랑 의견이 같구나."

그는 주머니에서 둥근 금화를 하나 꺼냈다.

"상으로 이 금화를 주지."

마르그리트는 뒷걸음질 치며 집어삼킬 듯이 후작의 두 손가락에 끼인 금화를 바라보았다.

"거짓말!"

"거짓말이 아니야. 다만, 네가 착하게 말을 잘 들으면 줄게…… 무슨 말이냐 하면, 내가 하는 말을 순순히 따른다는 가정 하에 말이지……."

"뭘 하며 되지요?"

"그 가죽주머니를 내게 줘."

후작은 토끼 아주머니가 마르그리트에게 준 가죽주머니를 받자, 그 안으로 희고 긴 손가락을 넣었다. 그리고 땅꾼이 뱀을 잡듯이 긴 노끈을 끌어당겼다.

"넌……."

그가 쉰 목소리로 명령했다.

"넌…… 그저 이 끈으로…… 침대에 묶여 있기만 하면 된다. 그러면…… 이 금화는 네 것이 될 거야.…… 그냥 묶여 있기만 하면 돼. 그냥 묶여 있기만……."

그렇게 말하면서 후작의 눈이 기묘하게 번뜩였고, 그 목소리가 흥분으로 높아졌음을 마르그리트는 눈치 챘다. 광인. 그래, 광인임에 틀림없어, 그녀는 그렇게 생각했다.

"싫어요. 싫어……."

그녀는 공포에 사로잡혀 문까지 뒷걸음쳤다.

"이 금화가 필요 없니?"

"필요 없어요."

"바보구나. 넌." 후작의 얼굴은 분노로 홍조를 띠었고, 그 입술에는 침이 고였다. "너도 이제 곧 도래할 신세계의 구둣발에 짓밟혀도 되는 한 마리 벌레다. 넌 아무 것도 몰라. 이제 곧 이 사회를 뒤엎을 혁명이 다가온다. 사람들은 정의니 평등이니 쓸모없는 말들로 국왕과 왕비와 왕세자와 왕세자비를 죽일 것이다. 누구 하나 마음속으로는 사회 정의와 평등 따위 믿지 않으면서. 분명한 건, 새로운 지배자와 그에 지배받는 노예가 생겨난다는 것뿐이야. 너 같은 건 태어날 때부터 노예지. 뼛속까지 노예. 그 새 시대에서도 노예로 살아가겠지."

양 팔을 벌려 후작은 눈을 번뜩이며 그녀에게 다가갔다. 그 오른 손에는 노끈이 이상한 모양으로 엉켜 있어 그걸 보자 거부감이 일었다.

정신없이 방을 뛰쳐나온 마르그리트는 넘어질 듯 어두운 계단을 내달렸다. 무언가에 걸려 큰 소리가 났다.

"무슨 일이니?"

카운터에 앉아 있던 토끼 아주머니가 깜짝 놀라 일어섰다. 마르그리트는 흐느끼면서 아주머니 가슴에 얼굴을 묻었다.

"이런, 이런. 불쌍한 것."

토끼 아주머니는 그녀를 감싸 안으며,

"후작님은 아무래도 너무 자극이 강했나보구나. 그럴 만도 하지, 처음인데. 그래도 뭐든 다 익숙해지기 마련이란다. 그 분은 다른 손님들보다 훨씬 많은 돈을 주시거든……."

그녀는 마르그리트를 그곳에 남겨두고 여관을 나섰다. 얼마 후 어디선가 어떤 여자를 데려왔다.

"이본느. 부탁한다. 이 애는 도저히 안 되겠어."

"좋아요. 대신 비싸게 쳐줘요."

이본느라 불린 그 여자는 한쪽 눈을 찡긋하고 계단을 천천히 올라갔다.

얼마 후, 후작 방에서 이상한 소리가 들렸다. 고양이가 우는 듯이 낮고…… 긴 신음소리다.

이 여관이 어떤 종류의 집인지, 열다섯 살의 마르그리트는 그때서야 겨우 이해했다. 토끼 아주머니가 왜 그렇게 상냥한지, 라로크 씨가 "열심히 일하다보면 좋은 옷도 살 수 있게 된다"고 한 말이 무슨 뜻인지, 그녀는 짐작할 수 있게 되었다……

신혼의 나날들

　뒤바리 부인 일로 시고모들과 약속을 한 마리 앙투아네트는 그날 밤, 빈에 있는 어머니 마리아 테레지아 여제에게 편지를 썼다.

　"국왕이라는 분이 어리석고 예의범절도 모르는 뒤바리 부인에게 흥미를 느끼신다는 걸 알고, 저는 너무나 가엾게 여겨졌습니다."

　깃털 펜을 놀리며 그녀는 빈을 출발하기 전에 끈질기게 어머니가 되뇌었던 몇 가지 훈계의 말 중 하나를 떠올렸다.

　"잘 새겨들어둬요, 프랑스 왕궁에 가거든, 정치에 관여해서는 안 됩니다. 그리고 남의 일에 간섭해서는 안 됩니다. 기품 있는 왕세자비는 사람들이 다툴 때 어느 쪽도 편들어선 안 됩니다."

　그 말을 기억에 떠올리고 그녀는 서둘러 다음과 같이 덧붙였다.

　"하지만 어머니, 전 결코 뒤바리 부인에 대해 어느 쪽 편에서도 실수하지 않겠습니다. 안심하셔도 됩니다."

　그러나 루이왕가 금색 문장이 찍힌 봉투에 편지를 넣자마자, 마리 앙투아네트는 방금 쓴 내용을 까맣게 잊어버렸다……

이튿날 저녁, 베르사유 궁전 여기저기 회랑에서 귀족과 귀부인들은 단 하나의 화제에 관심이 쏠렸다.

"그거 봤어? 오늘, 뒤바리 백작부인 얼굴 말이야."

"아쉽게도……, 못 봤네. 자세히 좀 설명해 줘."

"얘기해 줄게. 오늘, 알현 방에서 말이지……."

오늘, 알현 방에서는 새로 부임한 바티칸 대사의 알현이 있었다. 루이 15세는 그 알현을 받은 후, 이번에는 왕세자와 왕세자비를 좌우에 거느리고 거기 모인 귀족들에게 로마 교황청 대사를 소개했다.

국왕 일행이 알현 방의 대리석 바닥을 천천히 걸어 지나가자, 귀족들이 차례로 고개를 숙이고, 귀부인들은 공손하게 허리를 숙였다. 그 모든 게 고요함과 질서 속에서 이루어졌다.

"콩티(Conti) 공작과 그 부인이요."

국왕은 호색한다운 표정으로 콩티 공작부인을 바라보고,

"둘 다 내 오랜 벗들이라고 할 수 있지."

교황청 대사에게 그렇게 그들을 소개했다.

귀족들은 참을성 있게 자기 차례를 기다리고 있었다.

"클레르몽(Clermont) 공작은 사냥의 명수라네."

유쾌한 목소리가 고요해진 방 구석구석까지 들렸다.

"뒤바리 백작부인."

드디어 국왕이 대사에게 자연스럽게 자기 애인을 소개했을 때, 방 안의 정적은 더욱 깊어졌다.

"바로 그때였어. 왕세자비가 모두에게 분명히 알 수 있게, 뒤바리 백작부인에게서 고개를 돌려 분명하게 멸시의 표정을 보였던 거야. 그 표정은 예법에 어긋난다고 할 수 있을 만큼 노골적이었어…… 모두가 숨을 삼킬 정도였거든."

"그래서, 그 백작부인은 그걸 알아챘는가?"

"모를 리가 있겠나? 그 순간, 경악에 찬 그녀의 낯빛이 창백해지고, 그리고 불꽃같은 분노가 얼굴에 드러났거든. 물론, 그 다음엔 아무 일도 없어서 그걸로 끝, 상황 종료됐지만."

"국왕은…… 눈치 채셨나?"

"눈치 채셨겠지. 하지만 그분을 알잖나. 완전히 시치미를 떼시고 아무렇지 않게 우리에게 농담을 하신 후 알현 방을 나가셨지."

"왕세자는?"

"왕세자? 평소와 다를 바 없었지. 멍하니, 뭘 알기는 하는 건지, 눈치는 챈 건지. 하지만 이건 일대 사건이야. 뒤바리 부인을 고깝게 생각하는 자들은 드디어 왕세자비가 해냈구나 하고 쾌재를 부르고 있겠지."

"그렇겠지."

사람들은 숨을 죽이고 일이 어떻게 되어 가는지 지켜보고 있었다. 사람들은 그 가녀린 소녀에게 이런 심술궂은 면이 있었다는 것을 그때 처음 알았다.

이튿날도, 그 이튿날도 궁전이 일상적으로 하는 행사에서 마리 앙투아네트의 심술궂은 면을 귀족들은 똑똑히 볼 수 있었다.

마리 앙투아네트는 뒤바리 부인에게 한 마디도 말을 걸지 않았다. 뒤바리 부인이 고개를 숙이고 무릎을 구부려도, 마치 그걸 보지 못했다는 듯 스쳐 지나갔다.

당시, 베르사유궁전의 관습으로는 신분이 낮은 자가 신분이 높은 자에게 말을 걸 수 없었다. 상대방이 말을 걸어줄 때까지 예의바르게 기다려야만 했다.

사람들의 주목을 받으며 뒤바리 부인은 왕세자비의 차가운 묵살을 감내해야만 했다. 왕세자비 마리 앙투아네트는 이 국왕 애인의 존재를 완전히 무시하고, 길가의 돌멩이라도 보듯 쳐다볼 뿐이었다.

공주들은 조용히 회심의 미소를 띠었다. 오스트리아에서 온 이 소녀가, 너무나 쉽게 자신들의 사주에 걸려들었던 것이다. 뒤바리 부인은 매일 매일 창피를 당하고, 모든 사람들이 지켜보는 앞에서 모욕을 당했다.

"정말 잘 하고 계셔" 아델라이드 공주는 입술에 웃음을 띠고 여동생들에게 속삭였다. "잘 쓰면 돌멩이도 쓸모가 있는 법이네."

마리 앙투아네트는 만족스러웠다. 자기의 몸짓 하나가 사람들 시선을 끌고 이 베르사유 궁전에 커다란 파문을 던질 수 있다는 것을 알고 득의양양했다.

(그래, 난 왕세자비야. 후일 프랑스 왕비가 될 몸이야)

그녀는 이 시기만큼 자기에게 주어진 지위를 체감한 적이 없었다. 그러나 그녀는 그 지위가 주변에 던지는 파문의 중대함을 알아채기에는, 아직 너무나 어렸다.

결국 사건은 일어났다.

발단은 슈와지 별궁(château de Choisy)에서 연극 공연이 열리던 밤에 일어났다.

그날 밤, 정각보다 조금 늦게 공연장에 도착한 뒤바리 백작부인과 그 친구들은 평소 같으면 당연히 자신들이 앉았을 특별석에 왕세자비를 모시는 궁녀 그라몽(Gramon) 부인과 그 친구들이 앉아 있는 것을 보았다.

뒤바리 부인의 작은 얼굴이 굳어졌다. 그녀는 이게 고의로 한 짓인지, 아니면 실수로 모르고 한 짓인지 판단이 서지 않아 묵묵히 서 있었다. 그

녀와 함께 온 미르푸아(Mirpoix) 부인이 그녀를 대신해,

"실례합니다만"

그라몽 부인에게 그렇게 말했다.

"자리를 잘못 앉으신 것 같은데요."

"어머, 왜요?" 그라몽 부인은 짐짓 놀란 척하며 얼굴을 들었다. "오늘은 특별석이 없는데요."

"하지만 뒤바리 백작부인은 거기 앉으실 자격이 되시는 것으로 알고 있습니다만"

"자격이요? 공식석상도 아닌 연극 관람에 자격 같은 게 있을 리가요."

그라몽 부인은 웃으며 부채를 흔들고는,

"원래 국왕폐하, 왕세자, 왕세자비께서 그럴 자격이 있으시다는 건 저도 잘 알고 있습니다. 그야 왕세자비가 참석하셨더라면, 우리 같은 궁녀들이 이 자리를 차지하고 있었겠습니까?"

미르푸아 부인의 얼굴이 굴욕과 분노로 일그러졌다. 그녀는 마리 앙투아네트를 모시는 궁녀인 그라몽 부인이 무엇을 꼬집고 하는 말인지, 분명히 알게 된 것이다.

"뒤바리 백작부인은"

그녀는 그렇게 반격할 수밖에 없었다.

"오늘 그대의 말실수를 결코 잊지 않으실 겁니다."

"좋을 대로 하시죠"

얼굴이 굳어진 채로 뒤바리 백작부인과 그 친구들은 뒤쪽, 잘 보이지 않는 좌석으로 걸어갔다. 숨죽인 웃음소리가 여기저기서 들렸다. 그리고 무대 막이 열렸을 때, 그녀들의 모습은 사라지고 없었다. 뒤바리 부인은 분연히 일어서 자리를 빠져나간 것이었다.

"전 이렇게 말씀 드렸답니다."

이튿날, 궁녀에게 자초지종을 들은 마리 앙투아네트는 누군가의 장난질에 대해 듣는 여학생처럼 웃음을 터뜨리고, 깔깔댔다.

"그때의, 그분 얼굴이란 참 가관이었답니다. 왕세자비님께 꼭 그 얼굴을 보여드리고 싶었다니까요."

"어쩔 수 없죠" 마리 앙투아네트는 고개를 끄덕였다.

"그분은 지금까지 자격도 없으면서 특권을 심하게 남용하셨으니까요."

그러나 그녀는 알지 못했다. 그날 밤, 국왕 침소 옆 침실에서 이 여성이 루이 15세의 팔에 안겨 눈물을 글썽이고, 흐느껴 울고, 자기가 받은 굴욕에 대해 호소했다는 사실을. 이 일은 그녀가 생각했던 것보다 훨씬 큰 생채기를 남기고 말았다…….

순진함 속에 드러나는 잔혹함이라는 게 있다. 마리 앙투아네트는 자신의 경솔한 행동이 얼마나 루이 15세를 당혹하게 만들고, 그녀의 어머니에게 상처를 주고, 그 어머니가 파견한 오스트리아 대사 메르시(comte de Mercy-Argenteau, 1727~1794)를 놀라게 했는지, 알지 못했다.

루이 15세는 깊은 밤 잠자리에서 흰 팔을 자기 목에 두르고 하염없이 눈물을 흘리며 호소하는 뒤바리 부인의 말을 모른 척 할 수 없었다.

"내 처지도 좀 생각해 주시오소서"

뒤바리 부인은 훌쩍였다. "왕세자비께서는 제게 단 한 마디도 건네지 않으십니다. 모든 사람들이 지켜보는데, 단 한 번의 눈길도 주지 않으십니다. 그 이유는 너무나 잘 알고 있지요. 그건 제가 이렇게나 폐하를 사랑하기 때문입니다."

"왕세자비는 아직 어리지 않은가."

국왕은 그렇게밖에 대답할 수 없었다.

"그냥 웃어넘길 순…… 없겠는가?"

"웃어넘기다니, 가당치도 않습니다. 이게 왕세자비 한 분만 그러신다면 저도 묵묵히 견디겠사옵니다. 그러나…… 비전하를 모시는 궁녀들까지 모두가 보는 앞에서 다 들리게 모욕했을 땐……."

그녀는 더 이상의 굴욕을 귀족들 앞에서 받아야 한다면 베르사유 궁전을 떠나고 싶다며 울기 시작했다. 훌쩍이는 그녀를 바라보며, 나이를 먹어갈 수록 추해져가는 루이 15세는 한숨을 쉴 수밖에 없었다.

"그럼 이렇게 합시다."

국왕은 어린 아이를 달래듯 뒤바리 부인의 부드러운 등을 어루만지며 속삭였다.

"당신을 모욕한 그라몽 부인을 이 궁전에 두 번 다시 발을 들여놓지 못하게 합시다."

루이 15세는 자신의 애인이 발단이 된 이 일을 가급적 조용히 처리하고 싶었다. 그래서 그는 마리 앙투아네트의 궁녀를 추방하는 것으로 사태를 진정시키려고 했던 것이다.

이튿날 오전, 엄격한 얼굴의 수석시녀 노아유 부인은 밀랍으로 봉인된 국왕의 서신을 그라몽 부인에게 내밀었다.

"나는" 수석시녀는 차가운 표정을 바꾸지 않았다.

"이 서신을 당신에게 건네주라는 명령을 받았을 뿐입니다."

오후, 공주들의 방에 습관적으로 방문한 루이 15세는 거기서 창백한 얼굴을 한 소녀가 머리를 숙이는 것을 보았다.

열네 살의 그녀는 애써 웃음을 지어 보이려고 했으나 굳어진 표정은 숨길 수 없었다.

"마담 그라몽을 두 번 다시 볼 수 없다는 게 사실이옵니까?"

"짐은 잘 모르겠으나, 그녀가 뒤바리 부인에게 근거 없이 무례를 저질렀다고 들었다. 베르사유에서는 윗사람에게는 예의를 지켜야 한다, 그게 궁정의 법도다."

"하지만…… 그분은 제 궁녀인데요. 그런데 전 아무 것도 몰랐습니다. 그녀를 그만두게 했다는 것을요……."

국왕은 당황해 그건 자기 책임이 아니라고 변명한 후, 서둘러 방에서 나갔다. 공주들은 고개를 숙인 채, 이 두 사람의 다툼을 지켜보았다.

"제가 폐하께 실례를 저질렀나요?"

마리 앙투아네트는 시고모들에게 불안한 듯 물었다.

"아니요. 걱정하실 것 없습니다." 아델라이드 공주는 일부러 진지하게 고개를 흔들었다. "바른 말을 하셨을 뿐입니다."

옳은 일을 한다고. 마리 앙투아네트는 겨우 안심했다. 이 공주들과 사리분별이 있는 귀족들이 편들어 줄 것이다. 이 궁전에 와서 왕세자비가 된 지 얼마 되지 않았지만, 나는 이 사람들을 위해 올바른 일을 한 것이다.

"고맙습니다." 그녀는 기쁜 듯 끄덕였다.

"공주마마들께서 도와주신 덕분입니다."

만약 평범한 남편이었다면, 자기 신부의 이 주제넘은 행위—아니 주제넘다기보다는 여성 특유의 어리석은 정의감을 나무랐을 것이다. 말을 듣지 않는다면 비록 결혼한 지 얼마 되지 않았지만 뺨을 두세 대 치기도 했을 것이다.

그러나 왕세자는 그날, 득의양양하게 자초지종을 보고하는 아내의 이야기를 당혹스런 얼굴로 듣고 있었을 뿐이었다. 우둔한 오빠가 말괄량이 여동생에게 압도되듯이, 그는 그녀의 아내를 혼내거나, 억누를 용기가 없었다. 사태가 커져서 그에게 불똥이 튀지 않기만을 바랐을 뿐이다.

그라몽 부인이 추방되었다는 이야기는 금세 베르사유 궁전에 파다하게 퍼졌다. 매일이 따분한 귀족들은 이 우스꽝스러운 사건을 마음껏 즐겼다. 빈에서 온 여자아이가 하필이면 국왕폐하를 곤란하게 만들다니. 이 시기, 이렇게나 재미있는 구경거리는 다시없었다.

국왕의 난감한 표정을 본 수석시녀는 마리 앙트와네트의 모국인 오스트리아의 대사, 메르시에게 사정을 이야기했다. 경악한 대사는 부랴부랴 마리 앙투아네트에게 알현을 청했다.

"어머님도 매우 침통해 하십니다."

대사는 향수 냄새가 강한 손수건으로 이마의 땀을 닦으며 횡설수설 댔다.

"어머님은 이 작은 일이, 오스트리아와 프랑스의 외교와 우호에 영향을 미치지나 않을지, 우려하고 계십니다."

그러나 마리 앙투아네트는 자기 행동의 파문에 대해 아직 잘 이해하지 못했다. 왕세자비인 그녀의 일거수일투족이, 경우에 따라서는 국가 정치에 영향을 주기도 한다는 사실을 알기에는 아직 너무나 어린애 같았다.

"그 점, 잘 헤아리셔서……."

"잘 알겠습니다. 대사님"

그러나 그날 밤 무도회에서도 마리 앙투아네트는 뒤바리 부인의 모습을 보자 입술을 일자로 다물고 외면했다. 물론 한 마디 말조차 걸지 않았다.

순간, 뒤바리 부인의 눈처럼 흰 얼굴에 분노의 불꽃이 일어났다. 그녀는 더 이상 이 건방진 계집애를 용서할 수 없었다.

(내가 똑똑히 알게 해 주마. 애들 불장난이 얼마나 위험한지를……)

가엾은 오스트리아 대사 메르시는 이튿날부터 열심히 불려 다녀야만 했다. 프랑스 외무성으로, 외무장관실로, 뒤바리 부인 거실로. 그리고 뒤바리 부인의 거실에 있을 때, 루이 15세가 갑자기 나타났다.

"오늘까지 귀하는 오스트리아 대사였으나"

국왕은 친절하게, 그러나 메르시가 거부할 수 없는 위엄을 가지고 명령했다.

"앞으로는 잠시, 짐을 위해 힘 좀 써 줘야겠네. 물론 왕세자비에게 짐은 매우 만족하고 있다네. 미래의 프랑스 왕비로서 더할 나위 없이 걸맞은 여성일세. 다만 그게 좀, 이 궁정의 관습과 예의범절만 익혀준다면야 짐으로서는 더 이상 바랄 게 없겠어"

국왕의 이 말이 무엇을 뜻하고 무엇을 암시하는지 메르시 대사도 바로 알아챘다. 땀을 흘리며, 대사는

"알겠사옵니다, 폐하"

깊숙이 인사하고 나올 수밖에 없었다.

이렇게 해서 마리 앙투아네트의 정의감과 유치함은 정치문제에까지 영향을 미치기 시작했다.

이전과는 달리, 이번에는 엄격한 태도로 왕세자비에게 알현을 청한 메르시 대사는 사태의 심각성을 그녀에게 분명하게 전달해야만 했다.

"이번 혼인은 왕세자비님 혼자만의 문제가 아니라, 두 나라의 우호의 표지(標識)로 이루어진 것입니다. 그렇기에 왕세자비님의 생활 역시, 그 표지를 더욱 강건하게 만드는 것이었으면 합니다."

어려운 이야기, 우회적인 어려운 대화를 마리 앙투아네트는 잘 알아듣지 못했다. 메르시 대사의 관료다운 설교를 그녀는 처음에는 고개를 끄덕

이며 듣고 있었으나,

"그래서…… 대사님, 알기 쉽게 말씀해 주시면요?"

"일전에 부탁드린 대로입니다. 국왕폐하께서는 저뿐만 아니라 어머님과 오스트리아에 대해서도 불쾌하게 생각하시는 것 같습니다."

처음으로 마리 앙투아네트는 자신의 경솔한 행위가 불러일으킨 사태의 심각성을 깨달았다.

장난질을 들킨 아이처럼, 그녀는 소리 내어 울었다. 얼굴을 감싼 두 손에서 눈물이 흘러나왔다. 메르시 대사는 곤혹스러운 얼굴로 이를 지켜보고 있었다…….

그러나—.

메르시 대사의 애원과 빈에 있는 어머니 마리아 테레지아의 질책에도 불구하고, 마리 앙투아네트는 여전히 그 고집 센 태도를 바꾸려고 하지 않았다.

그녀에게는 분명 응석받이로 자란 여자아이 특유의 고집이 있었다. 한 번 토라지면 누가 무슨 말을 해도 입을 열지 않는 아이처럼, 그녀는 한 결같이 뒤바리 부인을 무시했다.

마리 앙투아네트는 이 사건이 궁전 안에서 이목을 끌고 있음을 느꼈다. 그녀와 뒤바리 부인의 말없는 싸움을 대신들과 귀족들 모두가 호기심에 찬 눈으로 지켜보고 있다는 것도 알고 있었다. 때문에 그녀는 패배한 모습을 모두에게 보이고 싶지 않았다. 만약 그녀가 뒤바리 부인에게 말을 건다면, 부인의 압박에 그녀가 무릎을 꿇었다고 귀족들은 해석할 것이다.

"아시겠죠."

교활한 아델라이드 공주는 마리 앙투아네트를 꼬드기고 치켜세우고 부추기는 걸 잊지 않았다.

"왕세자비의 위엄을 대신들에게 보여줘야 합니다. 그렇지 않으면 그 사람들은 앞으로 당신을 업신여길 테니까요."

그 말을 듣자 마리 앙투아네트는 아무리 메르시 대사가 애원하고 빈의 어머니에게서 엄하게 꾸짖는 편지가 날아와도, 이제 와서 태도를 바꿀 수는 없었다. 게다가 이 베르사유 궁전에서 달리 기댈 사람이 없던 그녀는 시고모들인 세 공주들에게 미움 받고 싶지 않았다…….

남편인 왕세자는 이 문제에 대해 무엇 하나 끼어들지 않았다. 마치 국외자인 것처럼 사건에 말려들지 않고 피하려고만, 무작정 피하려고만 애썼다…….

빈 왕궁의 어떤 방에서, 파리에서 돌아온 메르시 대사는 이마에 땀이 송골송골 맺힌 채 자초지종을 마리 앙투아네트의 어머니, 마리아 테레지아 여제(女帝)에게 빠짐없이 보고하고 있었다.

"마리 앙투아네트 비전하(妃殿下)는 공주들로부터 과도하게 영향을 받고 계신 것 같습니다. 게다가…… 천성이 활달하셔서 그게 지나치게……."

메르시가 괴로운 듯 거기까지만 말하고 흰 손수건으로 이마의 땀을 닦자,

"거리끼실 것 없습니다. 대사가 직무에 매우 충실한 분이라는 건 잘 알고 있습니다. 딸에 대해 우려되는 부분이 있다면, 가감 없이 말씀해 주십시오."

여제는 걱정스러운 듯이 재촉했다.

"네. 원래 성격이 너무나 활발하신 나머지…… 예를 들어 궁녀들의 실수를 보고는…… 큰 소리로 웃으십니다. 때로는 모두가 보는 앞에서 경박

하게 비웃으실 때도 있습니다."

"그 애는…… 아직도 자신을 어린아이라고 생각하나 봅니다. 그런 행동이 얼마나 아랫사람들에게 상처를 주는지 알지를 못해요. 그 애는…… 아직 왕세자비라는 사실을 제대로 이해하지 못하나 봅니다."

"말씀드리기 황송합니다만……."

"괜찮습니다. 말씀하세요."

"비전하는 요즘…… 코르셋을 입지…… 않으시는 것 같습니다."

메르시는 여성 앞에서 입에 담지 못할 말을 한 것처럼 고개를 숙이고, 자신의 구두 앞부리를 바라보았다.

"코르셋을……."

"아시겠지만 베르사유 귀부인들은 다들 관습처럼 코르셋을 입습니다."

"당연히 그렇지요."

여제는 얼굴을 굳히고 크게 끄덕였다.

"그리고 이번에는 뒤바리 부인 건입니다. 여제 폐하께서 질책하셨는데도 불구하고 여전히 비전하는 뒤바리 부인에게 말을 걸지 않으십니다. 프랑스 국왕폐하는 현재로선 노골적으로는 말씀하지 않으시지만…… 이 점에 대해 불쾌하게 여기시는 건 분명합니다."

"그게……."

테레지아 여제는 허공의 한 점을 가만히 바라보면서 불안하게 물었다.

"우리 오스트리아와 프랑스 사이에 모처럼 만들어진 우호관계를 뒤흔들 수도 있다고 생각하십니까?"

"경우에 따라서는요." 메르시는 끄덕였다.

"오스트리아는 이제까지보다 더욱 더 프랑스의 우정을 필요로 하게 됩니다. 우리는 폴란드 분할을 위해 우선 프로이센 제국에 다가갈 수밖에 없습니다만, 그러기 위해서는 프랑스의 동의가 필요합니다."

"그러면 딸의 경박한 행동이 루이 15세 폐하의 역린을 건드리고— 그게 결국 두 나라 관계에 금이 가게 할 수도 있다는 말입니까?"

"네"

여제는 의자에서 벌떡 일어났다. 그녀가 마음속으로 무언가를 결의할 때면 늘, 이렇게 의자에서 일어났다.

마리 앙투아네트는 이 무렵, 콩피에뉴 숲에서 이륜마차를 몰곤 했다. 할 수만 있다면, 마차가 아니라 직접 말 등에 타고 마음껏 질주하고 싶었다.

콩피에뉴 숲. 푸릇푸릇한 잎들이 마차의 양옆을 세찬 계곡물처럼 흘러간다. 바람이 앙투아네트의 뺨에 닿는다. 눈을 감으면 모든 것을 잊을 수 있을 것 같다.

(누구의 지시도 따르지 않을 거야. 누구든 내게 명령할 수 없어)

바람을, 나무 냄새를 담은 공기를 가슴에 가득 들이쉬고, 그녀는 힘껏 자신에게 되새긴다.

(주위에서 시끄럽게 구는 건 딱 질색이야)

열심히 땀을 닦으며 뒤바리 부인에게 말을 걸라고 애원하는 메르시 대사. 그 대사가 갖고 오는 빈의 어머니 편지.

"더 이상 묵인할 수 없습니다. 메르시의 충언을 무시했으며, 국왕폐하도 희망하시고 또 의무로서 이행해야만 함을 충분히 알고 있으면서도, 약속을 깨트린 것입니다."

어머니 마리아 테레지아의 편지는 더없이 준엄하고 격렬했다. 한 줄, 한 줄, 한 마디, 한 마디에 분노가 번져 나왔다. 그 내용이 지금, 마리 앙투아네트의 머리에 다시 떠올랐다.

(어머님은 아무 것도 모르시면서. 내가 지금 어떤 상황에 처했는지, 아무 것도 모르시면서……)

그녀는 어머니에게 소리치고 싶었다. 나는 이제 어른이라고. 그리고 프랑스의 왕세자비라고. 내게는 왕세자비로서의 권리와 위엄이 있다고.

"좀 더 말을 빨리 달리게 해."

그녀는 마부에게 큰 소리로 명령했다. 그 목소리를 듣고 마부는 말에 채찍을 휘둘렀다. 나무들이 날아간다. 바다 같은 녹색이 흐른다. 뒤에서 호위하는 다섯 명의 청년 귀족들이 말에 박차를 가하고 쫓아온다. 그 중에는 결혼식 만찬회 때, 그녀의 상대로 미뉴에트를 추었던 궁정에서 제일가는 춤의 명수, 샤르트르 공작도 끼어 있었다.

(아, 좋다, 이렇게 좋은 것을.)

가슴 밑바닥에서 지금까지 맛보지 못했던 쾌감이 일어나면서 머리까지 뚫고 지나간다. 아득해질 것 같은 이 환희에 마리 앙투아네트는 취한다. 이 쾌감은 대체 무엇일까? 콩피에뉴 숲의, 숨이 찰 것 같은 나무 냄새가 주는 것일까. 궁전, 메르시, 어머니의 편지 ─ 그녀를 옥죄어 오는 그런 모든 속박으로부터, 지금 마차를 달리게 하면서 비록 한순간이지만 해방되었기 때문일까. 그녀는 숨을 들이쉬어 코르셋을 입지 않은 가슴을 한껏 부풀리고, 눈을 감는다. 그리고 마차가 멈춘 후에도, 가만히 그 눈을 뜨지 않는다.

"비전하, 몸이 안 좋으신 건……."

"아뇨"

그녀는 마차 주위에 모여든 청년 귀족들에게 미소 짓는다. 그 귀여운 얼굴이 장밋빛으로 물들어 있다.

이렇게 해서 이태 가까이 마리 앙투아네트는 뒤바리 부인에게 말을 걸지 않았다. 어머니 마리아 테레지아가 마지막 위협을 가했다. 만약 그 고집을 계속 꺾지 않는다면 왕세자비가 자신의 딸로서 갖고 있는, 그리고 합스부르크 왕가의 혈통을 잇는 자가 갖고 있는 모든 권리를 일체 인정하지 않을 것이라고.

"알겠습니다."

이 전언을 들고 온 메르시에게 마리 앙투아네트는 결국 굴복하겠다는 약속을 했다. 1772년 정월 초하루, 그녀는 결국 그 약속을 지켰다.

새해 첫날, 신년 인사를 드리러 문안 온 귀족과 귀부인들이 열석한 가운데, 국왕과 왕세자와 함께 인사하면서 그녀는 뒤바리 부인이 에귀용(d'Aiguillon) 공작부인과 미르푸아 원수부인 사이에 서 있는 것을 보았다. 무릎을 구부려 고개를 숙인 뒤바리 부인에게 왕세자비 마리 앙투아네트가 그 눈을 외면하면서도, 대체 말을 거는 건지, 혼잣말을 하는 건지 알 수 없도록 중얼거린 다음 한 말은 너무나 유명하다.

"베르사유가 오늘 정말 사람들로 붐비네……."

저녁노을 무렵의 팔레 루아얄

Palais Royal

토끼 아주머니는 친절했다. 스트라스부르의 빵집 안주인처럼 소리를 지르거나 욕하거나 빗자루를 쳐들어 때리는 짓은 한 번도 하지 않았다.

"넌 정말 착한 애야."

조금 충혈된 눈에 웃음을 띠면서 아주머니는 마르그리트를 추어주었다.

"언젠가 꼭 좋은 옷과 목걸이를 걸치게 해 주마."

아주머니가 그녀에게 시키는 일은 무척 쉬웠다. 아침, 방에 하나하나 커피를 날라 간다. 노크하고는 그 커피를 방에서 삐죽 나오는 여자 손에 건네준다. 그리고 아주머니와 아침을 먹은 후, 하나 둘 비어가는 방을 청소한다. 침대를 정리하고 물병에 물을 긷고 바닥에 있는 요강(pot de chambre)을 비운다. 이게 하루 중 마르그리트에게 가장 싫은 일이었지만, 그게 끝나면 저녁까지 한가하다.

한가할 땐 아주머니와 여자들이 카드 게임하는 모습을 옆에 앉아 지켜보았다.

"너도 배워 볼래?"

그 말에 그녀는 태어나서 처음으로 카드라는 것을 만져보았다. 그건 뱀과 개구리와 세 마리 여우 그림이 그려진 신기한 카드였다. 아주머니는 그 걸로 종종 여자들의 운세를 점쳐 주었다.

카드게임의 룰을 마르그리트는 금세 배웠다. 글씨도 읽지 못하고 숫자 도 몰랐지만 지기 싫어하는 성격 탓인지, 4, 5일도 되지 않아 아주머니에 게도 놀러 온 여자들에게도 이겼다.

"머리도 나쁘지 않아, 앤"

토끼 아주머니는 여자들에게 자랑했다. 그리고 마르그리트의 운세도 점쳐 주었다.

마르그리트는 이때 처음으로 이 트럼프가 집시 전용 카드고, 점칠 때는 결코 오른손으로 트럼프를 섞어서는 안 된다는 걸 알았다.

"우선 석 장을 마음대로 골라 봐."

푸른 개구리와 뱀과 마녀가 그려진 극채색 카드를 탁자에 가지런히 놓 고 그 위에 한 장씩 뒤집어 놓았다. 아주머니가 그걸 다시 뒤집으며,

"어머"

놀란 듯이 소리를 질렀다.

"사흘 뒤면…… 네게 정말 좋은 일이 일어나겠다. 마르그리트"

"좋은 일이요?"

"그래. 넌 예쁜 옷을 살 수 있을 거야. 점괘에 그렇게 나와 있단다."

그리고 아주머니는 숨을 내뱉고는

"희한하군"

이라고 중얼거렸다. 여자들은 묵묵히 트럼프를 바라보고 있었다.

예쁜 옷을 사흘 후에 살 수 있다니. 오랫동안 고생한 탓에 지극히 현실 적 인간이 된 마르그리트는 아주머니의 점괘를 반쯤 의심했지만, 반쯤은 꿈을 꾸는 기분이었다. 라로크 씨와 함께 처음 파리에 발을 들여놓은 날

부터 지금까지, 그녀는 자기도 센 강 주변의 쿠르라렌을 걷던 여자들처럼 옷을 세련되게 입어보기를 얼마나 바랐던가. 그게 사흘 후면 이루어진다고 트럼프가 예언한 것이다.

이튿날은 아무 일도 일어나지 않았다. 그녀는 평소처럼 아침엔 객실 청소를 했고, 밤엔 술병과 도기 컵을 손님들과 여자들에게 날랐다. 이튿날도 마찬가지였다.

대망의 사흘 째 되던 날, 오전 중에는 아무 일도 일어나지 않았다. 토끼 아주머니는 자기 점괘를 잊어버린 듯,

"마르그리트. 계단 청소 좀 해 주련", "마르그리트. 빈 술병 좀 모아 주련" 하고 심부름을 시켰다. 그리고 저녁이 되자, 창문을 비가 적시기 시작했다. 칙칙한 날씨였다. 카운터에서 아주머니가 열쇠를 가지런히 올려놓고 무언가를 쓰고 있었다…….

문에 달린 방울이 딸랑하고 작은 소리를 내며 울렸다. 포기하고 고개를 떨군 채 있던 마르그리트가, 얼굴을 갑자기 들어 올렸다.

열여덟 쯤 되는 청년과 서른 가까운 남자 두 사람이 문을 열고 들어왔다. 청년은 젊음이 넘쳐났지만, 얼굴이 새빨갛고 어깨를 들썩이며 숨을 쉬고 있었다. 서른 가까운 남자는 비쩍 마른 몸으로 눈빛이 날카로웠다.

남자는 주위를 둘러보고, 손에 든 지팡이에 몸을 기대면서

"재수 없게 비가 내리는군. 게다가 마차도 안 보이고"

"날씨가 정말 칙칙하죠" 아주머니는 싹싹하게 말했다. "그런데 방이 꽉 차서 어쩌죠"

남자의 날카로운 눈이 카운터 벽에 걸린 열쇠에 꽂혔다. 빈 방이 있다는 걸 열쇠를 힐끗 본 것만으로도 알아챘다.

"수상한 사람이 아니라네. 난 마라(Marat)라고 하지. 의사고, 이 청년은 내 조수야. 루앙에 볼일 때문에 갔다가 돌아오는 길인데 어제부터 열이 나네. 비에 젖으면 폐렴에 걸릴 거야."

"저희 호텔은" 아주머니는 어렵게 말을 꺼냈다. "방이 전부 더블베드인데요."

"그렇군."

마라라고 이름을 댄 의사는 그녀가 한 말 뜻을 알아챈 것 같았다. 그는 주머니에서 금화를 꺼내 카운터 위에 올려놓고,

"설마 이걸로도…… 모자랄까?"

"어유, 별 말씀을요."

토끼 아주머니는 손뼉을 치며 아이처럼 웃었다.

"충분하다마다요. 방은 어떻게든 만들어 보지요. 그런데 하나밖에 못 마련하겠는데요……."

"괜찮아. 난 의자에서 날이 샐 때까지 쉬겠네. 단, 이 청년에게는 뜨거운 물에 럼주와 꿀을 타서 좀 먹여주게. 그리고 따뜻한 담요도."

아주머니는 벽에서 열쇠를 빼고는 열 때문인지 뺨이 붉은 청년에게 건네주고 마르그리트에게,

"복도 끝 방이야."

하고 재촉했다.

"넌 이름이 뭐니?"

"마르그리트."

그녀가 뜨거운 물을 부은 럼주를 방에 갖고 가자, 청년은 이미 담요를 턱 위까지 덮고 침대에 누워 있었다.

"마르그리트라. 난 기이(Guy)라고 해. 내 사촌도 너랑 같은 이름인데. 그리고 너를 꼭 닮은 포도색 눈을 하고 있지"

젊은 남자로부터가 이렇게 자상하게 이야기를 듣는 건 처음 있는 일이라, 마르그리트는 얼굴이 발개져 방을 나서려고 했다.

"무서워할 거 없어. 열이 나서 그런지 혼자 있는 게 좀 그렇네. 좀 더 같이 있어주지 않을래? 럼주를 마시는 걸 좀 도와주었으면 하는데."

그녀는 쭈뼛쭈뼛 뜨거운 물에 탄 럼주 찻잔을 청년의 입가에 대어주었다. 청년은 머리를 들어 올려 눈을 감고, 닭이 물을 마실 때와 같은 표정으로 한 모금, 한 모금, 입안에 넣었다.

"난 있지, 의사 지망생이야. 마라 선생님 밑에서 일하고 있어. 그분은 훌륭한 선생님이신데, 그냥 의사가 아니야. 너희처럼 일하는 자들의 편에서 계시지. 선생님은 혁명을 준비하고 계시거든."

"혁명?"

"모르니? 모르겠지. 이 나라 왕과 귀족들은 오랫동안 너희를 부릴 만큼 부리고, 있는 대로 모조리 다 빼앗아, 반항할 기력과 혁명을 일으킬 힘까지도 앗아갔으니. 하지만 언젠가는, 너희들이 좀 더 나은, 좀 더 인간다운 삶을 살 수 있는 날이 올 거야."

마르그리트는 전에 왔던 사드 후작처럼 이 청년도 열에 들떠 헛소리를 하나 싶었다. 하지만 사드 후작에게 품었던 두려움과 혐오감은 전혀 느껴지지 않았다.

"미안해. 잘난 척 혼자 연설을 하다니."

의사인 마라는 카운터 위에 놓인 집시용 트럼프를 신기하다는 듯 바라보고 있었다.

"희한하게 생긴 카드군."

"점치는 트럼프랍니다."

금화를 받은 토끼 아주머니는 얼굴 가득 상냥한 웃음을 띠었다.

"점을 칠 줄 아나?"

"심심풀이죠, 뭐."

"나도 좀 봐주게."

아주머니는 트럼프를 테이블 위에 한 장씩 내려놓았다. 마라는 아주머니 말대로 한 장을 가리키기도 하고 두 장을 빼서 바꾸기도 했다.

"점괘가 아주 좋네요. 어디 빠질 데가 없는 운이네…… 모든 게 잘 되겠어요."

"그래?"

남자는 믿지 않는 듯, 살이 없어 푹 팬 뺨에 빈정대는 웃음을 띠었다.

"언제까지 살 수 있을까?"

"한 장 빼서 여기 놓아 보시죠."

남자는 가늘고 지적인 손가락으로 카드를 한 장 빼들고 아주머니에게 보였다. 토끼 아주머니 얼굴에서 상냥한 웃음이 사라졌다. 안색이 창백해졌다.

"응? 왜 그러지……? 불길한 점괘라도 나왔나?"

"아뇨."

"편히 말 하게. 난 무서울 게 없는 사람이야."

그러나 아주머니는 입을 꼭 다물었다. 남자가 뽑은 카드는 그가 언젠가 — 그렇다, 언젠가 누군가에게 살해당할 운명을 명확히 나타내는 '검은 천사(Ange noir)'였기 때문이다…….

촛대 심이 찌릿찌릿 타는 소리가 들렸다. 양초가 얼마 남지 않아 작은 불꽃만이 나비처럼 움직이고 있었다.

청년은 가볍게 숨소리를 내며 잠들어 있다. 마르그리트는 살며시 두 팔에서 얼굴을 들어 아직도 앳된 모습이 남은 청년의 얼굴을 가만히 들여다보았다. 그녀의 갈색 젖꼭지에는 아직도 그의 입술과 혀의 감촉이 한 시간 전 그대로, 또렷이 남아 있었다.

그 경험은 태어나서 처음이었다. 남자가 어깨에 뜨거운 입김을 얹고, 입김을 내뱉은 그 입술이 천천히 목을 타고 올라가 턱과 뺨과 귀에 말할 수 없는 쾌감을 주는 감촉이 온몸에 퍼진 것도, 그리고 금발머리가 물을 찾는 사슴처럼 격렬하게 움직이고, 그녀의 유방을 세게 누른 것도— 이 모든 게 마르그리트에게는 첫 경험이었다.

"아—."

청년의 잠든 얼굴을 내려다보며 그녀는 아까 느꼈던 감촉과 쾌감을 떠올렸다. 그때, 뜨거운 불같은 것이 온몸을 훑고 지나갔다.

그녀는 입가의 침을 한 손으로 닦았다. 그리고 천천히 침대에서 내려와 일어섰다.

방을 나와 계단으로 나오자 층계참이 어렴풋이 밝았다. 이제 곧 아침이다.

로비 램프가 마라의 마른 등에 검게 음영을 드리웠다. 마라는 팔짱을 낀 채 잠들어 있었다. 토끼 아주머니도 자기 방에 들어갔는지 호텔에는 작은 소리 하나 들리지 않는다. 다른 손님들도 각자 방에서 여자를 껴안고 자고 있다.

마르그리트는 로비 창문에 얼굴을 붙이고 젖빛 안개에 싸인 새벽 거리를 바라보고 있었다. 그 안개 속에 마로니에 나무들이 언짢은 노인들처럼 서 있다. 짐마차가 한 대, 무슨 일인지 이런 이른 아침에 천천히 호텔 앞을 지나갔다. 말발굽 소리와, 돌이 깔린 길을 바퀴가 삐걱대며 지나가는 소리가, 점점 멀어져가고 있었다.

"다음 일요일에—같이 나가자. 데리러 올게."

그 목소리가 갑자기 마르그리트 귀에 되살아났다. 그녀의 목에 두 손을 두르고 얼굴에 뜨거운 입김을 내뱉으며 청년은 그렇게 말해주었다. 그때의 청년은 눈을 감고 마치 꿈꾸는 소년 같은 얼굴을 하고 있었다. 진심인지, 아니면 잠결에 중얼댄 말인지, 알 수 없다.

"다음 일요일에—같이 나가자. 데리러 올게."

마르그리트는 창문에 얼굴을 세게 붙이고 그 말을 되뇌고 또 되뇌며 몇 번이고 마음속으로 곱씹었다.

조금 후, 토끼 아주머니가 일어났다. 마라도 눈을 떴다.

"아니, 마르그리트, 너 벌써 일어났니?"

아주머니도 의사 마라도 전혀 눈치를 채지 못했다. 마라는 청년의 침실로 올라가며 마르그리트에게 뜨거운 커피와 빵을 갖다달라고 했다. 그녀가 방에 들어가자 청년은 완전히 기운을 회복하곤 마라의 진찰을 받고 있었다.

"열도 떨어진 것 같고. 이 상태라면 오늘 싹 낫겠는데"

그녀는 청년의 얼굴을 쳐다볼 용기가 없어 빵과 커피를 탁자 위에 올려놓고 도망치듯 방을 나왔다.

두 사람이 떠난 후, 호텔이 텅 빈 것만 같았다. 손님들 방을 청소하면서도 그 청년 생각만 났다. 청년이 잠들었던 방에 발을 들여놓았을 때, 통증이 느껴질 만큼 가슴이 죄어왔다.

창문에서 흘러들어오는 오전의 태양 빛 속에서 오랫동안 그녀는 그 방을 나가지 않았다.

"마르그리트, 마르그리트."

아주머니가 그녀를 부르는 소리에 제 정신으로 돌아왔다. 그녀는 청년이 뱄던 베개에 얼굴을 묻고 희미하게 남아 있는 그의 머리카락 냄새를 맡으며, 그 뜨거웠던 감촉, 그 뜨거웠던 입김, 그녀의 유방을 꾹 눌렀던 그의 입술을 떠올리고 있었다.

"기이." 작게—아주 작게 그녀는 청년의 이름을 불렀다. "기이……."

"마르그리트."

아니다, 이건 청년의 목소리가 아니다. 토끼 아주머니의, 그 사람 좋은 느낌의 목소리다.

"네게 정말 좋은 일이 있단다. 기억하니? 전에 본 네 점괘…… 사흘 지나면 아주 좋은 일이 생길 거라고…… 그 말 했었지?"

"네."

"내려와 보렴."

계단 아래에서 아주머니는 반짝반짝 빛나는 금화를 손가락에 끼우고 마르그리트를 기다리고 있었다.

"자, 이걸 갖고 예쁜 옷을 사러 가는 거야."

그 금화는 어젯밤 마라 의사가 아주머니에게 준 것이었다.

"예쁜 옷이요?"

"그래. 애, 눈을 동그랗게 뜨는 거 봐. 얘도 참……."

예쁜 옷. 일요일. 이번 일요일에 데리러 올게. 청년의 말이 다시금 그녀의 머릿속에 소용돌이처럼 빙글빙글 돌았다.

"그야 내 점괘가 맞을 때도 있고 틀릴 때도 있지만. 어젯밤은 정말 찝찝하더라. 그 눈빛이 날카로운, 비쩍 마른 의사 말이야. 농담 반으로 한 말이겠지만…… 점 봐달라고 그러더라고……."

마르그리트는 아주머니 얘기를 듣고 있지 않았다. 그녀는 일요일, 예쁜 옷을 입고 그 청년을 만날 일만 생각하고 있었다.

"무슨 점괘가 나온 줄 아니? 세상에, 그 불길한 검은 천사 카드를 그 의사가 뽑은 거야. 글쎄. 그 카드는 말이지— 뽑은 사람이 언젠가 살해당한다는 뜻이야. 그 카드를 뽑는 게 흔한 일은 아니거든. 내가 얼마나 놀랐는지, 얼마나 무섭던지. 이름이 마라였나, 아무튼 그 의사는 언젠가 살해당할 지도 몰라. 누군가가……."

아주머니 입은 자동인형처럼 저 혼자 열리고 닫히고 있었다. 마라가 누군가에게 살해를 당하건 말건, 마르그리트는 관심이 없었다.

아주머니 호텔에서는 팔레 루아얄도 쿠르라렌도 멀지 않았다. 그래서 그날 오후 늦은 점심을 먹은 다음, 아주머니는 마르그리트를 데리고 팔레 루아얄까지 데려가 주었다.

팔레 루아얄 주변은 쿠르라렌처럼 이날도 마차와 사람들로 온통 붐볐다. 사람들은 어젯밤 비에 젖은 마찻길을 서둘러 건너고 돌이 깔린 인도를 줄지어 흘러가고 있었다. 늘어선 상점 앞에는 노점상이 나와 있었고, 거리의 광대가 서툰 마술을 보이고, 과자와 과일을 파는 여자들이 외치는 소리가 여기저기서 울렸다.

상점 중에서도 특히 인기가 있는 것은 카페였다. 카페는 1654년에 처음 파리에 생겨났지만, 이 무렵에는 꽃의 도시, 파리 구석구석까지 넘쳐나고 있었다. 거기서는 그냥 커피만 마시는 게 아니라, 한 잔의 따뜻한 음료를 마시며 신문을 읽거나 편지를 쓸 수도 있었다. 체스와 트럼프에 빠져 시간 가는 줄 몰라도, 가게 주인은 아무런 불평을 하지 않았다. 지식인들은 이 카페에 모여 국왕 체제를 비판하고 정보를 교환하고, 그리고 혁명에 대해 뜨거운 논쟁을 벌였다.

토끼 아주머니는 마르그리트를 여자 옷 가게에 데리고 들어갔다. 아주머니와 그곳 점원은 전부터 알고 지내는 사이인지,

"얘한테 어울리는 게 있을까?"

아주머니가 한쪽 눈을 찡긋하기만 했는데도, 끊임없이 가지각색 색깔별로 옷들을 꺼내왔다.

꿈속을 헤매는 기분이었다. 그녀는 커다란 거울 앞에서 점원이 내민 꽃 같은 옷들을 몸에 대어보고 상기된 얼굴로 입술을 핥았다.

"정말 잘 어울리세요, 아가씨."

고아원에 있었을 때의 일이 머리를 스쳐지나갔다. 스트라스부르의 빵집에서 일할 때, 그리고 그 집을 뛰쳐나온 날 밤이 주마등처럼 머리를 스쳐지나갔다. 라로크 씨가 한 말은 정말이었다. "파리에선 열심히 일하면 예쁜 옷도 사 입을 수 있어."

꿈꾸듯 토끼 아주머니와 점원이 어울린다는 옷을 입어 보았다.

"꼭 공주님 같구나, 마르그리트."

아까 받았던 금화는 어느새 사라졌다. 그 대신 그녀는 행복과 충만함에 가득 차, 새 옷을 안고 가게를 나왔다.

팔레 루아얄의 번잡함은 가게에 들어갈 때와 마찬가지였다. 이미 날은 저물어가고 루브르 궁전 지붕이 저녁노을을 반사하면서 반짝반짝 빛나고 있었고, 저편에 재판소 첨탑이 짙은 회색 하늘을 검고 예리하게 찌르고 있었다.

그때, 그녀는 행인들 속에서 한 사람을 발견했다.

"아아."

그녀는 아주머니가 깜짝 놀랄 만큼 큰 소리를 냈다.

그 청년이— 기이가, 어떤 젊은 여자와 팔짱을 끼고 연인처럼 얼굴을 맞대어 이야기를 나누며 걷고 있었다. 여자는 웃음을 띠고 그에게 끄덕여 보이고 있었다.

마르그리트는 몸을 떨었다. 그리고 발에 접착제라도 붙은 듯 우뚝 선 채, 눈만 공허하게 청년과 여자가 팔레 루아얄의 번잡 속을 걸어가는 모습을 가만히 바라보고 있었다. 지나가는 마차가 그녀의 발에 흙탕물을 튀겼지만, 그것조차 알지 못했다.

"마르그리트, 왜 그러니?"

아주머니는 깜짝 놀라서 물었다. 그리고 마르그리트의 시선이 향하는 방향을 바라보고 비로소 무슨 일이 일어났는지를 이해했다.

"너……"

그녀는 입가에 엷게 웃음을 띠었다.

"불쌍하게도. 저 남자에게 한눈에 반했구나."

그녀는 마르그리트 등에 손을 올려놓고,

"자, 가자꾸나. 행복이 그렇게 한꺼번에 몰려오진 않는단다. 예쁜 옷을 샀으니, 오늘은 그걸로 충분하잖니."

사이좋은 어머니와 딸처럼 아주머니는 마르그리트를 어르고 달래며 호텔로 돌아왔다. 마르그리트가 흐느끼다가 결국 소리를 내며 울기 시작하자, 아주머니는 어찌할 바를 모르고 손수건을 꺼내 그녀에게 건네주었다.

"얘야, 내가 항상 말하잖니. 남잔 절대 믿으면 안 된다. 마음 주고 믿어버리면…… 남자는 있지, 저만 알고 제멋대로 군단다. 믿을 수 있는 건 돈뿐이야. 돈만 있으면, 봐라, 이렇게 예쁜 옷도 열 벌이든 스무 벌이든 살 수 있잖니."

호텔에 돌아오자 다시 비가 내리기 시작했다. 울적한 소리를 내며 멈추지 않고 내리는 빗소리. 배반당한 마르그리트는 그 소리를 듣는 게 괴로웠다. 그녀는 아직 열다섯 살이었고, 처음으로 남자를 좋아하게 되었고, 그 남자에게 자기의 분홍빛 젖꼭지를 빨게 했던 것이다.

"일요일……."

그래도 마르그리트는 그 기이라는 청년을 믿고 싶었다. 헤엄칠 줄 모르는 자가 물속에서 눈앞에 있는 게 무엇이든 잡으려고 하듯, 정신없이 필사적으로 그것은 진짜가 아니었다고 믿고 싶었다.

(그래, 그 여자, 기이의 여동생일지도 모르잖아. 사촌일지도 모르잖아……)

마음속에 어렴풋이 가느다란 빛이 비춰들었다. 그 여자가 청년의 애인이라는 확증은 어디에도 없었다.

(일요일엔 기이가 올 거야.) 그녀는 스스로 그렇게 설득했다. (분명 올 거야.)

그러자 가슴에 비춰들었던 가느다란 빛이, 아까보다 더욱 밝아보였다.

그녀는 새로 산 옷을 무릎 위에 올려놓고 살짝 어루만졌다. 마치 아기 몸을 다루듯 조심스럽게 만졌다. 그러자 이 옷을 입고 청년과 함께 팔레루아얄을 걷는 모습이 눈에 떠올랐다.

(지지 않을래. 그런 여자한테 지지 않을 거야.)

그녀는 다시 스트라스부르를 도망쳐 나왔던 밤처럼, 눈을 번뜩이며 살쾡이 같은 표정을 지었다. 청년과 사이좋게 걷던 여자와 마리 앙투아네트의 모습이 포개진다. 자신의 행복을 뺏어가는 사람은, 마르그리트에게는 모두 마리 앙투아네트였다.

"불쌍하게도."

일요일, 토끼 아주머니는 여자들과 카드 게임을 하면서 모두에게 작은 소리로 설명했다.

"오늘 그 젊은 손님이 데리러 올 거라고, 아직도 믿고 있나봐."

그녀는 로비 쪽으로 슬쩍 시선을 보냈다. 거기서 마르그리트는 문 쪽을 바라보며 젖빛 유리에 그림자가 비추기를, 문에 달린 방울이 딸랑하고 울리기를 꼼짝 않고 기다리고 있다.

"나도 생각 나." 한 여자가 슬픈 듯이,

"나도…… 그런 기분…… 느낀 적이 있었는데……."

"그래도 홍역을 한 번 치르고 나면 쟤도 손님을 받게 되겠지."

아주머니는 카드를 바라보며 엷은 웃음을 띠었다. 그녀는 마르그리트의 마음속도, 앞으로의 일도, 모두 꿰뚫어보는 것 같았다.

점심이 지나갔다. 오후가 되었다. 카운터에서 마르그리트는 움직이지 않았다. 젖빛 유리는 사람 그림자를 비추지 않았다. 문에 달린 방울도 딸랑하고 울리지 않았다. 이 호텔 손님들은 밤중에야 모습을 나타내기 때문이다.

카드게임을 하던 토끼 아주머니와 여자들 귀에 마르그리트의 훌쩍이는 울음소리가 들렸다. 훌쩍이는 목소리가 낮고, 길게, 언제까지고 이어졌다. 모두들 아무 말도 하지 않았다. 친구의 수술이 끝나기를 옆방에서 묵묵히 기다리는 남자들처럼, 아무 말 없이 카드놀이를 계속하면서 기다리고 있었다.

문을 열고 마르그리트가 혼자, 밖으로 나가는 소리가 들렸다.

"이걸로 됐어." 토끼 아주머니는 누구에게랄 것도 없이 작게 중얼거렸다. "이걸로 된 거야."

마르그리트는 하염없이 걸었다. 카루셀(Carrousel) 광장을 지나 센 강가로 다가갔다. 강가에는 오후의 빛이 비추어 반짝이는 강물에 남자들이 낚싯줄을 드리우고 있었다. 그 옆을 마르그리트는 터덜터덜 걸어 지나갔다. 그녀는 지금, 자기가 어디를 향하고 있는지 알 수 없었다. 어디든 상관없었다. 그저 괴로운 마음을 달래기 위해, 언제까지나, 어디까지나, 녹초가 될 때까지 걷고 싶었다.

결국 그녀는 둥근 회색 광장에 도착했다. 광장에는 웬일인지 2, 30여명의 남녀가 모여 무언가를 구경하고 있었다.

상반신을 벗은 죄인 하나가 매달려 있었다. 젊은 죄인은 두 손을 쇠에 묶여 매달린 채, 몇 시간이나 고통을 견디고 있었다. 푹 팬 눈을 감고, 때때로 입술을 혀로 핥으며 머리만 좌우로 흔들었다. 그러면 손목에 끼워진 쇠사슬이 삐걱대는 둔중한 소리를 내며 울렸다.

마르그리트가 죄인을 공개처형하는 장면을 보는 게 처음은 아니다. 스트라스부르 성문 옆에서도 가끔 군중들 눈앞에서 공개처형이 있었기 때문이다.

그녀는 그 남자가 고통을 참느라고 얼굴이 종잇장처럼 창백하게 된 것을 군중들 등 뒤에서 올려다보았다. 왠지 불쌍하다는 생각이 들지 않았다. 그 죄인의 얼굴이 그 청년의 얼굴과 겹치면서 모든 남자 그 자체로 보였고, 그녀는 그를 바라보며 자신을 배신한 모든 것들에 복수를 하는 쾌감조차 느꼈다.

(더 고통을 받았으면.)

마음속에서 그렇게 중얼대는 소리가 들렸다.

(더, 좀 더, 고통을 받았으면.)

그녀는 젊은 죄인을 뚫어지게 바라보고 있었다. 벗은 상반신에 땀이 줄줄 흐르고 있다. 너무나 괴로운 나머지, 고개를 흔들 때마다 쇠사슬이 소리를 낸다.

(다들 이렇게 됐으면. 이 남자도, 기이도…… 그리고 그 애도 이렇게 됐으면.)

그녀는 그 애 — 마리 앙투아네트가 죄인처럼 광장에서 매달렸으면 좋겠다는 생각을 했다. 하느님은 그 애에게 모든 행복과 풍요로운 삶을 주시고, 자기에게는 고통과 가난만을 주셨다.

드디어 형벌이 끝났다. 형벌대 아래서 두 남자가 뒤 돌아 손을 흔들며 사람을 불렀다.

"무슈 상송(Monsieur Sanson)."

상송이라 불린 집행인은 자수가 새겨진 멋진 제복을 입고 삼각 모자를 쓰고 있었다. 천천히 의자에서 일어나자 그는 형이 끝났음을 군중들에게 엄숙하게 고했다.

손목을 죄고 있던 쇠고리가 먼저 풀리고, 두 남자가 죄인을 부축하여 땅에 뉘었다. 상송은 그 죄인에게 자상하게 무언가를 얘기하고 포도주를 조금 마시게 했다. 이 유명한 파리의 사형집행인은 이 직업을 대물림하는 집안에 태어난 사람이다.

군중들은 자리를 뜨기 시작했다. 이제 마차가 와서 진이 다 빠진 죄인을 태워갈 일만 남았다. 공허한 광장 한 가운데에 마르그리트 혼자 서 있었다.

"왜 그러나, 아가씨."

그녀를 본 형리 상송은 당혹한 목소리로 말을 걸었다.

"얼른 집에 가. 이런 건 젊은 아가씨가 보는 게 아니야."

그날 밤, 처음으로 마르그리트는 돈을 위해 남자에게 몸을 허락했다.

그 남자는 머리가 벗어지고 배가 나온 장사꾼이었다. 그는 쾌활하게 토끼 아주머니를 껴안고, 여자들에게 말을 걸고, 그리고 리옹에서 갖고 온 작은 선물을 여자들에게 나누어주었다.

마르그리트에 대해서는 아무 관심도 보이지 않았다. 그러나 토끼 아주머니가 슬쩍 그녀 귀에 대고 속삭였다.

"몽티냑 씨는 네가 마음에 든 거야. 어때? 돈 벌고 싶지 않니? 네가 그럴 마음만 있다면— 그야, 넌 싫으면 싫다(non)고 해도 된단다."

마르그리트는 토끼 아주머니의 난처한 듯한, 애원하는 듯한 목소리를 묵묵히 듣고 있었다. 그 소리를 들으면서 뇌리에, 자기에게 거짓말을 한 청년의 잠든 얼굴이 다시 떠올랐다.

"얘야, …… 이젠 남자 같은 거 믿으면 안 된다. 믿을 건, …… 돈 밖에 없어"

마르그리트는 끄덕였다. 그날 밤, 그녀는 그 몽티냑이라는 남자의 뚱뚱한 몸 밑에 깔리며 뺨에 한 줄기 눈물을 흘렸다.

어쩐지 공허한 신혼 생활

메르시 대사와 어머니 마리아 테레지아의 애원과 질책에 꺾인 마리 앙투아네트는 결국 뒤바리 부인에게 말을 걸었다.

"베르사유가 오늘 정말 사람들로 붐비네……."

이 한 마디가 그로부터 한참 궁전에서 사람들에게 두고두고 회자되었다. 루이 15세 얼굴에는 웃음이 번졌고, 뒤바리 부인은 기쁜 듯이 그녀의 친구들에게 축하의 말을 들었고, 반대로 공주들과 부인의 적대세력들은 불쾌한 듯이 침묵했다.

그러나 거의 모든 사람들의 예상을 뒤엎고 왕세자비는 그 후에 다시는 뒤바리 부인에게 말을 걸려 하지 않았다. 유치하게 고집을 부리며 그녀는 전과 다름없이 국왕의 애첩을 계속 무시했다.

이 고집 이면에는 무엇이 감춰져 있을까. 결혼했다고는 하나 아직 소녀다움이 남아 있는 마리 앙투아네트의 결벽증이 그렇게 만들었을까? 아니면 '국왕에게 즐거움을 주는' 기술을 터득한 뒤바리 부인에 대한 질투심도 작용한 것일까?

그렇다, 이 무렵 그녀에게 왕세자는 전혀 밤의 '즐거움을 주지' 못했던 것이다. 그녀의 남편은 식사와 수렵, 그리고 대장간 공방에서 쇳덩이를 두드리는 게 유일한 낙이었다. 베르사유 궁전에서 꽃잎처럼 웃고 떠드는 귀부인들에게 결코 마음을 뺏기는 일이 없었다. 그리고 호화로운 방 침대 위에서, 신부인 마리 앙투아네트를 안고 있을 때에도, 그는 그저 '의무감'만으로 손을 움직이고 입맞춤했을 뿐이었다.

평생 이 남자와 한 이불을 덮고 살아야 한다는 것, 혹은 평생 여자로서의 기쁨을 맛보지 못할 지도 모른다는 불만은 마리 앙투아네트의 마음에서 나날이 더욱 심해졌다.

그 불만의 배출구가, 무의식적으로 그녀보다 훨씬 여자의 쾌락을 잘 아는 뒤바리 부인에게 향한 것인지도 모른다. 그러나 그녀는 그러한 자신의 무의식을 꿰뚫어보기에는 너무나 어렸다…….

"전 전하가 매일같이 대장간 공방에 다니시는 게 못마땅합니다."

어느 날, 눈을 뜬 마리 앙투아네트는 침대 위에 몸을 일으켜 남편에게 분명히 그렇게 말했다.

커튼을 통해 비쳐드는 빛 속에서 아내의 진지한 얼굴을 보고 왕세자 루이 오귀스트는 겁먹은 표정을 지었다. 결혼한 지 이미 1년 반, 그는 날마다 이 젊은 아내에게 모든 면에서 밀리고 있다는 것을 깨닫고 있었다. 자기보다 훨씬 신하들의 주목을 받는데다가, 뒤바리 부인에게까지 고집을 관철시킬 수 있는 그녀에게, 어느덧 왕세자는 기를 펼 수 없게 되었다.

"하지만…… 그건, 그저 내 취미 중 하나고……."

그는 작은 목소리로 변명했다.

"신분에 어울리는 취미라고는 하지 못하죠. 불똥이 튀고 달군 쇠를 내려치는 건, 미천한 장인들이나 하는 짓 아닙니까?"

"하지만 부끄러운 일은 아니라고 보는데……."

"아뇨, 부끄러운 일이고말고요."

마리 앙투아네트는 남편의 힘없는 목소리를 뒤덮을 기세로 강하게 말했다.

"신하들은 대장간에 다니시는 전하를 결코 훌륭하게 보지 않습니다. 왕세자란 모름지기 우아하고 고상한 취미를 가지셔야 한다고들 입을 모아요."

이럴 때, 마리 앙투아네트의 얼굴은 빈의 어머니인 마리아 테레지아가 아이들을 혼내던 때와 꼭 닮았다.

"하지만, 난 춤추는 것도 싫고……. 잘 하지도 못하고……. 몸도 뻣뻣해서 잘 움직여지지 않는데."

"잘 못하시는 건 연습을 안 하시기 때문이잖아요."

"지금에 와서 연습할 순……. 그건 좀 안 하면 안 될까?"

남편이 낮고 느린 목소리로 이 말을 중얼댄 순간, 마리 앙투아네트는 별안간 얼굴을 손으로 감싸 울기 시작했다. 남편과 연인이 자기의 말을 들어주지 않을 때, 세상 모든 여자들이 쓰는 바로 그 교활한 수단을, 그녀 역시 본능적으로 알고 있었던 것이다.

"알겠습니다. 전하는 절 사랑하지 않나 봅니다. 전 결국 이 휑한 궁전에서 외톨이인 거죠."

왕세자는 당혹스러운 듯 흐느껴 우는 어린 아내를 바라보았다. 그다지 기민하달 수 없는 그의 두뇌로는, 왜 춤을 배우지 않는 것과 대장간에 가는 것이 아내를 사랑하지 않는 것과 관계가 있는지 도무지 이해할 수 없었다.

"내 잘못이오."

어쩔 수 없이 왕세자는 아내의 등에 손을 올려놓았다. 그러나 그 손을 뿌리치듯 마리 앙투아네트는 몸을 옆으로 뺐다.

"잘못했어. 용서해 주시오. 당신 말대로…… 앞으로는 춤도 열심히 배우지. 대장간에도 가지 않고."

어깨를 떨며 훌쩍이던 아내가 겨우 울음을 멈출 때까지 왕세자는 계속 등을 어루만졌다.

"기쁘옵니다."

그녀는 여전히 두 손으로 얼굴을 가린 채, 고개를 끄덕여 보였다.

"전 그저 전하가 다른 어떤 귀족보다 우아하셨으면 좋겠습니다."

그녀가 싫어했던 것은 대장간에서 일하는 남편의 모습뿐만이 아니었다. 자기를 내버리고 아침 일찍 콩피에뉴 숲에 사냥을 나가는 것뿐만이 아니었다. 남편의 유들유들한 지방질 몸. 마리 앙투아네트는 그게 넌더리가 났다. 자기가 잡아온 사냥감을 요리하게 하고 위장이 가득 찰 때까지 먹어대는 식탁에서의 그 움직임도 싫었다. 음식을 씹을 때, 관자놀이까지 움직이는 그 옆모습도 보기 싫었다.

그리고 배가 부르면 바로 졸린 듯이 하품을 하는 남편. 능란한 화술로 그녀와 귀부인들을 즐겁게 만드는 방법도 모르고 클라브생(clavecin, 피아노의 전신-역주)을 연주할 줄도, 무도회에서 여성들을 경쾌하게 리드할 줄도 모르는 남편.

앙투아네트는 자기 남편이 이 궁전의 젊은 귀족들에 비해 못나 보이는 게 참을 수 없었다. 그녀의 귀에는 남편을 업신여기는 그들의 숨죽인 웃음소리가 들리는 것만 같았다.

"앞으로는,"

어느 날, 궁전 급사장을 불러 왕세자비는 이렇게 명령했다.

"전하에게 단 음식을 내지 않도록 주의해 주세요."

"알겠사옵니다만……."

궁녀를 통해서가 아니라 왕세자비의 지시를 직접 받고 한껏 움츠린 급사장은 몸을 굳힌 채 물었다.

"다만 이유를 좀 알려주시면……."

"전……."

마리 앙투아네트는 약간 엄격한 얼굴로 대답했다.

"전하가 더 이상 살찌지 않았으면 좋겠어요."

대장간에 다니는 즐거움과 먹는 즐거움을 아내에게 박탈당한 왕세자에 대한 소문은, 평소와 다름없이 베르사유 궁전에 파다해졌다. 사람들은 이번에도 호기심어린 눈으로 왕세자의 얼굴을 바라보며 재미있어 했다.

그러나 무료함을 견디지 못한 왕세자 루이 오귀스트는 7월 어느 날, 아내의 눈을 피해 사냥을 나갔다. 그리고 땀에 젖고 옷에 흙을 묻혀 궁전으로 돌아왔을 때, 회랑에서 궁녀들과 함께 서 있는 마리 앙투아네트와 맞닥뜨렸다.

겁에 질린 왕세자에게 마리 앙투아네트는 비꼬는 말을 던졌다.

"하루 종일 궁녀들과 전하를 찾아 온 궁전을 뒤졌습니다."

"난…… 콩피에뉴에 가 있었으니까."

"말씀하지 않으셔도 장화에 묻은 진흙을 보면 알 수 있습니다. 저와 한 약속을 잊으셨다는 것도요."

궁녀들뿐만 아니라 회랑을 지나던 귀족과 귀부인들도 발걸음을 멈추고 멀리서, 다름 아닌 왕세자 부부의 언쟁을 바라보고 있었다.

당황한 왕세자는 회랑에서 부부의 궁전으로 도망치려 했다. 그러나 그 남편 뒤를 마리 앙투아네트는 잰 걸음으로 쫓아갔다.

"전 부끄럽사옵니다." "체통을 지키셔야지요." "저와의 약속을 이렇게나 빨리 깨실 줄은 몰랐습니다."

사람들 귀에는 부부의 거실 앞에서 남편을 닦달하고 힐문하는 왕세자비의 쇳소리와 말들이 분명하게 들려왔다. 이 모습에 대해 후일 메르시 대사는 빈에 보고하면서 다음과 같이 썼다.

"비전하는 드러내 놓고 왕세자 전하의 생활을 비판하셨습니다."

문 저편에서 왕세자가 애처롭게 울음을 터트리는 소리까지 모두의 귀에 들렸다.

이튿날 온 귀족들이 이 이야기를 알게 되었다.

"왕세자는 비전하한테 잡혀 사시나봐" 그들은 목소리를 죽이고 웃었다. "가엾으시다고 해야 할지, 어쩔 수 없다고 해야 할지……."

분명 이 무렵은 왕세자비로서가 아니라, 한 사람의 젊은 아내로서, 마리 앙투아네트가 결혼생활에 불안을 느꼈던 시기였다. 평생 함께 해야 할 남편을 존경하지 못한다는 것, 아니 존경할 수 없을 뿐만 아니라 때로는 혐오감조차 느끼는 아내. 그런 아내가 매일 느끼는 공허한 마음을 마리 앙투아네트는, 이 무렵에 맛보아야만 했다.

그러나 그녀는 평범한 유부녀가 아니다. 그녀의 어깨에는 프랑스와 오스트리아의 우정의 증거라는 짐이 지워져 있었다. 남편인 왕세자 루이 오귀스트에게 만족 하지 못하더라도 그녀는 이곳에서 나가 빈의 어머니에게 돌아갈 수는 없었다. 혹은 이 베르사유 궁전 안에서 귀족과 귀부인들이 하듯 때로는 노골적으로, 때로는 은밀히 정사와 연애 놀음을 할 수도 없는 노릇이었다. 미래의 국왕인 왕세자의 아내로서 그녀가 규범을 벗어난 정열의 세계에 뛰어드는 것은, 주변에서도 용납하지 않았고, 그녀의 자존심도 허락하지 않았다.

그러나 만족감을 느껴본 적 없는 마리 앙투아네트에게 이 궁전은 너무나 자극적이었다. 루이 15세는 보란듯이 많은 부인들에게 손을 댔고, 뒤바리 부인과도 애욕생활에 빠져 있었다. 귀족들도 각자, 궁전 안팎에서 자신들의 연애 이야기를 만들어가고 있었다.

마리 앙투아네트는 자신이 아름답다는 것을 알고 있었다. 아니, 스스로 인정하지 않더라도 왕세자의 동생들과 젊은 귀족들이 그녀를 바라보는 눈빛으로 알 수 있었다. 그녀가 말을 걸었을 때 그들의 얼굴이, 비가 그친 후에 갑자기 햇빛을 받은 나무처럼 싱싱하게 반짝이는 것만 봐도 분명했다. 그러나 그 아름다움을 바칠 유일한 남자가, 바로 그 왕세자였다.

충족되지 않는 마음의 공허함. 그 공허함을 없애려고 그녀는 수석시녀 노아유 부인과 메르시 대사의 당혹감을 무시하고 콩피에뉴 숲에서 젊은 귀족들을 데리고 마차를 달리게 했다.

가능하다면 그녀도 마음껏 말을 달리고 싶었다. 이 시기, 그녀는 종종 말을 타고, 그것도 평보가 아니라 힘껏 질주함으로써 어머니 마리아 테레지아로부터 질책의 편지를 받았다. "승마는 피부색을 상하게 합니다"라고……

그러나 말을 달리게 해야만 하는 마리 앙투아네트의 마음은 아무도 알아주지 못했다. 달리는 말에 채찍질 하고 뺨에 바람을 느끼면 온갖 것들을 다 잊을 수 있다는 것. 그것이 그녀의 공허한 마음을 채워주는 유일한 방법이었다.

어쩔 수 없이 마차를 타고 콩피에뉴 숲에 다니게 되면서, 젊은 귀족들에게 그녀를 쫓아오게 만드는 것이 즐거움이 되었다. 그녀는 그들을 위해 냉장한 고기와 과자와 과일을 듬뿍 마련했다.

초록이 바다처럼 넘실대는 숲속에 마차를 세우면 젊은 귀족들이 그 마차 주위로 모여 들었다. 그들이 탄 말들이 서로 부딪치고 코로 거칠게 숨을 쉬었다.

그녀를 올려다보는 젊은 남자들의 눈빛. 그것은 일시적이기는 했지만 마리 앙투아네트에게 여자로서의 기분을 만족시켜주었다. 그들이 그녀를 왕세자비로서가 아니라, 한 사람의 여자로 바라보고 있는 그 순간이 즐거웠다. 여기에서 그녀는 아무에게도 거리낌 없이 그들을 놀리고, 마치 마음이 있는 것처럼 에둘러 말을 할 수도 있었다.

"내 마차에 제일 빨리 쫓아올 수 있는 분은 누구실까?"

"접니다, 비전하."

"그 말, 정말 기쁘네요. 그대가 믿음직한 분이라는 걸 알 수 있게 됐으니까요."

그 한 마디에 젊은 자작의 얼굴은 행복으로 반짝인다. 그 행복에 반짝이는 청년의 얼굴을 바라보며 마리 앙투아네트는 여자들 특유의, 그 괴롭히고 싶은 충동에 갑자기 사로잡힌다.

"하지만……."

그녀는 일부러 미소 지으며,

"그대가 승마만큼이나 춤도 잘 추시면 얼마나 황홀하겠어요. 승마보다는 춤을 잘 추시는 분께…… 저 같은 여자들은 끌리는 법이거든요."

이 말에, 기뻐했던 청년의 표정이 느닷없이 슬픔으로 어두워지고 만다. 자신의 일거수일투족, 그리고 별 것 아닌 말 한마디가 젊은 남자들의 마음을 생각대로 뒤흔들 수 있다는 것을 알고, 마리 앙투아네트는 즐거워졌다. 그러나 그녀는 몰랐다. 청년 귀족들 중에 남녀의 연애술에 아주 노련한 돈주앙(Don Juan)이 있다는 것을…….

그건 바로 샤르트르 공작이었다. 청년 귀족들 중에서도 특히 춤의 명수라 불렸던 그는, 마리 앙투아네트의 첫 무도회였던 5월 19일, 파트너로 뽑혔던 사람이다. 이제 막 피기 시작한 왕세자비와 그가 춘 미뉴에트는 여전히 궁전에서 사람들에게 회자되고 있었다. 공작의 빈틈없는 리드가 왕세자비를 더욱 가련하고, 경쾌하고, 우아하게 보이게 했기 때문이다.

콩피에뉴 숲에서 왕세자비가 청년 귀족들의 마음을 꼭두각시처럼 움직이며 즐거워 할 때도, 그는 그곳에 있었다. 젊은 자작을 득의양양하게 만들었다가, 그 직후에 괴롭히며 기뻐하는 왕세자비의 옆모습을 그는 그때, 가만히 바라보고 있었다. 왕세자비의 챙 넓은 흰 모자에 빛이 부딪치고, 그 포도색 눈동자에 떠오르는 장난기 섞인 빛을 그는 놓치지 않았다. 그녀가 여자로서의 기쁨을 몰래 즐기고 있다는 것도 공작은 바로 알아챘다.

이 여성을 굴복시키자, 그 순간 그는 결심했다. 승리의 기쁨에 젖은 이 눈에 애원의 빛을 띠게 하자고 남몰래 마음먹었다.

공작은 여타 젊은 귀족들처럼 연애한 숫자를 세며 거들먹거릴 만큼 아둔한 자가 아니었다. 수십 명의 여자를 자기 여자로 만들었다고 자랑 할 만큼 어리석지도 않았다. 사랑에 빠진 자신의 모습을 사랑하는 둔감한 처녀나, 이 사람 저 사람 가리지 않고 몸을 쉽게 허락하는 음란한 여자 따위 아무리 품에 안은 들, 그것이 곧 남자의 승리라고는 생각지 않았다. 진정한 연애술이란 몸을 사리는 여성을 온갖 술책을 동원해 그 마음을 함락하는 데 있었다. 혹은 여러 남자들의 유혹에 싫증이 나, 남자들의 수많은 기술들을 익히 알고 있는 여성의 마음을, 그럼에도 불구하고 이쪽으로 향하게 하는 데 있었다.

(그러니까……)

그는 그날 콩피에뉴에서 베르사유 궁전으로 돌아가는 귀족들에 섞여 말고삐를 잡으면서 마음속으로 생각했다.

(그러니까…… 왕세자비의 마음을 사로잡는 건, 도전할 만한 가치가 있는 일이겠군.)

왕세자비는 다른 귀부인들과는 다르다. 본인이 원한다고 해서 다른 세계로 뛰어들 수는 없는 몸이다. 그분은 비록 말로는 청년귀족들을 놀리시지만, 그보다 한 발 앞으로 더 나아가는 짓은 저지를 수 없는 신분이다. 그리고 그 사실을 그녀 역시 잘 알고 있다.

왕세자비의 마음을 움직이는 것, 그것이 어려우면 어려울수록, 재미있을 것만 같았다…….

"나는 앞으로 어떤 흥미진진한 일을 시작하고자 한다."

그날 밤, 샤르트르 공작은 자신의 저택에서 깃털 펜을 놀려 그렇게 썼다.

"그렇다, 유혹이란 전쟁과 같다. 치밀한 계획, 적진의 관찰, 대담한 행동, 이 모든 것들이 전쟁에서 중요하듯이, 그분의 마음을 끌기 위해 나는 모든 것을 계산에 넣어 행동해야 한다.

이는 또한 내 감정을 단련시키는 것이기도 하다. 왜냐하면 진실한 감정을 겉으로 드러내지 않는 것이야말로 연애술에서는 중요하기 때문이다. 내가 애태우고 있다는 것을 표정으로 나타내지 말아야 할 때가 있다. 그럴 땐 어디까지나 차갑고, 쌀쌀맞게 굴어야 한다. 질투에 불타더라도 쾌활함을 가장하고 전혀 그것을 알지 못했다는 듯이 굴어야 한다. 이를 모두 치밀한 계획에 따라 시행해야 할 것이다. 따라서 그분을 유혹하는 것은 내 감정의 단련이기도 하다.

유혹이란 전쟁과 같다. 내 공격에 상대방이 어떤 영향을 받을지, 어떤 반응을 보이는지 관찰하고 지켜보고, 그 후에 다음 행동을 취해야 한다."

공작은 거기까지 쓰고 깃털 펜을 쥔 채, 가만히 책상 위에 있는 촛대를 바라보았다.

지금 쓴 내용, 그것은 그의 독창적인 의견이 아니었다.

공작은 파리에서 '자유인(libertin)'을 자칭하는 그룹과 여러 번 만난 적이 있었는데, 그 자유인 그룹의 한 사람이 위와 같은 말을 하는 걸 들었던 것이다.

"그 남자 이름이,"

공작은 눈을 감았다.

"라클로(Pierre Choderlos de Laclos, 1741~1803, 소설『위험한 관계』의 저자-역주)라고 했던가……."

침실 촛대를 입김으로 불고, 샤르트르 공작은 크게 숨을 내쉬었다.

창문에서는 은색 달빛이 흘러들어오고 있다. 은색 달빛 안에 정원 나무 그림자가 비쳐들고 있다. 그걸 지그시 바라보고 있자니 마리 앙투아네트의 모습이 떠오르는 것만 같았다.

그녀는 첫 무도회 때의 흰 의상을 입고 있었다. 드러난 자그마한 어깨가 아직 처녀임을 나타내고 있었고, 모든 움직임이 우아하고 부드럽고 사랑스러웠다. 고개를 약간 옆으로 숙이고 미소 지으며 그녀는 샤르트르 공작에게 손을 내민다.

(그래……) 공작은 무의식중에 그 모습을 향해 말을 걸었다. (왕세자비 Madame Princesse여. 반드시 내 것으로 만들겠소.)

은색 달빛 속에서 마리 앙투아네트의 모습이 흔적도 없이 사라졌다. 공작은 몽상에서 깨어났다. 그는 다시 크게 한숨을 쉬었다.

이튿날부터 공작은 왕세자비의 들놀이 패에 일부러 끼지 않았다. 그것은 유혹을 위한 그의 첫 번째 작전이었다.

'어쩐 일이실까?'

얼마 후, 마리 앙투아네트도 그가 보이지 않는다는 것을 알아챘다. 콩피에뉴 숲속에서 평소처럼 마차를 세우고, 주위를 에워싼 청년귀족들의 얼굴을 둘러보고 그녀는 이상하다는 듯 물었다.

"공작님은 요즘 여러분들과 함께 계시지 않는군요."

한 청년 귀족이 황송한 듯 대답했다.

"그는 아마 이 즐거운 놀이에 낄 수 없을 만큼 중대한 이유가 있었을 겁니다."

그러나 그날, 마리 앙투아네트는 숲에서 궁전으로 돌아갔을 때, 샤르트르 공작의 모습을 바로 볼 수 있었다. 공작은 다름 아닌 뒤바리 부인 추종자들과 카드놀이에 푹 빠져 있었다. 그러면서도 돌아온 왕세자비를 보자 그는 마치 아무 일도 없었다는 듯이 다른 신하들과 함께 정중하게 회랑에 서서 머리를 숙여 그녀를 맞이했다.

"궁전에서는 재미있으셨나요?"

마리 앙투아네트는 야유 어린 말로 샤르트르 공작에게 말을 걸었다.

"오늘따라 콩피에뉴 숲이 참 아름다웠는데……."

거실로 돌아와 시녀들이 옷을 갈아입는 것을 도와주고 있는 동안, 그녀는 역시 자기가 마음에 상처를 입었음을 느꼈다. 함께 숲에 놀러 가지 않은 것까지는 용서할 수 있다. 그런데 하필이면 그녀가 싫어하는 뒤바리 부인의 추종자들과 카드놀이를 하다니, 좀 심했다는 생각이 들었다.

며칠이 지났다. 다음 들놀이 때에도 샤르트르 공작의 모습은 보이지 않았다. 신하들과 나란히 서서 머리를 숙이는 그의 눈은 마치 돌멩이라도 보는 듯하다. 그녀를 완전히 묵살한, 관심 없는 눈빛이다.

이번에야말로 제대로, 마리 앙투아네트는 자존심에 깊은 상처를 입었다. 지금까지 그저 베르사유 궁전에서 자신을 보필하는 청년 귀족 중 한 사람에 불과했던 샤르트르 공작이, 갑자기 신경 쓰이기 시작했다.

그렇다고 해서 이 단계에서는 아직, 신경을 날카롭게 만드는 이 상대방에게 특별히 그녀의 마음이 이끌렸던 것은 아니다. 그저 그가 유독 그녀의 마음에 상처 줄만큼 결례를 저지른다는 게 용서할 수 없다는 생각이 들었을 뿐이다.

(그 분은…… 오스트리아인인 내가 왕세자비인 게 마음에 들지 않는 걸까. 뒤바리 부인이 무슨 말을 해서 꼬드긴 걸까.)

그러나 짐짓 모른 체 주시해 보니 공작은 더 이상 뒤바리 부인의 추종자들과 특별히 가까이하는 것 같지도 않았다.

"샤르트르 공작은"

견디지 못하고 그녀는 남편인 왕세자에게 어느 날 밤, 화난 말투로 말했다.

"제게 좀 무례한 것 같습니다."

"어떤 행동을 취하던가요?"

평소 아내가 제멋대로 굴 때 짓는 그 당혹한 표정으로 왕세자는 물었다.

막상 그렇게 물으니 마리 앙투아네트는 할 말이 없었다. 그러고 보니 공작은 궁전 안에서 그녀에게 실례가 되는 행동은 하지 않았다. 그저 그 눈빛에는 마치 고목나무를 보는 듯한 차가움과 무관심이 있을 뿐이다. 바로 그게 무례하다는 뜻이기는 하지만, 그러나 왕세자도 국왕도 그런 일로 공작을 책망하지는 않을 것이다.

그래서 마리 앙투아네트는 더욱 분했다. 왕세자비로서가 아니라 한 사람의 여자로서, 분했다. 어렸을 때부터 그녀는 주위 사람들로부터 이런 식의 묵살을 당해본 적이 한 번도 없었기 때문에 분해서 견딜 수 없었다.

그가 그런 식으로 나온다면 그녀가 취할 수 있는 태도는 하나밖에 없다. 그녀 역시 샤르트르 공작을 무시하는 것이다. 뒤바리 부인에게 그랬듯이, 한 마디도 하지 않고 마치 그가 이 궁전에 존재하지 않는 것처럼 구는 것이다.

그렇게 결심하고 나서 그녀는 더 이상 샤르트르 공작을 보고 웃음을 짓지도, 시선을 향하지도 않으려 애썼다. 뒤바리 부인에게 취한 것과 똑같은 태도를 취한 것이다.

아침에 국왕과 왕세자와 함께 신하들, 귀족들로부터 인사를 받을 때, 그녀가 지나가는 곳마다 차례로 미모사처럼 머리를 조아리는 그들에게 웃어 보이고 말을 걸곤 했지만, 공작 앞에선 그저 앞만 바라보며 지나갔다. 그리고 이 때문에 그가 받을 부끄러움과 타격을 애써 떠올리려 했다. 콩피에뉴 숲의 들놀이에서도 두 번 다시 그녀의 사랑스러운 입술에서 "샤르트르 공작"이라는 이름은 나오지 않았다.

그러나…… 그러면 그럴수록 그녀는 공작을 의식하게 되었다. 그 증거로, 그렇게나 마음의 공허함을 달래주었던 들놀이가 갑자기 퇴색해 보이면서 따분하게 느껴졌기 때문이다.

이렇게 해서 지금까지 일주일에 한 번씩은 반드시 다니던 숲 소풍이 한 달에 두 번으로 줄었고, 그 다음 달에는 한 번으로 줄었다.

"비전하는 이제 콩피에뉴 숲에서 마차를 달리는 걸 그만 두셨나 봅니다."

수석시녀 노아유 부인은 메르시 대사에게 보고했다.

"비전하는 뭔가에 곧잘 빠지기도 하십니다만, 곧잘 싫증을 내기도 하시지요."

마리 앙투아네트는 그녀의 차가운 태도가 얼마나 샤르트르 공작에게 타격을 주는지, 너무나 알고 싶었다. 그래서 무심한 시선을 그에게 보낼 때가 있었다.

그러나 공작은 태연했고 아무 느낌도 없는 것 같았다. 아니, 그러기는 커녕 그는 요즘 베르사유 궁전에서도 특히 미인으로 소문난 랑발 부인(Madame de Lamballe, 1749~1792) 곁에서 시종처럼 붙어 다녔다…….

그해 9월이 끝나갈 무렵, 여름을 갈무리하는 야외무도회가 궁전 뜰에서 열렸는데 왕세자비는 남편과 춤을 춘 다음, 미리 파트너가 될 귀족을 정해둘 수 있었다.

그녀는 파트너로 남편의 동생인 프로방스 백작, 에귀용 공작(duc d'Aiguillon), 메르시 오스트리아 대사의 이름을 노아유 수석시녀에게 살짝 귀띔했다. 그런데,

"샤르트르 공작은 어쩌시겠습니까?"

노아유 부인이 그렇게 물었을 때, 그녀는 깜짝 놀란 듯이,

"왜요? 왜 공작이 내 파트너(partenaire)란 말이죠?"

그렇게 되물었다.

"공작은 궁정에서 제일가는 춤의 명수입니다. 게다가 결혼식 날, 너무나 훌륭하게 파트너 역할을 수행했지 않습니까?"

노아유 수석시녀는 변명했지만, 마리 앙투아네트는 불쾌한 듯 어깨를 으쓱했을 뿐이었다. 그녀는 자기가 공작을 전혀 의식하지 않는다는 것을 궁녀들에게도 보여주고 싶었다.

가을 정원에 여기저기 등이 달리고, 넓은 발코니와 풀밭 위에서, 뺨이 달아오른 귀부인들이 미소 짓는 귀족의 팔에 안겨 바퀴처럼 돌면서 춤추던 그날 밤, 왕세자비 마리 앙투아네트는 또다시 분한 마음을 삼키지 않을 수 없었다.

남편인 왕세자가 그녀의 구두에 걸려 넘어지려던 참에 땀에 밴 손으로 그녀에게 꽉 매달렸을 때, 그리고 뒤 에귀용 공작이 뚱뚱한 몸을 그녀에게 찰싹 붙였을 때, 샤르트르 공작이 랑발 부인을 가볍게 안고 작은 새처럼 바로 곁에서 춤추고 있는 것을 보았기 때문이다.

랑발 부인의 아름다움과 평소와 다름없이 화사하게 춤추는 공작의 모습이 참석자들의 눈을 사로잡았고, 춤이 끝날 때마다 커다란 박수가 정원에 퍼져나갔다. 그러나 그날 밤, 마리 앙투아네트는 무도회의 중심이 아니었다.

그녀의 자존심은 이제 와서 공작에게 다음 미뉴에트를 신청하는 것을 허락하지 않았다. 게다가 여자가 춤을 신청하는 것은 예법에 어긋났다. 그리고 공작 역시 단 한 번도 마리 앙투아네트 앞에서 머리를 숙여, 함께 춤추자고 청하지 않았던 것이다.

샤르트르 공작은 길게 자란 풀숲 안에서 먹이를 향해 한 발 한 발 다가가는 표범과 같았다. 그는 먹잇감의 주의가 허술할 때뿐만 아니라, 도망치려는 몸의 움직임까지 미리 꿰뚫어보고는, 언제 달려들지 확실하게 계산해 두었다. 그리고 옴짝달싹 못하게 된 먹이가 저항할 힘을 잃는 그 순간을 기다리고 있었다.

(난 아무렇지도 않아…… 공작 따위)

마리 앙투아네트는 혼자일 때면 스스로에게, 스스로의 마음에 대고, 그렇게 다짐했다.

(왕세자비인 내가…… 귀족 따위에 연연할 리 없잖아)

하지만 모든 여성이 사랑을 부정하는 그 순간, 사랑을 긍정하는 것이나 다름없다. 부정하려면 할수록, 무시하려면 할수록, 그 얄미운 샤르트르 공작의 단정한 옆모습이 마리 앙투아네트의 뇌리에 떠나지 않는다.

지금의 그녀에게는 마음의 동요를 남편과 궁녀들이 눈치 채지 못하게 하는 게 할 수 있는 최선이었다.

남편은 속이기가 쉬웠다. 이 사람 좋은, 아내를 완전히 신뢰하는 왕세자는 밤이면 마치 아이가 해치워야 할 숙제를 할 때처럼 아내를 안으면서도, 아내의 눈이 무엇을 쫓고 있고, 아내의 마음이 무슨 생각을 하고 있는지, 전혀 알지 못했다.

그러나 수석시녀 노아유 부인과 공주들과 궁녀들을 속이는 건 쉽지 않았다. 그녀들은 음험한 눈으로 베르사유 궁전의 다른 여자들의 행동을 관찰하고 있었다. 어떤 미묘한 표정의 변화도 그녀들이 놓칠 리 없다.

마리 앙투아네트는 그 때문에, 샤르트르 공작의 이름을 결코 입에 올리려 하지 않았다. 그러나 누군가가 그의 얘기를 할라치면 저도 모르게 몸이 굳어지면서 그 목소리를 하나도 놓치지 않으려 했고, 그런 자기 모습을 깨닫고는 엉뚱한 방향으로 눈을 돌리곤 했다.

(난 그분이 싫어서……, 그래, 그래서 그분에 관한 소문에 귀 기울이는 거야)

그럴 때마다 그녀는 자신을 억지로 정당화시키려고 했다.

가을이 깊어갈 무렵, 드문 일이었지만 국왕 루이 15세 주재로 마를리(Marly) 숲에서 사냥대회가 열렸다. 그리고 그 사냥을 왕세자비 마리 앙투아네트에게 바친다는 포고가 내려졌다.

그 즈음의 궁전은 이 이야기로 떠들썩했다. 왜냐하면 가장 훌륭한 사냥감을 잡은 귀족에게는 왕세자비가 친히 상을 내리기로 했기 때문이다.

마를리 숲은 선왕 루이 14세 때부터 사냥터로 종종 쓰였던 숲이다. 루이 14세는 신하들을 데리고 여기에 가끔 사냥을 나왔다. 루이 15세는 14세만큼 이 놀이를 좋아하지 않았지만, 왕세자 루이 오귀스트는 사냥과 대장간에서 일하는 것만이 유일한 취미였다.

그날, 마를리 숲은 가을 안개로 뒤덮여 있었다. 늦은 오전, 사람들의 웅성거림, 말들의 울음소리, 사냥개들이 짖는 날카로운 소리가 안개를 비단 천처럼 찢어놓았다. 귀부인들은 마리 앙투아네트를 따라 마차로 한 곳에 모여, 사냥을 위해 출발하는 남편과 연인들을 배웅했다.

드디어 밝은 가을 햇살이 안개에 섞여 반짝반짝 빛나기 시작했다. 단풍든 숲속 나무들이 또렷하게 모습을 드러내며 잎 냄새와 버섯 향이 숲 전체에 가득 퍼졌다. 모든 것이 청량한 가을날로 변했다. 사냥복을 입고 총을 어깨에 멘 귀족들의 발밑에서 흥분할 대로 흥분해 달리고 싶어 안달이 나 짖어대는 개들을 시종들이 달랬다.

마리 앙투아네트는 이날을 위해 설치된 휴식 공간에서 의자에 앉아 젊은 귀족들이 머리를 숙이고 정해진 선에 나란히 선 모습을 국왕과 함께 웃으며 바라보고 있었다. 평소 같으면 우둔함 그 자체였을 왕세자조차, 오늘은 퉁퉁한 얼굴에 함박웃음을 띠며 말에 올라 줄에 섰다. 그리고 왕세자 가까이에서는 샤르트르 공작이 승마부츠에 붉은색 웃옷과 흰바지를 입고 말고삐를 바짝 쥐고 있었다.

마리 앙투아네트는 공작 쪽을 쳐다보지도 않고 일부러 모두에게 이목을 끌만큼 왕세자에게만 크게 손을 흔들었다. 그 행동은 남편을 위해서라기보다는, 그렇게 함으로써 그녀가 그의 아내라는 사실을 스스로에게 다짐하고 싶었기 때문이다.

뿔피리소리가 높게 울렸다. 시종이 신호를 보내는 깃발을 흔들었다. 일제히 귀족들은 말에 채찍을 휘두르고 사람들과 말이 한꺼번에 숲 쪽으로 내달렸다. 사냥개들이 날카롭게 짖으며 앞으로 넘어질 기세로 그 뒤를 쫓아갔다. 그리고 백 명 가까운 그들의 모습이, 이제 가을 빛 완연한 마를리 숲으로 빨려 들어갔다.

그동안, 국왕을 비롯해 대기하던 귀부인들은 준비된 식탁에 앉아 연회를 즐기며 남자들이 돌아오기를 기다렸다. 왕궁 악단이 사람들의 기분을 고조시키기 위해 미뉴에트를 연주하기 시작했다.

"사냥개들 짖는 소리가 여기저기서 들려오네요."

한 귀부인이 말했다. 바람에 흐르는 음악과 음악 사이로 숲 저편에서 개들 짖는 소리와 날카로운 총성이 들려온다. 모든 게 두근두근 즐거웠다.

"왕세자가 뭘 잡아 올지 기대되지 않나?"

국왕은 포도주잔을 한 손에 들고 쾌활하게 마리 앙투아네트에게 그렇게 말했다.

"제 상을 받으실 분은 분명 왕세자님이실 겁니다."

마리 앙투아네트는 허리를 숙이고 확신에 찬 것처럼 대답했다.

푸른 하늘이 조금 흐려졌다. 식사를 마친 귀부인 중에는 주위에 핀 꽃들을 꺾는 이도 있었다. 숲에도 초원에도 가련한 가을꽃들이 한창 흐드러지게 피어, 마리 앙투아네트는 그 꽃들을 팔에 가득 안고 얼굴을 갖다 댔다. 꽃냄새가 문득, 고향 오스트리아의 풍경을 떠오르게 했다.

긴 시간이 흐르고, 기다리는 사람들은 총성과 사냥개들이 짖는 소리를 바람 방향으로 때로는 멀리, 때로는 가까이 들으며 대화를 나누고 있었다.

뿔피리가 세 번 울렸다. 돌아오나 봐요, 누군가가 외쳤다. 정해진 사냥 시간이 끝나고, 이제 남자들이 사냥개들과 함께 돌아오고 있었다.

숲 나무들 사이로 귀족들의 모자가 색색이 보인다. 말 위에서 그들은 웃으며 이쪽을 향해 총을 들어 보인다.

마리 앙투아네트는 뚱뚱한 왕세자의 몸이 말 위에서 유유히 흔들리는 것을 바라보았다. 사냥과 대장간에서 돌아올 때만 남편은 이런 만족스러운 얼굴을 하고 몸을 흔들리는 대로 둔다. 공작의 모습은 아직 보이지 않았다.

시종이 말을 달려 돌아왔다.

"아주 큰 사슴을 잡으신 분은…… 왕세자 전하십니다. 그리고 그 다음은 사브레 자작이 잡으셨고요."

환호성이 귀부인들 사이에서 퍼졌다. 마리 앙투아네트는 사랑스럽게 웃음 짓고, 상을 줄 남편을 맞이하기 위해 의자에서 일어섰다.

"그런데……." 시종은 곤혹스러운 듯 보고했다. "샤르트르 공작께서 다치셨습니다……."

그 순간 마리 앙투아네트의 얼굴이 창백해졌다. 그녀의 시선은 지금까지 바라보던 남편 너머 숲 속 한 곳에 꽂혀 있었다. 속속 돌아오는 귀족들 뒤에서 붕대로 팔을 감아 목에 건 샤르트르 공작만을 정신없이 바라보고 있었다.

"공작이 낙마했나?" 국왕은 주위 신하들에게 묻고 있었다.

"부상이 심하지 말아야 할 텐데……."

땀을 흘린 말들이 침이 고인 입을 오물거리며 마부들에게 차례로 끌려갔다. 구두며 바지며 진흙범벅이 된 귀족들은 귀부인들의 찬사와 축복을 받았다. 드디어 일렬로 서서 왕세자비에게서 상을 받기 위해 공손히 머리를 숙였다.

1등인 왕세자가 상을 받고 그녀를 안았을 때, 마리 앙투아네트는 아주 약간 몸을 움직였다. 그녀는 남편 어깨너머로 샤르트르 공작의 흰 바지에 장미 꽃잎처럼 붉은 피가 묻어 있는 것을 보았다. 순간, 그녀는 본능적으

로 남편의 몸을 밀치고 공작 옆으로 달려가고 싶은 충동을, 필사적으로
억눌렀다.

(아, 난…… 공작을 사랑하나봐)

그녀가 자기 마음속 깊숙한 곳에 있던 감정을 느낀 것은 바로 이 순간
이었다.

몸을 뺀 마리 앙투아네트를 왕세자는 이상하다는 듯이 내려다보았다.

공작은 공작대로 왕세자비의 비통한 눈빛을 놓치지 않았다.

그녀의 비통한 눈빛에는, 피 묻은 바지를 보고 심하게 흔들린 마음의
동요가 분명하게 나타나 있었다. 할 수만 있다면 달려가 상처를 어루만지
고 싶은데—그 눈빛은 그렇게 말하고 있었다. 그러나 왕세자비가 그럴 수
는 없다는 슬픔도 그녀의 눈은 담고 있었다. 공작 역시 이때 처음으로, 마
리 앙투아네트의 여자로서의 순수한 마음을 깨달았다.

(내가 이겼어……)

마음을 간질이는 쾌감이 천천히 그의 몸속에 퍼졌다. 그는 그 쾌감을
맛있는 포도주를 맛보듯, 천천히 음미했다.

모든 것이 계산된 결과였다. 일부러 그녀의 자존심에 상처를 주고, 마
음을 헝클어뜨리고, 자기를 의식하게 만들 것, 그리고 그 후에 예상치 못
했던 사고를 위장해 무장한 상대방 마음을 허물 것. 그것이 공작이 고안
해낸 작전이었다.

(나머지는 일도 아니겠군)

이제부터는 그녀에게 끊임없이 애틋한 시선을 보내며 자신의 사랑을 어
렴풋이 은근하게 전달할 것. 그것으로 충분하다. 그것만으로도 그녀는 내
품에 몸을 던질 것이다.

머리를 숙이며 그는 마음속으로 중얼거렸다.

(내가 이겼어……)

그러나 바로 그 순간—.

그 순간, 생각지도 못한 일이 일어났다.

국왕 루이 15세의 몸이 갑자기, 곁에 있던 시종 쪽으로 쓰러졌던 것이다.

처음에는 아무도 알아채지 못했다. 다만 시종이 허둥대며 국왕의 몸을 두 손으로 지탱했을 때, 귀부인들의 입에서 비명이 터져 나왔다.

"걱정할 거…… 없어."

국왕은 힘없이 손을 저었다.

"그냥…… 좀 현기증이…… 현기증이 난 것뿐이야……."

거리의 여인이 되다

처음으로 남자에게 몸을 팔고나서 마르그리트는 후회했다. 그런 짓을
하고나니 하느님에게 벌을 받을 것 같았기 때문이다.

고아원에 있었을 때, 그녀는 음란한 여자는 죽어서 지옥에 간다고 수녀
들에게서 귀에 못이 박히도록 들으며 컸다. 그 기억이 여전히 뇌리에 남아
있었다.

하지만 첫 손님을 받은 다음, 토끼 아주머니는 마르그리트에게 입술연
지와 분을 주었다. 구두 살 돈도 주었다.

"넌 정말 착한 애야."

토끼 아주머니는 기쁜 듯 그녀에게 키스하며,

"너처럼 예쁜 애를 다들 가만히 두지 않을 걸. 이 동네에서 네가 제일
잘 나갈 거야."

그 말을 듣자 아주머니의 기대를 저버려선 안 될 것만 같았다. 그리고
매번 이번이 마지막이라고 다짐하면서 두 번째 손님이 몸을 만지도록 허
락했고, 세 번째 손님에게도 몸을 주었다.

남자가 아무리 몸을 만지고 안아도, 마르그리트는 쾌감을 느끼지 못했

다. 오히려 남자들이 야비하고 짐승처럼 보였다. 침대 위에서 그녀는 남자가 하는 대로 몸을 맡기고 촛대의 불빛이 일렁이는 천정을 올려다보며 빨리 끝나기를 기다릴 뿐이었다.

그러나 그 시간을 참아내면 토끼 아주머니가 물건도 주고 돈도 주었다. 게다가 처음에 비해서 후회가 점차 밀려오지 않게 되었다.

"파리에선 열심히 일하면 반드시 행복해질 거다."

마르그리트는 그녀를 파리에 데려온 라로크라는 남자의 말을 떠올리고는, 그가 한 말이 이런 뜻이었나, 멍하니 생각했다…….

손님이 없는 날도 있었다.

그런 날이면 그녀는 선배인 시몬느와 브리짓과 함께 쿠르라렌을 천천히 걸었다. 속셈이 훤히 들여다보이는 남자들이 그녀들에게 말을 걸곤 했다.

길거리에서 손님이 걸려들지 않을 때면, 길가 카페에서 찾았다.

카페는 1660년 무렵부터 파리에서 유행했다. 서인도제도에서 재배되는 커피와, 서인도나 쿠바에서 생산되는 설탕 덕에 유럽 사람들이 커피를 애호하기 시작한 것은 17세기 후반부터 18세기 초반이다.

쿠르라렌의 몇몇 카페는 늘 사람들로 붐볐다. 거기서는 파이프 담배를 문 남자들이 커피 잔을 끼고 체스와 카드놀이에 빠지거나 마르그리트가 알아듣지 못하는 정치와 문학 얘기에 열을 올리고 있었다.

"미치광이가 따로 없네, 저 남자들."

시몬느는 브리짓과 마르그리트에게 속삭였다.

"돈 한 푼 안 되는 일에, 이러쿵저러쿵 떠들어대니."

"무슨 말을 하는 거지?"

마르그리트는 커피 맛에 얼굴을 살짝 찡그리며 물었다. 그녀에게 커피는 쓰고도 기묘한 맛이 났다.

"국왕 흉을 보는 거야."

브리짓은 잘난 척하며 가르쳐주었다.

"저 사람들, 국왕이랑 귀족, 주교들만 배를 채우는 이 세상에 대해 화를 내고 있는 거야. 세상이 이제 곧 바뀔 거라고……."

"헛소리 하고 있네."

시몬느는 코웃음치고는,

"그럴 배짱도 없으면서."

"왜?"

마르그리트의 질문에 시몬느는 어깨를 움츠리고,

"왕에게는 군대가 있고, 군대엔 대포가 있잖아. 그런 짓을 했다간 죄다 광장에 묶여서 채찍으로 맞거나 목이 날아가거나, 둘 중 하나겠지."

시몬느와 브리짓의 대화를 들으며 마르그리트는 언젠가 그레브(Grève) 광장에서 채찍질을 당하던 남자의 얼굴과 상송이라는 형 집행인의 온화한 표정을 떠올렸다.

카페 안으로 신문팔이 소년이 뛰어들어 왔다.

신문 한 장을 머리위로 빙빙 돌리며 외쳤다.

"왕세자비 스캔들이오. 베르사유 스캔들이오."

여기저기서 손이 뻗히고, 신문이 날개 돋친 듯 팔리자, 신문팔이는 다시 카페 문을 열고 바람처럼 사라졌다.

"여러분, 잘 들어보시오."

수염을 기른 한 손님이 의자에 올라가, 신문기사를 낭독하기 시작했다.

"최근 베르사유 소식통에게서 얻은 두 가지 뉴스.

국왕의 건강상태에는 차도가 없고 열네 명의 의사들이 번갈아 진찰을 하고 있는데도, 빈번히 두통을 호소하며 정무와 외교에도 멀어져 종일 침실에서 두문불출하신다고 하오.

국왕이 모습을 드러내지 않으면 멋대로 구는 게 또 귀족과 중신들 아니겠소. 그 중에서도 오스트리아에서 오신 마리 앙투아네트 왕세자비와 샤르트르 공작, 사랑은 숨길수록 더 드러나는 법이라고 그들의 은밀한 사랑은 베르사유 궁전에서 모르는 사람이 없다 하오. 모르는 게 약이라지만 모르는 건 단 한 사람, 왕세자 전하뿐."

테이블 여기저기서 웃음소리가 터져 나왔다.

"가엾으신 왕세자 전하는 그런데도 왕세자비를 위해 온 몸과 온 마음을 바쳐—특히 온 몸을 바쳐 밤마다 의무를 다 하신다고 하는데, 정작 세자비가 회임하셨다는 소식은 감감이라 하오."

웃음소리가 카페 안에 소용돌이쳤다. 마르그리트와 시몬느와 브리짓, 세 사람만 웃지 않았다.

"불쌍한 왕세자님."

브리짓은 가슴에 손을 얹고 한숨을 쉬었다.

"이게 다 그 오스트리아 여자 때문이야."

부르고뉴 시골에서 올라온 그녀는 뼛속까지 국왕숭배자였다.

그녀는 프랑스 국왕의 왕실을 오스트리아에서 온 계집애가 휘젓고 다닌다는 말에 참을 수 없었던 것이다.

"그 여잔 왕세자님에게 재앙의 불씨가 될 거야."

"누가?"

"누구라니. 당연히 마리 앙투아네트 얘기지."

마르그리트는 어려운 이야기는 이해할 수 없었지만, 브리짓의 말에는 동감이었다. 다른 나라에서 태어나 다른 나라에서 프랑스로 시집 온 주제에, 선량한 왕세자를 등신 취급하는 여자를 용서할 수 없었다.

"이런 깡패 같은 것들이 감히 우리의 왕을 타도하겠달 땐 화가 나지만,"

브리짓은 두 친구에게 중얼거렸다.

"그 오스트리아 여자가 광장에 매달린다면 난 박수 칠거야."

마르그리트는 눈을 감았다. 그녀의 눈꺼풀 안쪽에 그레브 광장에서 기둥에 매달려 채찍으로 맞던 남자의 고통스런 표정이 다시 떠올랐다. 그 남자의 얼굴에 마리 앙투아네트의 장밋빛 얼굴이 포개졌다.

머리가 헝클어진 마리 앙투아네트가 채찍을 맞는다. 채찍이 뱀처럼 뻗어 그녀의 몸을 휘감는다. 그 때마다, 둔탁한 소리가 옷이 찢긴 등에서 울린다.

채찍을 든 남자가 이번에는 마르그리트로 바뀌었다. 그녀가 마리 앙투아네트를 채찍질하고 있다.

"아아."

그녀는 무심코 작게 소리를 냈다. 그녀는 지금까지 맛보지 못한 쾌감이 온 몸에 퍼지는 것을 느꼈다. 남자들이 그녀를 안고 만질 때에는 결코 느끼지 못했던 쾌감을……

"여러분."

신문을 낭독한 남자는 카페 안 손님들에게 말했다.

"우리가 이런 가십 기사를 듣고 웃고 있을 때가 아닙니다. 국왕이 병들든, 오스트리아에서 온 젊은 여자가 무얼 하든, 우리와는 상관없습니다. 우리는 이런 특권이 극히 일부 사람들에게만 허락된 이 사회제도를 개혁하는 데 관심을 쏟아야합니다."

"맞소."

"루소가 말했습니다. 자연으로 돌아가라고. 자연이란 무엇인가. 자연이란 인간이 자유롭게 태어난 존재라는 뜻입니다. 그러나 이 프랑스 사회에서는 자유로운 인간이 도처에서 쇠사슬에 묶여 있습니다."

남자는 말을 끊고, 그 말의 반응을 확인하듯 좌중을 둘러봤다.

"우리는…… 그 쇠사슬을 반드시 끊어야만 합니다. 인간이 만든 것이라면 그게 무엇이든, 인간의 손으로 파괴할 수 있습니다."

박수갈채가 터져나왔다. 남자는 정중하게 머리를 숙이고, 의자에서 내려왔다.

그런 어느 날 밤—.

마르그리트를 포함한 여자들이 토끼 아주머니와 카드놀이를 하면서 시간을 때우고 있었다.

석양이 창문에서 강하게 비쳐들고 있었다. 길가에서 짐 마차꾼의 술 취한 목소리가 들려왔다.

"똑같은 인간으로 태어났는데 말이야, 왜 나만 뼈 빠지게 일해야 하냐고오."

생뚱맞은 그 소리에 그녀들은 서로 쳐다보며 웃음을 터뜨렸다.

해질 무렵의 파리는 찌는 듯 더웠다. 여름이 다 끝났는데도 늦더위가 언제까지나 사그러들지 않았다. 더위를 참다못해 센 강변으로 나가 보면 거기서도 이글거리는 석양이 비추고 있었고, 그 빛을 맞으며 뱃짐을 내리는 남자들과 그 뱃짐을 나르는 마부들의 고함소리가 시끄럽게 울려 퍼졌다.

"내가 패를 돌릴 차례였지."

아주머니는 통통하게 살 찐 흰 팔과 목을 손수건으로 닦으며 카드를 섞었다.

문에서 방울소리가 작게 울렸다. 누군가 들어오는 기척이 느껴졌다.

"어?"

토끼 아주머니는 카드를 탁자 위에 올려놓더니,

"누구지?"

그녀들을 남겨두고 방을 나갔다. 그리고는,

"어머, 어머나"

놀란 목소리가 들렸고, 그 목소리가 사라지자, 그 다음에는 갑자기 조용해졌다. 토끼 아주머니는 그 상대방과 목소리를 죽이고 뭔가 얘기를 나누는 모양이다.

계단이 삐걱거리는 소리가 들렸다. 그녀들은 서로 얼굴을 쳐다보며, 토끼 아주머니가 돌아오기를 가만히 기다렸다.

"너희들."

잠시 후, 아주머니가 모습을 나타내며 입가에 검지를 세워보였다.

"사드 후작님이야, 여자를 데리고 왔어. 숨겨달라고 하시는데……."

"숨겨달라고요?"

"그래. 아직도 경찰에 쫓기는 모양이야."

그리고 그녀는 더욱 목소리를 낮추고,

"같이 온 여자는 있지…… 후작 부인 여동생이래. 내가 얼마나 놀랐는지. 저 두 사람 보통 사이가 아니야, 분명."

토끼 아주머니는 그 말을 하고 타월과 물이 든 병을 두 사람이 묵을 2층 방으로 날랐다. 빵과 치즈와 포도주도 들고 갔다.

저녁이 지나 밤이 되었다. 2층은 고요했다. 드디어 손님들이 찾아오고, 시몬느도 브리짓도 그리고 마르그리트도 그들을 상대하기 위해 2층으로 올라갔지만, 사드 후작과 그 처제가 숨은 방에서는 아무 소리도 들리지 않았다.

몇 시간이 지나고, 마르그리트는 털이 덥수룩한 남자의 팔을 베개 삼아 잠들었다가 눈을 떴다. 아직 동이 트지 않았다. 계단을 누군가가 내려가는 소리가 들렸고, 마차 바퀴가 돌로 된 길을 삐걱거리며 지나가는 소리가 들렸다.

아침이 왔다. 손님들이 침대에서 아침식사를 하고 계산을 하고 각자 돌아간 후, 방청소를 시작한 마르그리트에게,

"너, 알고 있었니?"

토끼 아주머니가 말했다.

"후작님은 새벽에 마차로 도망가셨어."

"마차로? 그래도 괜찮은 건가요?"

"당분간 이탈리아에 숨어 있겠다고 했는데……."

"저기요."

마르그리트는 전부터 궁금했던 것을 토끼 아주머니에게 물었다.

"후작님은 왜 경찰에 쫓기는 거죠?"

"그야, 뭐……. 말 안 해도 뻔하잖아."

"전, 그 후작님이 좀 소름끼쳐요."

"후작님은 평범한 방법으론 만족을 못 하셔서 그래. 묶고, 때리고. 그 대신 돈은 후하게 쳐주시지만, 여자아이들도 싫어하지. 그래서 부활제날, 그런 사건을 일으킨 거겠지."

"그런 사건이라뇨?"

"빅투와르 광장에 있던 여자 거지를 교외에 있는 아르쾨이유(Arcueil) 마을에 데려가서 집에 가두고 묶고 때리고. 여자 거지는 또 그걸 경찰에 고발하고……. 아아, 끔찍해라."

토끼 아주머니는 가슴에 손을 얹고 과장되게 한숨을 쉬어 보였다.

마르그리트는 처음 그 후작을 만났을 때의 소름끼쳤던 일을 떠올렸다. 이마에 땀을 흘리고 눈을 번들거리며 그녀에게 이상야릇한 짓을 명령한 후작의 일그러진 얼굴이 떠올랐던 것이다.

사흘 후, 갑자기 경찰이 찾아왔다.

주임과 함께 들어온 경찰들이 토끼 아주머니가 말리는데도 들은 척도 않고 2층으로 뛰어올라가 방이란 방은 죄다 뒤졌다.

"당신."

주임은 아주머니에게,

"사드 후작이라는 귀족을 여기 묵게 했지, 그렇지?"

"전 모르는 일인데요."

아주머니는 어깨를 으쓱하고는,

"그야, 여긴 많은 사람이 묵는 곳이긴 하지만, 어느 분이 사드 후작님인지 자작님인지 일일이 묻지 않는 데, 제가 무슨 수로 알겠어요. 그리고…… 여긴 귀족 나리가 묵을만한 여관도 아닙니다요."

"이상하군."

주임은 아주머니 얼굴을 빤히 쳐다보며,

"사흘 전 아침 일찍, 당신 부탁으로 뒤로스라는 마부가 어떤 남자와 여자를 마차에 태우고 에탕프(Etampes) 마을까지 데려다줬다고 자백했거든……."

"네, 그랬습죠. 그런데 전 그 사람이 사드 후작님인지, 제가 어찌 알겠습니까?"

"그럴까?"

주임은 카운터를 손가락으로 톡톡 두드리며 우습다는 듯 웃었다.

"뒤로스라는 마부가 그때, 당신이 사드 후작님, 몸 조심하십시오, 라는 말을 분명 들었다고 했거든……."

아주머니는 순간 기세가 꺾이는가 싶더니,

"흐응." 고개를 갸우뚱하고는 "전 기억이 안 나는데요. 뒤로스란 사낸 술값만 쥐어주면 무슨 거짓말이든 쉽게 할 위인입죠……."

"사드 후작이라는 남자가 묵었을 땐 바로 신고하라고 하달했을 텐데."

"그러믄요, 알다마다요, 하지만 장부에 적힌 이름 말고 우리가 알아낼 도리가 있겠습니까? 사드란 이름이 우리 장부엔 안 적혀 있거든요……."

2층을 뒤지던 세 경찰관이 계단을 서둘러 내려왔다. 그 중 한 사람이 주임 귀에 대고 속닥거리고는 한 장의 찢긴 종이를 건넸다.

"이걸 봐."

주임은 그 종이를 토끼 아주머니에게 내밀면서,

"보라고. 종이에 후작 문장(紋章)이 인쇄돼 있잖아. 옷장 안에 떨어져 있다던데, 쓰다 만 편지겠지만……. 자, 서(署)로 가자."

"저요?"

아주머니는 손을 얼굴에 파묻고 울기 시작했다.

"전 아무 잘못 없어요. 오랫동안 성실하게 일만 했는데."

"성실하게...?"

주임은 비아냥거리며 웃음을 짓고,

"그건 천천히 서에 가서 듣자고."

"나쁜 놈들이 파리에 얼마나 차고 넘치는데 하필 저를요? 도둑놈, 강도, 살인마. 나리들은 그런 악당들은 잡지 않고, 우리처럼 아무 짓도 안 한 여자를 잡아간답니까?"

주임은 차갑게 아주머니가 우는 모습을 지켜보고 있었다. 그 파란 눈에는 동정도 연민의 빛도 나타나지 않았다.

울음을 멈춘 아주머니는 경찰관들에게 끌려 마차에 실렸다. 마르그리트는 그 뒤를 쫓아가며 물었다.

"금방 나올 거죠, 그치요?"

"글쎄다."

마르그리트는 혼자 남겨졌지만, 저녁에 나타난 여자들도 모두들 토끼 아주머니가 돌아올 때까지 함께 기다리자고 입을 모았다.

그러나 이튿날, 경찰관 하나가 다시 나타나 호텔 영업허가가 정지되었다고 말했다.

"그러니까 너희들, 여기서 장사하면 안 된다."

"얘는 그럼 어떡하라고요!"

"내 알 바 아니지."

차갑게 일축했다.

이틀이 지나고 사흘이 지나도, 토끼아주머니는 돌아오지 않았다. 마르그리트는 홀로 그녀가 돌아오길 헛되이 기다렸다. 무더운 날이 끝나고, 파리에는 가을비가 온종일 내렸다.

토끼 아주머니 여관에서 손님을 받지 말라는 명령을 들은 이상, 마르그리트는 밖에서 일을 해야만 했다.

브리짓과 시몬이 다른 호텔을 찾아냈다. 토끼 아주머니와 달리 그곳 악덕 주인은 여자들이 받는 돈의 절반을 떼어 갔다.

화창한 날에도, 궂은 날에도 그녀들은 밖에서 손님을 찾았다. '쿠르라렌은 물론, 생토노레 거리와 포르 루아얄(Port Royal) 주변까지 찾아갈 때도 있었다. 그런데 거리마다 여자들이 제 구역을 차지하고 있어 멋대로 거기서 사내들에게 다가갈 수는 없었다.

손님들은, 다시 말해 남자들은 가지각색이었다.

쾌활하게 술을 사주며 시종일관 농담만 하던 사람은 남프랑스에서 파리에 거래하러 온 상인이었다.

"얘야, 마르세유로 오지 않으련?"

터질 것 같은 배를 한 그 상인은 마르그리트를 무릎에 앉혀 놓고 바다 냄새 물씬 나는 고장 얘기를 들려주었다.

"파리는 세련된 곳이긴 하지만, 콧대 높은 게 마음에 안 들어. 날 봐요, 나 참 고상하고 예쁘죠, 그렇게들 말하는 것 같잖아. 그에 비하면 마르세유에선— 다들 얼마나 소탈한지. 모두 밝은 사람들이야."

만약 네가 마르세유에 와 준다면 내가 널 돌봐주마, 그는 그렇게 말했다.

"대신, 나뿐이다. 네 몸을 안는 건."

"부인은 없어요?"

"왜 없어, 있지. 아이도 둘이나 있어. 둘 다 딸애야."

"날 돌봐주는 건 좋지만…… 부인한테 안 들킬까?"

"안 들키게 사는 거지 뭐."

하지만 그 남자는 가정적인 사람이라서 딸들한테 선물로 산 숄을 자랑스럽게 마르그리트에게 보여주었다.

처음으로 여자와 자 본다는 학생도 있었다. 루브르 궁전 바로 근처에서 그 학생은 마르그리트를 슬쩍 쳐다보고는 재빨리 곁을 지나쳤다. 그랬으면서 잠시 후, 생각에 잠긴 얼굴을 하고 다시 돌아와 그녀에게 말을 걸었다.

호텔에 데리고 가자 그는 그때까지 여러 여자들과 놀아봤다는 식으로 말을 했지만, 막상 마르그리트가 스커트를 벗기 시작하자 눈길을 피하고 주먹을 꽉 쥔 채 떨고 있는 게 빤히 보였다.

"난……." 그가 쉰 목소리로 고백했다. "실은…… 처음이야."

"도련님, 알고 있다마다요."

우스운 걸 꾹 참고 그녀는 청년을 달랬다.

"누구나 처음은 있는 법이야. 자, 기운 내."

"어머니."

별안간 그는 두 손을 깍지 끼고 소리쳤다.

"전 나쁜 놈입니다. 도저히 참을 수가 없었어요. 용서해주세요."

그리고 그는 토끼처럼 뛰어 그녀에게 달려들어 놓지를 않았다. 어설프고 서툴러서 너무 아픈 나머지 마르그리트는 비명을 질렀지만, 그런 주제에 싱겁게 모든 게 빨리 끝났다.

"나, 널 사랑했어. 정말이야. 사랑했다고."

"그래."

마르그리트는 터져 나오는 웃음을 삼키고 고개를 끄덕여 보였다.

"매일이라도 만나고 싶어. 매일."

"그럼 매일 만나러 와요."

"근데 돈이 없어. 그러니까 너만 괜찮으면 공짜로 만날 수 없을까?"

멍청이, 마르그리트는 그 학생에게 소리 질렀다.

이렇게 해서 손님에게 돈을 받으면, 그 반을 호텔 주인이 빼앗아갔다.

괴이한 남자를 만났다. 그는 거리에서 마르그리트에게 걸려든 남자가 아니라 그녀들이 머무는 호텔에 묵는 서른 남짓한 남자였다.

땅딸막하고, 호텔에 처음 왔을 땐 무척이나 추레했는데, 자칭 닥터 칼리오스트로(Cagliostro)라고 했다.

무슨 일을 하는 사람인지 도통 알 수 없었다. 거의 얼굴을 내보이지 않는 날이 있는가 하면, 정체를 알 수 없는 사람들이 잇따라 호텔로 그를 찾아오기도 했다. 정체를 알 수 없는 사람들이란 수배자들이었고 칼리오스트로는 그들을 위해 위조여권을 만들어준다는 소문이었다. 그러나 그녀들은 경찰을 싫어했기 때문에 자신들의 손님에게조차 발설하지 않았다.

어느 날, 밤이 되기 전에 따분해 하던 마르그리트와 시몬느에게 웬일로 그 남자가 술을 사주었다.

"내 얘기 좀 들어주겠나?"

칼리오스트로는 말을 꺼냈다.

"너희들도 알다시피 내가 하는 일은 위조여권을 만드는 거야. 여권뿐만 아니라 오래된 편지든 그림이든, 마음만 먹으면 뭐든 진품처럼 만들 수 있지. 그런데 이번엔 좀 판을 키워볼까 해."

그렇게 말하고는 여자들의 반응을 살피듯 얼굴을 들여다보았다.

"자세히는 말 안 하겠어. 그냥 너희들 중 한 사람이 아주 조금만 도와주면, 내 답례를 두둑하게 하지."

도와달라는 일은 쉬웠지만 기묘했다. 이튿날 저녁, 쿠르라렌 거리에서 자기가 어떤 노부인과 걸어가는 게 보이면 그 앞에서 복통이든 뭐든 좋으니 갑자기 쓰러지는 흉내를 내 달라는 것이었다.

"그리고 내가 약을 먹이면 바로 씻은 듯이 낫는 거야."

너무나 엉뚱한 제안에 그녀들은 아무 말도 하지 않았지만, 남자는 너무나 진지했다.

"그게 다예요?"

시몬느가 겨우 그렇게 묻자, 칼리오스트로는 끄덕이며 대답했다.

"그뿐이야."

시몬느는 뒤집어질 듯 웃더니 돕겠다고 나섰다.

이튿날 저녁, 반쯤 장난삼아 마르그리트와 시몬느는 사람들로 붐비는 쿠르라렌으로 외출했다. 거리는 변함없이 마차와 한껏 치장한 남녀들로 넘쳐나고 있었다.

얼마 후, 그녀들은 칼리오스트로가 어디서 빌려 입었는지 옷을 빼입고 한 노부인과 마차에서 내리는 것을 목격했다. 그는 마르그리트 쪽을 완전히 무시하고는 노부인의 팔을 잡고 걷기 시작했다.

시몬느가 반쯤 익살을 부리듯 그들 눈앞에서 눈알을 굴리고 소리를 내질렀다. 약속했던 꾀병을 연기해 보였던 것이다.

사람들이 멈춰 섰고 노부인도 깜짝 놀라 발걸음을 멈췄다. 칼리오스트로는 모두에게 소리쳤다.

"침착들 하시오. 난 의사인 칼리오스트로 박사요."

그는 시몬느의 몸을 일으키고 주머니에서 작은 병을 꺼내, 안에 든 액체를(실은 맹물이었지만……) 그녀 입에 넣었다. 그리고 시몬느가 눈을 떠 고개를 흔들며 의식이 돌아온 척한 다음 고맙다는 말을 하자, 진지한 목소리로 대답했다.

"이젠 괜찮을 거다. 내가 만든 이 약을 오늘 주머니에 넣고 오길 잘 했구나."

그리고 감탄하는 사람들을 둘러보며 다시 노부인의 손을 잡고는 사라졌다.

닷새 쯤 지나고, 칼리오스트로는 호텔을 떠났다. 그는 여자들 덕분에 그 돈 많은 노부인의 신뢰를 얻어 그녀의 저택에 살면서 회춘술을 펼쳐보이게 됐다고 자랑했다. 물론 시몬느에게는 약속한 돈 이상을 쥐어주었다.

토끼 아주머니는 어떻게 된 일인지 돌아오지 않았다. 마르그리트는 지금에 와서야 아주머니의 고마움이 뼈에 사무쳤다. 먹고 살기 위해 그녀들은 비 오는 날에도 길거리에 서 있어야 했기 때문이다.

그런 비 내리던 어느 날, 팔레 루아얄 거리를 화려한 마차 석 대가 지나갔다. 바퀴에서 튄 진흙덩어리가, 남자를 찾아 거리에 서 있던 마르그리트 얼굴에 튀었다.

"이 등신들아!"

그녀는 마차를 향해 욕지거리를 던졌다. 그러나 석 대의 마차는 그런 그녀를 완전히 무시하고 지나갔다.

마르그리트는 몰랐다. 그때, 그 마차에는 그녀가 싫어하는 마리 앙투아네트가 샤르트르 공작을 비롯한 젊은 귀족들과 궁녀들과 함께 타고 있었다는 것을.

그렇다. 그 시기, 왕세자비 마리 앙투아네트는 베르사유 궁전을 몰래 빠져나와 종종 파리로 놀러가곤 했다. 그녀가 즐겨 찾은 곳은 극장이었고, 도박장이었다. 마르그리트가 사랑하지도 않는 남자에게 몸을 맡기는 동안, 마리 앙투아네트는 공허한 결혼생활의 돌파구로 샤르트르 공작들과 밤의 파리에서 놀며 잊으려 애썼던 것이다……

운명의 남자

국왕 루이 15세의 침실에 의사들이 잇따라 들어갔다. 그들은 정중하게 국왕의 맥을 짚고 눈동자를 살펴보고 입안을 들여다보며 침통한 얼굴로 무슨 말인가 주고받고 있었다.

"짐은 병이 아닐세. 그냥 현기증이 난 것뿐이네."

루이 15세는 의사에게 말했다.

"그런데도 그대들은 날 이 침대에 묶어두려고 하는군."

"분명 지금은 중병이 아니십니다. 그러나 옥체가 약해지신 건 분명하옵니다. 무리하지 않으심이 옳을 줄 아옵니다."

국왕과 의사들이 그런 대화를 주고받는 동안, 뒤바리 부인은 옆에서 딱딱하게 굳은 얼굴로 듣고 있었다. 의사들에게 묻지 않아도 요 반 년 사이에 국왕의 건강이 눈에 띄게 악화되었다는 걸 그녀는 누구보다 잘 알고 있었다.

(만약 폐하께 무슨 일이 생기면 어쩌지……)

그녀는 갑자기 불안에 휩싸였다.

만약 국왕에게 무슨 일이 생긴다면 그녀는 베르사유 궁전에서 살 수 없을 것이다. 아니, 비록 살 수 있다 하더라도 지금까지처럼 모든 걸 제 뜻대로 움직일 수는 없을 것이다. 왜냐하면 루이 15세의 계승자가 루이 오귀스트 왕세자인 이상, 다음 왕비는 아내인 마리 앙투아네트라는 것은 정해진 수순이기 때문이다.

(그녀는 틀림없이 날 내쫓을 거야.)

뒤바리 부인은 몸을 떨었다. 그녀는 호화로운 침대 위에서 눈을 감고 있는 루이 15세의 늙은 얼굴을 내려다보며 그녀가 베르사유에서 쫓겨날 그날의 모습을 그려보았다.

(뭔가 대책을 세워야 해.)

부인의 가슴 속에서 상념들이 끊임없이 불꽃처럼 일렁이고 있었다.

그녀는 누가 자신의 편에 서 줄지 고민해 보았다. 그러나 수많은 추종자들은 대부분 출세욕 때문에 국왕의 애첩인 그녀의 비위를 맞추는 사람들이었다. 전세가 역전된다면 마리 앙투아네트 앞에 무릎을 꿇고도 남을 위인들이다.

그들 말고 날 도와줄 사람이 없을까. 있다 해도 기껏해야 에귀용 공작(duc d'Aiguillon)과 미르푸아 원수(Maréchal de Mirepoix), 그리고 발랑티누아 백작(Comte de Valentinois) 뿐이다…….

순진한 마리 앙투아네트는 아무 것도 모른다. 어려서부터 모든 사람들이 자신의 말을 따른다고 믿어왔던 그녀는 지금, 자신을 둘러싸고 음모를 획책하는 사람들이 궁전에 있다는 걸 꿈에도 생각지 못했다.

그 무렵 그녀는 파리 나들이를 한껏 즐기고 있었다. 파리의 화려함에 대해서는 이전부터 들어 알고 있었지만, 왕세자비가 파리를 방문하는 것은 큰 행사가 되므로 좀처럼 기회를 잡지 못했다.

그러나 파리의 첫 공식방문이 끝나자, 그녀는 꽃의 도시에 완전히 매료되었다. 경호를 따돌리고 마리 앙투아네트는 젊은 귀족들과 궁녀들하고만 몰래 놀러가곤 했다. 연극과 음악회에 그녀가 모습을 드러내면 관객들이 일어서서 박수로 맞이해 주었다. 그것 또한 그녀를 부추겼다. 서민들에게 사랑을 받는다고 생각한 것이다.

그런 그녀가 베르사유를 떠나 파리에서 유흥에 빠져 있을 때였다.

"마담."

넓은 궁전의 한 방에서 카드놀이를 구실로 몇 명이 밀담을 나누고 있었다.

"심려하시지 않아도 됩니다. 간단하고 확실한 방책이 있을 겁니다."

발랑티누아 백작은 코담배를 코에 대고 자신 있게 뒤바리 부인에게 말했다.

"비록 폐하가 승하하시고 왕세자가 즉위하시더라도 이 베르사유에서 힘없는 비전하가 뭘 할 수 있겠습니까?"

"하지만…… 왕세자 전하는 비전하 말이라면 끔뻑 죽는 분이시잖아요."

뒤바리 부인은 일부러 크게 한숨을 쉬어 보였다. "이유를 알 순 없지만 제가…… 비전하의 노여움을 샀지 않았겠습니까?"

백작은 뺨에 엷은 웃음을 지었다. 여윈 그 얼굴에, 빈틈없이 계략을 잘 꾸밀 것 같은 표정이 떠올랐다.

그는 카드가 놓인 탁자를 둘러싼 사람들을 바라보고, 자기 생각을 피력하기 시작했다.

우선 마리 앙투아네트 반대파를 궁전 안에 심어놓을 것. 다행히도 처음엔 마리 앙투아네트와 친하게 지내던 공주들이 요즘엔 그녀의 흉을 보고 다닌다. 시시콜콜 왕세자를 쥐고 흔드는 마리 앙투아네트가 꼴사나운 것이리라.

그리고 왕세자의 동생들인 프로방스 백작과 아르투아 백작은 자신들이 미래의 프랑스국왕이 될 수 없다는 데에 강한 불만을 품고 있는 것 같다. 아르투아 백작은 우둔한 형 루이 오귀스트에게 국왕이 될 능력이 없다고 분명히 내뱉은 적도 있다.

"그런 왕족들을 비롯하여 궁전에서 왕세자비를 비난하는 목소리를 조금씩 키우게 하는 건 일도 아니라고 봅니다만."

"하지만 구체적으로 뭘 어쩌지?"

에귀용 공작은 카드를 뒤집으며 낮은 목소리로 물었다.

"구체적으로요? 아무 것도 할 필요 없지요. 그저…… 왕세자비가 제멋대로 구는 걸 더욱 조장하면 됩니다."

"제멋대로 굴게 둬요?"

"그래요. 요즘 비전하는 젊은 귀족들을 데리고 파리에 열을 올리고 계십니다. 요즘엔 연극이다 음악회다 열심히 다니시지만, 그러다 도박장에도 다니고 샤르트르 공작과 무슨 일을 벌인다면—"

발랑티누아 백작은 엷은 웃음을 다시 지으며,

"이 궁전 안에 그런 소문이 파다해진다면 어떻게 될까요? 제 아무리 둔한 왕세자라도 기분이 좋을 리 없겠지요. 자연히 오스트리아에서 온 비전하는 이 베르사유에서 손가락질 당할 것이고, 도덕가들의 비판을 받으면 비록 왕비가 되더라도 인기가 떨어지겠지요."

"그렇군……."

미르푸아 원수는 한숨을 쉬고는 크게 고개를 끄덕였다.

"마담. 백작의 말이 맞는 것 같소만……."

"저는……." 뒤바리 부인은 모른 척 시치미를 떼면서 "모든 걸 다 맡기겠습니다. 저를 염려해 주시는 여러분들이 생각해낸 건 무엇이든요……."

순진한 마리 앙투아네트는 아무 것도 모른다. 장난감을 선물 받고 정신이 팔린 아이 마냥, 그녀는 지금 파리에서의 놀이를 즐기고 있을 뿐이다.

솔직히 형식적인 예절과 법도를 지켜야 하는 베르사유 궁전에서의 생활을, 그녀는 따분해하기 시작했다. 왕세자비라는 지위가 처음엔 그녀의 허영심을 자극했지만, 오히려 그 신분 때문에 사람들 시선을 끌고, 노아유 수석시녀와 메르시 대사의 잔소리를 끊임없이 들어야 하는 게 귀찮았다. 그리고 왕세자와의 공허한 결혼생활을 가만히 그대로 견뎌내기란, 도저히 불가능한 일이었다.

그러나 파리에선 뭐든지 자유로웠다. 그곳에선 격식 차린 의식도 예절도 없다. 그게 마리 앙투아네트의 마음에 들었다. 거기엔 황홀한 음악이 있다. 배를 움켜쥐고 웃을 연극이 있다. 그리고 그녀를 기쁘게 할 도박장도 있다.

남편인 왕세자를 베르사유에 남겨두고 파리에 나가는 게 아무래도 마음에 내키지 않아 어느 날 아내 말이면 무조건 듣는 왕세자에게

"함께 가 주세요."

라고 말했다.

"제가 전하 곁을 떠나지 않는 모습을 파리 사람들에게 보여주고 싶습니다."

가엾은 왕세자 루이 오귀스트는 이 때 역시 아내의 말을 순순히 믿었다. 그러나 그는 여자의 미묘한 심리를 간파하지 못했다. 샤르트르 공작이 마음을 차지하면 할수록 마리 앙투아네트는 더욱 남편 곁에 있고 싶어 했던 것이다. 그럼으로써 자기가 얼마나 정숙한 아내인지를 궁녀들에게 보여

주기 위해. 아니다, 비틀거리는 자신의 마음에 저항하기 위해, 그녀는 충
실한 아내를 가장해야만 했다.

코메디 프랑세즈와 코메디 이탈리엔느에서 관객과 배우들의 박수를 받
으며 남편과 함께 좌석에 앉을 때, 그녀는 끊임없이 스스로에게 이렇게 다
짐했다.

(이것 봐. 난 이렇게나 좋은 아내야. 아내로서 전하에게 부끄러운 짓을
한 적이 한 번도 없어.)

그러나 벨루아의 '칼레의 공격'을 보는 동안 졸음에 못 이겨 남편이 고
개 숙여 잠들자, 그녀는 슬쩍 샤르트르 공작을 바라보았고 그 역시 눈짓
을 보내는 걸 그녀는 마음으로 즐겼다.

순진한 마리 앙투아네트는 베르사유의 권모술수를 전혀 눈치 채지 못
했다…….

책략가 발랑티누아 백작의 예측은 일부는 적중했고, 일부는 빗나갔다.

적중한 예측이란 마리 앙투아네트가 거듭 파리로 놀러 나가는 것에 눈
살을 찌푸리는 자들이 베르사유 궁전 안에 점점 많아졌다는 것이다.

"답답한 노릇일세."

나이든 귀족들과 귀부인들은 얼굴을 맞댈 때마다 불쾌한 표정을 짓고
속닥였다.

"미래의 프랑스 왕비가 되실 분이 몹쓸 도박장과 아랫것들이 들락거리
는 극장에 출입하다니 쯧쯧……."

"게다가 비전하는 샤르트르 공작을 각별히 아끼시는 모양이더군."

그런 그들의 목소리가 마리 앙투아네트의 귀에 들어갔는지는 알 수 없
다. 그러나 비록 들어갔다 하더라도 이 순진한 왕세자비는 깜짝 놀라 이렇

게 대답했을 것이다.

"왜요? 인생을 즐기는 게 왜 나빠요? 파리에 갈 때마다 가난한 사람들은 나를 따스하게 맞아준답니다. 난 모두에게 무척 인기가 있어요."

이 무렵 마리 앙투아네트는 진심으로 자기가 파리 민중들에게 사랑받고 있다고 믿었다. "이런 지위에 있는 제가," 그녀는 어머니 테레지아 여제에게 이렇게 편지를 썼다.

"이렇게나 쉽사리 민중들의 우정을 한 몸에 받다니 얼마나 행복한지 몰라요. 전 이 일을 결코 잊지 않겠습니다."

이렇게 쓴 마리 앙투아네트는 바로 그 파리 민중들이 혁명 광장의 단두대를 향하는 그녀에게 욕설과 조소를 던지게 될 줄은 꿈에도 생각하지 못했을 것이다. 그녀는 말 그대로 순진했다.

파리에 놀러 다니는 걸 그녀는 털끝만큼도 개의치 않았다. 샤르트르 공작을 비롯한 청년귀족들에게 둘러싸여 있어도 스스로를 떳떳하지 못하다고 생각해 본 적이 없다.

남편보다 샤르트르 공작에게 더 마음이 기울어져 있었지만, 결코 그 이상의 선을 넘지 않았기 때문이다. 왕세자비로서의 자존심과 주위의 시선, 그리고 타고난 자긍심이 그녀에게 그것을 허락하지 않았다.

(비전하와 샤르트르 공작 관계가 심상치 않아)

뒤바리 부인과 발랑티누아 백작이 그런 소문을 자연스럽게 베르사유 궁전에 흘리려고 했다.

귀족들은 처음에는 호기심 때문에 그 소문을 믿었다. 그러나 헐뜯기 좋아하는 시종과 궁녀들을 사주해도 결국 마리 앙투아네트와 샤르트르 공작이 단 둘이서 시간을 보내는 장면을 포착하지는 못했다……

실제로 이 시기, 그녀는 아이를 너무나 원했다. 그녀의 젊은 몸도 드디어 어머니가 되고 싶다는 본능에 눈을 뜬 것이다. 동시에 샤르트르 공작에게 빠져 들어가는 자신의 마음을 왕세자의 아이를 가짐으로써 억누르고자 했던 것이리라.

"우리에게도 왕자나 공주가 생겼으면 좋겠습니다."

샤르트르 공작의 얼굴을 잊으려고 마리 앙투아네트는 남편에게 그렇게 졸랐다. 아내의 마음속 비밀을 눈치 채지 못하는 무딘 왕세자는 마치 어려운 숙제를 풀어야 하는 어리석은 소년처럼, 아내의 이 요구에 부응하고자 땀을 흘렸다.

그 역시 성적 욕망이 없었던 것은 아니다. 만사가 다른 남자들보다 늦되었던 그 본능을, 이 즈음에는 그도 겨우 느낄 수 있게 된 것이다. 베르사유 궁전에 있는 왕세자 부부의 호화로운 침실에서, 루이 오귀스트는 변함없이 익숙지 못한 손놀림으로 젊은 아내의 육체를 안고, 열심히 남편으로서의 의무를 다하고자 애썼다.

그러나—,

그러나 최후의 순간, 가엾은 그는 눈살을 찌푸린다. 너무나 아파서 견딜 수 없는 것이다.

가엾게도 그는 포경이었다…….

"날 용서해 주시오."

그는 슬픈 얼굴로 마리 앙투아네트 앞에서 고개를 숙였다.

"의사 지시대로 식생활에도 꽤 신경을 쓰고 있기는 한데……."

"그래서……."

마리 앙투아네트는 얼굴을 붉히며 남편에게 묻는다.

"의사들은 뭐라던가요?"

"수술이 필요하다고……."

"수술……요?"

남편 얼굴에 겁먹은 빛이 지나간다. 몸집은 다 커서 이미 한 사람 몫을 하는데 왕세자 루이 오귀스트는 수술대에 올라 몸에 메스가 닿는 상상만으로도 얼굴이 창백해진다.

이렇게 해서 아이를 갖고 싶다는 마리 앙투아네트의 바람은 아직도 실현될 가망이 없었다.

그러면서 가엾은 왕세자는 매일 밤, 혹시나 요행을 바라고 일개미처럼 바지런히 부부생활에 힘썼지만 변함없이 모든 게 수포로 돌아가고 말았다.

어느 날 밤 마리 앙투아네트는 그런 허망한 시도 끝에 결국 소리 내 울기 시작했다.

남편은 열등감에 짓눌리면서도 아내의 작은 등을 쓰다듬었다.

"이제 더는 나를 사랑해 주지 않는 거요?"

그는 작은 목소리로 말했다.

"아닙니다."

마리 앙투아네트는 훌쩍거리며 고개를 흔들었다.

"마음속 깊이 사랑합니다. 이전보다 훨씬 존경하옵니다."

해가 바뀌자 베르사유 궁전은 카니발에 대한 화제로 들끓었다. 한 해에 한 번, 정월에 개최되는 그 무도회에서 가면을 쓰고 분장한 귀족들은 마지막 댄스 때까지 들키지 않으려고 갖은 정성을 다 한다. 그래서 상대방이 아무리 막역한 사이여도, 그리고 그게 비록 연인이라 하더라도, 어떤 모습으로 분장할지 결코 누설하지 않는다는 게 암묵의 룰이었다. 춤추는 상대가 누구인지 알 수 없어서 비밀이 더욱 즐겁고, 정사를 벌일 기회도 싹

튼다. 손잡고 무도회 홀에서 빠져나와 정원 정자로 몰래 숨어서야 비로소 자신의 새로운 사랑의 상대가 나이든 백작이거나, 주름투성이의 귀부인이라는 걸 알아채는 웃지 못 할 해프닝이 벌어지기도 한다.

마리 앙투아네트도 무도회가 가까워지면서 마음이 설렜다. 그녀는 이런 놀이가 무척이나 좋았다. 가면만 있으면 그녀가 왕세자비라는 사실을 아무도 모를 것이다. 그녀 역시 일부러 위엄 있는 척하거나 상대방을 배려할 필요도 없다.

심야까지 이어지는 무도회에서 그녀는 다른 여자가 될 수 있다. 다른 인생을 향유할 수 있는 것이다.

그게 그녀를 기쁘게 했다. 적어도 그날 밤만은 왕세자비가 아니어도 된다. 룰이었기 때문에 그녀는 무엇으로 분장할지, 친한 궁녀들에게조차 발설하지 않았다. 궁녀들도 꼬치꼬치 캐묻지 않았다.

그녀는 브르타뉴(Bretagne) 처녀 의상을 입을 생각이었다. 축제와 결혼식 날에 서민 여자들이 입는 그 선명한 색깔의 시골 맛 나는 옷을 입고, 흰 양말을 신어야지. 그러면 내 쭉 뻗은 다리를 모두에게 보여줄 수 있으니까. 게다가 그 의상을 입으면 호들갑스럽게 치장한 다른 귀부인들 틈에서 별로 눈에 띄지 않을 것이다. 눈에 띄지 않는다면 누구도 날 왕세자비라고 생각지 않을 것이다. 그녀는 그렇게 생각했다.

"비전하께선 좋은 생각이 떠오르셨나요?"

궁녀들이 그렇게 묻자 그녀는 일부러 연막을 쳤다.

"여러분이 깜짝 놀랄 분장을 생각해 냈어요. 역사에 나오는 어떤 여성이죠."

그리고 더 이상 그녀는 아무 말도 하지 않았다.

결국 그날 밤이 되었다.

아쉽게도 밖은 추웠지만, 베르사유 궁전의 대리석 복도에서 제각기 분장한 귀족과 귀부인들이 줄지어 무도회장으로 흘러들어갔다.

잔 다르크 차림을 한 여성도 있었고, 중세의 종치기로 분장한 자작도 있었다. 해적 분장을 한 백작의 팔을 잡고 그리스 여신 의상을 입은 귀부인이 춤추고 있었다.

여기저기서 즐거운 웃음소리가 일었다. 가면 아래의 참모습을 들킨 자도 하나둘 나오기 시작했다.

그러나 가면을 쓰고 소박한 시골 소녀로 분장한 마리 앙투아네트가 왕세자비라는 걸 알아채는 자는 아직 한 사람도 없었다.

마주르카가 시작되었다. 두 줄로 마주선 남녀가 곡조에 맞춰 번갈아 상대방을 바꿔가며 춤추는 방식이다.

마을 소녀로 분장한 마리 앙투아네트는 가면을 쓴 자신이 아직 누구에게도 들키지 않아 마음이 부풀었다. 그럴 때 그녀는 소녀 같은 순수한 면이 드러났다. 궁전 악단이 연주하는 곡에 맞춰 반짝반짝 빛나는 대리석 바닥에서는 손을 잡아 돌고, 돌았다가 우아하게 멀어지는 귀족과 귀부인들 그림자가 오랫동안 움직였다.

그녀는 눈으로 단 한 사람을 찾고 있었다. 샤르트르 공작이다. 이날 밤, 이 가장무도회에서만큼은 왕세자의 아내가 아니라 자유로운 여성으로서 좋아하는 남성과 춤추고 싶었다.

그러나 샤르트르 공작이 무엇으로 분장했는지, 마리 앙투아네트는 모른다. 모습과 키, 몸집으로 찾으려고 해봤지만 공들여 모습을 바꾼 남자들 중에는 일부러 뚱뚱하게 분장하기도 하고 망토로 몸을 꼭꼭 숨긴 사람들도 있어 누가 누군지 알아낼 재간이 없었다.

"누군지 알겠군요."

갑자기 손을 맞잡은 상대가 그녀의 귓속에 대고 속삭였다. 그 상대방은 페르시아풍의 장옷을 입고 머리와 입을 천으로 감싸고 있었다.

"몽트뢰유(Montreuil) 자작부인이시죠?"

흐릿한 목소리로 상대방이 그렇게 말했을 때, 마리 앙투아네트는 그만 웃음이 터져 나올 것 같아서,

"글쎄요."

목소리를 바꿔 그렇게 대답하고는 몸을 뒤로 돌려 다른 남성에게 손을 뻗었다.

그 순간 그녀는 그만 몸이 뻣뻣해졌다. 여자의 직감으로 이번 상대가 샤르트르 공작이라는 걸 알아챘던 것이다.

공작은 어부의 모습을 하고 있었다. 천으로 감춘 머리, 짧은 바지와 짧은 셔츠를 입고 가면을 쓰고 있었지만, 마리 앙투아네트는 그 현란한 춤솜씨로 누구인지 즉시 알아챘다.

"몽트뢰유 자작부인인 것 같군요."

그 역시 작은 소리로 그렇게 말했다.

"제가 맞췄나요?"

"네."

그녀는 가면 쓴 얼굴로 일부러 끄덕여 보였다. 그러나 그녀의 키와 몸매, 모습이 그렇게나 그 자작부인을 닮았나 싶어 자존심에 상처를 받은 느낌이었다.

"……제가 누군지 아시겠습니까?"

공작은 그녀의 몸을 가볍게 안아 리드하면서 물었다.

"아니요."

"당신을…… 사모하는 자입니다."

그는 단숨에 그렇게 말했다. 그리고 춤을 출 다음 상대방에게 그녀를 건네는 그 순간, 이렇게 속삭였다. 상대방의 의견 따위는 완전히 무시하는 태도였다.

"이 곡이 끝나거든…… 저 기둥 뒤에서 기다리겠습니다."

그 다음엔, 마리 앙투아네트는 아무 것도 듣고 있지 않았다. 음악도 귀에 들어오지 않았다. 다음 상대가 어떤 모습으로 분장했는지도 눈에 들어오지 않았다.

그녀의 눈에 몽트뢰유 자작부인의 모습이 아른거렸다. 그녀처럼 살결이 희고 가녀리며 베르사유 궁전 귀족들 눈을 사로잡는 요염한 여성이다.

곡이 끝나자 마리 앙투아네트는 서둘러 사람들 속을 빠져나와 샤르트르 공작이 속삭였던 기둥 뒤로 몸을 숨겼다.

"갑시다."

그녀의 팔을 가볍게 잡았다. 샤르트르 공작은 그녀를 데리고 무도회장 옆에 있는 작은 방의 문을 살짝 열었다.

"자작부인, 내가 아직 누군지 모르시겠소? 샤르트르 공작이오, 난……."

그렇게 말하며 공작은 가면을 벗으며 자신 있게 웃어보였다.

"기둥 뒤로 와주셨다는 건…… 제 마음을 알아주셨다고 봐도 되겠습니까?"

"어떤 마음을 말씀하시는 거죠?"

"오랫동안 사모해 왔습니다."

"정말인가요?"

마리 앙투아네트는 심술이 났다. 줄곧 자신감에 넘쳐서 행동하는 공작을 괴롭혀주고 싶은 충동이 일었다.

"공작은…… 왕세자비를 좋아하시는 줄만 알았죠."

"왕세자비를?"

공작은 작은 소리로 쿡쿡 웃었다.

"그렇게 생각하시나요?"

"네."

"물론 신하로서 비전하를 존경하고 있습니다. 그러나 남자로서 비전하에게 딴 마음을 품은 적은 한 번도 없습니다. 비전하는 제게 관심이 많으신 것 같지만……. 오래 전부터 제가 남자로서 마음에 품어왔던 사람은…… 몽트뢰유 자작부인, 당신입니다."

"안 됐지만…… 전 자작부인이 아닌데요."

마리 앙투아네트는 차갑고 강한 어조로 그렇게 대답했다. 그 순간, 그리도 강렬했던 샤르트르 공작에 대한 마음이 마치 물을 끼얹은 불꽃처럼 사그라졌다. 이 남자의 실체를 똑똑히 바라볼 수 있게 된 것이다.

"몽트뢰유 자작부인이 아니라고요?"

공작은 낭패한 얼굴로 한 발 뒤로 물러섰다.

"누구신가요?"

마리 앙투아네트는 자그마한 손으로 가면을 천천히 벗어 미소를 지어보였다.

"당신이 방금 남자로서 아무 느낌이 없다던 바로 그 여자예요. 하지만 저 역시, 당신에겐 아무런 관심이 없었답니다. 부디 오해하지 마시길……."

재빨리 몸을 돌려 마리 앙투아네트는 작은 방을 나와 아직 다른 사람들이 춤추는 무도회장으로 돌아갔다.

슬프지도 괴롭지도 않았다. 오히려 앓던 이가 빠진 듯 시원했다. 그런 남자에게 왜 그렇게나 마음이 끌렸는지, 이제 와서는 이상할 따름이었다.

"같이 춤추지 않으시겠습니까?"

키 큰 금발 청년이 그녀 앞에 정중히 고개를 숙였다. 그는 이국의 군복을 입고 있었는데, 분장을 하지는 않았다. 아마 오늘 무도회에 초대받은 외국 무관 중 한 사람이겠거니, 마리 앙투아네트는 그렇게 생각했다.

"북쪽 나라에서 오셨죠?"

"네, 그렇습니다."

청년 사관은 흰 치아를 드러내며 웃었다. 앳된 소년의 흔적이 아직 남아 있다. 때 묻지 않은 그 웃음에, 지금 막 샤르트르 공작과 헤어진 참이어서 그런지, 그녀는 산뜻한 물을 마신 것처럼 상쾌했다.

"스웨덴에서 온 페르센(Axel von Fersen) 백작입니다."

그는 자기 이름을 밝히고는 물었다.

"성함을…… 여쭤 봐도 될까요? 전 이 궁전에 온 게 이번이 처음입니다. 사실, 방금 막 임지에 도착했거든요."

마리 앙투아네트는 머리를 흔들었다.

"미안해요. 오늘 밤은 가장무도회예요. 오늘 밤 만큼은 이름을 말하는 게 금지되어 있거든요. 부디 언짢게 생각지 마셨으면 좋겠어요."

페르센은 당황해 하며 무례를 사과했다. 그 당황한 서툰 모습에 그녀는 더욱 호감을 느꼈다.

"그 대신, 오늘 밤만은 저를 좋으실 대로 불러 주세요."

"제 맘대로 부르라고요……."

"네."

청년은 기쁜 듯 생각에 잠겼다. 그리고 흰 치아를 드러내며 다시 웃고는 물었다.

"마담 이베르(Madame Hiver, 겨울 부인)는 어떠세요?"

"겨울 부인? 제가 그렇게 차갑고 외롭게 보이나요?"

"아뇨, 그런 게 아닙니다. 전 그저 프랑스어 중에서도 이베르라는 말의 어감이 특히 아름답게 들리더군요. 게다가 제가 처음 만나 뵌 이 날 이 계절도 겨울이잖습니까?"

"좋아요. 겨울 부인으로 하죠……."

두 사람은 다음 곡도 함께 추었다. 궁중무도회에서는 연달아 한 사람의 남성과 춤을 추는 건 금지되어 있었지만, 마리 앙투아네트는 신경 쓰지 않았다.

두 곡을 함께 춘 후, 페르센 백작이 고개를 끄덕여 감사의 말을 전했을 때,

"분명 또 만나게 될 겁니다."

그녀는 그렇게 부드럽게 약속했다.

"부디 그러기를 간절히 바랍니다. 마담 이베르."

페르센 백작은 고개를 끄덕여 보였다.

사형집행인 상송

잔뜩 흐린 어느 날, 파리의 사형집행인 상송(Charles-Henri Sanson, 1739~1806)은 어두운 얼굴을 하고 저택으로 돌아왔다. 끔찍한 직업임에도 불구하고, 그는 온화하고 반듯한 얼굴을 한 남자였다. 그러나 온화한 얼굴 탓에 오히려 기분이 우울할 때면 누가 봐도 분명히 그의 기분을 알 수 있었다.

마차에서 내려 현관에서 모자와 지팡이를 하인에게 건넨 그는, 그대로 거실에 들어갔다. 그리고 자수를 놓던 아내 마리 안느의 뺨에 입을 맞추고는 그대로 피곤해서 쓰러질듯 의자에 앉았다.

마리 안느는 아무 말 없이 유리병에 든 술과 컵을 그의 옆에 있는 테이블에 올려놓았다. 그녀는 오늘 남편이 왜 이처럼 어두운 얼굴을 하고 무거운 기분으로 집에 들어왔는지, 아주 잘 알고 있었다. 죄인에게 형을 집행해야만 했던 날에는 늘 이런 얼굴을 하고 돌아오기 때문이다.

그렇다 ― 상송은 이 끔찍한 자기 직업을 좋아하지 않았다. 파리의 광장에서 죄인을 공개처형하는 게 그의 일이었지만, 단 하루도 그 일을 기쁘게 생각한 적은 없었다.

그러나 조상 대대로 이어받은 직업이다. 당시 프랑스 각지에는 사형집행인을 세습하는 가문이 있었고, 파리에서 상송 가는 17세기 말부터 대대로 이 일을 맡아오고 있었다.

그런 집안에 태어난 그는, 어렸을 때부터 아버지의 직업을 자랑스럽게 생각해 본 적이 단 한 번도 없었다. 그러나 열한 살 때부터 아버지는 그를 조수로 데리고 다니며 조금씩 기술을 배우게 했다.

이 무렵, 죄인에 대한 형벌은 가지각색이었다. 기둥에 쇠사슬로 묶고 매달아 사흘 동안 뭇사람들에게 보이게 하는 형벌은 그래도 가벼운 편이었다. 인두로 지지거나 귀를 자르는 벌, 불집게형이라고 불집게로 죄인의 피부를 벗기고 상처에 뜨거운 납이나 수지를 붓는 혹독한 방법도 있었다. 거열형(車裂刑)이라는 것은 수레바퀴에 사지를 묶은 죄인을 쇠방망이로 때려죽이는 방법이었다.

열여섯에 아버지 뒤를 이은 상송이 처음 맡은 일은 어떤 죄인을 이 거열형에 처하는 것이었다. 제 손으로 실행에 옮길 용기가 없던 그는 조수들이 형을 집행하는 동안 눈을 돌려 견뎌냈다.

열여덟 살이었던 1757년 3월, 상송은 파리고등법원에서 어떤 수감자를 극형에 처하라는 명령을 받았다. 그 수감자란 2개월 전에 국왕 루이 15세를 암살하려고 하다가 실패한 다미앵(Damiens)이라는 남자였다. 고등법원이 다미앵에게 선고한 형벌은 우선 가슴, 팔, 다리 피부를 불집게로 벗기고 상처에 뜨거운 기름과 펄펄 녹는 납, 수지(樹脂), 왁스를 뿌린 다음 네 마리 말에 몸을 묶어 찢는 잔혹한 처형이었다.

명령을 받은 상송은 기겁을 하고 두려움에 떨며 일을 그만둘 결심까지 했다. 그의 다감한 신경으로는 도저히 그런 끔찍한 벌을 줄 수 없었던 것이다. 상송 일가는 뒷걸음질 치는 그를 격려하고, 랭스 시에서 사형집행인 일을 하는 숙부를 불러 대역을 시키기로 했다. 3월 28일 그레브 광장의 형 집행에서는 구경꾼들이 지붕에까지 주렁주렁 매달려 바라보는 가운데, 4시간에 걸쳐 고문이 계속되었다.

구경꾼 중에는 후일 『회상록』을 쓴 유명한 호색가 카사노바도 들어 있었다.

피부가 벗겨나가고 뜨거운 기름을 뒤집어쓴 죄수의 무시무시한 비명과 고함을 예사스럽게 듣고 몸부림치는 모습을 꿈쩍 않고 구경한 것은 남자들보다 오히려 여자들 — 특히 귀부인들이었다. 그 동안 상송은 숙부 뒤에 숨어 땀을 흘리고 벌벌 떨고 있었다.

그랬던 그가, 그 후에 결혼을 하고 가정을 꾸리면서도 결국 이 끔찍한 직업을 포기할 수 없었다. 나이가 들면서 피와 죄인의 몸부림에 조금씩 무뎌지게 되었지만, 상송의 마음은 늘 침울했고 마음이 개운해져본 적이 없었다.

얌전하고 온화한 이 남자는 자기 가정을 사랑했다. 아내 마리 안느와 두 아들을 사랑했다. 그리고 일요일이면 미사에 나가 열심히 기도 했다. 미사에서 돌아오면 한 달에 두 번은 친척들을 초대해 함께 식사를 했다. 이런 그를, 아무리 이리저리 뜯어보아도 등골이 오싹해지는 그런 형벌의 실행자라고는 누구 하나 상상할 수 없었다…….

어두운 얼굴로 술을 마시는 남편 곁에서, 마리 안느는 아무 것도 모르는 척 앉아 있었다.

그녀는 그가 왜 우울한지 물론 환히 꿰고 있었지만, 아무 말도 하지 않기로 마음먹었다. 말로만 위로해 봐야 소용없는 일은 묵묵히 가만히 있는 게 제일이다.

"여보."

잠시 후 그녀는 말을 걸었다.

"저녁 식사 하실래요? 오늘은 빨리 식사를 끝내고 잡시다. 당신도 피곤하실 테니."

"그게, 그러지도 못하겠어."

상송은 피곤에 찌든 눈을 비비며 고개를 흔들었다.

"저녁 식사 후에 높으신 양반이 오시기로 되어 있어."

"높으신 양반이라뇨? 누구요?"

"기요탱(Guillautin) 박사라고……."

남편의 말이 끝나기도 전에 마리 안느는 눈을 반짝이며 소리쳤다.

"어머. 그 유명한 의사 나리가? 여보, 어째서 그 높으신 양반이 이 집엘다 오신대요?"

"그게……."

상송은 오히려 당혹스런 듯이,

"오늘 밤에 좀 만나서 할 얘기가 있다고 그분이 그러셨거든."

"무슨 일이죠?"

"모르겠어. 다만 나쁜 일은 아니라고만 하더군."

식사 동안에도 두 어린 아들을 곁에 두고 마리 안느는 기요탱 박사에 관한 얘기에만 열중했다. 박사는 파리에서 가장 명성 높은 의사였고, 매일 환자들이 문전성시를 이루는데 대신 치료비도 심장이 멎을 만큼 비싸다는 소문이었다.

"아버지는 그렇게 훌륭한 분과도 알고 지내신단다."

그녀는 아들들에게 자랑스럽게 말했다.

식사가 다 끝나갈 무렵, 집 밖에서 마차 서는 소리가 들렸다.

"여보."

마리 안느는 남편 얼굴을 바라보며 의자에서 일어섰다.

"박사님이세요."

부부는 옷에 묻은 빵 부스러기를 털고 서둘러 식당을 나가 현관으로 갔다.

중키에 약간 살이 오른 남자가 지팡이와 모자를 하인에게 건네던 참이 었다.

"영광입니다, 박사님."

그 소리에 남자는 얼굴을 들어, 허리를 숙인 마리 안느 손을 잡아, 입 맞추는 시늉을 했다.

"밤늦은 이런 시간에 찾아와 정말 죄송하오. 하지만 이 시각이 아니면 환자들한테서 벗어날 수가 없어서요."

기요탱 박사는 그렇게 사과했다.

상송은 조금 허둥대며 응접실로 박사를 안내했다. 박사가 대체 무슨 용 무로 사형집행인인 자기 집을 찾아왔는지, 도저히 알 수가 없었던 것이다.

"상송 부인."

의자에 앉자 손님은 난처한 듯이 마리 안느를 쳐다보며,

"삼십 분 정도, 정말 실례지만 남편 분을 제가 독점해도 되겠소?"

하며 에둘러 자리를 비켜달라는 부탁을 했다.

"실은 말이네,"

그녀가 방에서 나가자 박사는,

"오늘은 말이지, 내가 전부터 생각하던 걸 좀 도와줄 수 없을까 해서 찾아 왔네" 하고 용건을 꺼냈다.

"난 현재의 프랑스 처형방식에 불만을 갖고 있어. 내가 요즘 유행하는

혁명주의자는 아니네만 귀족에겐 가볍고, 서민에게는 무거운 형벌을 내리는 법률엔 찬성할 수 없어. 그리고 또 현재 처형방법이 죄수들을 오랫동안 고통 받게 하는 거라 그리스도교인으로서 안타깝게 생각해. 듣자하니 상송 군, 자네도 나와 비슷한 생각이라고 들었네만……."

"네."

두 무릎에 손을 놓은 상송은 황송해 하면서 고개를 끄덕였다. 이 고명한 의사에게 협력해달라는 부탁을 받는 게 그에게는 더 없는 영광으로 여겨졌다.

"난 의사라서 죽음의 고통이 얼마나 큰지 잘 안다네. 아무리 죄수라도 죽음의 고통에서는 가급적 빨리 해방시켜주고 싶어. 그래서 도끼와 검으로 목을 치는 게 아니라 기계로 한순간에 참수할 수 없을지 고민해 봤네. 그래서 기요틴(guillotine)이라는 기계를 설계했지."

그는 그렇게 말하고 상송의 반응을 살피듯 잠시 아무 말도 하지 않았다.

기요틴.

그 기묘한 발음을 들은 것은 그때가 처음이었다.

"기요틴…… 이라고요?"

"그래. 그건 내 이름 기요탱을 바꿔서 장난삼아 붙여본 거네만……."

"선생님. 그게 만약 정말로 처형되는 죄수의 고통을 길게 끌지 않고 한순간에 저 세상으로 보내줄 수 있는 편리한 기계라면, 저야 물론 대찬성입니다."

상송은 아까와는 달리 눈을 반짝이며 큰 소리로 말했다.

"전…… 부끄럽습니다만, 국왕폐하의 명령으로 하는 일이라고는 해도 죄인들의 처절한 표정을 보는 게 무엇보다 괴롭습니다. 선생님께서 발명하신 기계가 완성되면 저 역시 분명 그 괴로움에서 해방될 겁니다……."

"이건 내 발명이라고 꼬집어 말하긴 좀 어려워. 스코틀랜드에서는 훨씬 오래전부터 비슷한 처형기계를 쓰고 있거든. 다만 난 그걸 더 개량해서 만들려고 한다네."

기요탱 박사는 주머니에서 접힌 종이를 꺼내, 책상 위에서 펼쳤다. 그 그림은 두 판자 사이에 납으로 된 추로 균형을 맞춘 칼날을 그린 기요틴 설계도였다.

"이거 보게. 이 납을 떼어내면 칼날이 두 판자 측면 사이에 급속도로 떨어지게 되어 있어."

"그럼 사형수는 그 아래에 목을 올려놓는 거군요."

"그래."

"그런데 떨어진 칼날이 사형수 목과 뼈를 잘라낼 수가 있을까요?"

"그게 문제야, 상송 군."

박사는 무겁게 고개를 끄덕였다.

"그러기 위해선 날이 엄청난 속도로 떨어져야 하지. 그러려면 이 두 판자 홈의 저항력을 적게 만들어야 하고."

두 사람은 오랫동안 설계도를 사이에 두고 열띠게 토론했다.

"만약 이게 완성된다면 사형이 지금까지처럼 끔찍하고 잔인하지 않게 될 거야. 최소한 우린 중세시대의 야만으로부터 크게 전진하게 될 걸세."

"참 편리한 도구입니다."

"상송 군. 편리할 뿐만 아니라, 인도적이기도 하지."

"그런데……."

상송은 한 가지 의문점을 박사에게 물었다.

"만약 이 기계가 완성된다고 하더라도…… 국왕폐하께서 사용하도록 허가해 주실까요?"

"그래서 오늘 밤, 내가 자넬 찾아온 걸세."

박사는 설계도를 접어 주머니에 넣으며,

"자넨 대대로 파리에서 사형을 집행해온 집안사람 아닌가. 자네가 고등법원에 의견서를 제출하면 고등법원에서 그걸 논의도 하지 않고 묵살하지는 못할 걸세. 법원에 있는 높으신 양반들은 결론이 날 때까지 이렇네 저렇네 쓸데없는 회의를 거듭하기야 하겠지만……."

그렇게 말하고는 기요탱 박사는 한숨을 쉬었다.

"모든 관료들이 다 그렇지만 그들은 낡은 제도와 법률을 잘 바꾸려 들지 않거든. 하지만 말이네, 상송 군. 시대가 혁명을 향해 한 발 한 발 나아가고 있다네. 난 파리 카페에서 죽치고 앉아 있는 자칭 혁명파에 가담하지는 않지만, 그래도 역사의 변화를 인정하지 않을 수는 없어."

"선생님……."

상송은 조금 겁먹은 목소리를 냈다.

"그들의 말대로 프랑스에서도 언젠가 국왕이 없어지고 귀족들 사회가 멸망하는 그런 국민 평등시대가 올까요?"

"아직은 모르겠어. 하지만 결국 그 거대한 흐름을 향해 흘러갈 것이네."

박사의 어두운 얼굴을 보며 상송은 갑자기 불안함을 느꼈다.

만약─, 만약에 국왕과 귀족 사회가 무너지고 새로운 정부가 들어선다면 국왕폐하의 명령으로 이 일을 맡았던 자들은 어떻게 될까. 대대로 물려받은 일을 잃게 될 뿐만 아니라, 국왕파의 한 사람으로 지목되어 이번엔 거꾸로 자신이 처벌받는 입장이 되지는 않을까? 그는 아내 마리 안느와 두 아이들이 길거리에 나앉은 모습을 상상하고는 소름이 끼쳤다.

"그런데 폐하는 최근, 갑자기 건강이 악화되신 것 같아. 난 일개 동네의사에 불과하지만, 그래도 아는 사람들 중에는 국왕 시의들도 있어서 말이야. 듣자하니 폐하가 심하게 쇠약해지셨다는군."

그렇게 말을 끝내고 기요탱 박사는 일어섰다.

바깥은 캄캄했다. 지금의 파리와 달리 당시 이 도시는 날이 저물기 전에는 사람들로 북적거려도 어둠이 내려 모든 걸 감싸면 죽은 듯 고요해졌다.

"마담."

박사는 배웅 나온 상송의 아내에게,

"기꺼이 부군을 빌려주셔서 뭐라 감사 드려야 할지 모르겠네요."

"남편이 조금이나마 도움이 된다면 언제든 찾아주세요."

마차에서 마부가 내려 등불로 발밑을 비추었다. 마차에 타려던 기요탱 박사는 갑자기 걸음을 멈추고,

"이런"

하고 혀를 찬 후,

"그 등불 좀 줘 보게. 누군가 쓰러져 있는 모양이야."

상송 부부는 박사가 든 불빛이 길에 깔린 돌 하나하나를 선명히 비춰가는 동안 눈으로 길바닥을 훑어 내려갔다.

어떤 여자가 쓰러져 있었다. 이런 시각에 아무도 함께 있는 자가 없고, 싸구려 옷을 입은 것으로 보아 그녀의 직업이 무엇인지 금세 알아챌 수 있었다.

"이런, 이를 어쩌나."

의사인 기요탱 박사는 그녀의 얼굴을 들여다보고는,

"열이 꽤 심한 모양이군. 이대로 뒀다간 죽을 텐데."

"선생님. 뭣하면 저희 집으로 옮길까요? 이대로 놔 둘 수는 없겠어요."

마리 안느는 그렇게 상냥한 마음씨를 보였고 마부와 상송이 그 행려병
자를 안아 올렸다.

병자를 집안에 들여놓은 후 박사는 예의 그 무거운 얼굴로 그녀의 맥을
짚고, 감은 눈을 들여다보고는 마리 안느의 도움으로 조끼 끈을 풀어 헤
쳐 거친 숨을 편하게 해 주었다.

"독감이군. 게다가 피로가 극심해."

박사는 진단을 내렸다.

"여긴 약이 없으니 응급처치를 하고 가급적 땀을 흘리게 해 열을 내리
게 합시다. 마담……, 뜨거운 물에 포도주를 섞어 마시게 해 주시오. 땀을
흘리면 잘 닦아주시고."

"불쌍해라……."

마리 안느가 한숨을 쉬자,

"정말, 가엾군요. 화장은 했어도 기껏해야 열일곱 살이나 먹었을까요.
그런데 이런 짓을 하며 먹고 살아야 하다니……. 난 혁명파는 아니지만,
한쪽에선 귀족들이 다 먹지 못할 만큼 매일 풍성하게 식탁에 올려놓고 사
는데, 이런 어린 여자아이가 굶주림으로 고통을 받아야하는 걸 보면, 정
말 화가 납니다."

"하지만 하느님께선 언젠가…… 각자의 운명에 더도 덜도 아닌 상과 벌
을 내리실 겁니다."

독실한 그리스도교 신자인 마리 안느는 그렇게 중얼거렸다.

"천국에서 말입니까?" 박사는 엷은 웃음을 띠며 "하지만 마담, 지금 이
아이는 천국에서의 행복보다 이 세상에서 굶지 않길 더 원할 지도 모르
죠."

세 사람은 아무 말도 없이 여자아이를 내려다보았다. 여자아이의 눈꺼

풀이 움직이고, 겨우 눈을 떴다.

"시몬느……, 토끼 아주머니. 아아, 여기가 어디야?"

그녀는 자기가 어디 있는지 몰라 두리번두리번 주위를 둘러보았다.

"걱정 말거라."

상송이 말을 걸었다.

"기절하여 길바닥에 쓰러져 있었어."

"제길. 그 손님이야. 날 마차에서 밀어내다니. 돈도 안 물고……."

"무슨 소릴 하는 건지, 일단 지금은 아무 생각 말고 잠을 자 두렴. 아니지, 자기 전에 뜨거운 포도주를 마시고…… 땀이 나면 몸을 닦거라."

박사는 여자아이에게도 충고하고 다시 부부에게 고맙다는 말을 하고는 떠났다.

손님이 돌아가자, 집안이 갑자기 고요해졌다. 여자아이는 포도주를 마신 후 다시 잠이 들었다.

"여보."

마리 안느는 남편에게 말했다.

"이 애를 언제까지 이 집에 둘 수는 없어요."

현관에서 돌아온 부부는 마르그리트가 여전히 자고 있는 줄 아는지, 그대로 대화를 이어갔다.

"딱 봐도 얘가 무슨 일을 하는지 알 수 있잖아요."

마리 안느는 마르그리트의 얼굴을 내려다보며 남편의 팔꿈치를 찔렀다.

"나도 그 생각을 했어."

상송이 고개를 끄덕였다.

"골치 아픈 애를 끌어들였군."

"그렇다고 해서 내쫓을 수도 없고. 우린 그리스도교인들이잖아요."

"그건 그래. 그래도 이런 앨 집안에 두고 소문이라도 나면 어쩔래? 애들한테도 좋을 리 없잖아. 아무튼 남들 눈이 있는데 어떻게든 해야지 않겠어?"

마르그리트는 눈을 감은 채 부부의 대화를 엿듣고 있었다. 그녀는 자기가 이 집에서 짐짝 취급을 받고 있다는 것만은 분명히 알 수 있었다.

"그래도 열이 펄펄 끓어 길바닥에 쓰러진 여자아이를 모른 척 그대로 밖으로 내쫓았다가는 동네에 소문이 더 파다하게 날 걸요. 그렇다고 마냥 집에 있게 할 수도 없고……."

가늘게 눈을 뜬 마르그리트는 생각에 잠긴 부부를 슬쩍 훔쳐보았다.

남편은 팔짱을 끼고 우뚝 서 있었다. 마르그리트는 그 얼굴이 낯익었다. 어디서 봤었더라. 그녀를 돈 주고 산 손님 중 하날까?

아니, 아니야. 아, 그만 목소리가 흘러나올 뻔했다. 그래, 그날 해질 무렵, 그레브 광장에서 죄인이 매달려 있었을 때 곁에 서 있던 관리야. 다들 그를 무슈 상송이라고 불렀었지. 하필이면 내가 그 사형집행인 집 앞에서 쓰러졌다니.

"저기, 이럼 어때요?"

마리 안느는 목소리를 줄여 남편에게 무언가를 속삭였다.

"그럼 동네에 흉흉한 소문도 안 날 테고 우리가 선한 그리스도교인들이라고 다들 생각할 거예요."

그게 어떤 건지 마르그리트는 듣지 못했다. 그러나 그녀는 자기와는 신분이 다른 이 부부의 대화 속에서 왠지 냉담한 무언가가 느껴졌다. 토끼 아주머니와 시몬느와 브리짓처럼 길거리 여자들에게 오히려 더 따스함을 느꼈다.

이튿날부터 그녀는 하인 하나가 전에 기거하던 다락방에서 자게 되었다.

상송의 아내는 시치미를 뗀 얼굴로 뜨거운 수프와 빵을 날라다 주었다.

그러나 사흘 째 되던 날, 마르그리트가 꽤 기운을 차렸을 때 방문을 노크하고 마리 안느는 어떤 나이든 신부를 데리고 들어왔다.

"마르그리트."

그녀는 몸집이 작고 등이 굽은 신부를 소개했다.

"고마르(Gomard) 신부님이셔. 앞으로 너의 앞날에 대해 상의하고 싶은데……."

나이든 신부는 피곤에 찌든 얼굴을 마르그리트에게 향했다.

"얘야. 다행히 이 상송 가가 널 보살펴 주신 걸 하느님께 감사해야 한단다. 네 직업이 무엇이었는지 우린 다 알고 있어. 그건 결코 해선 안 되는 일이야."

마르그리트는 적의를 품었지만 잠자코 있었다. 궁핍함과 굶주림을 모르는 자들에게서 이런 식의 말을 듣는 게 유쾌하지 않았다. 하느님께선 부자만을 행복하게 하시고, 가난한 자를 늘 불행 속에 방치하신다고 그녀는 어느덧 생각하게 되었다.

"너만 괜찮다면 우린 좀 더 네가 정상적인 생활을 하도록 도와줄게."

"고마르 신부님은 있지, 친절하시게도 사제관에서 널 가정부로 써주겠다고 말씀하시는 거야."

상송의 아내는 옆에서 끼어들어 말했다.

마르그리트는 입을 다물었다. 솔직히 그녀는 비 오는 날에도 사람 그림자 하나 없는 밤거리에 서서 손님을 기다리는 생활로 돌아가기 싫었다. 그렇다고 해서 옛날처럼 빨래 하고 바닥을 닦는 하녀가 되고 싶지도 않았다.

"아니면 어디 갈 데라도 있어?"

상송의 아내가 그렇게 묻자, 마르그리트는 고개를 저었다.

"그럼 고마르 신부님 밑에서 일하렴. 분명 좋은 일이 있을 거야."

마리 안느는 마르그리트에게 의견을 묻지 않은 채, 일방적으로 그렇게 정했다.

고마르 신부는 다른 두 신부와 함께 앙리 거리에 있는 교회 사제관에서 살고 있었다. 여기 신부들은 바스티유 같은 감옥을 찾아가 죄인들을 위해 미사를 올리거나 고해를 들어주는 고해신부들이었다. 그리고 사형수들이 처형될 때에는 상송을 비롯한 관리들과 그 죄인들을 따라 처형대까지 가 기도를 드리는 일도 했다.

사제관에는 밥 짓는 수녀가 한 사람 다녔기 때문에 마르그리트는 오로지 청소, 물 긷기, 빨래만 하면 되었다. 그녀는 스트라스부르에 있던 빵집에서도, 토끼 아주머니의 호텔에서도 하던 일이라 익숙하게 척척 해낼 수 있었다.

그런데 정말 끔찍한 건 매일 새벽 여섯 시, 신부들이 올리는 미사에 나가는 일이었다. 지금껏 남자와 같은 침대에 한낮이 되도록 늘어지게 잠자던 그녀는 미사를 알리는 방울소리를 몽롱한 상태에서 듣고, 몽유병자처럼 옷을 갈아입은 다음, 성당으로 비칠비칠 걸어갔다. 털끝만큼도 신앙심이 없는 그녀에겐 미사 동안에도 무릎을 꿇고 기도할 기분이 전혀 나지 않았고, 눈을 감고 졸고 있을 뿐이었다.

그러나 대신, 여기 있으면 굶을 걱정은 없다. 검소하기는 하나 청결한 시트 위에서 잠들 수 있었다. 그리고 아주 조금이기는 하나 월급도 받을 수 있을 터였다.

근처 수녀원에서 신부들에게 밥을 차려주기 위해 다니는 수녀 아녜스(Agnès)는 주근깨투성이의 마음씨 상냥한 젊은 여성이었다.

어느 날 그녀는, 일하다 말고, 성서를 펼친 자신을 부러운 듯 바라보고 있는 마르그리트의 시선을 느꼈다.

"좋겠다."

마르그리트는 한숨을 쉬었다.

"글자를 읽고 쓸 수 있다니."

"가르쳐 줄까?"

"정말요?"

마르그리트가 눈을 반짝이자 수녀는 알파벳을 종이에 써 주었다. 그리고 어떻게 읽는지 기본을 가르쳐 주었다.

마르그리트가 머리 나쁜 아이가 아니라는 건 1개월도 지나지 않아 바로 알 수 있었다. 그녀는 쉬운 말이면 이제 다 읽을 수 있게 되었다.

"그 애는 교육을 받게 해 줘야 해요."

상냥한 수녀 아녜스는 고마르 신부에게 말했다.

"기회가 없어서 배우고 싶은 욕구를 채우지 못했던 거예요."

고마르 신부는 이튿날, 마르그리트를 방으로 불렀다.

"무슨 일이신가요?"

그녀는 혼날 줄 알고 쭈뼛쭈뼛 물었다.

"아녜스 수녀님한테 들었단다."

신부는 기분이 매우 좋았다.

"수녀님한테 글을 배우고 있다지?"

"네. 하지만 아직 잘 못 읽어요."

"이걸 읽어보렴."

신부는 주위를 둘러보고, 책상 위에 있는 수감자 카드 한 장을 우연히, 집어 올렸다.

"이건 내가 다니는 유치장 카드야. 수감자 이름과 특징이 쓰여 있어."

그 카드를 받고 마르그리트는 떠듬떠듬 읽기 시작했다.

"테레즈 크로스. 43세, 주소…… 여왕 거리 뒷골목. 통칭, 토끼 아주머니."

여기까지 읽었을 때, 마르그리트의 낯빛이 바뀌었다. 더 이상 읽지 못했다.

"왜 그러느냐?"

아무 것도 모르는 선량한 신부는 그 카드를 옆에서 들여다보며,

"죄명, 도망 방조죄."

그렇게 가르쳐 주었다.

"왜 그러지? 몸이 안 좋으냐?"

"아뇨."

"앞으로 글을 좀 더 배워라. 그럼 성서도 읽을 수 있을 거야."

신부는 지금 마르그리트의 마음속에 일어난 동요를 알지 못했다.

"이 사람은," 마르그리트는 물었다. "사형 당하나요?"

"설마. 하지만 편형(鞭刑, 채찍질하는 형벌)은 피할 수 없겠지. 상송 씨가 다음 주 토요일에 집행한다더군."

마르그리트 얼굴이 새파랗게 질렸다. 종이를 든 손이 가늘게 떨렸다.

"왜 그러냐니까."

고마르 신부는 여자아이 거동이 갑자기 바뀐 걸 알아채고 그 손에서 종이를 빼들어 그녀를 가만히 바라보았다. 그 순간, 신부는 모든 걸 알았다…….

"이 여자, 네가 아는 사람이냐?"

"염병할"

마르그리트는 손으로 얼굴을 감싸고 소리쳤다.

"토끼 아주머니는…… 나쁜 사람이 아닌데. 그런 사람을 채찍으로 치다니. ……누가 더 나쁜 놈들이래."

"진정하거라, 마르그리트."

마르그리트의 손가락 사이로 눈물이 넘쳤고 그 눈물은 손등을 적시면서 그녀의 치마에 떨어졌다.

"맨날 이래. 이놈의 세상은 맨날 이렇다고. 약한 자들만 괴롭히고."

"마르그리트야. 이 여자는 있지…… 법률로 정당한 재판을 받은 거야. 재판을 받은 이상, 형벌에 복종해야지."

"무슨 나쁜 짓을 했다고 그래요. 토끼 아주머닌 절 먹여주고 재워주고, 손찌검은커녕 욕지거리 한 번 한 적이 없다구요."

"대신…… 네게 하느님을 배반하는 나쁜 짓을 가르치지 않았니."

고마르 신부가 자상하게 그녀의 어깨에 손을 얹으려 하자, 마르그리트는 신부의 몸을 밀쳤다.

"하느님 따위……"

하느님 따위, 그렇게 말하려다가 그만 마르그리트는 신을 모독하는 그 말을 삼켰다. 그러나 그녀는 하느님이 계시다면 이렇게 말하고 싶었다. 하느님은 굶주린 자에게 빵조각 하나 던져주지 않으신다. 그 굶주린 자가 먹고 살기 위해 남자에게 몸을 맡기면, 도덕에 어긋난다니, 그건 또 무슨 말인가.

"사람이 죄를 지었으면…… 벌을 받아야지."

고마르 신부는 엄숙히 말했다.

"다행히 우리가 널 발견했으니 망정이지…… 안 그랬으면 너도 이 여자 꼴이 났을 지도 모른단다."

사제관 부엌 구석에서 훌쩍이는 마르그리트를 수녀 아녜스가 발견했다.

"왜 그러니, 마르그리트."

"아무 일도 아녜요."

"신부님한테 들었어."

수녀는 마르그리트 곁에 주저앉아 언니가 동생을 달래듯 속삭였다.

"나도 네가 왜 화가 나는지 다 알아. 세상은 정말 정의롭지 못하지. 가난한 자가, 가난 때문에 저지른 죄를 무슨 권리로 단죄하겠어. 아무도 그럴 권리가 없지. 이 세상엔 부유한 한 사람을 위해 얼마나 많은 사람들이 희생 되고 있는지 모르는 사람들도 많아……"

마르그리트는 놀라서 수녀 아녜스의 얼굴을 올려다보았다. 그녀는 신부와 수녀란 모두 위선적이고 입으로만 고운 말을 하는 사람들이라고 생각했었다.

"마르그리트."

수녀 아녜스는 웃음을 지었다.

"내가 하나 가르쳐줄게."

"……"

"나도 있지, 너처럼 자랐어. 집은 사부아(Savoy)의 가난한 농가였고, 나도 양치기였지."

"정말?"

"정말이야. 그러니까 내 말 좀 들어봐. 넌 그 여자가 채찍질을 당하면, 그녀를 위해 기도를 바쳐야 해."

"기도를?"

"그래, 만약 그녀가 네 말대로 죄를 짓지도 않았는데 채찍질을 당하는 거라면, 이렇게 생각하는 거야. 예수 그리스도께서도 그 옛날, 죄 없이 빌라도 관저에서 가시관을 쓰시고 병사들에게 채찍을 맞으셨다고……."

"……."

"채찍질을 하는 자는, 채찍을 한 번 내리칠 때마다 부정(不正)(구약 미가서 6/11, 내가 부정한 저울을/거짓 추가 담긴 주머니를/ 옳다고 할 수 있겠느냐?)이라는 이름의 죄를 저지르는 거야. 그리고 그게 비록 하느님과 국왕의 이름으로 행해진다 해도, 하느님께선 결코 용납하지 않으셔. '저들은 자기들이 무슨 일을 하는지 모릅니다.'(신약 누가복음 23/34) 는 말씀처럼. 결국 언젠간 반드시 그 사람들은 추방당할 거야."

"어디서요?"

"하느님이 자격을 내려주신 곳으로부터……."

수녀는 결연한 표정으로 말을 했다. 마치 그녀가 하느님을 향해 강력히 항의라도 하는 듯이…….

토끼 아주머니가 그레브 광장에서 형을 받는 날, 고마르 신부는 그녀 곁에 있기 위해, 아침 식사를 한 후 곧바로, 집행인 상송이 탄 마차에 타고 출발했다.

"마르그리트, 마르그리트."

수녀 아녜스는 신부들이 먹고 난 식탁이 치워지지 않은 것을 보고 마르그리트의 이름을 불렀다. 그러나 대답은 돌아오지 않았다. 마르그리트는 일을 내팽개치고 사제관을 뛰쳐나간 것이었다.

그녀는 센 강 다리를 건너 한 번 가 본 적 있는 그레브 광장까지 종종걸음으로 걸었다. 토끼 아주머니를 한 번 보고 싶었기 때문이었다.

광장에는 2, 30명의 할 일 없는 남녀가 모여 있었다. 이게 그 유명한 형

(刑) 집행이구나, 하고 서로 밀치며 구경꾼들이 몰려들고 있었는데, 아쉽게도 토끼 아주머니는 파리 사람들에게는 별로 유명한 인물이 아니었다. 게다가 편형은 그레브 광장에선 일상다반사까지는 아니더라도 그리 드문 형벌이 아니었다.

빨래 건조대처럼 생긴 세 개의 막대에 쇠사슬이 하나 걸려 있었다. 아주머니는 이 쇠사슬에 양손이 묶인 채 채찍을 맞을 것이다. 쇠사슬은 한낮이 되려는 태양빛을 받으며 형 집행인이 오기를 가만히 기다리고 있었다.

남자들은 포도주를 넣은 가죽 주머니를 입에 대고, 여자들은 수다를 떨며 죄인을 태운 마차가 오기까지 시간을 때우고 있었다.

"왔다."

누군가 외쳤다.

돌로 된 길을 덜컹덜컹 바퀴소리를 내며 두 대의 마차가 이쪽으로 다가온다. 한 대에는 상송과 고마르 신부 일행이 타고 있고, 덮개 없는 다른 마차에는 토끼 아주머니와 직접 형을 집행할 상송의 두 조수가 타고 있었다.

아주머니는 잠옷 같은 회색 옷을 입고, 양 손을 앞으로 묶인 채 고개를 숙이고 있었다.

"뭐야, 할마시잖아."

포도주로 얼굴이 불콰해진 남자가 소리치자, 주위 사람들이 웃음을 터뜨렸다.

"할마시를 뭔 재미로 보나."

군중들의 등 사이로 마르그리트는, 상송과 고마르 신부에게 들키지 않게 마차 위에 앉은 아주머니의 야윈 모습을 눈으로 좇고 있었다. 그리도 풍채 좋던 아주머니가 이렇게나 마르다니. 그렇게나 밝고 쾌활하던 아주머니가 기운이 다 빠져 얼굴을 푹 숙이고 있다니.

광장 한 가운데에서 마차가 멈추었고, 고마르 신부와 상송이 무거운 얼굴을 하고 그녀가 내리기를 기다렸다. 손목이 묶인 토끼 아주머니는 발밑을 바라보며 상송이 읽는 형 선고를 듣고 있었다.

"국왕폐하 루이 15세와 파리법원은……."

상송은 두 손으로 종이를 펼쳐 천천히 낭독하기 시작했다.

"국왕폐하의 특별한 자비심으로 낙인형(烙印刑)에는 처하지 않고 대신 10대의 편형으로 사드 후작 도망을 방조한 죄과를 벌하는 바이다."

상송은 친절했다. 그는 마차에서 잔과 포도주가 든 작은 항아리를 들고 와 토끼 아주머니에게 건넸다. 조금이나마 채찍의 고통을 참을 수 있게 마음을 쓴 것이다. 아주머니는 시키는 대로 포도주를 마셨다. 그녀가 울고 있다는 걸 마르그리트는 잘 알 수 있었다.

손목을 묶은 포승이 쇠사슬에 엮였다. 토끼 아주머니는 승천하는 성모 마리아처럼 두 손을 하늘에 올린 채 얼굴만 밑으로 숙여 운명을 받아들이고 있었다.

"예수 그리스도께서도 그 옛날, 죄 없이 가시관을 쓰시고 병사들에게 채찍을 맞으셨다고……."

수녀 아녜스의 목소리가 마르그리트 귓속 깊은 곳에 남아 있었다. 그러나 그녀는 다른 생각을 하고 있었다. "국왕폐하의 명령으로"…… 왕이란 그녀에게 마리 앙투아네트의 시할아버지에 다름 아니었다.

하늘을 가르는 채찍 소리, 토끼 아주머니의 날카로운 비명 소리. 짐승 같은 신음 소리, 그리고 또 비명 소리. 이 소리를 죽을 때까지 잊지 않겠어, 마르그리트는 그렇게 다짐하며 견뎠다. 죽을 때까지 잊지 않겠어. 죽을 때까지 잊지 않겠어…….

화관

1774년 4월 27일, 프랑스국왕 루이 15세는 최근 급속도로 약해진 몸을 추스르기 위해 전에 없이 사냥을 나갔지만, 도중에 갑자기 심한 두통을 호소했다. 따라갔던 신하들은 허둥지둥 국왕을 마차에 태우고 근처 트리아농(Trianon) 궁전으로 돌아갔다.

그날 밤, 왕은 열이 났다. 동이 트도록 열도 두통도 전혀 사라질 기미가 없었다.

트리아농 별궁 복도에서 시의들이 서로 얼굴을 맞대고 소곤소곤 무언가를 상의하고 있었다.

병명은 분명하지 않다. 분명하지는 않지만 결코 가볍게 볼 수 없는 증상이다. 의사들 의견이 일치했다. 국왕을 조속히 베르사유 궁전으로 옮겨야 한다.

"베르사유로?"

수석 시의(侍醫)인 르 모니에(Louis Guillaume Le Monnier, 1717~1799)의 말을 들은 국왕은 괴로운 듯 중얼거렸다.

"짐은 트리아농이 좋네. 가능하면 여기서 병을 낫게 했으면 좋겠네만······."

"황송하옵니다만, 폐하······ 저희 시의전범(侍醫典範)에 따르면 국왕폐
하 병중일 때에는 베르사유에서 진찰하도록 되어 있사옵니다. 국왕폐하께
서는 폐하의 침실 이외의 곳에서 와병을 하셔서는 아니 되올 줄로 사료되
옵니다."

"짐에겐······ 그만한 자유도 없다는 뜻인가."

그러나 시의들은 얼굴을 굳힌 채 침묵을 지켰다. 그리고 그날, 열과 심
한 두통에도 불구하고 루이 15세는 다시 마차를 타고 베르사유 궁전까지
가야만 했다.

병명도 모른 채, 왕이 그날 밤 받은 치료라고는 사혈이라는 피를 뽑는
방법 뿐이었다. 애인 뒤바리 부인은 왕의 피를 뽑을 때마다 손으로 얼굴
을 가린 채 흐느껴 울었다. 왕의 나이 든 세 딸도 베갯머리에 서서 안절부
절 환자를 바라보고 있었다. 왕세자 루이 오귀스트는 아내 마리 앙투아네
트 곁에서 목석처럼 서 있었다.

세 번째 사혈 후, 관장을 하게 되었다. 사람들은 방에서 나갔고, 수석약
제사 파르조와 조수, 그리고 의사들이 왕의 몸을 둘러쌌다. 관장할 때 조
수 한 사람이 촛대를 들어 올려 그때까지 어두웠던 방을 밝혔다. 흔들리
는 불꽃이 왕의 초췌한 얼굴을 비췄다.

작은 빨간 발진이 이마와 뺨에 가득 퍼져 있다. 아! 누군가가 소리쳤다.

(천연두······)

의사들은 깜짝 놀라 서로 얼굴을 마주보았다.

궁전에 불안한 심리가 퍼졌다. 마리 앙투아네트의 전기 작가들은 대부
분 "이 날부터 국왕의 침실에 그녀는 가급적 발을 들여놓지 않으려 했다"

고 서술한다. 만약 그게 사실이라 하더라도 그것만으로 마리 앙투아네트를 두고 차가운 이기주의자라고 비난하는 것은 타당하지 못하다. 이국의 궁전에서 마음으로부터 그녀에게 애정을 쏟는 시댁 식구들은 아무도 없었고, 거꾸로 그녀가 그들에 대해 애정을 쏟지 않았다 한들 그건 어찌 보면 당연했다. 평범한 여자 - 마리 앙투아네트도 그런 사람 중 하나였다 - 가 전염병을 두려워하듯, 그녀는 국왕의 천연두에 공포심을 느꼈을 뿐이다.

어두운 침묵이 베르사유를 감쌌다. 화려한 등불에 반짝이던 무수한 방들도 지금은 어둠속에 묻히고 귀족과 귀부인들이 웃고 소곤거리며 지나가던 대리석 회랑에 사람들 그림자는 비치지 않았다. 한 발 한 발, 죽음의 우악스런 손이 왕을 거머쥐려고 다가오는 게 누가 봐도 명확했다.

"더 이상…… 손 쓸 방도가 없습니다. 그저 하느님의 기적을 기다릴 뿐입니다."

시의들은 비장한 얼굴로 그렇게 보고해야만 했다. 온갖 치료에도 불구하고 국왕이 회복될 기미가 없었던 것이다.

병자 성사 - 즉 교회가 신자들이 임종할 때 주는 의식을 행하기 위해 왕실 신부들이 불려왔다.

"우리는……."

신부들이 고개를 흔들었다.

"이대로는 폐하를 위해 병자성사를 드릴 수 없습니다."

신부들은 걸핏하면 무시당하곤 하는 교회의 위엄과 권위를, 다시 세울 기회가 있다면 지금이다 싶어 도전적인 태도를 보였다.

"폐하는 교회가 인정하지 않는 관계를 한 여성과 맺어 왔습니다. 이 여성과의 관계를 끊지 않는 한, 교회는 병자 성사도, 고해 성사도 드릴 수

. 178 .

없습니다."

프랑스 국교는 가톨릭이며 국왕 역시 가톨릭 신자라는 법률이 있는 이상, 루이 15세라 할지라도 신부들의 항의를 무시할 수는 없었다.

교회가 인정하지 않는 관계를 맺고 있는 한 여성이란, 말할 것도 없이 뒤바리 부인이다. 왕이 지금 빈사 상태로 누워 있는 침실 안쪽 방을 쓰는 애첩이다.

국왕은 이 항의에 더 이상 반발할 체력도 기력도 없었다. 중신들은 이 신부들의 의견을 받아들이지 않을 수 없었다. 세 공주들은 쾌재를 부르며 동조했다.

"나보고 이 궁전에서 나가라고요?"

파리의 드 보몽(de Beaumont) 대주교 입에서 나온 선고를 들은 뒤바리 부인의 얼굴은 순식간에 종잇장처럼 창백해지고 몸을 바들바들 떨며 소리쳤다.

"그건…… 폐하의 뜻인가요? 아니면 여러분들 뜻인가요?"

"이건……."

대주교는 냉정함을 꾸며 대답했다.

"폐하와 우리들의 뜻입니다."

"폐하를 알현할 수 있게 해 주세요. 그래서 폐하의 진실한 뜻을…… 듣고 싶습니다."

대주교는 고개를 흔들었다. 그리고 모든 게 끝났다.

그날은 비가 내리고 있었다. 오후 4시, 뒤바리 부인은 울면서 친구이자 지금은 궁중에서 단 한 사람 남은 그녀의 편인 에귀용 공작에게 부축을 받으며 마차에 올랐다. 그녀를 배웅하는 자는 한 사람도 없었다. 힘을 잃은 자는 아무도 찾지 않는 법이다. 빗속을 뚫고 그녀를 태운 마차는 흙탕물을 튀기며 뤼에유(Rueil)로 가는 길로 사라져 갔다.

루이 15세의 임종이 시시각각 다가왔다. 화려한 침실은 이미 시작된 죽음을 느끼게 하는 냄새와 열로 충만했고, 악취는 복도에까지 떠다녔다.

일찍이 수려한 외모를 자랑했던 왕의 얼굴도, 수많은 여성들을 안았던 흰 살결도 지금은 거무스름해지고, 검어졌을 뿐만 아니라 수많은 딱지로 덮여 있었다.

흘러나오는 고름은 아무리 닦아내도 없어지지 않았다. 왕은 살아 있는 시체라기보다, 끔찍한 오물에 담긴 고기 덩어리에 불과했다.

그는 더 이상 말을 할 힘이 없었다. 의사단은 교대로 베갯머리에 서 있었지만 왕의 입술에서 새어나오는 것이라고는 그저 거친 숨소리뿐이었다. 카르멜회에서 귀가를 허락받은 차녀 루이즈 공주 ─ 지금은 수녀 루이즈가 십자가를 손에 꼭 쥐어 사자(死者)를 위한 기도를 바쳤고 복도에서는 그녀의 세 자매들이 울면서 기도를 따라 외고 있었다.

신부 한 사람이 성수를 넣은 물 그릇을 들고 침실에 들어가 무릎을 꿇어 왕에게 마지막 죄의 고백을 들었다. 그리고 그 다음, 병자 성사를 드렸다.

5월 10일 오후 3시─

"승하하셨습니다."

르모니에 수석 시의는 루이 15세의 손을 잡고 맥이 영원히 끊긴 것을 확인하고는, 한 발 뒤로 물러나 정중하게 머리를 숙였다.

훌쩍이는 소용돌이 속에서 공주들의 한결 큰 외침소리가 들렸다.

"우린……어쩜 좋죠?"

마리 앙투아네트도 남편 곁에서 무릎을 꿇고 손수건을 눈가에 댔다. 그녀 역시 슬펐다.

그러나 슬픔의 눈물을 닦으며 또 한편으로는 어떤 목소리가 속삭였다.

"넌…… 내일부터 왕세자빈이 아니라 왕비가 되는 거야."

그것은 마리아 테레지아의 목소리가 아니었다. 수석시녀 노아유 부인의 목소리도 아니었다. 그것은 마리 앙투아네트 자신의 목소리였다.

왕비가 된다…… 프랑스의 왕비가 된다. 이 베르사유 궁전에서 가장 존귀한 여자가 된다.

드디어 그 날이 왔다. 서둘러 일어선 후 그녀는 남편의 팔을 잡아당기며 자기들 방으로 돌아갔다. 남편 역시 무언가를 느끼고, 그 커다란 몸을 떨고 있었다. 둘 다 아무 말도 없었다. 그렇지만 각자가 서로 무슨 생각을 하는지, 무엇을 느끼는지 분명히 알 수 있었다.

"세상이……." 남편 루이 오귀스트가 소리친다. "내 위에 떨어져 내릴 것 같아."

마리 앙투아네트는 이때 결혼 후 처음으로 애정을 느끼며 이 소년 같은 왕세자를 꼭 안았다.

"하느님, 저희들을 보살펴주소서."

그녀는 그만 다음 말을 했다.

"아직 어린 우리가 왕과 왕비가 되옵나니……."

5월 10일 오후 3시 ─ 루이 15세, 서거.

같은 날 5월 10일, 오후 4시.

베르사유 궁전 여기저기서 들려오던 오열의 목소리가 점차 사그라졌다. 그 대신, 방에서 방으로 속삭임이, 전언이 파도처럼 퍼져나갔다. 그것은 마치 거센 물결처럼 궁전의 통로로 넘쳐 나와 폭포처럼 계단에서 흘러 내렸다. 그 목소리들은 하나의 외침이 되어 커졌고 더욱 거세졌다.

"새 국왕 폐하, 만세. 새 국왕 폐하, 만세."

어린애처럼 부들부들 떠는 남편을 끌어안고 마리 앙투아네트는 그 함성을 들었다.

목소리가 합창으로 변하면서 점점 다가온다.

"전하."

마리 앙투아네트는 남편에게서 몸을 뺐다.

"모두들 이쪽으로 오고 있습니다, 자."

그녀는 뒤를 돌아보았다. 그리고 본능적으로 그녀가 습관처럼 취하는 자세 — 사랑스럽게 고개를 옆으로 기울이고 웃음을 띠며 지금 막 열리려는 문으로 몸을 향했다.

그 문이 열리고 폭포처럼 중신들과 귀족들이 쏟아져 들어왔다. 선두에는 수석시녀 노아유 부인이 서 있었다.

순간, 정적이 흘렀다. 노아유 부인은 마리 앙투아네트 앞에 무릎을 꿇고 손에 얼굴을 대며 이렇게 말한다.

"프랑스의 왕비……."

그때, 떠들썩한 소리가 울려 퍼졌다. 방으로 들어온 자들도, 복도를 가득 채운 자들도 모두 입을 모아, 감동으로 가슴이 벅찬 듯 소리쳤다.

"프랑스의 국왕, 프랑스의 왕비."

마리 앙투아네트는 웃음을 띤 채 그 환호성을 온 몸으로 받았다. 그녀의 소녀처럼 사랑스러운 얼굴에 지금까지 떠오른 적 없는 위엄과 기품이 빛났다. 왕세자 — 아니, 새로운 국왕 루이 오귀스트는 겁에 질린 듯 왕비 곁에서 몸이 굳어져 있었기에 두 사람의 표정은 대조적이었다.

모두가 전 국왕, 루이 15세에 대해서는 잊고 있다. 그의 침실에 마지막까지 남아 있던 신부들조차 송장에서 뿜어 나오는 냄새를 참지 못하고 옆에 있는 내각실로 도망쳐 버렸다.

텅 빈 침실에서는 남자들 몇 명이 재빨리 송장을 관에 넣어 궁전 밖에 대기해 있는 사륜마차로 옮겼다. 그리고 마흔 명의 근위병들이 마차를 둘러싸고 생 드니(Saint Denis) 성당으로 전속력으로 달려갔다.

죽은 자는 더 이상 쓸모가 없다. 신하들은 오늘부터 새로운 국왕, 새로운 왕비의 총애를 얻기 위해 어제까지의 모든 것을 잊고, 어제까지의 모든 파벌에서 떨어져 나와, 어제까지의 모든 벗과 결별하고 새로운 권모술수 속으로 들어갔다.

전 국왕의 관이 전속력으로 생 드니 성당으로 옮겨지는 동안 새로운 국왕과 왕비 역시 베르사유 궁전을 나와 모든 시종을 데리고 금색 마차에 올랐다. 전 국왕의 사후부터 즉위식까지 베르사유에 머물러서는 안 된다는 왕실 규칙 때문이다. 슈아지 별궁이 당분간 그들이 지낼 곳이다.

숨 막힐 듯 새잎의 향기로 가득한 신록의 슈아지. 그 향기 속에서 마리 앙투아네트는 이제야 겨우 자신에게 주어진 프랑스 왕비라는 화관에 취했다. 그녀는 자신이 그에 걸맞게 태어났으며 그에 걸맞게 자라난 여성이라고 생각했다.

"어마마마. 하느님께서는 오늘 오를 이 지위를 차지하도록 저를 이 세상에 내보내주신 것입니다."

그녀는 빈의 어머니, 마리아 테레지아 여제에게 그렇게 편지를 써 보냈다.

"어머님의 막내딸이었던 저를, 유럽에서도 가장 아름다운 이 왕국을 위해 선택해주신 하느님의 뜻을, 저는 지금 신비롭게 느끼고 있습니다."

숨 막힐 듯 새잎의 향기로 가득한 신록의 슈아지.

그 향기 속에서 중신들은 행복에 반짝이는 왕비 마리 앙투아네트가 열

아홉 난 국왕 루이 16세의 팔에 몸을 맡기고 궁정의 오솔길을 산책하는 광경을 여러 번 목격했다.

지금의 그녀에겐 샤르트르 공작 따위는 마음 한 구석조차 차지하지 못했다. 다른 귀족들도 마찬가지였다. 자신을 왕비라는 지위에 오르게 해준 이 선량하고 소심하고 통통한 남편을 너무나 사랑하는, 그런 마음으로 가슴이 벅차올랐다.

행복은 종종 사람을 너그럽게 만든다. 마리 앙투아네트 역시 마찬가지였다. 그녀는 궁정재무관을 불러 이렇게 말했다.

"제가 듣기엔 파리 시민들이 저를 위해 특별세금을 낸다고 하던데, 사실인가요?"

"네."

재무관은 고개를 끄덕였다.

"옛날부터 정해진 관습입니다. 왕비가 새로 바뀌면 축하하는 뜻에서 파리 시민들은 추가세를 내야 합니다. 그 수입은 왕비가 되실 분의 소유가 됩니다."

마리 앙투아네트는 고개를 흔들었다. 그녀의 뇌리에는 파리에 놀러갔을 때 손을 흔들어 환영해준 파리 서민들의 웃음이 떠올랐다.

"저를 위해…… 파리 사람들에게서 그런 세금을 징수하지 말아주셨으면 해요."

그녀는 자신의 감정에 취해 눈시울을 붉혔다.

"전 제 이익 때문에 파리 사람들을 괴롭히고 싶지 않아요. 파리뿐만 아니라 전 프랑스를 마음 깊이 사랑하고 있습니다."이 이야기는 신하들 입에서 입으로 전해지고, 급기야 새로운 왕비의 따스함은 파리 서민들의 입에 오르내리게 된다.

"전 좋은 왕비가 되고 싶어요. 궁전 귀족들뿐만 아니라 가난한 사람들을 위해서도요……."

그녀는 어머니에게 그렇게 편지를 썼다. 그 편지를 쓸 때, 마리 앙투아네트는 결코 거짓말을 한 게 아니었다. 왕비가 된 기쁨과 행복이 그녀에게 꿈을 꾸게 하고 그 꿈에 스스로 도취되었을 뿐이다. 세상 물정도 모르고 사람의 열 길 마음속도 몰랐던 마리 앙투아네트는 자기가 파리 서민들을 사랑하듯, 그들 역시 자신을 언제까지나 사랑해줄 것이라고 착각하고 있었다. 그 서민들이 어느 날, 자신을 저주하고 욕하고 왕비의 자리에서 끌어내릴 것이라고는 꿈에도 생각하지 못했던 것이다…….

상중에는 베르사유 궁전은 물론 슈아지 별궁에서도 모든 가구와 침대에 회색 천이 드리워져 있었다. 가구와 침대뿐만 아니라 국왕과 왕비의 마차도 보라색 실크 천으로, 귀족들이 타는 마차도 검은 천으로 덮였다.

햇빛에 빛나는 새잎의 밝은 색과 상중의 어두운 색은 대조적이었다. 사람들은 하루 빨리 이 음울한 색체에서 벗어나고 싶어 상이 끝나기를 이제나저제나 기다렸다.

애도기간이 끝났다. 가구에서든, 마차에서든, 루이 15세의 악취에 넘쳐나는 죽음을 떠올리게 하는 천이라는 천은 모조리 걷혔다. 지나간 일은 모두 잊자. 베르사유 궁전으로 돌아가자. 그리고 젊은 왕과 젊은 왕비 아래서 새로운 궁정생활을 시작하자.

귀족들의 마차가 잇달아 베르사유 궁전을 향해 돌아갔다. 모두의 얼굴에 기쁨과 쾌활함이 다시 샘솟았다. 루이 16세 부처 — 루이 오귀스트와 마리 앙투아네트의 호화로운 사륜마차도 근위병들에게 둘러싸여 베르사유 궁전으로 귀환했다.

베르사유 궁전의 거대한 건물이 멀리서 모습을 드러내자 마차 안에서 그걸 바라보며 마리 앙투아네트는 뭔지 모를 감회가 느껴졌다.

여길 떠난 지 겨우 며칠 밖에 지나지 않았는데 왜 이런 감회가 떠오르는 걸까?

(그래…… 오늘부턴)

마리 앙투아네트는 생각했다.

(이 궁전은 모두 내 거야. 그 누구도 아닌 바로 나, 나만을 위한 거야.)

궁전을 오롯이 제 것으로 만들기 위해서는 전 국왕의 냄새가 밴 것들은 ― 가구든 사람이든 뭐든 다 치워버리자. 뒤바리 부인의 입김을 쐰 추종자들도 모두 다 멀리해야만 한다.

슈아지 별궁에서 파리 서민들에게 보여주었던 그 따스한 마음은 이미 마리 앙투아네트의 마음속에는 남아 있지 않았다. 그 대신 평범한 여자들에게서 흔히 볼 수 있는 변덕과 좁은 도량이 머리를 쳐들고 있었다.

마리 앙투아네트가 왕비가 된 기쁨에 푹 젖어 있는 동안, 베르사유 궁전에서는 새로운 조류가 다시 소용돌이치고 있었다.

새로운 조류 ― 그것은 궁정 특유의 은밀한 권모술수이다. 전 국왕의 승하라는 사태에 부딪쳐 그때까지 세력을 차지하던 사람들은 힘을 잃고, 그때까지 응달진 곳에 있었던 자들이 시류를 탈 가능성이 생겨난 것이다.

그러나 새로운 국왕 루이 16세를 마음으로부터 존경하는 자는 아무도 없었다. 남 못지않게 덩치는 컸지만 대장장이 일과 사냥 말고는 무능한 이 남자에게 대신들과 귀족들을 억누를 힘이 있으리라고는 생각하기 힘들었다. 또한 왕비 마리 앙투아네트도 제멋대로 응석받이로 컸음이 누가 봐도 명확했다.

너무나 젊은 이 두 사람을 국왕과 왕비로 삼은 베르사유 궁전에서, 이 부부를 이용해 세력을 확대하고 권력을 잡으려는 자들이 속속 등장한다고 해도 결코 이상할 게 없었다.

전 국왕의 장녀 아델라이드 공주도 그 중 하나였다.

아버지가 죽고 조카가 즉위한다면 제 아무리 공주라도 그때까지 받았던 존경과 대우가 바뀔 것이라는 것을 그녀는 잘 알고 있었다. 신하들과 귀족들이 얼마나 냉정한 사람들인지 어렸을 때부터 지켜봐 왔던 그녀는 자기와 여동생 빅투아르, 엘리자베트 공주를 위해서라도 자신들을 지킬 필요를 느꼈다.

"왕비님께……."

슈아지 별궁에서 베르사유 궁전으로 돌아오고 나서 얼마 후 마리 앙투아네트를 자기 방에 부른 아델라이드 공주는 별 의미없는 잡담을 잠시 나눈 후, 자연스럽게 말했다.

"가르쳐주고 싶은 일이 있습니다. 그렇지만 그걸 왕비님께 말씀드리는 건 실례가 아니 될까요?"

"아닙니다."

마리 앙투아네트는 순진하게 고개를 흔들었다.

"공주님이신 고모님들에게 도움을 받지 못한다면 전 이 궁전에서 아무 일도 못 할 거예요. 저도 국왕폐하도 너무 어리잖습니까."

아델라이드 공주는 슬쩍 두 여동생에게 눈길을 보냈다. 빅투아르, 소피 두 여동생은 모르는 척, 자수에 열중하고 있었다.

"추방된 뒤바리 부인이 어떤 계책을 꾸몄는지 아십니까?"

"계책이요?"

마리 앙투아네트는 이 어려운 프랑스어를 아직 몰랐다.

"계획을 세웠다는 뜻입니다."

"어떤 계획인가요?"

그녀는 깜짝 놀라 물었다. 어렸을 때부터 응석받이로 자라온 그녀는, 음모와 술책이 어떤 형태로 꾸며지는지 생각해 본 적도 없었다.

"왕비님을 실각시킬 계획입니다."

"저를요……."

그래요. 뒤바리 부인은 이 궁전에서 쫓겨났다고 앙심을 품고 있어요. 그리고 왕비님에게 질투심을 느끼기도 하고요. 그래서 그녀는 과거에 그녀의 추종자였던 신하들을 움직여 왕비님에 대해 좋지 못한 소문을 퍼뜨리고 있어요."

이 말이 다 끝나자, 아델라이드 공주는 반응을 살피듯, 조카며느리의 얼굴에 재빨리 시선을 보냈다. 효과는 분명히 있었다. 마리 앙투아네트의 얼굴에 불안한 표정이 흐르는 물처럼 지나갔음을 세 공주들은 놓치지 않았다.

"무슨…… 소문이죠?"

마리 앙투아네트는 냉정함을 가장했지만, 목소리가 약간 떨렸다.

"말씀드리기 곤란합니다만, 왕비님께서 국왕폐하를 무시하고 젊은 귀족들과 파리에 놀러 다닌다느니, 그 중 한 사람에게 연정을 품었다느니…… 그야말로 근거 없는 소문들을. 저흰 결코 그 소문을 믿지 않습니다만……."

"고모님들."

마리 앙투아네트는 화가 난 눈으로 공주들을 바라보았다. 그것은 아름다운 소녀가 모욕을 당했을 때 보이는 기품 넘치는 그런 분노의 표정이었다.

"전 국왕폐하를 배신하는 짓을 한 적이 결코 없습니다."

"알다마다요. 그래서 이렇게 충고를 드리는 겁니다. 이런 소문을 퍼뜨린 뒤바리 부인의 추종자들을 이 궁전에서 추방시켜야 합니다. 왕비로서 위엄을 보여야 할 땐 그러셔야 합니다."

잠시 침묵이 이어졌다. 마리 앙투아네트는 의자에서 일어서, 공주들에게 분명하게 대답했다.

"고모님들. 전 제가 해야 할 일을 분명히 잘 알고 있습니다."

"저를 사랑하신다면"

그날 밤, 침실에서 남편에게 마리 앙투아네트는 여전히 사람 좋은 얼굴로 자신이 고안한 자물쇠 설계도에 정신이 팔린 루이 16세에게 다가가며 이야기했다.

"대관식을 하기 전에, 하나만 제 소원을 들어주시지 않겠사옵니까?"

"뭐지요? 제가 할 수 있는 일인가요?"

"어머, 프랑스 국왕이 되신 분이……." 마리 앙투아네트는 우습다는 듯 웃었다. "유럽 최고의 국왕이 못할 게 뭐가 있습니까……."

"그러나"

설계도를 옆으로 치우며 이 소심하고 선량한 남자는 불안스럽게 중얼거렸다.

"솔직히 전 국왕으로서 무엇을 해야 좋을지 모르겠소. 누구에게 의논해야 좋을지도 혼란스러워요."

"하고 싶으신 일을 하시면 되옵니다. 자신을 가지시옵소서. 그리고 제 소원을 들어주신다면."

"당신을 기쁘게 만들 수 있는 일이라면 뭐든 하고 싶소이만……."

"우선 장관인 에귀용 공작을 파면시켜 주십시오. 그리고 미르푸아 원수와 발랑티누아 백작도 멀리해 주십시오."

"에귀용 공작을?"

"네."

마리 앙투아네트는 아름다운 손가락을 남편의 많지 않은 밤색 머리카락 안에 넣었다. 그리고 아이를 달래듯,

"그분들과 그 부인들은 뒤바리 부인의 옛 친구들입니다. 전 계속해서 그 사람들을 보는 건 싫습니다."

겁먹은 눈으로 루이 16세는 아내의 얼굴을 바라보았다. 그리고 풀이 죽어 말했다.

"그런 짓은 못 하오. 뒤바리 부인이 궁전에서 추방된 것만으로도 충분한 것 같은데……."

"하지만 그분들은 저에게 무례한 소문을 퍼뜨리고 다닙니다. 제가 폐하를 사랑하지 않는다는 소문을요……."

"누가 그런 소문을 당신에게 일러바쳤습니까?"

"당신 고모님들이요."

마리 앙투아네트는 이 말을 사랑스럽게 웃으며 중얼거리듯 말했다. 마치 즐거운 뉴스를 남편에게 전하는 말투였다.

"고모님들도 저랑 같은 의견을 갖고 계셨어요……."

새 국왕은 불안하게 입을 다물었다. 사람 좋고 마음 약한 그는 누군가를 상처 줄 용기가 도저히 나지 않았다. 에귀용 장관은 분명 뒤바리 부인의 추종자 중 한 사람이었지만, 결코 나쁜 사람이 아니었다. 뒤바리 부인도 고모들과 아내의 미움을 받고 있었지만, 전 국왕에게는 헌신적인 여성이었다. 그녀가 궁전에서 추방된 지금에 와서 더욱 궁지에 몰아 넣을 필요가 있을까.

"제 부탁을 들어주시지 않을 건가요?"

"생각해 보기는 하겠는데……."

"폐하는…… 저를 사랑하지 않으시나 봅니다."

늘 그렇듯 마리 앙투아네트는 떼쓰는 소녀처럼 울기 시작했다. 제멋대로인 여성이 자기주장이 먹히지 않을 때 늘 그러하듯 눈물을 무기로 삼고, 사랑하지 않기 때문이라는 논리의 비약을 방패로 삼았다.

"어떻게든 해 보겠소."

어쩔 줄 모르는 루이 16세는 그녀를 달래기 위해 마음에도 없는 거짓말을 해야만 했다. 그리고 그날 밤에도 그녀에게 '사랑한다는' 것을 증명하기 위해 서툴게나마 열심히 평소와 다름없는 애무를 시도했다.

단 하나의 바람이라고 아내가 아무리 집요하게 애원해도 국왕 루이 16세에게는 에귀용을 파면하거나 추방할 용기가 없었다. 어렸을 때부터 매사에 좋은 게 좋은 거라는 태도가 그의 성격을 만들었다.

"남자답지 못한 분이시군요."

며칠이 지나도록 미적지근한 남편의 태도에 마리 앙투아네트는 자기를 안으려는 국왕의 손을 뿌리치며 그렇게 말했다. 화났을 때의 그녀의 창백한 얼굴은 아름다웠다.

"그럼 제가 장관에게 직접 말씀드려도 될까요?"

국왕은 분노한 그녀를 거스를 수 없었다. 고개를 숙인 채, 그는 무슨 말인가 중얼거리고, 결국 그녀가 하는 대로 내버려둘 수밖에 없었다.

재상(宰相)인 모르파(Jean-Frédéric Phélypeaux, comte de Maurepas, 1701~1781)가 왕비에게 불려간 것은 그 다음날이었다.

"에귀용 공작이 조카님 되시죠……."

잠시 잡담을 나눈 뒤, 마리 앙투아네트는 매서운 표정으로 화제를 바꾸었다. 그 매서운 얼굴을 보고 모르파는 왕비가 무슨 말을 하려는지 감을 잡았다.

"에귀용 공작은 제 조카임에 틀림없습니다만……."

"이건 저보다는 폐하의 의향이십니다만, 공작은 정무에서 좀 벗어나 휴식을 취하시는 편이 나을 것 같습니다."

마리 앙투아네트는 시선을 피하며 재빨리 이 말을 뱉었다.

"제 조카를 파면하고 싶으시다는……."

"그렇습니다."

"그건 폐하의 의향이십니까?"

"네."

"황송하오나 이런 정무 사항을 폐하께서는 어찌하여 직접 제게 말씀하지 않으시옵니까?"

갑자기 왕비의 뺨에 짜증스런 표정이 지나갔다. 그건 마치 자기가 좋아하는 인형을 하인이 빨리 갖고 오지 않는다고 화를 내는 소녀의 표정 같았다.

"그건 그렇지요. 저도 앞으론 다시는 이런 주제 넘는 말참견을 하지 않겠어요. 하지만 폐하께서 이 지시를 저보고 전하라고 말씀하셨거든요."

"제 조카가 무슨 외람된 일이라도 저질렀습니까……."

모르파 재상은 마치 자신의 책임이라는 듯 부들부들 떨며 물었다. 그는 그 옛날, 전 국왕 루이 15세와 뒤바리 부인으로부터 실각당한 쓸쓸한 경험을 맛본 적이 있었기에 다시 얻은 이 지위를 잃고 싶지 않았던 것이다.

"솔직히 말해서 전 에귀용 공작이 싫습니다. 공작 역시 저를 싫어하시는 걸로 알고 있고요……."

"비전하, 그런 일은 결코······."

놀라는 모르파의 말에 마리 앙투아네트는 강하게 고개를 흔들었다.

"그렇지 않다면 에귀용 공작이 왜 저에 대해 근거 없는 중상과 험담을 떠들고 다닐까요? 그래서 국왕폐하께서도 저도 공작에게 장관 직을 그만두시길 원하는 겁니다."

그녀는 의자에서 벌떡 일어나 모르파를 바라보았다. 그럴 때의 마리 앙투아네트에게는 더 이상 항변이나 반대를 용인하지 않는 위엄이 서려 있었다. 재상은 머리를 숙이고 그대로 방에서 물러나야만 했다.

왕비가 자기 손으로 장관을 파면시켰다는 이야기는 금세 베르사유 궁전에 퍼졌다. 국왕이라면 또 모를까, 왕비가 이처럼 장관 인사에 관여한 것은 베르사유 궁전에서 유례없는 일이었다. 중신들 중에는 눈살을 찌푸리며 험담하는 자들도 많았는데, 그런 목소리는 마리 앙투아네트 귀에는 들어가지 않았다.

아니 반대로, 그녀는 이때부터 자신의 억지가 통하는 기쁨을 맛보고는, 그것을 잊을 수 없게 되었다. 힘과 지위가 주어지면 많은 여성들은 종종 제동이 걸리지 않게 되고, 타인을 좀처럼 배려하지 않게 된다. 총명하고 조신하고 음전하기란 참으로 어려운 일이다. 마리 앙투아네트도 결코 예외는 아니었다. 그녀는 그 점에서 매우 평범한 여성에 지나지 않았다. 만약 그녀가 오스트리아 귀족의 아내가 되었더라면 많은 여자들이 지니는 이 결점이 크게 겉으로 드러나지 않았을 것이다. 행인지 불행인지, 고생해본 적이 한 번도 없고 응석받이로 자란 여성에게 프랑스 왕비라는 최고의 지위가 주어진 것이다.

6월 11일, 새로운 국왕과 왕비의 대관식(intronisation)이 랭스 대성당에서 거행되었다. 꽃이 깔린 제단에 통통하고 머리카락이 드문드문한 남자가 무릎을 꿇고 있었다. 루이 16세였다. 금색 제복과 금색 모자를 쓴 랭스 대주교가 길고 긴 기도를 올린 다음, 성유를 찍은 손가락으로 왕의 이마에 십자가를 그었다. 왕의 등 뒤에는 6명의 귀족들이 각각 아름답게 차려 입고 정중하게 서 있었다.

드디어—.

대주교는 떨리는 손으로 무거운 왕관을 들어 올렸다. 루비와 에메랄드가 촛대의 불빛에 반짝이는 순금으로 된 왕관. 무겁고 신성한 왕관. 그 왕관이 지금 새로운 국왕의 머리에 천천히 놓인다. 뒤이어 황금 백합이 장식된 왕홀(王笏)이 그의 손에 주어진다. 루이 16세는 쭈뼛쭈뼛 그것을 들고 쭈뼛쭈뼛 일어섰다. 이 순간, 그는 말 그대로 로마 교황청으로부터 프랑스 국왕으로 인정받았다.

대주교가 우선 국왕을 포옹했다. 다음으로 여섯 귀족들이 같은 동작을 반복했다. 그리고 입을 모아,

"국왕폐하께서 영원한 생명을 누리시길……."

이 말을 세 번 반복해서 소리쳤다. 이 소리에 맞춰 대성당 문이 활짝 열렸다. 6월의 강한 빛이 성당에 쏟아져 들어오며 대성당 앞 광장을 가득 메운 군중들이 보였다. 군중들의 폭풍우 같은 환호성이 성당에 부딪치고 종루에 닿아 비둘기들이 일제히 날아올랐다.

"국왕 폐하, 만세. 국왕 폐하, 만세."

왕비 마리 앙투아네트는 예식 규정대로 남편에서부터 좀 떨어진 자리에 앉아 군중들의 목소리, 축포, 그리고 높고 기쁘게 울리는 종소리를 듣고 있었다.

이때만큼 남편이 훌륭하게 보인 적이 없었다. 이때만큼 이 남편의 아내

로서 기쁨을 만끽한 적이 없었다. 남편은 프랑스 국왕이며, 자기는 왕비라는 기쁨이 물밀 듯이 밀려들어왔다.

기록에 따르면, 이날, 대관식 후에 성대한 연회가 열렸고, 연회가 끝나고 나서 국왕 루이 16세와 왕비는 팔짱을 끼고 호위도 없이 군중들 속에 섞여 산책을 했다고 한다. 아마도 이 무렵, 마리 앙투아네트는 남편에게 여자로서의 사랑을 느꼈을 게 분명하다. 지금까지 남편이기는 했으나 이성으로 느끼지 못했던 이 뚱뚱한 국왕에게 마음이 끌렸을 것이다. 왜냐하면 그만이 자기에게 프랑스 왕비라는 지위를 줄 수 있었고, 그만이 다른 모든 여성들이 원해도 가지지 못할 것을 줄 수 있었기 때문이며 ― 그렇다, 그것은 마리 앙투아네트의 어린애 같은 허영심을 충분히 만족시켜 주었기 때문이다.

루이 16세의 어깨에 기대어 고개를 살짝 옆으로 기울이고 미소 지으며 걷는 그녀에게 어떤 막연한 안쓰러움을 느끼지 않는 자는 없었다. 군중들은 이 행복한 부부를 위해 길을 열어주고 손을 흔들고 환호성을 질렀다.

"우린……."

마리 앙투아네트는 남편에게 속삭였다.

"모두에게 사랑을 받고 있습니다."

순진한 그녀는 이날, 남편과 자신이 이들 군중에게 ― 아니 민중에게, 프랑스 국민에게 사랑받고 있다고 믿어 의심치 않았다. 그들은 자기들 부부를 호기심과 호의와 친근감이 섞인 웃음을 띠고 맞이해 주었기 때문이다.

그러나 그런 그녀는 그들과 자신의 생활에 얼마나 큰 격차가 벌어져 있는지, 생각해 보려고 조차 하지 않았다. 그녀가 입고 있는 호화로운 옷 한 벌이면 그 사람들이 한 달이든 두 달이든 생활을 보장받을 수 있다는 사실을 알지 못했다.

그리고 또한 그녀는 지금, 이 웃음을 지어 보이는 민중들의 마음이 얼마나 변하기 쉬운지도 몰랐다. 대중이 얼마나 잔혹하고 냉혹한지를 깨닫지 못했다.

"오늘 저녁을 결코 잊지 않겠습니다."

그녀는 남편에게 속삭였다.

"프랑스 사람들은 얼마나 선량한 사람들인지요."

마리 앙투아네트는 고개를 옆으로 살짝 기울여 미소를 보내고, 때때로 손을 흔들고 아이들의 머리를 쓰다듬었다. 왕비라는 기쁨에 가슴이 벅차올라 울음을 터뜨릴 것 같았다.

파리 밖에서는

토끼 아주머니가 석방된 것은 형이 집행된 지 10일째 되던 날이었다. 그 열흘 동안, 아주머니는 채찍을 맞은 등 때문에 옴짝달싹 할 수 없었다.

기절하고 피투성이가 된 그녀는 집행인 상송 부하들에게 마차에 실려 시테(Cité) 근처 아베이 여자형무소로 끌려갔다.

의사가 찾아왔다. 여전히 신음소리를 내는 그녀의 등에 약을 발라주었지만, 그걸 본 여자 수감자들이 구석에 모여

"살인자.", "사람도 아니야." 라고 입을 모아 항의의 목소리를 내기 시작했다.

"이런 끔찍한 짓을……."

그날 밤, 열이 난 아주머니에게 물을 마시게 하면서 한 여자 수감자가 중얼댔다.

"이런 세상, 다 뒤집어 버려야 해."

그 여자 수감자는 도둑질을 한 죄로 1년 형을 언도받았다. 과부인 그녀는 두 아이를 먹여 살릴 수가 없어서 빵집에서 빵을 훔쳤다.

"좀 참게나. 머지않아 당신과 나를 이 꼴로 만든 자들이 분명 같은 벌을

받을 테니까. 그래. 분명 그렇게 될 거야."

그러나 토끼 아주머니는 그런 시대가 올 것 같지 않았다. 이 세상에는 양지바른 곳에 사는 사람과 응달에 사는 사람, 두 종류가 있다. 그건 옛날부터 정해진 일이고 언제까지나 변하지 않는다. 응달에 사는 사람은 아무리 소리치고 발버둥 쳐도 양지바른 곳으로 옮겨갈 수 없다. 아주머니의 생각은 그랬다.

열흘 후, 경찰이 아주머니를 형무소 문까지 데리고 나갔다.

"다신 들어오지 말게."

그렇게 말하고 그는 한눈을 찡긋하며 웃었다.

햇볕에 눈이 부셨다. 길었던 형무소 생활에 몸이 완전히 망가졌음을 느꼈다. 등의 상처는 어찌어찌 나았지만, 형을 받느라 체력을 온통 다 소모해버린 느낌이었다.

다리를 끌며 쉬엄쉬엄 걸으며 센 강을 따라 겨우 쿠르라렌에 도착하니, 몇 개월 만에 보는 그 거리는 변함없이 사람들로 북적거렸다. 돌이 깔린 길에 소리를 내며 마차바퀴가 돌아가고 한껏 멋을 부린 남자들이 가게를 구경하는 척 여자를 물색하고 양산을 쓴 부인들이 길거리에 서서 잡담을 나눈다. 그런 일상적인 풍경 속을 토끼 아주머니만이 마치 병든 노파 같은 걸음으로 비틀비틀 지나갔지만, 누구 하나 도와주는 사람이 없었다.

겨우 호텔에 도착했다.

그러나―

토끼 아주머니는 금색 글자가 적힌 문에 커다란 판자가 가위표로 망치질되어 있는 것을 멍하니 바라보아야만 했다.

"압류가옥. 무단출입금지"

말도 안 돼. 아주머니는 양 손으로 그 판자를 두드리며 외쳤다.

"이럴 순 없어."

지나가던 여자가 멈춰 서서 자제력을 잃은 토끼 아주머니를 뚫어지게 쳐다보았다.

"마르그리트. 마르그리트."

물론 대답은 없었다. 경찰에 압류당한 가옥은 마치 죽은 자처럼 아무 말도 하지 않았다.

힘이 다 빠진 그녀는 문 밖에 쭈그리고 앉아 두 손으로 얼굴을 감싸고 울기 시작했다. 손가락 사이에서 오열하는 목소리가 빠져나왔다. 건너편 집 창문에서 나이든 여자가 그 모습을 가만히 바라보고는

"불쌍해라"

하고 중얼댔지만, 여태껏 퇴폐업소를 운영하던 그녀를 위로하려고 들지는 않았다.

토끼 아주머니는 자기가 왜 이런 일을 당해야 하는지 알 수 없었다. 사드 후작과 처제를 하룻밤 재워주고 마차를 빌려준 게 이런 결과를 불러오리라고는 꿈에도 생각지 못했다. 도망범을 도와주거나 숨겨주는 게 방조죄가 된다는 걸 토끼 아주머니는 몰랐다.

어스름이 내려앉았다. 으슬으슬 추워지기 시작했다. 그래도 토끼 아주머니는 석상처럼 두 손으로 얼굴을 감싼 채, 꼼짝도 하지 않았다…….

그때, 누군가가 그녀의 어깨에 손을 올려놓았다. 손가락 사이로 젊은 여자가 가까이 얼굴을 갖다 대고 있는 게 눈물 때문에 흐릿한 그림자처럼 보였다.

"마르그리트."

토끼 아주머니는 엉겁결에 소리쳤다.

"마르그리트. 마르그리트. 마르그리트."

마르그리트는 자기에게 매달려 흐느껴 우는 그리운 토끼 아주머니의 몸을 두 손으로 꼭 껴안고 같이 소리 내어 울었다. 울음을 그치자, 둘은 서로를 확인하듯 얼굴을 바라보았다.

"마르그리트. 이젠 나한테 아무 것도 없어. 나를 괴롭히고 채찍질을 하더니, 이 여관까지 뺏어갔구나……."

"알아요. 다 알고 있어요."

"할 얘기가 얼마나 많은데. 마르그리트."

"우리도 어떻게 해야 좋을지 몰라서……."

마르그리트는 여전히 눈물을 훔치는 토끼 아주머니를 쿠르라렌에 있는 카페로 데리고 갔다. 어쩌면 같이 일했던 브리짓과 시몬느를 만날 수 있을지도 모른다. 그런 생각이 들었던 것이다.

저녁의 카페는 북적거렸고 손님들은 테이블 대신에 놓인 포도주통을 각자 앞에 두고 큰 목소리로 담소를 나누거나 담배를 피우거나 신문을 읽고 있었다.

"그랬니?"

마르그리트에게 자초지종을 들은 토끼 아주머니는 한숨을 쉬었다.

"모두에게 몹쓸 짓을 했구나. 하지만 이렇게 된 이상 나도 너희들을 도와줄 수 없겠어……."

"이제부터 어떻게 하실 거예요?"

"파리는 이제 지긋지긋하다. 파리에서 살고 싶지 않아, 마르그리트."

수염을 기른 남자가 문을 열고 들어왔다. 그는 입구에 선 채 자리를 찾듯이 손님들을 둘러보았다.

"동지 여러분."

남자는 모두에게 그렇게 말했다.

"방금 뉴스가 들어왔소. 재무총감 튀르고(Anne Robert Jacques Turgot, baron de l'Aune, 1727~1781)는 전국의 흉작에 대한 대책으로 농민들의 부역(賦役)노동을 폐지하자고 제안했소. 그리고 그는 곡물거래 통제, 상인과 생산자 조합(길드) 폐지도 주장한다고 하오. 새로운 국왕 루이 16세는 이를 받아들였소. 아니, 그러지 않을 수 없었을 것이오. 그렇지 않으면 프랑스는 경제적 파산을 면할 수 없기 때문이오. 새 국왕 체제는 이미 무너지기 시작한 것이나 다름없소."

신문을 읽던 자들도, 큰 소리로 담소를 나누던 자들도 그 남자에게 주목하다가 이야기가 끝나자 일어서서 격렬한 박수를 보냈다.

"귀족과 어용상인들은 그들에게 불리한 이 제안을 틀림없이 결사반대할 것이오. 하지만 시대의 흐름은 분명히 혁명을 향해 한 발 한 발 나아가고 있소. 그러나 우리는 아직 거사를 일으키지 않을 것이오. 우리가 팔짱을 끼고 있더라도 국왕의 봉건사회제도는 내부에서부터 무너져 갈 것이오. 그리고 때가 왔을 때, 그때 우리가 실행으로 옮깁시다."

"시끄럽군."

토끼 아주머니는 자신의 푸념이 방해를 받자 얼굴을 찌푸렸다.

"저 사람들이 하는 말은 대체 무슨 소리래."

"국왕을 싫어하는 사람들이에요."

마르그리트는 설명했다. 설명을 하긴 했지만, 그녀에게는 남자가 하는 연설 내용이 너무 어려워 이해할 수 없었다.

"마르그리트. 난 파리를 떠나 남쪽 지방으로 갈까 해……."

"남쪽?"

"리옹이나 마르세유 같은 데. 리옹엔 아는 사람도 있고……."

나도 토끼 아주머니를 쫓아갈까, 마르그리트는 멍하니 그렇게 생각했다. 아녜스 수녀는 다정하고 친절하지만, 나이든 신부들과 생활하는 게 싫었다. 그녀는 사치도 부리고 싶고, 또 즐기고도 싶었다.

"하나 더, 기쁜 뉴스가 들어왔소. 오늘 브르타뉴에서 농민봉기가 일어났소."

박수가 다 끝나자, 수염을 기른 남자는 일동의 반응을 살피듯 잠시 침묵한 후, 이야기를 이어갔다.

"계속되는 흉작에도 불구하고 아무런 대책도 없이 무거운 세금에 짓눌렸던 그들이 결국 참지 못한 것이오. 여러분, 프랑스는 지금 온 몸의 상처에서 고름이 나고 있소. 고름은 짜 내야만 하오. 새롭고 건전한 피부를 만들기 위해 반드시 그게 필요하오. 새로운 국왕 일가와 귀족들은 아직 이 상처가 그들에게 치명상이 될 줄 모르고 있소. 모르면 모를수록 우리에게는 고마운 일이오. 왜냐하면 그럴수록 민중의 불만과 분노가 전국으로 퍼져나갈 게 분명하니까 말이오."

다시 박수가 카페 안에서 울려 퍼졌다. 얼굴을 찌푸린 사람은 토끼 아주머니뿐이었다.

아녜스 수녀는 아침에 미사를 드리고 나면 바로 수녀원을 나와 신부들 집으로 갔다. 그리고 가사 일을 감독하고 신부들의 비서 일을 맡아 했다.

수녀의 순종이라는 의무에 따라 아녜스 수녀는 상사가 명령한 이 일을 이미 3년이나 계속하고 있다. 총명하고 현명한 그녀는 결코 불평불만을 얼굴에 드러내지 않고 늘 웃음을 띠었지만, 마음속으로 자신의 삶의 방식이 틀리지는 않았는지, 그런 의문이 종종 일어나는 것을 억누를 길이 없었다.

이렇게 살아도 되는가 ─ 그러나 그녀는 수녀라는 게 하느님께서 자신에게 부여한 천직이라고 여기고 있었다. 그녀는 그리스도의 집이어야 하는 교회가 사회의 빈곤과 비참함을 외면하고, 교회의 중추가 되어야 할 대주교와 대주교의 지위를 귀족의 자제들이 차지하고 있는 현실에 모두 입을 다물고 있는 게 정말로 견딜 수 없었다.

그녀는 가난한 농가에서 태어났기 때문에, 가난한 자들이 어떻게 사는지 잘 알고 있었다. 소녀 시절, 그녀는 양치기 일을 하면서 진눈깨비 날리는 언덕과 비 내리는 들판에서 양들을 쫓으며 굶주림과 가난한 사람들의 슬픔을 뼛속까지 경험했던 것이다. 예를 들어 프랑스 농민들은 12다발의 밀을 수확하면 3다발은 영주에게, 2다발은 국가 세금으로, 2다발은 이듬해 뿌릴 씨 값으로, 3다발은 경작 비용으로 내야 한다. 그런데 교회는 남은 2다발 중에서 국왕에게 부여받은 권위라는 미명 하에 1다발의 공출을 요구한다. 그리스도의 집인 교회가 그런 짓을 저질러도 되는가.

그런데도 교회와 대주교는 그 사실을 모른 척 외면했다.

그녀는 최근에 이런 소문을 들었다. 스트라스부르의 로앙 대주교(Cardinal de Rohan)가 빈에 갔을 때 대규모 사냥대회를 벌이느라 여기저기 돈을 뿌려대고, 호화로운 만찬회를 연일 개최했을 뿐만 아니라, 빈 궁정의 귀부인들에게 집적거리고 연금술에 도 넘는 집착을 보였다는 것이다.

소문이 사실인지 여부는 알 수 없었다. 하지만 신부와 수녀들 위에 군림하는 대주교란 사람이 이런 소문을 몰고 다니고, 또 그것을 교회가 묵인한다는 것은, 한 사람의 가녀린 수녀에 불과한 그녀에게는 괴롭고 슬프고 인정하기 싫은 일이었다.

아녜스 수녀는 프랑스가 일부 귀족과 부농과 대상인들의 이익을 위해 움직이고, 그 사람들을 위해 루이 국왕이 정치를 하고 있다는 것도 알고 있었다. 수녀원의 노파 수녀들은 그런 현실을 개혁해야 한다고 외치는 지식인들과 혁명가들의 말을 "더럽다"고 눈살을 찌푸렸다. 그러나 그녀는 비록 드러내 말하지는 못했지만 마음속으로는 혁명가들의 주장에 공감하고 있었다.

하지만 총명한 아녜스 수녀는 자기가 할 수 있는 일과 자기가 할 수 없는 일을 구별하는 눈을 갖고 있었다. 그런 까닭에 그녀는 순종하며 미소를 띠고 이 신부들을 위해 허드렛일을 마다하지 않았다.

그날 아침에도 그녀는 미사를 드린 후 기도가 끝난 다음 평소처럼 신부들이 사는 집에 갔다.

신부들은 아침 식사를 하고 각자 자기 방으로 들어갔는지, 아니면 외출을 했는지, 그곳엔 아무도 없었다.

"마르그리트."

부엌은 텅 비어 있었다. 평소에는 거기서 고구마 껍질을 벗기거나 설거지를 하던 마르그리트의 모습이 보이지 않는다. 아침 식사의 그릇들은 깨끗하게 치워져 있었다.

"마르그리트."

아녜스 수녀는 부엌 식탁 위에 한 장의 종이가 놓여 있는 것을 보았다.

"안녕"

종이에는 가르쳐준 지 얼마 안 된 볼품없는 글자로 달랑 그렇게만 쓰여 있었다. 열심히 그걸 쓰는 마르그리트의 모습을 수녀는 떠올릴 수 있을 것 같았다.

화는 나지 않았다. 다만 심성이 나쁘지만은 않은 그 여자아이가 먹고 살기 위해 남자들에게 안기고 몸을 허락하는 직업으로 되돌아간다고 생각하니 참을 수 없이 슬펐다. 그녀는 늘 그렇듯, 기도 말고는 이 사회에서 아무 것도 할 수 없는 자신의 무력함을 비참하게 느끼며 한숨을 쉬고 의자에 앉았다.

화창한 아침, 토끼 아주머니와 마르그리트를 태운 마차는 파리를 나서 오를레앙을 향해 달렸다. 맨바닥을 드러낸 경작지에도 잎이 떨어진 포플러 가로수에도 겨울의 희미한 빛이 스며들고, 마차는 비슷비슷한 마을을 몇 개나 지나갔다.

"정말 괜찮아? 이제 겨우 반듯하게 살 수 있게 됐는데."

토끼 아주머니는 파리를 버리고 따라온 마르그리트를 불안하게 바라보았다.

"괜찮아요."

마르그리트는 고개를 흔들며 말했다.

"도저히 신부님들 뒤치다꺼리는 못하겠어요. 얼마나 따분한지."

마르그리트는 창밖 풍경에 눈길을 보내며 될 대로 되겠지, 하고 멍하니 생각했다. 행복은 극소수 사람들만 차지하고 나머지 대다수는 항상 가난과 비참에 쫓겨 다닌다는 걸 그녀는 파리에 살면서 피부로 느꼈다.

마차 안에는 손님이 얼마 없어 좌석에 여유가 있었다. 토끼 아주머니와 마르그리트의 건너편에는 약장수 행상을 한다는 대머리 남자가 아까부터 노를 젓듯 고개를 꾸벅였다. 마침내 커다란 하품을 하고 눈을 뜬 그는 창밖을 내다보고는,

"어어, 불이다"

하고 소리쳤다.

마을 변두리, 지방 영주의 성에서 검은 연기가 피어오르는 게 보였다.

괭이와 가래, 그리고 몽둥이를 든 농민들이 지나가는 길을 막아서려고 양팔을 벌여 마차를 세웠다.

"대체 무슨 일이야?"

마부가 농민들에게 물었다.

"봉기를 일으켰다네. 더 이상 못 참겠거든. 우리 마을뿐만이 아닐세. 옆 마을 사람들도 지금 이쪽으로 오는 중이야. 그래서 길이 막힌 상태고, 이 쪽 길로 마차는 못 지나가."

"그럼 어쩌지? 나도 장사를 해야 하는데."

"샛길로 가면 되잖아."

마부는 마차에서 뛰어내려 농민들과 무슨 얘긴가를 주고받았다.

"무슨 일이래요?"

토끼 아주머니는 눈을 동그랗게 뜨고 약장수에게 물었다.

"모르나?"

약장수는 잘난 척 가르쳐주었다.

"별 일 아니야. 농민들이 봉기를 일으켰대. 당연한 거 아닌가. 작년부터 흉작이 장난 아닌데, 왕, 귀족, 교회 할 것 없이, 다들 전과 똑같이 세금 이니 공출이니 탈탈 털어 걷어가니 원……. 이래선 농민들 굶어죽어야지 별 수 있겠어. 게다가 방아를 쓸 때나 빵을 구울 때나, 영주한테 일일이 비싼 사용료를 내야 하니까."

"아아, 무서워라."

"쥐도 궁지에 몰리면 고양이를 무는 법이야. 난 장사꾼이라서 여기저기 여행을 다니는데, 요즘 노르망디와 브르타뉴에서도 봉기가 일어나고 있 어. 지금은 관리들이 곤봉을 들고 설치지만, 언젠간 온 프랑스에서 큰 소 동이 일어날 거야."

토끼 아주머니는 믿을 수 없다는 듯 어깨를 움츠렸다. 그녀의 머리로는 국왕과 귀족들에게 저항한다는 건 용납할 수 없는 일이며, 하느님께서도 (아주머니는 퇴폐 유흥업소를 운영하면서도 하느님만큼은 믿었다) 반역을 용서하지 않으실 것이라고 믿었다.

"이게 다 어리석은 그 전쟁 때문이야. 영국 놈들과 7년이나 전쟁을 치렀으니, 프랑스가 빚의 늪에 빠져 허우적거리는 거지. 그 빚을 갚으려면 세금을 더 걷을 수밖에. 폭동이 안 일어나면 그게 더 이상한 거 아닌가."

약장수의 잘난 척하는 설명을 들으며 마르그리트는 쿠르라렌의 카페를 떠올렸다. 입에 거품을 문 사람들이 국왕과 귀족들을 타도하자느니, 혁명을 일으키자느니, 그녀로선 이해할 수 없는 그런 말들을 주고받던 바로 그 카페.

어리석기 그지없는 남자들의 토론이라 생각했던 그 말들이, 아무래도 허풍이 아니었다는 생각이 지금에 와서야 들었다.

"그래서, 왕과 왕비는 아무 걱정 안 하나요?"

마르그리트의 당돌한 질문에 약장수는 비웃는 듯한 표정을 지었다.

"왕과 왕비가 걱정하냐고? 뭘 알기나 하겠어? 알고 있다면 오스트리아에서 온 그 여자가 그렇게 눈꼴 시리게 사치를 부릴 리 없지."

약장수가 한 말은 거짓말이 아니었다. 왜냐하면 오를레앙, 브르쥬, 발렌느, 그런 마을들을 지나 프랑스 제2의 도회지 리옹에 도착할 때까지 마르그리트 일행은 남녀노소를 불문하고 엄청난 기세로 농민들이 마을 광장으로 모여들어 외치는 광경을 여러 번 목격했기 때문이다.

그런 광경을 볼 때마다 가난하게 태어난 마르그리트는 자세한 사정은 알 수 없어도 쾌감을 느꼈다. 그 쾌감에는 일종의 복수심도 섞여 있었다. 아무튼 이제, 지금까지 자신을 괴롭혔던 사람들과 부자들에게 농민들이 저항하기 시작했다. 그녀는 그 때마다, 왠지 스트라스부르에서 봤던 오스트리아 왕녀를 떠올렸다. 비슷한 나이의 그녀로서는 도저히 올려다 볼 수조차 없이 온갖 행복을 가진 그 여자 그리고 귀족들에게 이제 다른 사람들도 모두 증오심을 품기 시작했다. 지금까지처럼 얌전하게 침묵을 지키기를 거부한 것이다.

(흥, 잘 됐군……)

마차 창문에서 소동을 바라볼 때마다 그녀 마음에 맨 처음 떠오른 감정은 그런 것이었다. 이 소동과 폭동이 더욱 거세게 퍼졌으면 좋겠다, 바람에 걷잡을 수 없이 퍼지는 들불처럼 더욱 더 멀리 퍼져 나갔으면 좋겠다, 그래서 다들 그 여자를 증오했으면 좋겠다.

리옹에 도착한 것은 저녁 무렵이었다. 오싹해질 만큼 짙은 안개가 저녁의 도시를 감싸고 손(Saône) 강을 오르내리는 배에서 남자들 목소리가 들려왔다. 마르그리트와 토끼 아주머니는 손 강변의 작은 여관에 묵었는데, 파리와 달리 이 도시는 아직 이른 저녁 시간인데도 고요함에 젖어 있었다.

긴 여행으로 피곤한 두 사람이 이튿날 아침 눈을 떴을 때도 리옹은 날씨가 한껏 찌푸린 상태였다. 오래된 솜 같은 구름이 도시 전체를 덮고 교회 첨탑이 그 구름을 서늘하게 찌르고 있었다. 여관 안주인은 부활절까지 화창한 날은 오지 않을 것이라고 말했다.

아침을 먹고 토끼 아주머니는 바깥으로 나갔다. 리옹에 사는 지인에게 앞으로 어떻게 살아야 할지 의논하기 위해서였다.

아주머니가 나가 있는 동안, 마르그리트는 여관을 나와 강가를 걸었다. 강변에 낡고 커다란 생장(Saint Jean) 대성당이 있었고, 낡고 더러운 집들이 빽빽이 모여 있었다. 바로 뒤에 푸르비에르(Fourvière) 언덕이 바짝 자리 잡고 있었고, 중턱까지 가난한 집들이 오밀조밀 모여 있었다. 파리에 비해 모든 게 촌스럽고 조잡했다.

여관으로 돌아오자 오래지 않아 토끼 아주머니가 또래 여자와 들어왔다.

"마르그리트, 내 친구 마담 비예트(Villette)야."

비예트 부인은 호기심에 가득 찬 눈으로 마르그리트를 머리에서 발끝까지 훑어보았다. 그녀는 한 눈에도 직업을 알 수 있는 깃털 꽂힌 모자를 쓰고 화려한 털이 달린 망토를 입고 있었다.

"마담 비예트는 말이야," 토끼 아주머니는 그녀의 비위를 맞추려는 듯 말했다.

"우리가 리옹에서 먹고 살 수 있게 도와줄 거야."

그러나 비예트 부인은 변함없이 호기심에 넘치는 얼굴로 마르그리트를 바라보고는,

"누군가와 닮긴 닮았는데"

하고 혼잣말을 했다.

"분명 누굴 닮았어, 음, 생각이 나지 않네……."

"제가요?"

"그래……. 뭐, 그건 됐고, 토끼 아주머니에게서 얘기는 다 들었다. 그런데 난 네게 파리에서 하던 일을 여기서도 하랄 생각은 없어. 나랑 내 친구들은 좀 더 스케일이 큰 일들을 꾸미고 있거든……."

"어떤 일이죠?"

비예트 부인은 아무 말도 하지 않고 뺨에 엷은 웃음을 띠었다. 그녀는 방에 있는 방울을 울려 안주인을 부르고는 비싼 포도주와 치즈를 주문해 주었다.

"우린 30년 전에 여기 리옹에서 만났단다. 그땐 둘 다 삯바느질을 하던 귀여운 소녀였는데."

취기가 올랐는지 비예트 부인은 토끼 아주머니를 가리키며 옛날 얘기를 하기 시작했다.

"그런데 전쟁 때문에 일감이 다 떨어지고, 결국 둘 다 쫓겨났지. 그래서 길거리에 서서……, 먹고 살려니까 어쩔 수 없었지……. 그래도 사람은 언제 운이 펼지 알 수 없는 법이란다. 이 사람이 장사꾼 디종 씨 마음에 들어 그 일에서 손을 씻었을 때 얼마나 부럽던지."

"이젠 끝난 일이야. 다 옛날 얘기지."

토끼 아주머니는 슬픈 듯 고개를 흔들었다.

"사드 후작을 좀 숨겨줬다고……."

"그 사드 후작이 말이지, 지금은 감옥 안에 있어."

갑자기 비예트 부인은 포도주를 마시던 손을 멈추고, 토끼 아주머니와 마르그리트를 향해 몸을 돌리며 말했다.

"여기서 멀지 않은 미올랑(Mioland) 수용소야. 마르세유에서 또 음탕한 짓을 저질렀나봐……."

"무슨 짓을요?"

"여자 넷을 모아놓고 그 애들에게 이상한 과자를 먹인 거야."

"이상한 과자?"

"그게……." 비예트 부인은 히죽히죽 웃으며 "취향도 별나서, 설사약이 든 과자였던 거지. 그걸 먹은 애들이 당연히 토하고 설사하고 난리도 아니었지. 그걸 보면서 후작은 만족을 느낀 거고. 그래도 난 재미있는데, 그 후작이라는 사람……."

마르그리트는 섬뜩했던 후작의 모습을 떠올렸다. 그 사람도 쿠르라렌 카페에 모여드는 사람들과 마찬가지로 국왕과 귀족의 세계를 증오하고 혁명이 필요하다고 떠들었었다.

"그런데 있지."

비예트 부인은 토끼 아주머니에게 말했다.

"어째 나도 사드 후작하고 엮일 것 같아."

"엮인다고?"

"응. 내 친구한테 후작 부인이 연락을 했나봐. 남편 탈옥을 도와달라고. 잘만 성사되면 사례를 두둑이 하겠다고 했다네."

토끼 아주머니는 어깨를 으쓱 했다.

"그런 무서운 일에 끼어들 거야?"

"난 있지, 이젠 이런 일 하면서 돈 버는 게 싫어졌어. 그야 위험부담은 감수해야겠지. 그래도 앞으론 크게 한탕 건질 수 있는 일들이 많아질 거야. 세상이 얼마나 바뀌고 있는데. 이럴 때 움츠려서 가만히 있으면 안돼. 난 이제 판을 크게 벌일 생각이야."

술이 올랐는지 비예트 부인은 말수가 많아지면서 뽐내듯 어깨를 흔들었다.

"난……."

토끼 아주머니는 몸서리를 치며 고개를 흔들었다.

"도저히 그런 일엔 가세하지 못하겠어. 이젠 감옥이라면 지긋지긋해……."

"괜찮아. 자넨 옛날부터 친구잖아. 당분간 굶기진 않아. 그래도 마르그리트는 도와줄 거지? 아니면 추운 길바닥에 서서 남자를 찾으러 다닐래? 파리에서처럼."

마르그리트는 아무 말도 하지 않았다. 그렇지만 그녀는, 깃털 달린 모자를 쓰고 화려한 망토로 몸을 감싼 이 부인에게 묘한 매력을 느꼈다.

"난 있지" 하고 부인은 마르그리트에게 몸을 돌려 말했다. "돈만 보고 이 일을 하려는 게 아니야. 농민들도 영주한테 대드는 세상이잖아. 우리도 놈들을 손 좀 봐주자 이거야. 지금까지 우릴 괴롭혀온 관리랑 경찰들까지 죄다."

"무슨 일을 하면 될까요?"

"그건 우리 동료들이 머리를 짜낼 거야. 생각만 해도 재밌지 않니? 성당 신부들과 귀부인들이 세상에서 제일 음탕한 남자라고 끔찍해 하는 사드 후작을 탈옥시키는 거야. 그럼 후작은 밖에 나와 더욱 더 음탕한 짓을 저지를 테고……."

말하면서 스스로 흥분했는지, 비예트 부인의 눈은 이상한 빛을 내며 반짝였다. 그것은 마르그리트가 지금껏 본 적이 없는, 마치 악의 세계에서 살아온 듯한 사람의 눈빛이었다.

"세상을 뒤집어 엉망으로 만드는 건 꽤 즐거운 일이야."

"너 참 무섭다."

토끼 아주머니는 겁먹은 듯 중얼거렸다.

"이젠 이불을 뒤집어쓰고 울면서 참고 사는 세상이 아니야." 비예트 부인은 비웃었다. "앞으로 세상은 바뀔 거야. 어때, 마르그리트, 도와줄래?"

"도와드릴게요……."

마르그리트는 얼굴을 들어 고개를 끄덕였다. 세상을 뒤집어 엉망으로 만들겠다는 이 기묘한 부인의 말이 마르그리트에게는 매력적으로 느껴졌다. 세상 — 마리 앙투아네트와 같은 여성에게는 자유와 사치와 모든 것을 주고, 자기 같은 여자에게는 굶주림과 고통만을 안겨주는 세상, 마르그리트가 생각하는 세상은 그랬다…….

이틀 째 되는 날 한밤중에 비예트 부인은 마르그리트를 손 강에서 가까운 집시마을로 데리고 갔다.

그날 밤 따라 짙은 안개는 지옥을 향하듯 기어오다 달려들고는 다시 위로 피어올랐다. 그 젖빛 안개를 뚫으며 두 사람이 탄 마차는 집시마을 앞에 섰다.

"워, 워, 워, 워."

술 취한 마부가 고삐를 잡아당기며 일부러 말에게 말을 걸었다.

"안개가 이렇게 깊은 밤엔 한 잔 마셔줘야지, 안 그래?"

"그래서 술값까지 쳐주겠다고 했잖아."

비예트 부인은 마차 삯을 물고, 못 박힌 듯 서 있는 마르그리트를 재촉해 공방 문을 열었다.

인쇄기계와 기름단지가 놓여 있는, 먼지 냄새 나는 휑한 공방 안에 세 명의 남자가 음침한 얼굴로 술을 마시고 있었다. 작업대 위에서 램프 심지가 찌릿찌릿 타는 소리가 어렴풋이 들렸다. 비예트 부인이 말했다.

"자, 데려 왔어. 이 애라면 같이 일해도 될 것 같아."

세 남자는 무례하다 싶게 마르그리트의 얼굴을 빤히 쳐다보았다. 같이 일해도 될지, 도움이 될 여잔지, 찬찬히 뜯어보는 날카로운 시선이었다.

"흥. 아주 믿지 못할 여자는 아닌 것 같군."

그 중 한 사람이 그렇게 말하고는 커다란 손을 내밀었다.

"내가 이 사람 남편 비예트이고, 이 둘은 같이 일하는 알바레와 비올롱이야."

알바레와 비올롱과는 악수하지 않고 아주 조금 고개를 끄덕여

"안녕하세요"

하고 인사했다.

"그럼 돈 벌이 얘길 계속해 볼까. 마르그리트, 이건 시시한 껀수가 아니야. 주머니가 두둑해질 일이지. 대신 위험은 감수해야 해……."

"그 정돈 마르그리트도 알고 있어."

"시끄러. 당신은 입 좀 다물어."

비예트는 아내에게 그렇게 소리 지르고는 마르그리트를 쏘아보았다.

"너, 사드 후작을 알고 있다지?"

"네."

"그쪽도 널 기억할까?"

"아마도 그럴 걸요……."

"그럼 잘됐군. 후작은 지치지도 않고 또 난잡한 짓을 벌이다 사르데냐 왕국에 있는 미올랑 감옥에 감금되어 있어. 우리완 아무 상관없는 일이긴 한데, 후작 사모님이 우리가 수배범과 범죄자 편이라는 소릴 들었는지, 돈은 얼마 들어도 좋으니 탈옥시켜달라더군."

그리고 비예트는 동료 중 한 사람인 비올롱을 향해,

"비올롱, 미올랑 감옥에 대해 설명을 계속 해 봐"

하고 명령했다.

비올롱은 커다란 손으로 주머니에서 접은 종이를 꺼내 더께 앉은 책상 위에 펼쳤다. 알바레가 등불을 종이 위에 높이 들었다.

"이게 감옥 약도야."

비올롱은 나뭇조각 끝으로 성문, 감시대, 감옥, 간수실 따위를 하나하나 가리켰다. 그것은 감옥이라기보다 작은 요새 같았다.

"난 사흘이나 주변에서 망을 봤어. 그런데 감시가 얼마나 삼엄한지 말도 못해. 대장은 로오네라는 놈인데 이놈이 아주 고지식하거든. 게다가 후작을 완전히 눈엣가시처럼 생각해. 후작이랑 면회는커녕 편지도 허락하질 않지."

"그건 그렇고, 너 후작을 보긴 봤어?"

비예트가 담배를 씹으며 묻자 비올롱은 고개를 끄덕였다.

"안뜰을 산책하는 걸 보긴 했는데, 보초가 후작 옆에 찰싹 달라붙어서 절대로 눈을 떼지 않아."

"이렇다는군."

비예트는 이 보고에 낙담한 게 아니라 오히려 만족스러운 듯 모두의 얼굴을 둘러보았다.

"비올롱이 조사한 대로 이 일이 그렇게 호락호락하지 않다는 걸 잘 알았겠지. 하지만 쉬운 일은 받는 돈도 적어. 일이 이렇게 어렵다면 난 2만 리브르를 후작부인에게 요구할 셈이야."

"2만 리브르?"

모두가 순식간에 비예트가 말한 큰 숫자에 입을 다물었다.

"왜 그래. 왜 다들 놀라는 거지?"

"여보."

비예트 부인이 말했다.

"그렇게 많이 부르면, 후작 부인이 그 돈을 다 물어줄 거 같아?"

"싫으면 관두라지 뭐. 그럼 남편은 평생 미올랑 감옥에서 썩는 거고. 그치만 후작 같은 귀족들에겐 2만 리브르는 아주 하찮은 돈이야. 당신도 알잖아. 오스트리아에서 온 왕비 마리 앙투아네트가 요 얼마 전에 팔찌 하나에 30만 리브르를 지불했다잖아."

"30만 리브르? 겨우 팔찌 하나에?"

비예트 부인은 가슴에 손을 얹으며 과장되게 소리쳤다.

"그럼 당신이 2만 리브르를 불러도 불만은 없겠군."

마리 앙투아네트. 마리 앙투아네트. 그 여자 이름이 또 다시 마르그리트 귀에 들어온다. 그녀는 모두에게서 얼굴을 돌리고 입술을 깨물었다.

"아무튼…… 감시가 너무 삼엄해서 그냥 평범한 방법으론 못 들어간다

이거지. 그래서 말인데, 마르그리트. 네가 좀 나서줘야겠어."

"뭘 하면 되죠?"

"아무리 감시가 삼엄해도 도망갈 구멍은 어딘가 있기 마련이야. 무엇보다, 후작에게 우리가 탈옥을 도울 거라는 걸 알려야 해. 그 편질 네가 갖다 주는 거지."

비예트는 이번엔 동료 한 사람인 알바레에게 말했다.

"알바레. 네가 설명해 봐."

"비올롱이 감옥 주변에 잠복한 날 밤에 난 바로 옆 마을 알비니에 있는 술집에서 술을 마시고 있었어. 술 마실려고 들어간 건 아니야. 뚱뚱한 안주인한테 정보를 캐러 간 거지."

"그렇군요."

"그래서…… 감옥 옥리들과 사드 후작을 위해 알비니 여자들이 빨래며 요리를 하고 있다는 걸 알아냈지. 요리하는 여자는 반나절 감옥에서 지내. 빨래는 일주일에 두 번, 다른 여자가 가지러 가고."

"잘 들었어?"

비예트는 거드름을 피우며 자기 아내와 마르그리트를 쳐다보더니 씹던 담배를 뱉었다.

"이게 바로 내가 알고 싶었던 거야. 도망갈 구멍이라는 건 바로 이런 거지. 자, 이제 아무 말 안 해도 내가 무슨 생각 하는지 알겠지?"

"마르그리트가 빨래하는 여자로 변장해서 사드 후작에게 편지를 전달하는 거. 그렇죠, 여보, 역시 당신은 달라."

비예트 부인은 남편 기분을 좋게 하려고 그렇게 알랑거렸다.

"그런데 하나 생각해 볼 문제가 있어. 마르그리트가 운 좋게 빨래하는 여자로 변장했다고 치자. 문제는 미올랑 감옥 안에 어떻게 편지를 숨기고 가느냐야."

"옷에 꿰매 넣으면 되지."

"뭐라고?"

"예를 들어 후작 속옷. 속옷에 꿰매서 주는 거지. 겉으로 보면 편지가 들어 있는 걸 알 수 없지만, 속옷을 입은 본인은 이상한 감촉에 눈치를 채겠지. 그렇게 잘 꿰매 넣는 거야."

마르그리트는 점차 비예트와 그 동료들에게 흥미를 느끼기 시작했다. 이상하게도 미올랑 감옥으로 숨어들어가는 게 이젠 무섭지도, 두렵지도 않았다. 그렇다기보다 아직 그녀는 실감이 나지 않았다.

무엇보다 마르그리트는 이 흥미진진한 사람들 속에 섞일 수 있다는 게 기뻤다. 그녀는 지치지도 않고 그들을 지켜보면서 그들의 이야기를 듣고 있었다.

"그런데 마르그리트를 어떻게 빨래하는 여자에 끼워 넣지?"

"그건 내 마누라한테 맡겨."

"후작을 감옥에서 어떻게 빼낼 거야?"

그들은 포도주를 마시며 소곤소곤 면밀히 계획을 짰다.

사드 후작의 탈주

지나치게 우람한 체격과 얼굴, 그리고 거친 말투와는 달리, 비예트는 움직임이 잽싸고 두뇌회전이 빠른 남자였다. 후작을 탈주시키기 위한 계획을 치밀하게 세운 다음, 준비해온 달력을 열심히 들여다보며 그는 아내에게 이렇게 말했다.

"보름달이 뜨는 날에 실행하면 안 돼. 추격자들은 우리가 훤히 보일 테고, 성벽에서 일제히 사격이라도 할라 치면 완전히 끝장날 테니까. 비 내리는 날, 아니면 짙은 안개가 낀 날, 초승달 밤을 골라야 해. 당신은 마르그리트, 알바레와 함께 내일 당장 알비니 마을에 가 있어."

그날 하루 공방에서 묵은 마르그리트는 이튿날 아침 알바레가 준비한 마차를 탔다. 그녀와 비예트 부인은 허름한 옷을 입고 농부나 빨래하는 여자가 쓰는 싸구려 모자를 썼다. 세 사람은 어디로 보나 순례길에 나선 소박한 농부 가족으로 보였다.

리옹을 흐르는 손 강을 건너면 바로 시골 풍경이 펼쳐진다. 전날 밤 잠을 설쳤던 마르그리트는 어느덧 비예트 부인 어깨에 기대어 규칙적인 숨소리를 내기 시작했다. 가끔 눈을 떠보면, 마차는 저물어가는 겨울의 스산

하고 단조로운 풍경의 밭을 삐걱거리며 천천히 지나가고 있었다.

"배짱 한 번 두둑한 처녀일세."

바구니 안에서 빵과 치즈를 꺼내 마르그리트에게 건네주며 비예트 부인은 말했다.

"어째 무섭지도 않은 모양이네? 넌 아무래도 진짜 악당이 될 소질이 있나 보다."

"왜요?"

왜 그런 말을 하는지 마르그리트는 오히려 의아하게 생각했다. 악이란 무엇인가. 선이란 무엇인가. 그녀는 알 수 없었다. 그저 일부 사람들은 마음껏 인생을 즐기고 무슨 짓을 해도 사회와 교회가 눈감아주는데, 자기처럼 가난한 사람들이 같은 짓을 저지르면 그게 바로 악이 되는 세상이라는 것만큼은 파리에서 충분히 맛보았다.

다시 그녀가 푹 잠이 든 후에도 단조로운 바퀴 음이 언제까지나 언제까지나 계속되었지만, 세 시간쯤 지나자,

"이제 눈 좀 떠 봐. 저기 저 계곡 좀 보라고" 하며 비예트 부인은 어이가 없는지 마르그리트의 옆구리를 찔렀다.

"알비니 마을에 다 왔어."

날이 저물어가는 알비니 계곡의 마을을 희미한 겨울 태양이 그나마 장밋빛으로 물들이고 있었다. 마을 중앙에 성당이 있고, 흰 돌을 쌓아 만든 조잡한 농가들이 그 주위를 둘러싼, 모든 것이 고요한 마을이었다. 어디나 있을 법한 평범하고 한적한 그런 마을의 풍경을, 바로 뒤에 성채처럼 깎아지른 감옥 탑과 감시대가 찢고 있었다. 빛을 받은 감시대에는 총을 메고 제복을 입은 장난감 같은 병정들이 돌아다니고 있었다.

마을은 쥐 죽은 듯이 고요했다. 모든 집들이 조악하고 가난해 보였다.

알바레가 얘기했던 술집을 발견하자, 일행은 마차를 세웠다. 그는 두 여자를 마차에 남겨두고 혼자만 술집 문을 열고 들어갔다.

"미안하지만 좀 쉬었다 가면 안 되겠소?"

그는 어디로 보나 정직한 농부로 위장하고 모자를 벗으며 자신 없는 목소리로 인사했다.

"여자 둘을 데리고 여행을 다니느라 너무 피곤해서요."

술집 안에는 손님이 하나도 없고 사람 좋아 보이는 부부가 의자에 앉아 고구마를 깎고 있었다.

"되다마다."

남편이 손을 멈추고 물었다.

"어디서 왔나?"

"비시 근처에서요."

"혼자서?"

"아뇨, 가족이랑요."

알바레는 마차에 남아 있는 비예트 부인과 마르그리트를 부르러 갔다. 두 여자도 술집에 들어가 긴장된 모습으로 부끄러운 듯 인사를 했다.

"순례 다니는 길인가?"

"처가댁에 가는 도중입죠."

알바레는 비예트 부인을 턱으로 가리키고는,

"우리 마을에선 요즘 유행하는 소동이 일어나서요 — 영주가 소작료를 얼마나 많이 빼앗아 가는지. 차라리 밭을 팔고 마누라 친정에 가까운 그르노블에서 일하는 게 낫겠다 싶지 뭡니까."

"알다마다. 여기저기서 비슷한 얘길 듣지."

주인은 고개를 끄덕이고 말했다.

"이 마을에서도 언젠가 같은 소동이 벌어질 걸. 농부들이 수확한 밀 대부분을 영주와 교회에 빼앗기고서도 언제까지고 참고 있겠어? 파리에서도 빵이 모자라 한바탕 소동이 벌어졌다면서?"

그는 일어서서 포도주가 든 단지와 도자기 컵을 꺼내 세 사람에게 부어 주었다.

"고맙소. 그런데…… 이 마을엔 여자들이 일할 덴 없소?"

알바레는 약간 취기가 섞인 말투로 그렇게 말을 꺼냈다.

"여자 둘을 데리고 여행을 다니자니, 거치적거려서 말이오. 나 혼자 먼저 처가에 가서 그르노블에 일이 있는지 없는지 확인한 다음 둘을 데리러 올까 싶어서요."

"이 마을에서? 말 같은 소릴 해야지."

여태껏 입을 다물고 있던 아내가 고구마를 깎던 손을 멈추고 놀란 듯이 외쳤다.

"이런 코딱지 같은 마을에 일자리가 있겠어?"

"그럼 그렇겠지. 없겠지."

알바레는 축 처진 얼굴을 보이고는,

"여기서 계속 일하겠다는 건 아니고…… 보름만이라도 여기서 일하게 해 주면 안 되겠소?"

"안 돼."

아내는 딱 부러지게 말을 하며 손 사레를 쳤다.

"여기선 두 사람이 겨우 입에 풀칠하고 있다니까."

"당신도 참."

남편이 옆에서 끼어들었다.

"미올랑 감옥에 있는 로오네 대장에게 빨래나 바느질할 거리가 좀 없는

지 좀 물어봐 주면 어때? 안 그래?"

밤이 되자 술집은 바빠졌다. 미올랑 감옥에서 근무하는 비번 병사들이 술을 마시러 왔다. 감옥에서 근무하다보면, 병사들은 술을 마시는 것 이외에는 달리 오락거리가 없다.

알바레는 일부러 마차로 모습을 감췄고, 마르그리트와 비예트 부인만 술집 부부를 도와 포도주와 음식을 병사들에게 날랐다.

병사들은 처음엔 신기한 듯이 두 여자를 유심히 살폈지만, 조금 지나자 친한 척 말을 걸기 시작했다. 여자들은 부끄러운 듯이 눈을 아래로 내리깔면서도, 그들의 관심을 더 끌어보려고 옆을 지나갈 때면 일부러 병사들과 무릎을 스치며 걸었다.

"이름이 뭐야?"

"마르그리트요."

마르그리트도 일부러 숫처녀 흉내를 내며 작은 목소리로 대답했다.

"마르그리트, 이쪽으로 와 봐. 아, 여자 냄새를 맡는 게 얼마만이지?"

문이 열리고 사관복을 입은 세 사람이 들어왔다. 그러자 시끄럽게 떠들던 병사들이 벌떡 일어섰다.

"됐어, 다들 앉게나."

대장 로오네는 손으로 부하들을 제지하고 부하사관 둘과 함께 구석자리에서 뭔가를 이야기를 나누며 술을 마시기 시작했지만, 눈은 낯선 두 여자를 향했다.

술집 안주인이 탁상의 초를 바꾸러 다가가자 로오네는 마르그리트와 비예트 부인을 슬쩍 쳐다보며 안주인에게 질문한 후, 고개를 끄덕였다.

"저 여자들한테 죄수들 빨래를 하라고? 흠. 더는 필요 없는데. 그래도 열심히 일한다면 못 끼워줄 것도 없지."

안주인의 주선으로 일을 하게 된 비예트 부인과 마르그리트가 고맙다는 말을 하자, 로오네 대장은 두 여자의 몸을 샅샅이 훑어보며 의미심장한 말을 내뱉었다.

"그리고 사관들과 내 심부름도 해야 해."

잔에 포도주를 더 따르면서 세 사관들의 이야기를 슬쩍 엿들어보니, 사드 후작에 대한 대화가 대부분이었다.

"그 자식처럼 멋대로 구는 놈은 또 처음이야."

로오네 대장은 수염을 손가락으로 뱅글뱅글 돌리며 말했다.

"감옥 대우가 나쁘다고 법원에 상고하겠다고 길길이 날뛴다니까. 귀족으로서 부당한 대우를 받는다는 소리를 지껄이질 않나. 나도 그렇게 오래 참진 않을 거야. 파렴치 행위로 들어온 주제에, 그런 죄수는 후작이건 백작이건 엄살을 피우지 못하게 따끔하게 버릇을 고쳐줘야 해. 규칙은 규칙이야. 난방 없는 250호실로 옮겨버려. 그러면 꼬리를 내리고 얌전해질 거야."

비예트 부인은 엿들으면서도 모르는 척 시치미를 떼고 있었다. 그러나 그녀는 250호실이라는 방 번호만큼은 머릿속에 새겨두었다.

이튿날, 바람이 차가웠다. 술집 주인의 호의로 부엌 구석에서 밤을 보낸 두 여자는 낮이 가까워오자 마차를 타고 마을에서 미올랑 감옥으로 가는 고개를 올라갔다.

"이렇게 고생을 했는데." 비예트 부인은 그렇게 중얼거렸다. "사례는 톡톡히 받아야지."

회색 담장 앞에서 마차를 세우고 위를 올려다보자 감시대에서 총을 받든 병사 한 사람이 이쪽을 내려다보고 있었다.

"너희들, 어젯밤 그 여자들이잖아."

병사는 흰 이를 드러내며 웃었다.

"대장한테 들었다. 뒷문으로 돌아 와, 얼른." 두 사람이 뒷문으로 돌아 가자 거기에도 병사 두 명이 총을 들고 서 있었다. 비올롱의 말대로 경계 가 무척 삼엄했다.

"빨래하는 여잔가. 좋았어, 들어와."

비예트 부인은 마르그리트와 어깨를 나란히 하고 작은 목소리로 소곤거 렸다.

"잘 봐둬. 나중에 뭐가 도움이 될지 모르는 법이니까."

감시대는 두 군데였고, 안마당을 산책하는 죄인들의 움직임을 끊임없이 감시하고 있었다. 왼편에는 작은 건물이 보이고 가운데가 감옥인 성(城, château)풍의 3층 건물, 그리고 입구에도 역시 장난감 병정처럼 제복을 입 은 감시병 하나가 배치되어 있다.

빨래는 왼쪽 작은 건물로 가지러 가라고 했다. 건물 앞에 서자 중년 남 자가 나와 그녀들에게 두 개의 커다란 광주리를 건네주었다.

"언제면 다 마를까?"

"날씨에 달렸죠."

"으음, 비가 내리지 말아야 할 텐데……."

두 여자는 오히려 비가 내리는 밤을 손꼽아 기다렸다. 비예트의 말처 럼, 비가 내리거나 안개가 낀 밤이야말로 사드 후작을 탈출시키기 좋은 날이기 때문이다.

광주리 안 빨래는 몇 개나 되는 자루에 가득 담겨져 있었다. 자루에 각 각 숫자가 쓰여 있었는데, 그 숫자는 방 번호임이 분명했다. 몇 년 후, 다른 사건으로 체포된 알바레의 진술서에 따르면 1층 방은 100으로 시작되는 번호고 2층 번호는 200으로 시작되는 번호가 붙었다. 비예트 부인이 엿들은 방 번호가 250번이므로, 사드 후작의 방은 2층에 있다는 걸 그녀는 짐작했을 것이다.

그리고 비예트 부인은 다 건조시킨 250번 빨래에서 사드 후작의 속옷을 골라내 어깨부분에 편지를 꿰맸다고 알바레는 진술했다. 첫 메시지는 다음과 같이 간결한 것이었다.

"후작, 우리는 후작부인으로부터 당신을 구출하라는 의뢰를 받았소. 앞으로 빨래를 잘 살펴보도록 하시오."

문제는 후작이 과연 이 메시지를 제대로 눈치 챌까 하는 점이었다. 만약 그가 이 메시지를 눈치 채지 못한다면 모든 것은 물거품이 된다. 감시가 삼엄한 감옥에서 다른 방법으로 후작과 연락을 취하는 건 불가능한 일이었다.

비가 내리지 않는, 건조하고 추운 날이 계속되었다. 마을 한가운데에는 공공 우물이 있었고 여자들은 대부분 거기서 빨래를 한다. 그러나 말 많은 여자들을 피하기 위해 비예트 부인과 마르그리트는 마을에서 떨어진 강가에서 빨래를 했다. 차가운 물에 손이 얼어붙어 빨갛게 부었다.

"이런 꼴까지 당하다니, 사례를 톡톡히 받아야지."

모닥불에 손을 쬐며 비예트 부인은 똑같은 푸념을 늘어놓았지만, 마르그리트는 그 정도쯤의 노동은 괴롭다는 생각조차 들지 않았다. 어렸을 때부터 훨씬 비참하게 살아 왔던 그녀는 마을에 와서는 오히려 행복하다는 생각까지 했다. 그때까지는 감히 대어들 생각조차 못해본 사람들의 뒤통수를 칠 것이라는 생각만으로도 가슴이 벅찼다.

사흘에 한 번 빨래를 미올랑 감옥에서 찾아와 나흘에 한 번 다 마른 빨래를 작은 건물로 운반해 갔다. 하지만 감옥인 성에는 발을 들여놓을 수 없었다. 후작과 접촉하기는커녕, 편지가 들어 있었다는 것을 그가 알아 챘는지조차 판단할 길이 없었다.

그러나 생각지도 않은 행운이 느닷없이 찾아왔다. 술집에 오랜만에 얼굴을 내민 로오네 대장이 사관들만 참석하는 회식에서 음식을 나르라고 명령했기 때문이다.

"이런 옷을 입고요……."

비예트 부인은 한 번쯤 사양하는 척 했지만, 물론 그 기회를 놓칠 마음은 털 끝 만큼도 없었다.

그 후, 두 사람은 처음으로 감옥 안에 들어갔다.

촛대가 불을 밝힌 식당에서 로오네 대장도 사관들도 모두 취해 있었다. 취기가 상당히 돌면서 그들은 마르그리트와 비예트 부인의 허리에 손을 대고 큰 소리로 노래를 불렀다.

싫구나, 죄수들 사이에서 일하는 건
돌아가고 싶어라, 꽃의 도시로
돌아가고 싶어라, 멋진 군복으로 갈아입고
안고 싶어라, 세련된 파리 여자들을

나중에 비예트 부인이 마르그리트에게 눈짓을 보내 밖으로 나가려고 하자,

"이봐, 어딜 가려고?"

하고 눈치 빠른 사관 하나가 막았다. 비예트 부인은 머뭇머뭇 부끄러운 듯이 말했다.

"저기…… 볼일 좀 보러 가면 안 될까요?"

"화장실? 감방 쪽으로 가선 안 돼. 이봐, 이 여잘 화장실에 데리고 가게."

술 취한 것처럼 보여도 사관들의 머리에는 여전히 또렷한 부분이 남아 있는 것 같았다.

"너 오늘 여기서 자고 갈래?"

로오네 대장은 술 냄새 나는 숨을 마르그리트 귀에다 내쉬며 속삭였다. 그녀는 가슴 위를 더듬는 그의 손을 붙잡고 아무 말도 하지 않았다.

한편, 비예트 부인과 함께 복도로 나간 병사는 바로 화장실로 데리고 갔다. 화장실까지 걸어가면서 그녀는 어디에 계단이 있고 어디가 병사들 대기실인지 재빨리 알아내려고 했다. 대기실은 복도에는 없었고 사방은 쥐 죽은 듯이 조용했다.

화장실에 들어가자 그녀는 재빨리 창문을 점검했다. 창에는 나무로 된 격자가 박혀 있다. 그리고 창 크기는 사람이 빠져나갈 만한 크기였고, 나무 격자는 손으로 흔들어보니 부식 때문에 힘껏 잡아당기면 빠질 것 같다. 비예트 부인은 그만

"이거야"

하고 작은 소리로 외쳤다.

시치미를 떼고 화장실에서 나오자 병사는 긴장된 얼굴로 그녀를 기다리고 있었다.

"수고 했어요."

그녀는 활짝 웃으며 말했다.

비예트 부인은 빨래에 이런 내용의 메시지를 꿰매 사드 후작에게 보냈다.

"후작께서 편지를 받으신 일주일 후에 탈출을 결행하기로 했습니다. 일주일 후에 사관들의 회식이 있기 때문입니다. 비가 내려도 상관없고, 오히려 그 편이 더 유리합니다. 사관식당 근처 화장실 창문 격자가 썩어서 조금만 힘을 주면 뺄 수 있을 겁니다. 10시에 마차가 안뜰에서 기다리고 있을 겁니다. 10시 15분에는 보초가 안뜰을 점검한다는 걸 명심해 주십시오."

메시지를 과연 후작이 읽었는지 여부는 아무도 짐작할 수 없었다. 그러나 비록 그렇다 하더라도 여기에 모든 걸 걸 수밖에 없었다.

알바레는 마을에 두 여자를 남겨두고(그는 그 동안 마을을 떠난 척 하고는 다른 곳에 숨어 있었지만), 리옹에서 대기하고 있는 비예트와 비올롱에게 알리러 갔다.

변함없이 맑고 건조한 날이 계속되었다.

"당신 남편은 돌아올 생각을 안 하네."

언제까지나 눌러앉은 두 여자에게 술집 안주인은 비아냥거렸다.

"그르노블에 간 게 맞긴 맞나?"

"닷새만 있으면 여길 뜰 테니…… 그때까지만 좀 있게 해주세요."

비예트 부인은 저자세로 나갔다.

"이 두 사람 덕에 매일 밤 손님들로 꽉 차잖아."

술집 주인은 두 여자가 가게를 도와주는 게 싫지만은 않은 것 같았지만, 안주인은 두 사람을 질투했다.

로오네 대장은 아무래도 마르그리트에게 마음이 있는지, 밤이 되면 부하 사관들을 데리고 와서는 그녀를 자기 옆에 꼭 붙어 있게 했다.

"알았지? 오늘 밤 회식 끝나면, 자고 가는 거다?"

그는 다른 사람들에게 들리지 않게 작은 목소리로 그녀를 꼬드겼다.

"알았지?"

"네."

마르그리트는 순진한 얼굴을 하고 고개를 끄덕였다. 이런 재주는 파리에 있을 때 배운 것이었다.

마침내 실행일이 왔고 비가 내렸다. 비는 내렸어도 미올랑 감옥에서는 로오네 대장을 비롯해 사관들의 회식이 계획대로 열렸다.

회식에는 프랑스 장교가 한 사람 초대되었다. 파리 근위부대 앙드레 셀데니 중위였는데 일이 있어 고향인 아비뇽으로 돌아가던 도중, 미올랑 감옥에 들렀던 것이다.

도회지 향을 풍기는 콧수염에 군복을 멋지게 차려입은 중위를 사관들은 처음엔 시기심에 찬 눈으로 바라보았지만, 결국 술이 돌면서 떠들썩해졌다.

"제군들."

주위 눈초리를 의식하지도 않고 마르그리트의 어깨에 팔을 두르며 로오네 대장은 큰 소리로 말했다.

"이 멋쟁이에게 파리 특종 좀 들어보지 않겠나. 중위, 촌구석에 처박혀 무료함을 달래지 못하는 우리에게, 재미있는 얘기라도 하나 들려주시오."

"그럴까요."

셀데니 중위는 잔을 든 채, 잠시 생각에 잠기더니 드디어 말을 꺼냈다.

"재미있는 얘기는 많은데, 그 중에서도 특별히 재미난 얘기를 하나 들려주겠소. 국왕 루이 16세가 중요한 그 부분을 수술하셨단 이야기에……말 많은 참새들의 입방아에 오르내리고 있다는 소문이 있소."

"그래. 제군들 이미 다 알고 있겠지만, 폐하는 안타깝게도 껍질이 안 벗겨졌단 말씀인데— 그래서 왕비 마리 앙투아네트와 밤일도 오랫동안 즐기시질 못하셨겠지."

"오. 국왕의 껍질이 여태껏 안 벗겨졌었다고."

사관들은 웃음을 터뜨렸고 마르그리트는 얼굴을 들어올렸다. 중위가 말한 마리 앙투아네트라는 이름이 그녀의 귀를 솔깃하게 만들었던 것이다.

"그거, 참, 아팠겠군.""아아, 수술하고 며칠 후에 국왕은 고모에게 이렇게 말했다더군. 오랫동안 이렇게 즐거운 걸 모르고 살았던 게 안타깝다고. 정말 좋은 거더라고⋯⋯."

로오네 대장은 탁자를 두들기며 웃어 제쳤다. 밖에는 오랜만에 비가 내리고 있었다. 조용히, 소리 없이. 밤의 어둠이 더욱 깊어갔다⋯⋯.

"저예요."

빗속에서 마차를 탄 비에트 부인은 보초와 이야기하고 있었다.

"대장이 사관들 회식에서 음식을 나르라고 해서요. 마르그리트는 먼저 들어가 있고요."

보초는 마차 뒤를 살펴보며 말했다.

"빨래야? 이 기름종이 아래 있는 건."

"그래요. 어차피 내일 갖고 와야 하는 거라서, 오는 김에 오늘 밤 갖고 왔죠."

그녀는 포도주를 담은 가죽주머니를 보초에게 내밀었다.

"대장님한텐 비밀이에요."

비로 흐릿해 보이는 안뜰로 마차는 흙탕물을 튀기며 사라져 갔다. 감옥 앞에서 그녀는 마차를 세우고, 가만히 몸을 움직이지 않았다.

그 메시지를 과연 후작이 읽었을까, 아직은 알 수 없다. 약속 시간까지 아직 한 시간이나 더 남았다. 비예트 부인은 두건을 다시 제대로 쓰고 돌처럼 꼼짝 않고 기다리고 있었다.

식당에서는 아직도 연회가 계속되고 있었다. 촛대 불이 일렁이면서 술 취한 사관들의 검붉은 얼굴들을 비추었다.

"그런데 파리에선 왕제 타도를 외치는 불온분자들의 움직임이 심상치 않다며?"

눈을 비비며 로오네 대장은 손님인 셸데니 중위에게 말했다. 그건 어디까지나 의례적인 질문이었고, 마르그리트와 빨리 자기 방으로 들어가고 싶다는 생각만 하고 있었다.

"그 놈들 걱정은 안 해도 됩니다. 그 놈들이 뭘 하겠어요? 신문 찍는 거랑, 유행하는 카페에서 장황하게 말만 하는 거 외에는 할 줄 아는 게 없거든요. 군대는 왕실을 보호할 거고, 군대 앞에서는 백 가지 논의도 소용이 없지요."

"그럼 됐네만, 프랑스 재정이 바닥난 데다 세금을 이렇게까지 빡빡하게 거두었다간 폭동이라도 일어나는 거 아닌가?"

대장은 마르그리트의 허리를 손가락으로 더듬으며 조금 불안한 얼굴을 했다.

"폭동이요? 먹을 것도 제대로 못 먹는 농민이요? 농사꾼들이 대체 뭘 할 수 있겠어요. 그리고 만일, 폭동이 일어나면 바빠지는 건 대장 같은 분이죠……. 대신 출세도 하고 승진도 빨라질 텐데 뭐가 걱정이에요."

"그런가."

비는 여전히 그칠 줄 모르고 내렸다. 조용히, 소리 없이. 밤의 어둠이 더욱 깊어갔다…….

기록에 따르면 이날 밤, 사드 후작은 죄수 라레 남작과 저녁을 함께 먹은 후, 깃털 펜을 들고 로오네 대장에게 편지를 두 장 썼다.

그리고 그는 하인 라투르와 함께 1층 화장실까지 살금살금 내려갔다. 화장실 안에서 그들은 창문 격자를 뜯어내 밖으로 도망쳤다. 벽을 내려갈 때, 어둠속에서 한 남자가 나타나 둘의 몸을 잡아주었다.

"이쪽입니다요. 마차가 기다리고 있어요."

세 사람은 빗속에서 참을성 있게 기다리던 마차까지 뛰어갔다. 그리고 남자의 지시대로 기름종이 아래 빨래 자루에 몸을 숨겼다.

같은 시각, 마르그리트는 허리에서 로오네 대장 손을 빼며 말했다.

"이제 우리 그만 자요."

자그마한 목소리로 아양을 떨며 속삭였다.

"제가 먼저 대장님 방에 가서 기다릴게요. 맨 끝 방이죠?"

대장은 만족스러운 듯 고개를 끄덕이고 난 후, 그녀가 식당을 빠져나가도 시치미를 떼고 못 본 척 했다.

재빠르게 출구로 달려 나간 마르그리트가 마차에 올라타자 비예트 부인이 말에 채찍을 휘둘렀다. 바람이 부는지, 안개비가 날리며 두 여자의 얼굴을 적셨다. 그러나 두 사람은 아무 말도 하지 않았다.

보초는 아까 받은 포도주를 마시고 취해서는 마차를 뒤져볼 생각도 없이 말했다.

"연회는 다 끝났나?"

"그래요. 단비가 내리네요."

비예트 부인은 단비라는 말에 힘을 주며 말했지만 보초는 아무 것도 눈치 채지 못했다.

마차가 마을을 떠나 가도를 전속력으로 달리기 시작하자, 짐칸 빨래자

루가 애벌레처럼 움직이며 세 남자가 빠져나왔다.

"성공했습니다요, 후작님."

조금 전 그 남자가 어깨를 들썩이며 숨 쉬는 사드 후작과 하인에게 말했다.

"고맙다는 말을 하고 싶은데, 누구신가?"

"전 비올롱입니다. 저 두 여자는 마담 비예트와 마르그리트라고 합죠. 아마 놈들, 아직도 모르고 있을 걸요. 그래도 추격이 따라붙으면 골치 아파지니까. 흔들리긴 하겠지만 샛길로 리옹까지 달려가겠습니다."

얼굴에 세찬 비를 맞으며 마르그리트는 몸속으로부터 말할 수 없는 쾌감이 끓어오르는 걸 느꼈다. 우리를 못살게 구는 사람들 코를 납작하게 만드는 이 즐거움. 가슴이 두근거리는 이 기쁨.

"마르그리트, 너 일 정말 잘 해 줬다."

비예트 부인은 처음으로 입을 열었다.

"앞으로 믿고 일을 맡겨도 되겠어. 우린 이제부터 더, 더 큰 도박을 할 거야……."

어둠 속의 한 점을 가만히 응시하며 무언가를 생각하고 있는 사드 후작에게,

"후작님"

하고 비올롱은 술이 든 가죽주머니를 내밀었다.

"한 잔 어떠쇼? 몸이 따뜻해질 거요."

"아니, 됐어. 그런데 당신들은 왜 날 구해줬지?"

"이유가 따로 있겠습니까? 돈이 되면 뭐든 합죠. 이번 일도 후작부인께서 몰래 저흴 만나러 오셨습니다요."

"사례는 충분히 할 생각이네."

"그런데…… 후작님."

목을 젖혀 한 입 마시고 나서 비올롱은 겁도 없이 물었다.

"높으신 양반이 뭐가 모자라서 우리랑 이런 짓을, 불장난을 저지르시는 겁니까……."

"내게 묻는 건가?"

사드 후작은 빈정거리는 웃음을 지었다.

"내겐, 이 사회의 선은 악으로, 악은 선으로 보이기 때문이야. 하지만 그런 생각을 하는 건 나 혼자만이 아니야. 프랑스는 지금 크게 변하고 있어. 보라고. 새로운 혁명은 반드시 일어날 거야. 너희들이 군주제를 타도하고 루이 16세와 마리 앙투아네트의 목을 쳐서 피로 물든 그 손으로 깃발처럼 높이 들어 올릴 바로 그 폭동, 그 폭동에서 혁명은 시작되겠지. 인간이든, 인간의 도덕이든, 모두 부패를 떨치고 일어나 새 생명을 얻는 그런 혁명 말이야. 난 그걸 예감할 수 있어. 그런 의미에서 난 귀족이면서도 반(反)-귀족인 셈이지. 난 지금 그리스도교를 대신해 새로운 인간의 도덕을 만들려고 실천하고 있는 거야. 그러기 위해 이 프랑스에서 파괴와 피와 살육이 자행되고 많은 사람들이 죽음으로 내몰리겠지. 그 사이에 민중은 미쳐갈 지도 몰라. 어쩌면 혁명엔 그런 것들도 필요할 수 있어, 마치 잔혹한 수술을 해야만 환자가 살아나듯이……."

궁전 안에서

"말씀드리기 곤란합니다만."

재무총감(Contrôleur général des finances) 튀르고는 당혹한 빛을 띠며 국왕 루이 16세에게 호소했다.

"왕비 전하가 국고를 좀 과도하게 쓰시는 것 같습니다."

"왕비가……."

"그렇습니다. 최근 왕비마마께선 팔찌 하나에 3십만 리브르나 주고 구입하셨습니다. 이래선 어떻게든 재정을 되살려 보려는 우리 노력이 다 물거품이 됩니다."

사람 좋아 보이는 루이 16세는 언제나처럼 당혹한 빛을 띠며 아무 말도 하지 않았다.

"게다가 지난달에는 비슷한 액수의 다이아몬드 귀걸이를 구입하셨습니다. 부디 폐하께서 현재 우리가 처한 어려운 상황을 왕비님께 설명해 주시고, 지출을 줄일 수 있도록 부탁하셔야 할 듯합니다."

루이 16세는 아주 조금 고개를 끄덕이고, 오늘 내로 왕비에게 충고하겠다고 대답했다. 재무총감은 정중하게 인사를 한 후 방을 나갔다. 국왕은 고개를 푹 숙인 채 한숨을 쉬었다. 이 마음 약한 남자는 아내의 기분을 상하게 하고 싶지 않았다. 게다가 그는 그녀가 기뻐하는 일이라면 무엇이든 해주고 싶은 자상함을 갖고 있었다. 그러나 튀르고 총감의 말을 무시할 수는 없는 노릇이다. 지금 프랑스는 재정파탄 문제에 직면하고 있다.

프랑스는 루이 14세 시대의 영광이 점차 빛을 잃고 있었다. 미국의 독립전쟁에서 북군을 도와 영국과 전쟁을 치르면서 20억 리브르를 썼고, 그 때문에 왕실재정은 파산 직전이었다. 재무총감 튀르고는 필사적으로 재정 비해보려 애썼지만, 좀처럼 개혁이 순조롭게 진행되지 않았다. 그런 시기에 왕비가 물 쓰듯이 돈을 쓴다면 국민의 불만이 폭발할 지도 모른다.

루이 16세는 그날 밤, 왕비에게 튀르고의 말을 그대로 전했다. 예상대로 그녀의 얼굴에 불쾌한 빛이 떠올랐다.

"이런 허접한 일로 전하의 자상한 마음을 어지럽히려는 자가 있을 줄은 몰랐네요."

이게 루이의 말에 대해 그녀가 한 단 한 마디의 대답이었다.

화려한 베르사유 궁전에서 살고 있는 마리 앙투아네트는 왕실의 재정파탄을 실감할 수 없었다. 왕비 정도의 지위에 있는 사람이 그 신분에 어울리는 치장을 하는 게 왜 잘못 됐는가. 그런 기분이었다.

"전 그 튀르고란 분 좋아할 수가 없군요. 그 분은 결국 무능하잖아요. 귀족들도 그의 긴축정책에 불만을 갖고 있습니다."

"그렇다고 후임으로 앉힐 사람이 있는 것도 아니잖소?"

루이 16세는 살짝 고개를 흔들었다.

"누구든 상관없죠. 누가 재무총감을 맡든 마찬가질 테니까."

토라진 그녀가 몸을 뒤로 돌리자, 남편은 당황해 어쩔 줄 몰라 하며 아내의 어깨에 두 손을 올려놓아 기분을 풀어보려 애썼다.

마리 앙투아네트뿐만 아니라 국왕 역시 프랑스 재정이 얼마나 위험한 상태인지 실감하지 못했다. 베르사유 궁전에는 변함없이 7천 명의 근위병 외에 3천 명의 신하, 시종, 시녀, 시동, 일꾼, 장인이 개미들처럼 몰려들어 불필요한 급료를 뜯어갔고, 루이 16세는 이 사람들을 위해 연간 4억 7천만 리브르의 돈을 써야만 했다.

불필요한 급료. 그건 정말로 불필요한 급료였다. 마리 앙투아네트에게는 매일, 수석시녀와 12명의 시녀, 수석 시종, 수석 주방장, 말을 관장하는 관리, 궁중사제가 따라다녔는데, 침대 먼지를 하나 털어내는 데도 담당자가 아니면 결코 그 일을 하려 들지 않았다. 어느 날, 더러운 침대를 보고 화가 난 마리 앙투아네트가 시녀에게 주의를 주자 그 시녀는 당연한 얼굴로 이렇게 대답했다.

"왕비님께서 지금 침대에서 주무시고 계신다면 먼지를 터는 건 분명 제 일이옵니다. 하지만 왕비님께선 지금 침대에 누워 계시지 않잖습니까? 그러니 이건 그냥 가구에 불과합니다. 가구인 이상 가구 담당이 해야 할 일일 줄로 아옵니다."

불필요한 급료가 무수히 많은 사람들에게 지불되고 불필요한 행사와 형식이 매일 반복되었다.

루이 16세는 매일 아침, 정해진 시간에 일어나 잠옷을 입은 채로 왕족과 시종장, 궁정 각 장관, 고모들, 귀족들의 인사를 받고 그게 끝나면 십자 표시를 한 후 비로소 이발사, 의상 담당의 도움으로 옷을 입을 수 있었다. 아침마다 이뤄지는 이 어리석기 짝이 없는 의식은, 그게 의식인 이상 그만 둘 수 없었다. 그래서 루이 16세는 아침 일찍 사냥을 나갔다가 이 의식에 맞춰 궁전에 돌아온 다음, 다시 잠옷으로 갈아입은 적도 있었다.

물처럼 돈이 펑펑 새고 의미 없는 행사와 형식이 변함없이 베르사유 궁전에서 계속되고 있는 동안, 궁전 밖 프랑스는 한 마디로 모두가 허덕이고 있었다. 물가는 임금에 비해 3배로 오른데다가 극심한 증세를 통해 재원을 충당해야만 했다. 그리고 그 세금의 대부분을 특권계층인 귀족과 교회가 아닌, 제3신분이라고 불렸던 상인과 농민들에게서 거두어들였다.

신분이 높은 집안에 태어났다는 이유만으로 면세특권을 지닌 귀족이 약 30만 명. 게다가 몰락귀족의 신분을 돈으로 사고 귀족 계급으로 신분상승을 한 새로운 귀족들이 약 10만 명. 여기에다 제3신분인 자는 약 2천 600만 명, 당시 프랑스는 이렇게 인구가 구성되어 있었다.

생활의 궁핍함과 세금 징수로 2천 600만 명의 사람들이 온 나라에서 허덕이고 있었고 그들의 원망의 목소리는 더욱 더 커져만 간다.

그런데 베르사유 궁전에서는 변함없이 은촛대에서 촛불이 흔들리고 무도회에서 화려한 미뉴에트 곡이 흐르며 만찬회가 열렸다. 대부분의 귀족들과 국왕부부는, 민중들의 원망의 목소리가 언젠가는 함성이 되어 소용돌이 치고 둑을 터트려 성난 파도처럼 밀려들어올 날이 올 것이라고는, 아직 그 누구도 상상조차 하지 못했다.

이 무렵, 마리 앙투아네트는 파리 오페라좌에서 열리는 무도회와 궁전 정원에서의 산책, 그리고 트럼프 노름에 열중했다.

노름, 카드놀이

그날 밤도 베르사유 궁전의 살롱에서는 귀족과 귀부인들이 마리 앙투아네트를 둘러싸고 칩과 카드를 섞고 있었다.

가늘고 아름다운 손가락으로 왕비는 트럼프를 섞어 모두에게 나눠주었다.

"왕비님, 돈을 걸까요?"

샤르트르 공작은 빈정대는 웃음을 띠며 왕비에게 내기를 제안 한다.

그 이후 ─ 그 가장무도회에서 그녀에게 모욕을 받은 이후, 공작은 앙심을 품었다. 물론 앙심과 분노를 표면으로는 나타내지 않았고, 귀족으로서 왕비에 대한 예우를 지켰지만 때때로 차가운 눈에 증오를 담고 마리 앙투아네트를 바라보곤 했다.

"그러죠."

왕비는 순진하게 대답했다. 그녀는 샤르트르에 대해 더 이상 특별한 감정이 없었다. 희미한 경멸만 남았을 뿐이다.

"얼마를 거실거죠?"

"1만 리브르."

"1만 리브르라고요? 전 10만 리브르 걸죠."

웅성임이 일었다. 10만 리브르는 현대의 일본 돈으로 환산하면 10억 엔이 훌쩍 넘는 금액이다. 사치에 익숙한 베르사유 귀족들도 트럼프 내기에 이렇게 많은 돈을 쓰는 사람은 드물었다.

마리 앙투아네트의 얼굴에 소녀시절부터 종종 나타나던 지기 싫어하는 표정이 드러났다.

"공작이 원하시면 상대를 해 드리죠."

그녀는 미소를 지으며 주위를 둘러보았다.

"전 안 할래요."

"저도요."

다른 귀족들은 카드를 탁자에 놓고 두 사람의 내기를 지켜보기로 했다. 칩이 탁자 위에 쌓였다.

"어때요?"

마리 앙투아네트는 신분에 걸맞게 우아한 몸짓으로 스리 카드(three cards)를 탁자 위에 올려놓아 모두에게 보였다.

"왕비님. 전 이겁니다."

샤르트르 공작은 비웃듯이 자기 카드를 천천히 뒤집었다. 플러시(flush, 포커 게임에서 같은 종류의 패가 모인 경우—역주)였다. 구경꾼들 사이에서 다시 웅성임이 일었다.

"좋아요. 제가 졌어요."

미소를 지으려 했지만, 마리 앙투아네트는 분한 마음을 억누를 수 없었다.

"공작, 저랑 한 번 더 내기할까요?"

"그러지요."

밤새도록 노름이 계속되었다. 놀랄 만한 액수의 돈이 마리 앙투아네트를 중심으로 움직였고, 왕비는 왕실 회계담당에게서 돈을 자꾸만 빌려야 했다.

깊은 밤—,

잠시 노름의 소란이 잠잠해졌을 때, 마리 앙투아네트는 다른 탁자에서 한 귀부인이 무심하게 트럼프 카드를 한 장씩 나란히 내려놓고 있는 걸 보았다. 근심이 어른거리는 갸름한 얼굴로 가만히 카드를 바라보고 있는 게 왕비의 호기심을 자극했다. 랑발 공작부인이었다.

"뭐 하세요, 공작부인?"

왕비는 상냥히 물었다.

부인은 붉게 물든 얼굴을 들어 올렸다.

"점을 보고 있습니다."

"점이요? 볼 줄 아세요?"

"네. 잘은 못하지만요······."

"여러분, 들으셨나요?"

마리 앙투아네트는 기쁜 얼굴로 주위를 둘러보았다. 이럴 때면 그녀는 새로운 놀이를 찾아낸 소녀 같았다.

"공작부인은 점을 볼 수 있대요. 저도 좀 봐주셨으면 좋겠는데."

마리 앙투아네트는 혼자 덩그러니 앉아 있는 젊은 공작부인을 위로하려고 그렇게 말했다. 제멋대로인 그녀에게도 충동적으로 그런 친절함을 보일 때가 가끔 있었다.

의자에서 일어나 상대방의 탁자로 옮겨 앉은 왕비는 말했다.

"자, 점을 쳐서 제 운명을 알아볼 수 있을까요?"

"하지만 왕비님, 전 정말 배운 지 얼마 안됐는데요."

주눅이 든 랑발 공작부인은 고개를 숙였다.

"맞출 자신이 없습니다."

"아니요. 분명 잘 하실 거예요."

공작부인은 어쩔 수 없이 트럼프를 마리 앙투아네트에게 건네어 마음대로 넉 장을 고르라고 했다.

"하지만 왕비님. 오른 손으로는 트럼프를 잡지 마시어요."

"왼 손을 쓰라는 말이지요?"

"그게 집시의 룰입니다."

"어머, 집시에게서 배우셨나요?"

"아니요. 지금 파리에서 평판이 자자한 칼리오스트로 박사한테서요."

"칼리오스트로 박사라고요. 이름이 꽤 괴상하군요."

왕비는 재미있다는 듯 장난기 어린 웃음을 짓고는, 시키는 대로 왼손으로 트럼프를 나란히 놓았다.

공작부인은 넉 장을 더 그 카드 위에 올려놓게 했다. 그리고 한 장 씩 뒤집으며 말했다.

"왕비님께선 하느님께 명예와 고귀한 혈통을 평생 보장받고 태어나셨습니다. 이건 그걸 나타내는 아주 좋은 카드입니다. 건강 운도 더할 나위 없이 좋으시고요."

마리 앙투아네트는 기쁘게 미소를 짓고 고개를 끄덕였다. 점을 믿는 건 아니었지만, 듣기 좋은 소리나 칭찬을 싫어할 이유가 없었다.

"고민거리가 생기더라도 밝은 성격으로 잘 극복하실 겁니다."

"잘 알겠어요, 공작부인. 그보다 앞으로 어떻게 될지 좀 봐 줘요."

랑발 공작부인은 작게 십자가를 긋고 나서 마지막 두 장을 뒤집었다.

그 순간, 그녀의 낯빛이 바뀌었다. 갸름한 얼굴에 근심이 스쳐지나가면서 그녀는 고개를 숙였다.

"왜 그래요?"

"아뇨…… 아무 것도 아닙니다. 앞으로도 행복하실 겁니다."

"뭔가…… 숨기고 있죠."

마지막 줄의 카드에는 두 장 다 스페이드의 검은 모양이 또렷이 드러났다. 왕비는 그 카드와 공작부인 얼굴을 번갈아 바라보며 불안으로 눈이 커졌다.

"정직하게 말해 줘요."

등 뒤에서 바라보고 있던 귀족과 귀부인들은 이 두 사람의 대화를 숨죽여 지켜보고 있었다. 정적이 방 전체를 감쌌다.

"전…… 이제야 배우는 초본 걸요……."

"마음결이 고우신 분이군요. 그럼 더 이상 묻지 않죠. 대신 언젠가 여기로 칼리오스트로 박사를 데려 와야 해요."

마리 앙투아네트는 약간 창백해진 얼굴에 억지로 웃음을 지어보이며 공작부인 곁을 떠났다.

"자, 여러분."

그녀는 쾌활하게 모두에게 말했다.

"한 번 더 내기를 걸죠."

그러나 노름을 하면서도 왕비는 방금 일이 머리에서 떠나지 않았다. 그때, 우물거리던 랑발 부인의 표정이 눈에 어른거렸다. 부인은 대체 카드로 무엇을 봤을까?

내기에서는 완패했다. 왕비는 오늘 밤에도 막대한 돈을 물어야 할 것이다.

"난 이제 그만 할래요."

그녀는 불쾌함을 웃음으로 감추며 호화로운 벨벳 의자에서 일어나 말했다.

"하지만 여러분들은 계속 하세요. 여러분의 즐거움을 제가 빼앗고 싶지는 않거든요……."

일동은 정중하게 머리를 숙이고 살롱에서 시녀들과 함께 나가는 왕비를 배웅했다.

대리석 복도에는 촛대가 여전히 불꽃을 부여잡고 있었다. 불침번을 선 보초가 꼿꼿이 서 있다. 그들은 마리 앙투아네트가 다가가자 장화를 소리나게 치고 창을 비스듬하게 잡아 직립 자세로 섰다. 마리 앙투아네트는 뒤에서 따라오는 시녀 한 사람(이 시녀가 후일 발자크의 연인이 되어 그 유명한 『골짜기의 백합』을 쓰게 했다)을 뒤돌아보며 말했다.

"랑발 공작부인에게 칼리오스트로 박사를 부르라고 전해라."

시간은 오전 2시를 넘기고 있었다. 이 시기에 그녀가 침실에 들어가는 건 늘 한밤중이거나 때로는 새벽일 때도 많았다.

그 시각 그녀의 남편인 국왕의 침실은 촛불이 어렴풋이 밝히고 있을 뿐 주위는 고요했다. 지금 코를 골며 곯아떨어진 루이 16세는 아내처럼 노름을 좋아하지 않는다. 왜 그런 어리석은 짓에 그녀와 일부 귀족들이 열중하는지 이해할 수조차 없었다.

그러나 이 마음 약한 남편은 아내에게 노는 것도 좀 적당히 하라고 잔소리할 용기가 없었다. 만약 그런 말을 꺼냈다가는,

"당신도 대장간 놀이에 열중하시면서……."

이렇게 일언지하에 반박 당할 게 뻔했기 때문이다. 사람 좋은 그는 아내가 즐거워하는 것만으로도 만족해야 했다. 그날 밤 마리 앙투아네트는 그런 불쌍한 남편보다 랑발 공작부인의 불안한 표정이 머리에서 떠나지 않은 채 잠이 들었다.

며칠이 지난 오후 점술사 칼리오스트로 박사라 칭하는 남자가 사륜마차를 타고 베르사유 궁전에 나타났다. 복잡한 절차가 끝나고 긴 회랑을 몇 개나 지나 그는 겨우 작은 접견실로 안내 받았다.

얼굴이 까맣고 땅딸막한 이 남자는 유행하는 옷을 입었다고는 하지만 호화로운 베르사유 궁전과는 어울리지 않아 마음이 불편한 모양이었다. 그는 손톱을 물어뜯고 창밖을 바라보며 30분 정도 접견실에 앉아 있었다.

"이제 곧 왕비님이 오실 겁니다."

드디어 시녀가 그렇게 말하자 남자는 자세를 고쳐 앉은 다음 머리를 숙이고 멀리서 다가오는 마리 앙투아네트와 궁녀들의 매끄러운 발소리에 귀를 기울이고 있었다…….

"칼리오스트로 박사시죠."

마리 앙투아네트는 붙임성 있게 이 못생긴 남자에게 말을 걸었다.

"요즘 파리에서 평판이 자자하시다고요."

"황송하옵니다."

"제 운세도 좀 봐주시겠어요?"

왕비는 부용꽃 같은 얼굴에 웃음을 띠었다. 칼리오스트로는 허락을 받고 웃옷에서 트럼프를 꺼내 이전과 같은 방법으로 마리 앙투아네트에게 카드를 나란히 놓으라고 했다. 그리고 안주머니에서 꺼낸 은으로 된 작은 막대기로 한 장씩 능숙하게 뒤집었다.

그의 얼굴이 어두워졌다. 그리고 손수건을 꺼내 이마를 닦았다.

"제 미래에 대해 나와 있나요?"

"네."

"그런데요?"

"말씀드리기 어렵습니다만."

"솔직하게 말씀하세요. 그러기 위해 부른 거니까요."

"왕비님의 운명이라기보다는 왕실의 운명이 이 카드에 나와 있습니다……."

그러고 나서 칼리오스트로는 말을 끊었다. 초조해진 왕비가 조금 화가 난 듯,

"그건 좋은 일인가요?"

하고 묻자 점술사는 고개를 흔들었다.

"유감스럽게도 이 카드는 왕실에 어두운 그림자가 드리워질 것을 암시하고 있습니다."

"어두운 그림자요?"

"왕실은 옛날의 힘을 잃고 영광의 빛도 퇴색됩니다. 용서하십시오. 이

건 제 생각이 아니라 카드가 그렇게 말하고 있습니다. 왕가의 몰락을 요……."

"그럼 폐하께서도 옥좌에서 내려오시고 저도 왕비가 아니게 되는 겁니까?"

"거기까지는 알 수 없습니다. 알 수 있는 건 지금 말씀드린 것뿐입니다."

점술사 칼리오스트로가 황송한 듯이 자리를 뜬 후에도 마리 앙투아네트는 작은 접견실에서 가만히 허공의 한 점을 응시하고 있었다.

왕실에 어두운 그림자가 드리워진다니―.

트럼프 카드가 그런 불길한 운명을 암시한다니.

"쓸데없이 그런 걸…… 왜 믿습니까."

어머니 테레지아 여제의 엄격한 목소리가 들려올 것 같았다.

"우린 가톨릭 신자이잖아요. 사람은 운명을 스스로 개척하는 것이지, 처음부터 다 결정되었다고 믿는 건 루터(Luther)라는 프로테스탄트가 아닙니까."

그래, 바보같이. 기껏해야 놀이도구인 카드로 왕실의 운명을 어떻게 예견하겠어.

그렇게 스스로 다짐하며 그녀는 방 밖에서 기다리고 있는 시녀에게 나가겠다는 신호를 보냈다. 그러나 불안한 생각이 머릿속에서 떠나지 않았다.

그날 밤, 그녀는 평소처럼 살롱을 찾아가지 않고 만찬 후에 오랜만에 남편 루이 16세의 거실에서 밤 시간을 보냈다.

"우리가 이 궁전에서 쫓겨난단 말인가요? 믿을 수 없어요."

당혹한 남편은 아내의 불안을 달랬다.

"우리가 민중들에게 무슨 잘못을 했다고. 정부가 조금 실수하기는 했지만, 왕실은 민중들로부터 사랑받고 있지 않소?"

그녀는 남편의 말에도 안심할 수 없었다. 사람 좋고 선량한 그는 루이 14세처럼 국정 전반을 지휘할 능력이 없었다. 그쯤은 마리 앙투아네트도 잘 알고 있었다.

그런데도 그날 밤, 그녀는 남편의 애무를 탐닉하고 싶었다. 애쓰기는 하지만 서툰 그 애무에. 마음의 불안을 떨쳐버리고 싶었기 때문이다.

"오랜만에 부드럽게 대해 주네요."

루이 16세는 조금 땀이 배어 눈을 감은 마리 앙투아네트에게 과자를 받은 어린아이 같은 얼굴로 속삭였다.

"나도 수술하고 나니 자신감이 좀 생기는군요."

눈을 감은 채, 그녀는 이 사람과 평생 동반자로서 살아가야 할 자신의 모습을 그려보았다. 만약 점술사 말이 맞는다면, 그녀는 그와 함께 이 궁전을 떠나야 할 것이다. 궁전과 왕비의 의자. 그걸 잃고 난다면 과연 이 사람의 어디에서 힘을 발견하고, 이 사람의 어디에서 삶의 보람을 찾을 수 있을까…….

재무총감 튀르고가 왕비에게 불려간 것은 그 이튿날이었다. 왕비는 이 잔소리꾼 재무총감을 싫어했지만 오늘은 진지하게 프랑스 국정에 대해 물어봐야만 했다.

"저에겐 권한이 없으니, 개인적으로 가르쳐주셨으면 합니다."

마리 앙투아네트는 진지한 얼굴로 질문 했다.

"민중들은 왕실과 정부에 얼마큼 불평불만을 갖고 있나요? 그들은 왕실을 타도할 생각을 하고 있나요?"

"아직 그렇게까지 불온한 분위기는 느껴지지 않습니다만 미국으로 출병하면서 생긴 빚과 계속되는 흉작으로 농민들이 곤궁한 현실에 처한 건 사실입니다. 게다가 물가가 갑자기 뛰어 소상인들 고민이 이만저만이 아니지요. 저도 그 때문에 곡물거래 자유화와 길드 폐지를 시행했습니다만, 어떤 이유로 인해 성과를 내지 못한 게 유감스럽습니다."

"어떤 이유라면요……?"

"그건 왕실을 둘러싼 귀족들과 어용상인들이 제 개혁안이 자신들에게 불리하다고 여기고 반대했기 때문입니다."

튀르고는 경제학자이기도 했기 때문에 숫자를 들어가며 왕비에게 설명하려 했다. 그러나 마리 앙투아네트는 그런 어려운, 머리 아픈 이야기는 질색이었다.

"그럼 이대로 가면 우리 왕실 사람들은 어떻게 되는 겁니까?"

튀르고는 입을 다물었다. 입을 다문 이 남자가 마리 앙투아네트는 신경에 거슬렸다.

"역사가 어떻게 움직일지는 아무도 모릅니다." 재무총감은 겨우 낮게 내뱉었다.

"아무튼 프랑스는 지금 중병에 걸린 환자라고 생각하셔야 합니다."

"그럼 당신은 의사로서 그걸 고칠 자신이 있나요?"

"의사가 자신감을 갖는다고 해서 병이 낫는 건 아닙니다. 환자가 협력을 해 줘야……."

"협력이란 뭘 뜻하나요?"

"지금 프랑스의 제도를 모두 개혁하는 겁니다. 막대한 이익을 누리는 소수 귀족으로부터 세금을 많이 거두지 않으면 그 세금이 모두 빈곤에 허덕이는 제3신분들, 농민, 장인, 상인들의 어깨를 짓누르게 됩니다. 그들은 이미 한계에 와 있습니다."

결국 튀르고의 설명은 마리 앙투아네트를 불쾌하게 했을 뿐이었다. 재무총감이라는 요직에 있으면서 귀족들의 특권을 비판하는 말을 한다는 게 납득할 수 없었다.

"그 사람은 대체 누구 편일까요?"

그녀는 루이 16세에게 말했다.

"요전에도 말씀드렸지만, 재무총감을 그분에게 맡겨선 안 되겠어요. 그분은 저쪽 편입니다."

루이16세는 주저했지만 튀르고는 얼마 후 파면되어 클뤼니가 후임으로 들어왔다. 그러나 반 년 후 그가 죽자, 네케르(Jacques Necker, 1732~1804)라는 은행가 출신이 총감에 취임했다. 그러나 누가 어떤 안을 내놓아도 임시변통에 불과했다. 프랑스라는 환자는, 더 이상 내과요법으로는 가망 없는 재정위기에 빠져 있었다. 철저한 외과수술 ─ 그것 밖에는 희망을 걸 방도가 없었다.

점술사 칼리오스트로가 베르사유에 초대받은 날부터 막연한 불안이 마리 앙투아네트의 마음속을 떠돌기 시작했다. 그녀는 아직 사태를 현실적으로 파악할 수 없었지만, 그들 부부 위에 저녁노을처럼 불길한 그림자가 서서히 드리우고 있다는 것만큼은 이해할 수 있었다. 베르사유 궁전이라는 작은 세계만 바라보고 있는 왕비는 그 그림자의 실체를 알 수는 없었다. 그러나 이쪽 하늘은 화창한데 멀리서 울리는 천둥소리를 듣는 나그네처럼, 마리 앙투아네트는 무언가가 시작될 것이라는 불안감에 휩싸이기 시작했다.

왕비의 불안감에 남편인 루이 16세는 아무 관심이 없다. 변함없이 사람 좋은 얼굴에 사람 좋은 웃음을 띠며 국왕으로서 알현과 각료들의 보고를 오전 중에 듣고 나면 의무는 다 끝났다는 듯 오후에는 사냥이나 대장간으로 나갔다.

"여자인 당신이 걱정할 일은 없습니다."

그는 아내의 불안을 이렇게 달랬다.

"대신들이 어떻게든 처리해줄 겁니다. 난 그들의 능력과 충성을 믿습니다. 그들을 믿고 맡기세요."

하지만 만약 그렇지 않다면. 아니다, 그런 생각은 하지 말자. 일어나지도 않은 일 때문에 걱정하는 것만큼 어리석은 일도 없으니까.—마리 앙투아네트는 어떻게든 그 생각들을 떨쳐내려 했다. 불안을 없애기 위해 미친 듯이 놀기 시작한 것이다. 미친 듯이. 귀족들조차 깜짝 놀랄 만큼…….

그녀는 우선 시동생 아르투와 백작과 함께 경마에 열중하기 시작했다. 아르투와 백작은 형 루이 16세와 정반대로 세련된 플레이보이였으며, 노는 데에 삶을 오롯이 갖다 바치는 그런 남자였다. 그는 또한 형에게 왕위를 빼앗긴 데에 평생 불만을 품었고, 그 불만을 정신없이 놀면서 잊으려 했다.

형수와 그는 당시 영국에서만 열리던 경마를 프랑스에서도 개최하려는 생각을 했다. 불로뉴(Boulogne) 숲 옆에서 첫 경마 레이스가 개최되었다. 그 날은 비가 내렸다. 그러나 마리 앙투아네트는 빗속에서 스커트 안쪽까지 흠뻑 젖으면서도, 흙탕물을 튀기며 질주하는 말과 그 말에 채찍을 후려치는 귀족 자제들을 응원했다. 그녀가 관전한다는 소식에 많은 귀족들, 귀부인들이 레이스를 구경하러 모였다. 환호성이 빗소리에 섞여 불로뉴 숲에 울려 퍼졌다.

그녀는 젊은 로잔 공작과 그의 말에 걸었다. 비에 젖은 경마장의 질퍽

한 길, 처음엔 뒤쳐졌던 로잔 공작이 직선코스로 들어서자, 채찍질을 하며 단숨에 선두로 나섰다. 비에 젖어 흙탕물을 뒤집어쓴 그와 그의 말이 결승점에 다가간 순간, 마리 앙투아네트는 이런 생각을 했다.

'만약 공작이 우승해준다면 우리 왕실은 굳건할 거야.'

기도하는 마음으로 왕비는 다른 말들보다 머리 하나만큼 앞서서 로잔 공작의 갈색 말이 바람처럼 결승점을 통과하는 것을 지켜보았다.

그 순간 말이 갑자기 앞발이 꺾여 쓰러지면서 공작은 흙탕물에 내동댕이쳐졌다. 군중들의 웅성거림 속에서 공작은 일어섰지만, 말은 다시는 움직이지 못했다. 이로 인해 불길한 예감이 마리 앙투아네트를 더욱 괴롭혔다.

무도회를 열기도 했다. 통상적인 무도회뿐만 아니라 오로지 시끄럽게 웃고 떠들기 위한 파티를 잇달아 열었다. 젊고 경박한 청년 귀족과 부인들이 모여들어 무람없이 왕비와 농담을 주고 받았다. 이런 무도회에 마리 앙투아네트는 그들을 감탄하게 할 화려한 의상을 입고 나타나곤 했다.

이번에는 어떤 드레스를 입고 나올지, 귀부인들은 호기심에 가득 차 왕비의 의상을 고대하고, 그 의상은 그대로 그녀들의 새로운 유행이 되었다. 그러나 그 의상들 때문에 왕실 회계관이 깊은 한숨을 쉬고 있다는 것을 왕비는 몰랐다.

그런데도 여전히 그녀는 불안했다. 아무리 놀이에 도취해 보려고 해도, 그 도취의 끝에는 불안이 설핏 얼굴을 내밀곤 했다. 그녀는 자신에게 이 불안감을 안긴 점술사 칼리오스트로를 미워하게 되었고 몰래(왕비 체면상 드러내 놓고 할 수가 없어서) 이 칼리오스트로가 파리에서 점을 보지 못하게 했다.

불안이 날카로운 칼날처럼 가슴을 찌르는 날들을 보내며 그녀는 연극

관람과 경마와 무도회장을 정신없이 찾아다녔다. 그 이면에는 여자로서 자신의 미래를 본능적으로 예감한 사람의 고통이 숨겨져 있었다.

  그러나 그 무렵의 마리 앙투아네트는 정말로 부용꽃처럼 아름다웠다. 비할 데 없이 아름다웠다.

사기꾼 칼리오스트로

부드러운 봄빛이 리옹의 벨쿠르(Bellecour) 광장을 비추고 있었다.

리옹은 겨울동안 거의 태양이 모습을 드러내지 않는다. 10월부터 4월 부활제 무렵까지 은색 구름이 하늘을 뒤덮고 저녁 무렵엔 론(Rhône) 강에서 피어오르는 안개가 이 도시를 감싼다.

그렇기에—.

4월, 맑은 날이 찾아오면 시민들은 너나 할 것 없이 밖으로 나온다. 그리고 굶주린 자가 먹을 것을 탐하듯, 몸에 햇볕을 쬐려 든다.

오늘도 벨쿠르 광장에는 그런 기쁨에 찬 사람들로 넘쳐났고 샌드위치와 음료와 라일락을 파는 장사꾼들까지 몰려들었다.

광장에 면한 카페에서 한 통통한 남자가 세련된 옷으로 몸을 감싸고 천천히 커피를 맛보며 광장의 풍경을 바라보고 있었다.

"이봐, 여기."

손가락을 튕기며 그는 점원을 부른다.

"네. 칼리오스트로 박사님."

"신문 좀 갖다 주게."

왠지 모를 존경심을 얼굴에 나타내며 점원은 칼리오스트로에게 신문을 건네준다.

"더 주문하실 건요?"

"없어."

칼리오스트로는 상대방을 놀리듯 웃으면서 말했다.

"오른 쪽 주머니에 손을 넣어 보게."

"제…… 오른쪽 주머니요? 왜요?"

"그냥, 됐으니까 넣어보라고. 커피 값과 자네 팁이 들어 있을 거야."

점원은 서둘러 주머니에 손을 집어넣어 금화 한 잎을 꺼내고는 외쳤다.

"오, 하느님!"

"칼리오스트로 박사님. 이게 어찌 된 일일까요? 이건 기적입니다."

"그래, 기적이야."

칼리오스트로는 재미있다는 표정으로 웃었다.

햇빛을 즐기며 다리를 꼬았던 그는 천천히 신문을 읽기 시작했다. 신문은 왕비 마리 앙투아네트가 공주를 출산한 후에도 변함없이 노는 데 미쳐서 오페라좌에서 가장무도회를 열기도 하고 경마에 정신이 팔려 있다는 공격논조였다.

"지난번, 왕비는 초대한 손님들에게 가장한 모습을 들키지 않으려고 파리에서 일부러 산 마차를 탔음이 판명되었다. 게다가 그 마차를 빌려온 자는 쿠아니(Coigny) 백작의 하인이었다는 점을 생각해 보면 이 백작과 왕비가 심상치 않은 사이임을 예상할 수 있다."

칼리오스트로는 따분하다는 듯 신문을 테이블 위에 던져놓고 광장의 군중들 속으로 걸어갔다.

한 노부인이 그를 보고 소매를 끌며 말을 걸었다.

"저기…… 칼리오스트로 박사님……맞지요?"

"그런데요, 마담."

"전 며칠 전 당신이 주최하는 심령술회에 나갔던 푸아티에 부인입니다. 마지막까지 열중해서 봤어요. 그런 신기한 일이 세상에 있나요?"

"있습니다, 마담."

칼리오스트로는 정돈된 콧수염을 쓰다듬으며 이 노부인에게 미소를 지어보였다.

"그건 신기한 게 아니라 영력(靈力)입니다. 영력은 보통 아무에게나 있는 게 아닙니다만, 우리가 눈으로 보고 귀로 듣는 것과 마찬가지 능력이라고도 할 수 있지요. 전……."

그는 일단 거기서 말을 끊고는, 엄숙하게 말했다.

"그 영력을 가지고 있습니다."

사람들 속으로 칼리오스트로가 유유히 모습을 감추자, 푸아티에 부인은 두 손을 모아 중얼거렸다.

"그래, 정말 맞는 말이야."

노부인이 참가했다는 칼리오스트로의 심령술회는 손 강변 푸르비에르의 어느 저택에서 열렸다. 푸르비에르는 리옹에서도 가장 오래된 지역이었는데 거기에는 옛날부터 자리한 커다란 저택들이 몇 채나 모여 있다. 칼리오스트로는 그런 고풍스런 저택 하나를 빌려 리옹의 부자들을 모아 기묘한 심령술을 선보였다.

모여든 사람들은 우선 무겁고 두터운 커튼으로 둘러친 고색창연한 객실로 들어갔다. 그들 앞의 커다란 테이블에 촛대가 한 개 놓여 있고 그 촛대의 펄럭이는 불꽃이 두 개의 작은 인형을 비추고 있다. 인형 옆에는 피리 하나가 놓여 있다. 오로지 그것뿐이었다.

잠시 기다리자 희고 긴 망토를 걸친 칼리오스트로가 유유히 모습을 드러낸다. 그는 준비해 온 끈으로 참가자 중 한 사람에게 자신의 손발을 세게 묶게 하고 옴짝달싹 못하도록 그 끈으로 의자에 몸을 고정시킨다. 그리고 촛불을 불어 끄라고 부탁한다.

불이 꺼지고 순간 방은 어둠에 싸였으나, 그 어둠에도 참가자들은 금세 눈이 익숙해진다. 두터운 커튼이 희미하게 보이고, 묶인 칼리오스트로의 모습도 그림자처럼 보인다.

그때, 천천히 탁자의 인형이 천천히 공중으로 날아오르기 시작한다. 피리까지 흔들거리며 해초처럼 움직인다. 그리고 놀랍게도 그 피리에서 묘한 소리가 울려 퍼지기 시작했다.

망연해진 참가자들은 다시 촛대에 불이 켜질 때까지 아무 말도 하지 못한다. 제정신을 차린 후 그저 서로 얼굴을 쳐다보며 칼리오스트로가 여전히 손발이 묶인 채 앉아 있는 모습을 보고는, 격렬하게 박수를 쳤다.

심령술회는 일주일에 2회 열렸다. 상당한 액수를 지불하지 않으면 참가할 수 없었지만, 그럼에도 불구하고 매회 사람들로 성황을 이루고 있는 이 신기한 심령술회는 이제 리옹의 상류층 사람들의 이야깃거리가 되었다. 여기저기 만찬회와 파티에 불려 다니다 보니, 칼리오스트로는 앉아 있을 틈도 없을 만큼 하루 종일 바빴다.

그런 파티와 만찬회에서 칼리오스트로는 언제나 유행하는 옷을 잘 빼입고, 손가락에는 비싼 반지를 낀 채 나타났다. 화제가 풍부한 데다 의학과 심리학에 대한 조예도 깊어 보였고, 사람들이 가 본 적 없는 미지의 나라에 대한 여행담도 진짜인지 거짓인지 알 수는 없지만, 부인들의 눈을 반짝거리게 하고 남자들의 호기심을 자극했다. 한 마디로 그는 가는 곳마다 사람들을 현혹하는 기술을 터득하고 있었다.

"나는 지금 어떤 연구에 몰두하고 있는데 말이죠."

그는 부인들에게 입버릇처럼 이렇게 말했다.

"불로장생하지는 못해도 좀 더 젊고 아름다워지는 물을 연구합니다. 이 걸 매일 마시면 아무리 노인이라도 열 살은 젊어집니다. 물론 적당한 운동 과 식이요법도 필요합니다만……."

어느 시대나 아름다워지고 싶은 건 모든 여성들의 소원이었기 때문에 칼리오스트로의 이야기는 그녀들을 현혹했다. 언제 그 물이 만들어지는 지, 그 물을 살 수는 있는지, 그런 질문들에 칼리오스트로는 약간 슬픈 어조로,

"이제 곧 만들어질 겁니다만 실험에 비용이 꽤 많이 들어가서 저도 머 리가 아픈 상황입니다……."

하고 중얼거렸다. 그 이튿날에는 성품 좋고, 돈과 시간이 남아도는 리 옹의 노부인들이 그가 빌린 저택으로 찾아와 기부금을 슬며시 내밀었 다…….

결국 마리 앙투아네트에게 어떤 사건을 일으키게 할 이 사기꾼 칼리 오스트로라는 인물에 대해 역사 기록은 "키가 작고 얼굴이 거무스름하 며 뚱뚱하고 애꾸눈에다 사교계 말투를 약간 섞은 시칠리아 방언을 쓰 고……."라는 묘사를 하고 있다. 그러나 그러한 육체적 결점을 이 남자는 교묘한 언술과 허풍과 자화자찬 재능으로 채워가면서 평생 사람들을 속 이는 일을 삶의 보람으로 삼고 그 독특한 능력을 마음껏 발휘했다.

그야말로 그는 유럽 제일의 투기꾼, 사기꾼, 협잡꾼이었으며, 사교계에 교묘하게 비집고 들어가 부자들을 속여 돈을 빼앗았다. 그런 한 편 기묘

한 의협심을 지녔던 이 남자는 가난한 사람들에게는 알 수 없는 방법으로 병을 낫게 해 주고는 돈 한 푼 받지 않았다. 그 때문에 서민들로부터 대단한 인기를 누렸다.

아무튼 그는 파리에서 리옹으로 모습을 나타낸 지 불과 며칠 사이에 그 '심령술'로 유명인이 되었다.

그러나―.

그런 그 조차도 알지 못한 사실이 있었다. 옛날 파리에서 우연히 그와 만난 적이 있는 창부, 마르그리트가 이 리옹의 모리배들 속에 섞여 있다는 것을⋯⋯.

부활제가 지나가고 푸르비에르 언덕에 들장미가 피기 시작할 무렵, 칼리오스트로는 리옹 시장 부부를 중심으로 20명 정도의 귀족과 유력자들을 만찬회에 초대했다. 물론 그 만찬회가 끝난 다음, 심령술회를 열어 그들을 깜짝 놀라게 하는 게 주된 목적이었다.

그날 밤―.

그가 빌린 저택 문 안으로 잇달아 손님들을 태운 마차가 들어왔다. 세련된 옷을 입은 칼리오스트로는 현관까지 마중을 나가 마차에서 내리는 부인들의 손에 정중하게 입을 맞추고 남자들에게는 우아하게 허리를 숙였다.

만찬회는 호화로웠다. 리옹은 원래 요리가 맛있는 곳이지만 이날 밤은 특별히 일류 요리사가 초대되어 한껏 실력을 발휘했다.

"전 이탈리아의 돈 칼리오스트로 후작가문 출신입니다."

그는 어떤 부인에게 자신의 신상에 대해 이렇게 설명했다.

"나폴리 대학에서 법률을 공부할 때, 끔찍한 사고를 당해 열흘 간 생사를 헤맨 적이 있지요. 그때 하늘의 계시로 영적 세계의 존재를 두 눈으로 목격했어요. 그야말로 단테의 『신곡』과 같은 체험이었습니다. 그 후 동방의 영매(靈媒)들에게서 모든 비법을 전수받으려고 중동과 근동을 돌았습니다."

칼리오스트로는 이런 황당무계한 이야기를 최고의 언술로 포장해 부인들을 매료시켰다. 그의 용모와 체구는 추한 편이었지만, 그 추함이 오히려 일종의 독특한 매력으로 변했다.

"오늘밤, 제가 보여드릴 심령술도 아랍 영매에게서 배운 것입니다."

"그래서, 어떤 일이 벌어지나요?"

"전 오늘 주 예수 그리스도 시대에 태어난 누군가를 여기로 불러올 생각입니다. 그리고 만약 그가 예수님을 목격했다면, 그 광경을 본 그대로 이야기해달라고 하겠습니다."

식탁에 둘러앉은 손님들은 칼리오스트로의 말을 듣자 잠시 침묵했다. 있을 수 없는 일을 시침 뚝 떼고 말하는 칼리오스트로의 목소리가 왠지 무섭게 들렸기 때문이며, 예수 그리스도와 같은 시대의 사람을 영적 세계에서 이 세계로 불러오는 것이, 교회와 신을 모독하는 일로 느껴졌기 때문이다.

"하지만 여러분이 원치 않으신다면 그만 두겠습니다……."

"아뇨. 전 보고 싶어요."

어떤 부인이 한숨을 쉬며 고개를 끄덕였다. 무서운 걸 굳이 보고 싶어하는 심리가 특히 여인들의 마음을 지배하고 있었다.

자리에서 일어난 일동은 두꺼운 커튼으로 창을 막은 별실로 안내를 받았다. 칼리오스트로는 뚱뚱한 시장을 향해 이렇게 말했다.

"실례지만, 제 손발을 이 끈으로 세게 묶어주십시오. 그리고 눈도 가려

주십시오."

모든 준비가 다 끝나자 하인이 촛대 하나만을 남기고 모든 불을 껐다. 방 안은 어두워졌고 사람들 머리와 등 그림자만 또렷이 보였다.

어디선지 낮은 소리가 들려왔다. 그것은 나무로 된 신발을 신고 돌아다니는 발소리 같았다.

"누구신가요?"

손발이 묶인 칼리오스트로가 겁먹은 목소리로 물었다.

"나는…… 야곱이다."

낮고 흐릿한 목소리가 대답했다. 손님들은 그 목소리를 듣고 몸이 굳어졌다.

"당신은 어느 나라 사람입니까? 그리고 언제 사람입니까?"

"난 유다 나라에서 태어났다. 로마인이 통치하던 때, 유다 왕은 헤롯, 로마 총독은 빌라도였다."

"그럼…… 당신은 예수라는 분을 아시나요?"

"예수? 그런 이름을 가진 사람은 너무나 많다."

"제가 말하는 건 예루살렘에서 십자가에 못 박힌 예수입니다. 나사렛에서 자라고 목수였던 예수 말입니다."

"나사렛 사람 예수라 불린 그 스승님 말인가?"

"그렇습니다."

"본 적이 있다. 난 그가 유다의 황야에서 제자들과 예루살렘으로 향해 걸어가던 모습을 본 적이 있다."

"그것뿐입니까?"

목소리는 사라졌다. 대답은 없었다. 방은 정적에 휩싸이고 누구 하나 일어서려는 사람이 없었다. 하인이 촛대에 불을 붙이자 칼리오스트로는 의자 위에서 고개를 옆으로 기울인 채 기절한 상태였다.

어떤 부인이 비명을 지르자 하인이 당황해 칼리오스트로의 입에 포도 주를 넣어주었다. 천천히 눈을 뜬 그는 잠시 손님들을 멍하니 바라보며,

"대체 무슨 일이 있었습니까?"

하고 이상하다는 듯이 물었다.

손님들이 돌아간 후, 칼리오스트로는 침실에서 얼굴과 손을 씻은 다음 하인이 가져다 준 포도주를 컵에 따르고, 부드러운 벨벳 의자에 앉아 포 도주의 향과 맛을 음미하고 있었다.

그의 얼굴에는 일을 하나 끝낸 직후의 만족감이 넘쳐나고 있었다. 오늘 심령술회 덕분에 그는 리옹의 귀족과 유력자들에게 고액의 돈을 받고 그 들의 조언자가 될 수 있을 것이다. 미래, 앞으로의 운명, 입에서 나오는 대 로 술술 지껄이면서 분에 넘치는 보수를 받다니. 당분간 이 리옹에서 유 유자적하게 살 수 있겠다.

그때였다. 칼리오스트로는 등 뒤에서 나는 희미한 소리를 들었다. 누군 가가 몰래 숨어 들어왔음을 직감했다.

모르는 척, 그는 포도주가 든 컵을 테이블에 올려놓았다. 그리고 오른 손으로 탁자 서랍을 살그머니 열었다. 권총이 안에 들어 있었다.

"칼리오스트로 나리, 그건 안 됩니다요."

등 뒤에서 남자의 날카로운 목소리가 칼리오스트로에게 쏟아졌다.

"나리, 전 나쁜 놈이 아닙니다요. 나리와 마찬가지로 위험한 줄을 타는, 말하자면 동지인 셈입죠."

"흥."

칼리오스트로는 어깨를 치켜 올리고 말했다.

"이름을 대. 이름을."

"비예트라는 보잘 것 없는 놈입니다. 부디 기억해 주십쇼. 그나저나, 나리도 대단합니다요. 복화술로 다른 목소리를 내다니. 그렇지 않습니까? 그리고 그걸 심령술이라고 속이시다니, 원."

"알아챘나."

"알아채다마다요. 게다가 우리 동료 중에 마르그리트라는 여자아이가 있는데 말입죠. 나리한테 파리에서 신세를 졌다고 하던데……."

"마르그리트……."

칼리오스트로는 그때 비로소 의자에서 일어나 비예트 쪽을 돌아보았다. 민첩한 얼굴을 한 덩치 좋은 남자가 서 있었다.

"그 파리 밤거리에서 호객하던 마르그리트 말이지?"

"그렇습니다요. 그래서 저희도 애초부터 나리의 심령술을 믿지 않았던 것입죠."

칼리오스트로는 유쾌하게 상대방을 올려다보며,

"그래서, 나한테 돈을 뜯으러 온 거군. 만약 돈을 지불하지 않으면 모두에게 이 심령술 정체를 탄로내겠다?"

"무슨 섭섭한 말씀을."

이번엔 비예트가 재미있다는 듯이 어깨를 으쓱했다.

"나리나 나나 피차일반인데 그런 뻔뻔한 짓은 못합니다, 그려."

"그럼 원하는 게 뭐야."

"나리랑 장사 좀 같이 해볼까 해서요. 우린 나리가 여기 이 프랑스와 다른 나라에서 뭘 하고 다니셨는지 쯤은 알고 있습니다요. 그래서 그 명석한 두뇌와 재능에 감탄했지 뭡니까. 우린 나리의 지혜를 빌려 엄청난 일을 벌이려고 하는 겁죠."

"흥."

우습다는 듯이 칼리오스트로는 빈정거렸다.

"고맙게도 너희들 패거리에 끼워주겠다 이 말씀인가? 분수도 모르는 놈들일세."

"어휴, 무슨 말씀을. 나리는 손님이십니다요. 그냥 지혜만 빌려주시면 고맙겠다는 생각에 이렇게 찾아온 것입죠."

"대체 뭘 꾸미고 있는가?"

"우린 천, 2천 같은 작은 판은 싫어서 말이죠. 1만 리브르 정도 벌 수 있는 일을 나리가 좀 꾸며 주셨으면 합니다요."

"내가 거절한다면?"

"그땐 어쩔 수 없습죠. 리옹은 우리 구역 아닙니까. 우리 구역 안에서 나리가 심령술로 돈을 벌고 그걸 몽땅 챙기시게 할 순 없으니, 나리가 버시는 돈에서 매번 우리 몫을 좀 떼어 주셔야겠습니다요."

칼리오스트로는 매섭게 그 남자를 쏘아본 다음 다시 의자에 앉아 포도주 잔을 들었다.

"좋아. 그럼 너희들을 써서 일을 한 번 해 보자고. 전부터 생각해 둔 일이 있어. 벌이도 너희가 말하는 1~2만 리브르 같은 쩨쩨한 액수가 아니야. 눈알이 튀어나올 만큼 큰돈이 들어올 계획이야."

"그건……."

"지금은 정하진 않았지만, 분명한 건 프랑스 왕비를 한 방 먹이는 일이야. 그 마리 앙투아네트를 말이야……."

마리 앙투아네트를 한 방 먹인다고—.

이 말을 칼리오스트로는 별 일 아니라는 듯 아무렇지 않게 말했다. 그리고 포도주 잔을 입에 대고 천천히 음미했다.

. 263 .

비예트는 놀란 눈으로 잠시 상대방을 바라보았다. 그는 이제껏 자신을 보통내기가 아니라고 여기고 있었지만, 지금 이 칼리오스트로의 말은 너무나 충격적이었다. 마치 광인을 마주한 사람처럼, 비예트는 한 발짝 뒤로 물러섰다.

"나리, 진심이십니까?"

"그야 물론 진심이지. 자넨 내가 말도 안 되는 소릴 지껄인다고 생각하겠지? 하지만 난 자신 있어. 난 말이지, 원래 승산 없는 싸움은 하지 않는 사람이야. 전부터 생각해 둔 걸 주도면밀하게 준비한 다음 실행에 옮길 거야. 그러니……."

칼리오스트로는 비예트를 바라보고 얼굴에 조소를 띠었다.

"무서워서 꽁무니를 뺄 거면 그래도 돼. 그 대신, 리옹에서 내가 하는 일에 간섭하지 말게나."

"말씀도 지나치십니다요, 나리. 무슨 일이 있어도 할 겁니다. 그냥 계획이 너무 거창해서 말입니다."

이제 비예트 쪽이 수세에 몰릴 차례였다.

"어떤 일인지 귀띔이라도 해주시면 안 되겠습니까?"

"아직 구체적으로 정하진 않았어. 하지만 이 일을 꾸미는 건 오로지 돈만 벌기 위한 게 아니야. 난 원래 돈벌이만을 위해 일을 하는 사람이 아니거든. 그게 너희들과 다른 점이지."

"그럼 뭘 위해섭니까?"

"예술을 위해서야."

"예술이요?"

"그래……."

칼리오스트로는 잔을 손에 든 채 눈을 감았다. 그리고 깊은 사색에 빠진 철학자가 자신의 생각을 적고 있는 제자들에게 그러듯 조용히 말을 시작했다.

"자네도 알고 있겠지만, 모든 예술은 사람들을 속이는 거야. 무대에 선 배우들은 전혀 다른 사람이 되어 관객들을 감동시키고 눈물을 흘리게 하지. 아름다운 시는 독자들에게 완전히 다른 세계로 빠져들었다는 착각을 일으키면서 마음을 움직이게 만들어. 사람을 속이는 행위는 아름답고 동시에 예술적이야. 난 그걸 깨달았어. 내가 유럽 제일의 사기꾼인 건 사실이지만, 언젠가 내 사기극이 몰리에르(Molière, 희극작가, 1622~1673)의 희극에 필적하기를 바라고 있어."

비예트는 마치 어려운 숙제를 받은 학생처럼 곤혹스러운 표정으로 상대방 얼굴을 바라보았다.

"그러기 위해서는 난 다음 사기극을 싸구려 무대에 올리고 싶지 않아. 등장인물도 다 일류여야 하고. 그래서 난 베르사유 궁전이나 트리아농 별궁을 무대로 골랐고 왕비 마리 앙투아네트를 등장시켰으면 하는 거야."

"그럼 관객은 누가……."

"프랑스 국민이지."

"뭐라굽쇼?"

"내가 몰리에르 희극에 필적하는 사기극을 벌이겠다고 했잖나. 관객들은 속아 넘어간 왕비 마리 앙투아네트를 보고 배꼽 잡고 웃을 거야. 그녀의 자존심은 깊이 상처받을 테고. 재밌지 않겠나? 난 지금 유행하는 혁명논의에는 관심이 없지만, 왕정에는 반대하는 입장이야. 그렇다면 왕비의 위엄에 생채기를 남기는 방식으로 혁명파를 도울 수도 있겠지. 이해하겠나?"

어찌할 바를 모르고 비예트는 고개를 흔들었다. 그러나 칼리오스트로의 궤변에 압도된 그는 처음과는 반대로 그의 일을 도와주겠다고 약속했다.

그는 왕비 마리 앙투아네트에게 앙심을 품고 있었다. 그는 파리에서 왕비를 위해 트럼프 점을 봐 준 적이 있었다. 칼리오스트로는 그때 그 다운 계산속으로 왕실의 운명을 불길하게 예언했다. 그녀를 불안하게 하고 잘만 되면 그녀의 시시콜콜한 일들의 상담역이 될 심산이었다.

그러나 실패했다. 왕비의 노여움을 사 파리에서 영업을 못하게 되었다. 그 원한은 리옹에 와서도 잊을 수가 없었다.

(그 코를 납작하게 만들어주마.)

언젠가 망신을 당하게 해 주겠다는 복수심이 머릿속에서 한시도 떠나지 않았다.

하지만 상대방은 프랑스의 왕비다. 왕비에게 복수를 꾸민다는 것은 계란으로 바위치기 격이었다. 그 점을 칼리오스트로도 충분히 알고 있었다. 그렇기에 그는 만일의 기회를 노리고 소홀함 없이 만반의 준비를 했다.

이 사기꾼은 말솜씨만으로 사람들을 속이는 그런 소인배들과는 달리 주도면밀하게 준비하는 사람이었다. 파리를 떠난 후에도 왕비 마리 앙투아네트의 소문에는 항상 귀를 기울였다. 그녀가 지금 무엇을 하고 있는지, 그녀를 둘러싼 인간관계가 어떤지를 꼼꼼히 조사했다.

그 조사에 따르면 마리 앙투아네트는 변함없이 사치스런 생활에 빠져 있었다. 젊음도 용모도 변함이 없는 채 궁정생활을 만끽하고 있다. 예를 들어 루이 16세는 그녀에게 트리아농 별궁을 선물했는데, 이 별궁을 왕비가 무척이나 아껴 지금은 베르사유 궁전보다 트리아농에서 지내는 시간이 더 길다고 한다. 그리고 이 트리아농 궁을 자신의 취향대로 꾸미고 로

코코 양식의 분위기 속에서 마음에 드는 사람들을 초대해 격의 없이 매일 즐기고 있다고 한다.

마음에 드는 사람들을 속에 애인은 없는가? 칼리오스트로는 그 점 역시 뒤를 캐보려 했지만, 소문이 무성한 데 비해 왕비는 의외로 남편인 국왕에게 정절을 지키고 있는 것 같았다. 다만 한 사람, 스웨덴 귀족인 악셀 페르센(Axel von Fersen)이라는 청년 장교가 각별한 총애를 받아 본데, 그 역시 왕비와 신하로서의 선을 결코 넘지 않았다.

그러나 그녀에게는 약점이 있다. 적도 많다. 그녀의 약점은 프랑스 민중들이 얼마나 기존 질서에 불만을 느끼고 있는지 모른다는 점이다. 아니, 모르지는 않는다. 알고는 있지만 그녀는 두려운 것이다. 두렵기에 그 불안을 털어버리기 위해 사치스런 생활에 빠져 있는 것이다.

그녀는 또한 어리석게도 자기 주변에 적들이 숨죽이고 있다는 사실을 잊고 있는 것 같다. 오스트리아 왕녀가 프랑스 왕비가 되었다는 사실을 여전히 납득하지 못하는 귀족들, 왕위를 형 루이 16세에게 빼앗겼다고 여기는 동생 프로방스 백작 일파, 왕비에게 냉대를 당한 뒤바리 부인의 파벌이 그렇다. 그런데도 마리 앙투아네트는 경계심이 전혀 없었다.

사기꾼 칼리오스트로는 왕비에 관한 이런 소문과 정보를 모두 꿰뚫고 있었다. 그리고 그 정보를 토대로 마리 앙투아네트에게 복수를 하려고 했다.

포도주를 두 잔째 부어 천천히 음미하며 그는 눈을 감았다.

(비예트란 사내는 보기엔 천박하지만 머리는 나쁘지 않아. 게다가 동료들도 있다고 했어. 그렇지, 파리에서 몸을 팔던 마르그리트도 같은 패거리랬지.)

그는 약간 취기를 느끼며 파리에서 같은 호텔에 묵으며 알게 된 세 창녀들을 떠올렸다. 그때의 그는 아직 갓 시작한 유치한 술책으로 돈 많은 부인들에게 묘약을 팔던 시절이었다. 그걸 위해 창부들에게 도움을 받기도 했다.

(마르그리트라……)

그는 마르그리트의 얼굴을 떠올렸다. 그리고 그 얼굴 옆으로 마리 앙투아네트의 얼굴이 떠올랐다.

(그 둘, 좀 닮지 않았나?)

그는 그만 잔을 꽉 쥐었다. 마르그리트의 얼굴은 서민적인 얼굴이고 왕비와 같은 위엄이나 기품은 없다. 하지만 윤곽과 눈코입이 어딘가 닮은 구석이 있다.

(아. 일이 재미있어지는군.)

마르그리트를 이용해 무엇을 할 수 있을까. 쌍둥이 자매를 무대에 따로 따로 등장시켜 관객들을 놀라게 하는 마술사처럼, 그 역시 마르그리트를 왕비로 바꿔치기한 다음 한 바탕 연극을 벌이고 싶은 충동을 느꼈다.

그러나 그날 밤 생각은 거기까지였다. 취했을 때 떠오른 영감은 취기가 사라지면 어리석은 발상만 남는 걸 종종 경험했다.

그는 손과 얼굴을 씻고 잘 준비를 했다. 충분히 잠을 자 두는 것, 그것이 이 사기꾼의 건강법이었다.

트리아농 궁의 일상

이 무렵 왕비 마리 앙투아네트는 새로운 장난감에 빠져 있었다.

그 장난감이란 보석도 화려한 장신구도 아니었다. 그것은 베르사유 궁전의 정원 구석에 있는 작은 건물 — 프티 트리아농(Petit Trianon)이었는데 이 궁은 궁이라는 이름에 어울리지 않는 별장풍의 저택이었다. 전 국왕 루이 15세가 뒤바리 부인과 함께 밤을 보내기 위해 사용하기도 했던 건물이다. 마리 앙투아네트는 이 작은 은둔처를 남편에게서 선물 받았다.

베르사유 궁전의 격식을 차리는 의식과 예절에 신물이 난 그녀는 여기서 거리낄 것 없이 편안한 생활을 보낼 수 있다는 생각에 가슴이 부풀었다.

이 별장풍의 작은 집은 식당과 거실과 침실, 욕실, 작은 도서실을 제외하면 일고여덟 개의 방이 있을 뿐이었다. 베르사유 궁전의 과도한 장식을 완전히 배제하고, 그녀는 방과 식당과 거실을 자신의 취향으로 꾸미는데 열중했다.

주렁주렁 매단 장식들은 완전히 사라졌다. 강렬한 색채의, 현란한 장식들도 모두 바꾸었다.

그 대신 마리 앙투아네트는 그곳에 그녀다운 취향을 표현하고자 했다.

무거운 접견실 대신에 잡담을 나눌 수 있는 거실이 모습을 드러냈고, 허세를 드러내는 두터운 커튼 대신 우아한 비단 커튼으로 창문을 장식했다. 그리고 벽은 테두리가 금색인 거울로 꾸몄다. 바토(Jean-Antoine Watteau)와 페터(Peter Lely)의 풍경화도 방들을 환하게 만드는 데 도움이 되었다.

이렇게 저택 내부를 자신의 취향으로 바꾼 후, 왕비는 기하학적 패턴의 베르사유 정원까지 그녀다운 취향으로 만들려는 계획을 세웠다. 목가적인 자연을 거기에 실현하고자 한 것이다.

시내를 만들고 그 시내는 연못으로 흘러가고 그 연못에서는 백조들이 헤엄친다. 둥근 정자가 있는 바위 언덕에는 로맨틱한 동굴도 만들어 본다. 공사를 하려면 아마 어마어마한 비용이 들겠지만, 그녀는 그런 데에 전혀 개의치 않았다.

그렇다, 여기에는 베르사유 같은 딱딱한 예절과 규칙 따위가 일체 없었다. 머리 아픈 그런 격식들에 마리 앙투아네트는 질려버렸다.

그렇다. 이곳에는 의무적으로 만나야만 하는 대신들과 외교사절은 전혀 모습을 드러내지 않았다. 여기에는 '진정한 벗' ― 다시 말해 그녀의 마음에 든 친구들만 찾아올 수 있었다. 그 친구들과 허물없이 이야기를 나누고, 노름을 하고, 오페라와 연극을 마음껏 볼 수 있었다. 트리아농은 이 무렵, 그녀에게 더할 나위 없는 장난감이었다.

그 트리아농 궁전에서 방금 길고 야윈 얼굴을 한 남자가 어두운 표정으로 나왔다. 그는 왕비가 자랑스러워하는 목가풍의 정원에는 눈길조차 주지 않고 대기시켜 뒀던 자신의 마차를 향해 빠르게 걸어갔다.

큰 키의 그 야윈 남자는 재무총감 자크 네케르였다. 파리 최고의 부호이자 수완 좋은 은행가로 알려진 그는 피폐한 프랑스 재정을 살리기 위해 책임 있는 요직에 임명되었다.

네케르는 인공호수 옆을 걸으며 방금 자신이 한 실책을 곱씹고 있었다. 그의 실책이란 전임자인 튀르고와 클뤼니와 마찬가지로 왕비 마리 앙투아네트의 낭비벽에 비판적인 말을 한 것이었다.

"전 왕비입니다. 왕비에겐 그에 걸맞은 경비가 필요합니다."

눈썹을 치켜 올리며 트리아농의 응접실에서 마리 앙투아네트는 네케르를 엄하게 꾸짖었다.

"물론 전 당신들이 미국 독립전쟁을 위해 쓸데없이 낭비한 거액의 전쟁 비용을 메우기 위해 노력하고 있다는 사실은 잘 알고 있습니다. 하지만 그렇다고 해서 왕실과 귀족의 위엄과 체면을 깎아내리는 정책은 펴지 말아 주시길 바랍니다."

화가 났을 때의 마리 앙투아네트는 아름다웠다. 그리고 화났을 때의 마리 앙투아네트는 어린애처럼 막무가내였다.

"하지만," 재무총감 네케르는 겨우 반박했다.

"이 트리아농 궁을 위한 지출만도 160만 리브르에 달합니다."

"하지만 당신은 베르사유 궁전 하인들을 1600명이나 내보내셨어요. 나는 그것도 참았습니다. 그야 국민들이 굶는데 왕비인 제가 이런 궁전을 위해 지출을 청구하는 게 부당하게 보일지는 모르겠지만요."

똑바로 서 있는 네케르에게 마리 앙투아네트는 비웃음을 불꽃처럼 입가에 내비치며 말했다.

"하지만 이 궁전은 제 영빈관이나 다름없는 곳입니다. 베르사유 궁전의 공식행사에 지친 외국 사절과 손님들이 편히 쉬실 수 있도록 만든 곳이죠. 그건 프랑스의 외교에 도움이 되리라고 생각지 않으시는지요."

신하인 네케르가 고개를 옆으로 흔들 수는 없는 노릇이었다. 고개를 숙이고 그는 응접실을 나와야만 했다.

네케르가 나간 후, 마리 앙투아네트는 잠시 불쾌한 듯이 의자에 앉아 있었다. 그때 문을 노크하면서 어떤 귀부인이 나타나 무릎을 굽혔다.

"어머, 오셨군요."

기분이 언짢았던 왕비 얼굴이 금세 환한 빛이 비춘 듯 밝아졌다. 그녀는 마치 소녀처럼 순진하게 희로애락을 얼굴에 드러내는 여자였다.

"아직도 파시(Passy, 파리 16구의 한 부촌)에 계시는 줄만 알고 있었는데……."

"아까부터 옆방에서 용무가 끝나시길 기다리고 있었습니다."

귀부인은 미소를 띠며 상냥하게 대답했다. 그녀는 마리 앙투아네트가 '진정한 벗'이라 칭한 사람들 중 하나인 폴리냐크(Polignac) 백작부인이었다.

"그럼 방금 제가 나눈 그 한심한 얘기를 다 들으셨겠네요. 네케르는 튀르고와 다름없군요. 재무총감들이란 하나같이 똑같아요. 자기들의 무능함을 다 내 책임으로 돌린다니까요. 저 사람들은 왕비로서의 내 입장을 전혀 생각해주지 않죠."

"왕비님 심정, 이해하고말고요."

"당신뿐이에요. 내 마음과 고민을 알아주는 건……."

왕비는 마치 자매에게 하듯이 백작부인의 팔에 손을 얹었다. 그녀는 이 친구가 자신의 모든 것을 이해해 줄 것이라고 믿었기 때문에 다른 사람들에게는 말 못할 이야기도 백작부인에게만은 털어놓을 수 있었다.

"자, 여행 얘기를 해봐요."

"네……, 하지만 결코 즐거운 얘기가 아닙니다."

폴리냐크 백작부인은 갸름한 얼굴에 근심을 보이며 고개를 흔들었다.

"여기저기서 폭동이 일어나고 있습니다. 옛날과 달리 농민과 상인들도 귀족들에게 뻔뻔스럽게 반항을 하곤 합니다. 세상 참 변했죠."

"전 프랑스 왕비가 되기보다 다른 나라 왕비가 되는 게 나을 뻔했군요."

"무슨 말씀이십니까. 왕비님만큼 프랑스 여왕에 어울리시는 분은 없습니다."

"국민들 모두가 그렇게 생각해 주면 좋으련만……."

"민중의 마음이란 갈대와 같습니다. 어쩌면 아주 사소한 일로, 민중들은 더욱 더 왕비님을 사모하게 될 겁니다."

"그건 내가 왕자를 낳았을 때 얘기겠죠. 하지만 왕자를 낳지 못하면 난 프랑스인들에게 점점 더 미움을 받을 거예요."

마리 앙투아네트는 약간 쓸쓸하게 절친한 친구의 귀에 대고 작은 소리로 말했다.

"세상은 왕실에 점점 더 악의를 품게 되겠죠. 천박하고 야만스러운 생각들이 사회 정의라는 이름하에 널리 퍼져갈 테지요. 하지만 난 이렇게 생각해요. 어떤 상황에서든 나는…… 이것 하나만은 지켜나가겠다고요."

"이것 하나요? 그건 뭔가요?"

"우아함이요." 왕비는 골똘히 생각에 빠진 듯 혼잣말을 했다. "내가 태어나면서 배워온 그 우아함이요. 난 내게 무슨 일이 일어나더라도, 무엇을 잃게 되더라도, 그것만은 잃지 않을 생각이에요."

폴리냐크 부인은 이처럼 진지한 표정을 짓는 왕비를 본 적이 없었다. 말이 다 끝난 후에도 자신의 말을 다시 한 번 곱씹듯 가만히 입을 다물고 있었지만, 다시 기분을 바꾼 듯 웃음을 지으며 말했다.

"자, 저쪽으로 가요 우리. 난 지금 연극에 빠졌답니다. 나도 배우로 그 연극에 나와요."

트리아농 궁에서는 때때로 왕비가 직접 출연하는 오페라 코믹이나 뮤지컬 코미디가 개최되었다. 작은 극장에는 그런 밤이면 극소수의 관객, 루이 16세와 동생인 아르투아 백작 부부와 그녀의 진정한 벗인 폴리냐크 부인을 비롯한 몇몇만 초대를 받았다. 왕비의 시종들도 특별히 허락을 받아 무대 정면 바닥에 앉아 구경했다.

그런 연극에 빠져 연기하는 마리 앙투아네트의 연기는 서툴렀고 노래는 아마추어 실력이라 솔직히 봐 줄 수 없을 정도였지만, 그녀는 관객들의 박수와 겉치레 말을 진심으로 믿고 소녀처럼 순진하게 기뻐했다. 사람 좋은 루이 16세는 아내가 화장을 할 때에는 불안하게 서서 지켜봤고 축사를 했으며 막이 내리자 누구보다 먼저 커다란 손으로 부자연스럽게 박수를 쳤다.

연극을 하지 않을 때 그녀는 시녀들과 시시한 놀이를 하며 시간을 때웠다. 트럼프, 노름, 숨바꼭질, 술래잡기를. 이 무렵 마리 앙투아네트는 베르사유 궁전에는 좀처럼 가지 않게 되었다. 왕비로서의 알현과 공식행사가 그녀를 짜증나게 했다.

"난 무엇보다 심심한 게 무서워요."

이 무렵의 그녀는 막 스무 살을 넘겼고 여자로서 한창일 때였다. 마리 앙투아네트를 좋아하지 않는 귀족들조차 그 빛나는 피부, 그리스풍의 아름다운 어깨와 목선에 대해 찬사를 아끼지 않았다. "이처럼 아름다운 팔, 이처럼 아름다운 손을 본 적이 없다." 어떤 귀족은 이런 말을 남겼다. 그녀만큼 우아하게 걷는 여성이 베르사유 궁전 귀부인 중에는 아무도 없었다. 그녀가 짓는 웃음도 정말로 우아했다…….

그리고 그녀의 눈동자. 그 푸른 눈은 왕비다운 위엄과 더불어 사람들의 마음을 사로잡는 매력을 지니고 있었다.

그러나 그 눈동자에는 때때로, 표현하기 힘든 쓸쓸함이 떠오를 때가 있었다. 모든 걸 다 가진 그녀의 눈에 왜 쓸쓸한 빛이 떠오를까. 그녀는 무엇이 두려운 걸까. 따분한 게 두려운 걸까.

아니다, 그렇지 않을 것이다. 마리 앙투아네트는 언젠가 벌어질 민중들의 혁명을 이 무렵 이미 예상하지 않았을까? 그리고 점술사 칼리오스트로가 예언한 대로 왕실이 그 힘을 완전히 잃을 날을 예감하지 않았을까?

불안을 불식시키기 위해 그녀는 트리아농에서의 엄청난 낭비를 멈추지 않았다. 유희와 연극에 열중했다. 그러나 아무리 열중해도 마음 한 구석에는 말할 길 없는 불안이 다시 고개를 내밀었다. 누구도 그녀의 두려움을 이해해 주지 못한다. 진정한 벗인 폴리냐크 부인조차 알아주지 않는다.

이 무렵, 마리 앙투아네트가 태어난 오스트리아의 궁에서는 신하들이 깊은 시름에 잠겨 있었다. 마리 앙투아네트의 어머니인 테레지아 여제의 건강상태가 악화되면서 임종이 다가왔기 때문이다.

병석에 누워서도 그녀는 아이들을 계속 걱정했다. 특히 여제는 죽는 순간까지 막내딸 마리 앙투아네트를 염려했다. 딸의 응석받이 성격으로 왕비로서의 의무를 게을리 할라치면 바로 베르사유에 질책하는 내용의 편지를 보냈다.

11월 어느 진눈깨비 흩날리던 날, 여제는 호흡곤란에 빠졌고 아들 요제프 2세의 팔 안에서 숨을 거두었다.

어머니에게 걱정만 끼쳤던 마리 앙투아네트는 이 소식을 듣자 주저앉아 소리내어 울었다. 어머니의 보살핌이 사라졌을 때, 그녀는 처음 프랑스에 왔을 때처럼 고독을 느꼈다. 세상을 살아갈 지혜에 대해 진심으로 말해줄 사람이 더 이상 존재하지 않는 것이다.

그러나 1781년 10월, 그녀는 두 번째 출산을 했다.

그보다 3년 전, 그녀는 왕녀를 낳아 왕세자 출산을 기다리던 파리 시민들을 조금 실망시켰다. 왕실에 불평불만을 품으면서도 시민들은 한편에서는 루이 16세의 후계자가 생기기를 기대하고 있었다.

10월 22일, 그녀는 가벼운 진통을 느끼고 목욕 후에 누워 있었다. 의사들이 주위에 모여들고 방에는 국왕과 그의 고모와 동생들도 문안을 하러 나타났다.

정오부터 진통 간격이 줄어들었다. 1시 가까이, 사람들은 숨을 삼키고 다른 방에서 소식을 기다리고 있었다.

1시 15분, 헝클어진 머리를 하고 왕비의 시녀가 그 방으로 달려 들어왔다.

"왕세자님이십니다. 아직 발표를 해서는 안 됩니다만……."

사람들은 서로 껴안고 환성을 질렀다. 그러나 마리 앙투아네트는 자기가 아들을 낳은 줄 아직 모르고 있었다. 눈에 눈물이 고인 루이 16세가 그 사실을 알렸다. 오후 3시, 갓난아기에게 세례가 주어진 후 어머니의 침소로 옮겨졌다.

파리에서는 사흘 밤낮으로 왕세자의 탄생을 축하했고, 민중들은 축하금을 받았다. 누구나 급식대에서 자유롭게 빵을 먹을 수 있었고 가게도 공방도 모두 문을 닫았으며, 조합대표자들은 진상품을 베르사유로 날라 왔다.

마리 앙투아네트의 추락하던 인기가 이 축제날을 계기로 다시 되살아났다.

이듬해 1월에는 왕세자 출산을 축하하는 행사가 파리 당국에 의해 개최되었다. 국왕 부처는 많은 사람들을 거느리고 행사에 참석하여 시장과 대표자의 알현을 받으며 밤의 불꽃놀이를 구경했다. 가장무도회에도 얼굴을 내밀었으며 그 보답으로 축연에 1만 3천 명을 초대했다. 오랜만에 민중들과 왕실이 얽힌 매듭을 푼 시기였다.

사람 좋은 루이 16세는 파리 시민들의 환호성을 들으며, 이것으로 모든 게 해결되었다고 느꼈다.

"이제 다 괜찮아질 겁니다."

그는 아내에게 미소를 지으며 속삭였다.

"당신 덕에 국민들이 다시 우정의 손을 내밀어준 것 같소……."

그러나 그때 마리 앙투아네트는 아무 말도 하지 않았다. 민중들의 기쁨에 넘치는 함성에 때때로 "왕실 타도"라는 외침이 섞여 있는 것을 그녀는 들었다. 그 외침은 압도적인 군중들의 목소리에 금세 묻혔으나 그녀는 언젠가 이 외침이 모든 파리 시민들의 입에서 터져 나올 것만 같은 불안에 몸을 떨었다.

유일한 버팀목이었던 오스트리아의 어머니는 이 세상에 없다. 그리고 자신의 운명을 모두 맡겨야 하는 남편은 사람이 너무나 좋다. 그는 남편의 옆모습을 가만히 바라보고는, 이제까지처럼 그와 보내야 할 앞으로의 자신의 인생을 떠올렸다.

그를 사랑하지 않는 것은 아니다. 그가 그녀에게 충실한 남편이라는 것도 잘 안다. 이전 국왕인 루이 15세와 태양왕이라 불린 루이 14세와 달리, 마리 앙투아네트의 남편은 여자에게 헤픈 사람이 아니었다. 그는 아내 이외의 귀부인들을 건드리거나 마음을 준 적이 단 한 번도 없었다. 아내와 자식을 사랑하는, 그야말로 선량한 남편이었다.

그런데 이 마음의 공허함은 어디서 오는 걸까. 남편이 지나치게 선량하기 때문일까. 아니면 사냥과 대장장이 일 말고는 취미가 없는 따분한 남자이기 때문일까. 하지만 그는 아내가 아무리 멋대로 굴어도 잠자코 모두 들어준다. 끊임없이 사들이는 보석과 장신구에도, 트리아농 궁에서의 자유로운 생활에도, 잔소리를 하거나 불평을 늘어놓는 일이 절대 없다.

다만 그렇게 멋대로 굴면 굴수록, 마리 앙투아네트는 외롭고 부족함을 느꼈다. 행복에 겨운 투정이라는 걸 알면서도, 그녀를 강하게, 거칠게, 난폭하게 끌어줄 힘을 동경했기 때문이다. 남편에게는 그런 힘이 없다.

그녀는 마차 속에서 남편과 함께 파리 시민들의 환호성을 받으며 베르사유로 돌아가는 길에 문득 이런 생각들을 했다. 그리고 그때, 한 남자의 얼굴이 눈앞에 어른거렸다.

악셀 페르센이라는 스웨덴 사관이었다.

신분도 나라도 다른 그 사관과는 아주 오랜 옛날, 가장무도회에서 만났다. 아직 그녀가 왕세자비였을 때, 샤르트르 공작을 몰래 마음에 품고 있었을 때였다.

그 페르센이 최근에 스웨덴 대사 크로이츠를 보필하고 베르사유 궁전으로 불쑥 찾아왔다. 그녀가 완연히 성숙한 여인이 되었듯, 페르센도 사려 깊고 안정감 있는 장교로 변해 있었다.

하필이면 왜 그 스웨덴인이 뇌리에 떠올랐을까. 북유럽 사람 특유의 금발에 큰 키. 그렇다고 눈에 띄는 미남은 아니었다. 하지만 그 맑은 파란 눈이 그녀를 은은히 바라보면서 부드러운 미소를 입술에 띠며 인사말을 했을 때, 마리 앙투아네트는 그에게 호의를 느꼈다…….

"맞다. 기요탱이라는 학자를 알고 있소?"

남편은 마차 진동에 몸을 맡기며 그녀에게 물었다.

"새로운 처형기구를 만들고 싶다고 신청했더군. 죄수들에게 고통을 주지 않는 도구라는데. 난 찬성했소. 아무리 죄인이라도 죽을 때까지 고통을 주고 싶지는 않아…….""

그러나 그건 연정이나 사랑과 같은 감정이 아니었다. 그건 아련한 핑크 빛 추억에 지나지 않았다. 그때의 마리 앙투아네트에게는 프랑스 왕비인 그녀가 스웨덴의 일개 장교에게 마음을 주는 일 따위, 꿈에도 생각지 못할 일이었다…….

놀이와 향락을 좋아하는 그녀였지만, 남편 루이 16세에게는 오누이 같은 애정을 느꼈다. 오누이 같은 애정 ─ 그렇다, 그렇기에 더더욱 그녀는 어딘가 부족함을 느끼고 공허했다. 남편에게는 그녀를 힘껏 끌고 갈 격렬함이 없었다. 그녀를 한 순간이라도 사로잡을 힘이 없었다.

그 공허한 마음을 달래기 위해 마리 앙투아네트는 베르사유 궁전과 트리아농 궁에서 새로운 놀이를 끊임없이 생각해 냈다. 연극, 트럼프, 그리고 무도회…….

그녀가 개최한 무도회의 화려함은 두고두고 회자되었다. 반짝이는 촛대, 대리석 바닥을 끄는 부인들의 드레스자락 소리.

마리 앙투아네트는 그 무도회에서 마지막까지 우아하고 섬세하게 사람들을 배려하는 안주인이었다. 기품 있는 웃음을 띠고 초대 손님들에게 말을 걸고, 젊은 귀족들이 경박한 이야기를 꺼내지 못하도록 세심하게 신경을 썼다.

무도회의 홀은, 여름엔 조개껍질 모양의 수반에 분수가 쏟아져 청량감을 더하고 겨울엔 파이프를 통해 따뜻한 증기가 흘러들어오게끔 되어 있었다. 카드릴 춤(contredanse)을 추는 귀부인들의 모자에 달린 깃털이 촛대 불빛을 받아 반짝반짝 빛났다.

그러나 그런 놀이가 한창일 때조차 마리 앙투아네트는 표현할 길 없는 불안에 돌연 휩싸이곤 했다.

그 불안이란─.

이런 화려한 무도회장에서 어느 날 갑자기 모두가 사라져 버린다. 텅 빈 넓은 홀에 혼자만 덩그마니 서 있다. 그녀는 남편을 큰 소리로 불러보지만 남편의 모습은 보이지 않는다. 가까운 벗들 이름을 하나하나 불러본다. 그러나 아무도 나타나지 않는다.

어디선지 남자의 웃음소리가 들려온다.

"잘 들어라."

그 남자의 웃음 밴 목소리가 그녀에게 말한다.

"너는 외톨이다. 완전한 외톨이. 이 베르사유 궁전에는 너밖에 없어."

"다들 어디 갔나요? 남편은 어디 있죠?"

그녀의 물음에 남자의 목소리는 웃으며 대답한다.

"모두 다 죽었다. 파리 민중들, 너희를 증오하는 파리 민중들 손에……."

그녀는 눈을 크게 뜬다. 거짓이다. 눈앞에는 손을 잡고 우아하게 춤추는 손님들의 얼굴이 보인다. 시동생인 아르투아 백작. 기누 공작. 월폴 대사, 위르탕베르 공작부인, 절친한 벗 폴리냐크 부인…….

그런 일이 일어날 리 없다. 춤추는 귀족들 얼굴은 즐겁고 행복해 보인다. 지금은 그 누구도 혁명 따위 머릿속에 떠올리지 않는다.

무도회는 새벽까지 이어진다. 별실에서 당구와 트럼프에 빠진 귀족들도 있다. 붉은 색과 은색 의복을 입은 시종들이 그 초대 손님들을 위해 야식을 준비하고 기다린다.

동틀 무렵, 하늘이 어슴푸레 밝아올 때 시동들의 배웅을 받고 귀부인들이 마차에 올라탄다. 말이 울고 마차바퀴가 삐걱대는 소리가 울리며, 무도회는 끝이 난다…….

그런 어느 날 저녁, 그녀는 절친한 벗 폴리냐크 부인에게 하프를 들려주고 있었다. 저녁 햇빛이 커다란 창에서 비쳐 들어오며 두 여인의 옆모습을 비추고 있었다.

"모두가 나를 세상에서 가장 행복한 여자라고 생각하겠죠."

마리 앙투아네트는 창문에서 보이는 정원에 눈길을 보내며 깊은 한숨을 쉬었다.

"난 때때로 그게 무서워요. 언젠가 벌을 받게 되는 건 아닐까 하고……."

"사람에겐 각자 맡은 바 소임이라는 게 있습니다."

폴리냐크 부인은 고개를 흔들었다.

"큰 소임을 맡은 분이 고독으로 인해 마음속으로 얼마나 고통 받는지 아무도 모를 겁니다. 하지만 그 고독을 견디고 소임을 다 하는 것이야말로 고귀한 분의 생애라고, 라신느(Jean-Baptiste Racine, 1639~1699, 극작가)가 말하지 않았습니까."

"역시 당신은 내 최고의 벗이군. 내가 얼마나 외로운지 알아주다니……."

마리 앙투아네트는 여자들 특유의 감상에 푹 빠졌다. 폴리냐크 부인의 말은 그녀의 마음을 달콤하게 흔들었고 감동하게 했다.

누군가 문을 노크했다. 시종이 정중하게 머리를 숙였다.

"갑작스럽게 죄송합니다. 꼭 알현하고 싶다는 분이 계십니다."

"메르시나 재무총감은 아니겠죠. 또 내게 잔소리를 하러 오셨나요?"

"아닙니다, 악셀 페르센 백작님이십니다."

"페르센 백작이라고요."

마리 앙투아네트는 하프에서 손을 떼고 말했다.

"들어오시라고 해요."

그리고 폴리냐크 부인을 향해 말했다.

"그냥 계세요. 당신은 나와 함께 같이 있어 줘요."

큰 키에 금발 머리를 한 군인이 모습을 나타냈다. 그는 예의바르게 몸을 굽히고 왕비와 폴리냐크 부인의 손에 입을 맞췄다.

"이 트리아농 궁엔 안 오려고 작정하셨습니까? 요즘 통 얼굴을 못 봤군요."

마리 앙투아네트는 장난스럽게 그 스웨덴인을 놀렸다. 그러나 그녀의 눈은 그에 대한 흥미와 호의로 넘쳐나고 있었다.

"정말 죄송합니다."

페르센은 소년처럼 얼굴을 약간 붉혔다.

"잠시 프랑스를 떠나 있었습니다."

"어머, 왜 그러셨어요. 무엇이 당신을 그렇게 만들었죠? 아름다운 스웨덴 분에게 마음이 끌리기라도 하셔서 프랑스를 잊고 계셨나요?"

"아닙니다, 가당찮은 말씀이십니다."

농담을 진담으로 받아들이고 얼굴을 붉히는 페르센 백작을 마리 앙투아네트는 귀엽다고 생각했다. 베르사유 궁전의 귀족들 중에 이런 때 묻지 않은 남성은 없었다. 젊은 귀족들조차 사랑의 유희에 물들어 완전히 닳고 닳았던 것이다.

"실은 본국에서 제게 프랑스 대사를 맡지 않겠느냐는 타진이 와서 일시 귀국했었습니다."

"당신이…… 대사가 된다고요?"

마리 앙투아네트는 폴리냐크 부인 쪽을 바라보았다.

"참 좋은 소식이군요. 우리도 기쁘게 생각합니다."

"아닙니다. 전 별로 기쁘지 않습니다."

근심 어린 눈으로 페르센은 고개를 흔들었다. 우수에 싸인 그의 얼굴에 저녁노을이 비추었고, 마리 앙투아네트는 그를 아름답다고 생각했다.

"그건 왜지요?"

"대사에 임명되면 제 임기는 3년, 혹은 4년입니다. 아마도 그 다음엔 미국으로 떠나야 하겠지요. 왕비 폐하. 알고 계시겠지만 전 프랑스를 사랑합니다. 끝까지 이 나라에서 살고 싶습니다."

"그 마음, 잘 알겠습니다. 그럼 제가 뭘 어떻게 도와드릴 수 있을까요?"

마리 앙투아네트는 오늘 갑작스레 페르센이 알현을 요청한 이유를 바로 알아챘다.

"가능하다면 절 프랑스 군대에 넣어 왕실 근위대가 되도록 해주셨으면 좋겠습니다. 아시다시피, 근위대에는 우리 스웨덴인들로만 구성된 부대가 있습니다."

"알고 있습니다. 하지만 스팔 백작이 사령관이잖아요."

"그는 그 지위를 사임하고 싶다고 합니다."

왕비는 열심히 설명하는 페르센의 필사적인 옆모습을 바라보며 소녀시절, 빈 궁전에서 만난 한 소년을 떠올렸다. 어머니의 궁중 음악가 모차르트 가문의 아들이었다. 마리 앙투아네트는 그 소년과 때때로 숨바꼭질을 하며 놀곤 했다. (난 있지, 반드시 유명한 작곡가가 될 거야. 두고 봐.) 소년 모차르트는 언제나 진지한 얼굴로 마리 앙투아네트에게 그렇게 말했다.

페르센은 그 소년의 얼굴을 닮았다―.

"알겠습니다."

어머니처럼 그녀는 부드럽게 대답했다.

"폐하껜 제가 말씀드리도록 하지요."

페르센은 얼굴 가득 기쁨을 나타내며 물러났다. 그의 모습이 사라지자, 마리 앙투아네트와 폴리냐크 부인은 그만 웃음을 터트렸다.

"너무나 솔직하지 않나요? 저런 젊은 분은 이 베르사유엔 없지요."

"상당히 마음에 드셨나 봅니다."

폴리냐크 부인은 탐색하는 눈으로 마리 앙투아네트를 바라봤다.

"하지만 저런 청년한텐 좀 짓궂게 굴고 싶어지기도 하죠."

"그건 당신이 프랑스 여자라서 그래요. 그가 불쌍하네요. 앞으로 베르사유 궁전에서 산전수전 다 겪은 부인들이 그를 들었다 놨다 하겠지요."

"그리고 큰 상처를 입겠고……."

"아뇨. 그렇게 두진 않겠어요. 내가 그를 지켜줄 거거든요. 누나가 동생을 돌보듯 말이죠."

마리 앙투아네트는 반은 농담으로, 그러나 반은 진심으로 이 말을 내뱉었다. 페르센의 청결한 용모, 솔직한 성품, 그런 게 그녀 마음에 쏙 들었다. 페르센은 그녀가 한때 마음을 주었던 샤르트르 공작 같은 유혹에 능수능란한 남자들과는 전혀 달랐다.

"이 프랑스에선 남자가 출세하려면 여자의 보호가 필요해요. 왕비님이 그의 방패막이 되어준다면야…… 얼마나 영광스럽겠어요."

폴리냐크 부인은 마리 앙투아네트를 추어주듯 그렇게 말했지만, 내심으로는 왕비의 변덕이 또 시작되었구나 하고 생각했다.

그 후, 왕비는 남편에게 애교를 부리며 페르센 얘기를 넌지시 꺼냈다.

"당신 부탁을 내가 어떻게 거절하겠소."

사람 좋은 국왕은 어떤 일이든 아내 부탁이라면 무엇이든 다 들어주었다. 그런 면에서 그는 둘도 없는 남편이었다…….

누나가 동생을 돌보듯 페르센의 보호자가 되어야겠다.

새로 떠오른 이 아이디어가 마리 앙투아네트를 즐겁게 만들었다. 자기 손으로 무명의 청년을 궁중에서 출세하게 만든다. 그리고 그는 베르사유 귀족들에게 주목을 받는 남자로 성장한다……

페르센은 스웨덴에서는 백작가문 출신이지만, 집안은 그다지 부유하지 않았다. 더구나 베르사유 궁전에서 그는 그저 이국에서 온 청년에 불과하다. 배경도 없거니와 후원자도 없다.

(내가 그를 훌륭하게 키울 거야.)

그 생각에 그녀는 지금까지 자식한테 말고는 느끼지 못했던 모성애를 페르센에게 느끼기 시작했다. 페르센의 금발과 소년 같은 용모가 그녀를 자극했던 것이다.

"당신의 부탁을 폐하께 바로 전했습니다."

깃털 펜을 들고 그녀는 스웨덴 청년에게 보내는 첫 편지를 썼다.

"머지않아 당신의 바람은 이루어질 것입니다. 그리고 나 역시 당신에게 도움이 될 수 있어 기쁩니다.

당신은 이것으로 저희처럼 베르사유 궁전 사람이 되겠지요. 그러니 당신은 이 궁전의 습관과 예절을 빠른 시일 내에 익혀 두어야 합니다. 스웨덴 궁중예절이 제가 태어난 빈의 예절과 다르듯, 베르사유에는 베르사유만의 방식이 있습니다. 그것을 빨리 체득할 수 있도록 두 가지 충고를 드리고자 합니다.

첫째, 이 베르사유에서는 한 가지만 빼고 무엇에든 관대합니다. 여기서는 무엇을 하든 자유입니다만, 결코 우스꽝스러운 짓을 저질러서는 안 됩니다. 우스꽝스러운 짓은 이 궁전에선 용납할 수 없는 실수입니다. 비웃음을 사는 말투와 예절, 서툰 춤, 따분한 대화를 사람들은 결코 가볍게 넘기지 않습니다.

둘째, 부인들을 적으로 돌리지 마십시오. 부인들을 자기편으로 만든 분은 눈에 보이지 않는 도움과 원조를 받게 된다는 것을 명심하십시오.

주제넘게 충고를 한다고 비웃지 마시길. 이게 모두 당신에게 도움이 되고자 드리는 충고입니다."

프랑스 왕비가 이름 없는 스웨덴 청년에게 이렇게나 진심을 담은 편지를 쓰다니. 그녀는 그 생각에 쿡쿡 웃음이 새어나왔다. 그녀에게는 이 모든 것이 놀이에 불과했다. 마음의 불안을 잠재우기 위한 놀이…….

페르센에게서 답장이 왔다. 그는 이 파격적인 영광에 놀랐고 너무나 당황한 나머지 마음의 평정을 잃었다고 했다. 그가 얼마나 감격했는지, 글로는 도저히 다 표현할 수 없다고 썼다. 그리고 왕비 폐하의 호의와 뜻에 따르기 위해 모든 노력과 충성을 평생 다 바치겠다고 맹세했다.

마리 앙투아네트는 이 편지에도 답장을 썼다. 두 사람만 몰래 주고받는 편지—남편은 물론 제일 친한 벗인 폴리냐크 부인도 모르는 그 비밀이 그녀를 즐겁고 기쁘게 했다.

그러면서도 베르사유 궁전에서 다른 귀족들과 함께 페르센이 왕과 왕비를 알현할 때면 마리 앙투아네트는 그만을 특별히 무시했다. 다른 귀족들에게는 말을 걸어도 페르센에 대해서는 못 본 척 묵살했다.

그러면 그의 소년처럼 투명한 눈에 불안과 분노의 빛이 일렁거렸다. 그 불안한 표정을 바라보는 게 마리 앙투아네트는 즐거웠다. 그것은 어린애를 놀리는 즐거움과 비슷했다.

그렇게 무시한 다음엔 바로 트리아농에서 파티를 열어 그를 초대한다. 그러면 페르센은 기쁨에 넘쳐 달려온다.

그런 다음 다시 그를 밀쳐내고, 그는 슬픔의 편지를 보낸다.

(바보 같은 사람.)

그 편지를 읽으며 마리 앙투아네트는 목소리를 죽여 웃는다. 그녀에게 페르센은 마음대로 주무를 수 있는 인형과 같았다…….

그건 아직 사랑이 아니었다. 마리 앙투아네트 자신도 페르센에게 특별한 감정을 품으리라고는 추호도 생각지 않았다. 그녀는 남편인 루이 16세에게 좋은 아내는 아니었지만, 자존심 때문에 남편을 배반하는 짓은 이때까지 하지 못했다.

그러나 멋대로 구는 그녀의 그런 놀이가 페르센을 얼마나 자극하고 고통스럽게 만드는지 깨닫지 못했다.

페르센은 왕비의 마음을 헤아릴 수 없어서 어쩔 줄을 몰라 했다. 무엇 때문에 그녀가 자신을 아껴주는지, 아껴주는가 하면 왜 또 차갑게 구는지, 그 변덕의 이유를 알 수 없었다.

마음의 상처를 치유하기 위해 그는 파리를 떠나 여행을 다녔다. 때마침 스웨덴의 구스타프 국왕이 비공식적으로 여행을 다녔는데, 그 일행에 참가한 것이었다.

그는 이미 마리 앙투아네트를 사랑하고 있었다. 사랑하고 있었지만 동시에 그것이 '이루어질 수 없는 사랑'이라는 사실도 잘 알고 있었다.

그녀는 왕비이고 그는 스웨덴의 가난한 일개 귀족이다. 이 사랑은 받아들여지지 않을 것이며 결실을 맺지 못할 것이라는 사실을 처음부터 알고 있었다.

쓸쓸함을 지워보려고 페르센은 여행 중에 다른 여인과 교제를 했다.

나폴리에서 그는 어떤 영국부인을 만났다. 레이디 엘리자베트라는 유부녀였다.

체재기간이 짧은 탓에 여인은 더욱 더 불타올랐다. 해변을 산책하고 있을 때, 그녀는 페르센에게 몸을 기대며 말했다.

"제게 생각이 하나 있어요."

"무슨 생각인가요?"

"남편과 헤어지고 당신과 결혼하고 싶어요."

그녀가 그렇게 말하자 페르센은 마음속으로 어떤 생각이 또렷해졌다.

레이디 엘리자베트를 싫어하는 게 아니다. 다만 그 이상으로 프랑스 왕비에 대한 사모의 정이 강한 것이다. 그는 이때, 자신이 얼마나 마리 앙투아네트를 사랑하는지 깨달았다.

나폴리를 떠나며 그는 완곡하게 그녀와의 결혼을 거절했다. '이루어질 수 없는 사랑'에 목숨을 바치겠다고 결심했던 것이다…….

다이아몬드 목걸이

오랜만에 보는 파리였다.

센 강변 샤틀레(Châtelet) 근처에 있는 호텔 창문을 활짝 열고 마르그리트는 파리의 공기를 마음껏 들이마셨다.

"모든 게 다 그대로예요. 아무 것도 변한 게 없네."

그녀는 뒤를 돌아보며 칠칠치 못하게 침대에서 여태 자고 있는 토끼 아주머니와 잠옷에서 허벅지를 드러낸 채 화장하느라 여념 없는 비예트 부인에게 말했다.

"센 강도 똑같고. 강변에 서는 새벽 장도 똑같아요."

"조용히 좀 해."

비예트 부인은 나무랐다.

"꼭 어린애처럼 구네. 어제 밤늦게 들어와서 녹초가 됐을 텐데, 하룻밤 잤다고 금세 기운이 팔팔하구나. 젊은 게 좋긴 좋다."

"칼리오스트로 박사는요?"

"옆방이지."

네 사람은 어젯밤 늦게 마차로 파리에 도착했다. 이미 밤은 깊었고 부슬비가 내리고 있어서 거리는 캄캄했다. 이 호텔에 도착할 때까지 쥐 죽은 듯이 조용한 거리에 말발굽소리만 울려 퍼졌다.

그런데 날이 밝자 하늘이 맑게 갰다. 햇빛이 센 강에 반짝반짝 빛나고 그 빛을 받으며 야채와 식료품을 실어 나르는 작은 배가 천천히 강 하류로 내려온다. 모두 루앙에서 장사하러 오는 배들이다.

새벽장이 사람들로 붐빈다. 뚱뚱한 여자가 큰 소리로 닭을 팔고, 신선한 야채를 판다. 익숙한 파리의 아침. 모든 게 옛날과 다름없다……

"나 좀 나갔다 올게요."

"마음대로 해. 대신 아침 식사시간에는 맞춰 오렴. 리옹에서 파리까지 유람하러 온 게 아니라는 거 알지? 명심 해."

비예트 부인의 목소리를 뒤로 하고 마르그리트는 서둘러 방을 뛰쳐나왔다.

이 근방이라면 쥐구멍까지 구석구석 알고 있다. 옛날 그녀의 구역이었기 때문이다. 호텔 뒤편은 생 드니 거리고, 곡물시장도 바로 근처다. 그리고 그리웠던 쿠르라렌도 시장에서 코 닿을 거리에 있다.

집집마다 아침 태양이 비추며 창문이 반짝거린다. 그러나 그 창 아래를 걷는 건 위험하다. 때때로 쇠살문이 열리면서 하녀가 얼굴을 내밀고는

"조심해"

하고 소리치며 흰 도자기를 아래로 뒤집어 액체를 쏟아 붓는다. 그 도자기는 요강이고 액체는 소변이다. 그 물방울이 튀긴다면 기분을 완전히 망칠 것이다.

마르그리트는 강변으로 나와 새벽시장 안을 잠시 걸었다. 시골에서는 사람들이 겨우 먹고 사는데, 파리에서는 뭐든지 판다. 바구니에서 오리가 목을 길게 빼고, 달걀들은 잔뜩 쌓여 있고, 토끼가 거꾸로 매달려 있고,

나무 좌판 위에는 가지각색 야채들이 가지런히 줄지어 있다. 그리고 장사 꾼들이 큰 소리로 지나가는 손님들을 부른다. 그 사이를 물장수가 물지게를 지고 걸어온다.

(고통스러운 마음으로 이 길을 걸었던 적도 있었지……)

문득 그녀의 기억 속에서 어떤 추억이 떠올랐다. 처음 실연한 날. 첫사랑이 무참히 깨지고 상처받은 날. 마라라는 의사가 데려온 청년에게 배신당한 그 기억. 저녁 해가 내리쬐는 이 강변을 그녀는 울면서 걸었다. 그리고 그날 밤, 처음으로 토끼 아주머니의 손님에게 몸을 주었다…….

그로부터 모든 게 시작되었다. 그날 밤부터 그녀는 창녀가 되었다.

(옛날, 먼 옛날, 아주 오랜 옛날 일이야.)

그녀는 웃었다. 웃으면서 이제는 어른이 되었다고 생각했다. 어른이 되었기 때문에 칼리오스트로 박사가 동료들과 함께 자기를 파리로 데리고 와 준 것이다. 새롭고도 놀라운 큰일을 벌이기 위해…….

호텔 식당에서 칼리오스트로는 커피를 마시며 신문 '메르퀴르 드 프랑스'(Mercure de France)를 읽고 있었다.

십 년 쯤 전에 창간된 신문 '메르퀴르'는 베르사유 궁전의 소식과 행사, 사건 등을 상세히 다루었다. 왕과 왕비, 귀족, 대사들의 움직임을 파악하는 데 이 신문보다 나은 것은 없었다.

칼리오스트로는 신중했다. 무언가를 일으킬 때까지 충분히 준비하고 계획하는 사람이었다. 더군다나 이번처럼 프랑스 왕비 마리 앙투아네트를 상대로 큰 도박을 벌이려면 계획을 다지고 또 다져야만 했다.

칼리오스트로는 메르퀴르를 꼼꼼히 읽고 마리 앙투아네트의 소식을 여러 번 읽어두었다.

(그 여자한테 진 빚은 톡톡히 갚아주겠어……)

그는 베르사유 궁전의 작은 방에서 왕비를 만났던 그 날의 일을 결코 잊지 않았다. 방으로 미끄러지듯 들어온 그녀는 방 끝에서 칼리오스트로를 깔보듯 쳐다보더니, 천천히 의자에 앉았었지. 그 순간 칼리오스트로는 이 교만한 왕비에게 불안과 공포를 안겨주고 싶은 충동을 느꼈고, 그래서 그녀와 가족들에게 불길한 운명이 기다리고 있다고 예언했던 것이다. 이 때 그의 마음에는 왕비에게 불안을 느끼게 함으로써 왕실의 상담자로 출세하려는 계산이 깔려 있었다.

하지만—.

그 계산은 완전히 빗나갔다. 교만한 왕비의 얼굴에 공포의 표정을 떠올리게 하는 데에는 성공했지만, 반대로 그녀의 원한을 샀다. 칼리오스트로는 파리에서 추방당했다.

(그 여자한테 진 빚은 톡톡히 갚아주겠어……)

언젠가 복수를 하겠다고 그는 늘 마음속으로 다짐했다. 가는 곳마다 심령술과 불로장생, 연금술로 귀족과 부자들을 속여 돈을 긁어모았지만, 그러면서도 마리 앙투아네트를 단 한 순간도 잊은 적이 없었다. 그리고 지금, 동료가 된 여자들을 데리고 파리로 상경했다. 왕비에게 모욕을 주기 위해, 왕비에게 복수하기 위해…….

탁자에 펼친 신문은 한 달 동안의 왕궁 행사와 베르사유에서 생긴 일들에 대해 우스꽝스럽게 보도하고 있었다.

"프랑스는 왕비의 모국과 전쟁을 벌일 것인가"

커다랗게 쓰인 제목이 눈에 들어왔다. 마리 앙투아네트의 모국인 오스트리아는 최근 네덜란드와 외교관계가 험악해졌다. 어쩌면 양국 사이에 전쟁이 발발할 지도 모른다. 그렇게 되면 네덜란드의 동맹국인 프랑스는 오스트리아와 전쟁을 벌이게 될 텐데 그렇게 되면 프랑스 왕비에게 그녀의 형제들이 지배하는 국가는 적국이 될 것이다…….

그러나 마리 앙투아네트는 그런 국가 간의 문제는 뒷전이고 트리아농 궁에서 열릴 오페라에만 열을 올리고 있었다. 그녀는 〈세비야의 이발사〉의 로지나 역으로 출연한다는 후문이다. 왕비는 자신을 괜찮은 여배우라고 착각하고 있는 것은 아닌가…….

'메르퀴르'의 신랄한 필치는 마리 앙투아네트의 행동을 비웃고 조롱했다.

"루이 16세, 기요탱 박사가 고안한 처형 기계에 흥미를 보이다"

프랑스의 잔혹한 처형방법에 반대하는 기요탱 박사는 2년 전부터 고통을 주지 않고 죄인들을 처형하는 사형기구인 기요틴을 설계하고 있었는데, 루이 16세는 그 설계도를 제출하게 하여 측근에게 자신 역시 돕고 싶다고 전했다. "국왕의 대장장이 취미가 여기서 빛을 발한다"고 메르퀴르 신문은 논평했다.

커피를 마시며 칼리오스트로는 신문을 구석구석까지 꼼꼼히 읽었다. 아침 햇빛이 식당에 가득 비춰들기 시작했을 무렵, 비예트 부인과 토끼아 주머니가 아침식사를 하러 들어왔다.

"날씨가 아주 좋군요."

비예트 부인은 과장되게 팔을 벌리고 여급에게 커피와 잼을 주문했다.

"이제 우린 뭘 하면 되지요? 칼리오스트로."

"칼리오스트로 박사라고 부르게. 당신들은 당분간 푹 쉬면서 그냥 있어."

"그럼 뭘 위해 우리가 파리까지 좇아온 거죠?"

"서두를 필요 없어. 내게 다 생각이 있으니까."

"나야 믿긴 믿지만…… 당신이 그 생각을 가슴속에 혼자 묻어두니까 말이지……."

칼리오스트로는 귀찮다는 듯이 의자에서 일어나 지팡이를 짚고 식당을 나갔다. 그는 방금 읽은 메르퀴르 신문의 기사가 계속 머릿속을 맴돌았다.

"보석상 뵈머(Beumer) 씨, 호화로운 목걸이를 구입할 사람을 찾다"

이 제목 아래에는 왕실 보석상이 540알이 박힌 다이아몬드 목걸이를 160만 리브르에 매각한다는 기사가 실려 있었다. "그러나 베르사유 궁전의 귀부인들조차 이 가격에는 도저히 엄두를 내지 못한다……."

칼리오스트로의 머리에 어떤 생각이 번뜩였다.

생 토노레 길을 따각따각 소리를 내며 한 대의 호화로운 마차가 지나간 것은 그날 낮이 되기 조금 전이었다.

"워, 워, 워."

마부가 고삐를 잡고 한 가게 앞에 마차를 세운 다음 정중히 문을 열자, 세련된 옷차림의 신사가 지팡이를 겨드랑이에 끼고 마차에서 내린 후 가게 안으로 들어갔다.

왕실 보석상인 뵈머의 부티크였다. 유리 케이스 안에는 목걸이와 반지들이 반짝거리고 있었고 그 하나하나를 점원들이 서서 지켜보고 있었다.

"어서오세요."

신사의 옷차림을 보고 지체 높은 양반이라고 생각한 뵈머는 먼저 다가가 인사를 했다.

"뵈머라고 합니다."

칼리오스트로는 고개를 끄덕이고 지팡이를 손에 잡고는,

"좀 봐도 되겠소?"

하고 주인의 허락을 구한 다음 유리 케이스 안을 찬찬히 살펴보았다.

"아주 세공이 잘 되었군. 런던, 로마, 빈 할 것 없이 이런 보석점은 근래에 본 적이 없소."

"이것 참, 몸 둘 바를 모르겠군요. 모두 저희 공방에서 만든 것입니다."

"보석은 살아 있는 것이나 다름없지요. 그걸 몸에 지니는 사람을 행복하게도 불행하게도 만듭니다. 부유하게도 하고 부를 빼앗아 가기도 하지요. 어디 보자, 이 다이아몬드 반지를 가진 사람은 행운을 약속받게 될 거요."

경쾌한 칼리오스트로의 찬사에 보석상 뵈머의 얼굴에는 웃음이 저절로 퍼졌다.

"그렇습니다. 저도 보석엔 마력이 있다는 걸 뼛속까지 절감합니다."

"그런데,"

하고 칼리오스트로는 가볍게 손가락 끝으로 콧수염을 만졌다.

"여기에 세상에 하나뿐인 다이아몬드 목걸이가 있다고 들었는데……."

"십 년 넘게 공들여 제작했습니다. 그런 목걸이, 아마도 두 번 다시 못 만들 겁니다. 17개의 큰 다이아몬드를 중심으로 작은 다이아몬드 540개를 연결해 만든 겁니다."

"그나저나 그런 전대미문의 장신구는 왜 만들었소?"

칼리오스트로의 질문에 뵈머는 그런 질문을 기다렸다는 듯 고개를 끄덕였다.

"만들고 싶어서 만들었죠. 화가가 그림을 그리지 않고 배길 수 없는 것처럼 보석상인 저도 평생에 단 한 번이라도 제가 자부심을 가질 만한 목걸이를 제작해보고 싶었습니다. 다만 그걸 목에 걸어줄 주인을…… 아직 찾지 못했지만요."

"판다면 얼마에……?"

뵈머는 슬픈 듯 미소 지었다.

"160만 리브르에서 180만 리브르는 받아야겠죠. 다만 가격보다도 이 목걸이에 걸맞은 부인을 찾을 수가 없었습니다. 처음엔 뒤바리 부인이 흥미를 나타내셨는데, 루이 15세께서 승하하시는 바람에 포기하셨습니다. 그 이후엔 선뜻 나서는 사람이 없군요."

"좀 보여주실 수 없을까요?"

당돌한 칼리오스트로의 부탁에 뵈머는 당황한 표정을 지었다. 이 손님이 그 보석을 사라고는 믿기지 않았기 때문이다.

주인의 곤란한 표정을 알아챈 칼리오스트로는 웃으며 말했다.

"물론 저따위가 그런 물건을 살 수야 있겠습니까. 다만 전 점술과 심령을 천직으로 삼는 몸입니다. 그 목걸이의 운명과, 그걸 목에 걸 사람이 존재할지, 그걸 투시해보고 싶을 뿐입니다. 싫으시면 거절하셔도 좋습니다."

뵈머는 반신반의의 눈으로 손님을 쳐다보았다. 그는 그 호화로운 목걸이를 십 수 년 전에 만들기는 했어도 살 사람이 나타나지 않아 곤란한 처지에 몰린 상태였다.

"제 영적 능력을 의심하시는 모양이군요."

칼리오스트로는 손가락을 딱 치며 유리 케이스 앞에서 이쪽을 바라보는 점원에게 말했다.

"자네 웃옷 주머니에 손을 넣어 보게. 내 금향갑이 지금 거기로 들어갔을 거야."

얼굴이 벌개진 점원은 서둘러 웃옷 주머니에 손을 넣었다. 금사슬이 달린 작은 향갑이 주머니에서 나왔다.

놀라움을 금치 못하는 뵈머와 점원들을 향해 칼리오스트로는 웃으며 고백했다.

"놀라게 해서 미안하오. 이건 염력(念力, 물리적 에너지를 사용하지 않고 물체를 움직이는 초능력의 힘)이 아니라 그냥 애들 장난 같은 마술이오. 하지만 내 점술은 이런 시시한 게 아닙니다, 무슈 뵈머. 제가 한 번 그 목걸이의 미래를 점쳐보게 해주시오."

뵈머는 칼리오스트로에게 매료되었다. 주머니에서 열쇠를 꺼내더니,

"알겠습니다"

하고 고개를 끄덕이고는 다른 방을 향해 걷기 시작했다.

그 방에는 튼튼한 철제금고가 놓여 있었다. 뵈머는 천천히 열쇠구멍에 열쇠를 꽂아 금고 문을 열고 자신은 한 발 뒤로 물러서서 말했다.

"자, 보시죠."

540개의 찬란한 다이아몬드의 빛이 칼리오스트로의 눈을 쏘았다. 금으로 세팅된 다이아몬드는 마치 하늘의 별처럼 빛나고 있었다. 그리고 중심부에 있는 17개의 다이아몬드는 칼리오스트로의 숨을 멎게 할 만큼 미묘한 빛을 발하고 있었다.

"대단하군. 최고로 아름다운 예술이야."

저도 모르게 탄성을 지른 점술사는 목걸이에 얼굴을 갖다 대고 꼼짝도 하지 않은 채 오랫동안 바라보고 있었다.

"무슈 뵈머, 내 평생 이렇게 찬란한 빛을 발하는 물건을 다시는 못 볼 것이오."

"고맙습니다. 저도 같은 생각입니다."

뵈머는 다시 금고 문을 닫고 열쇠로 잠근 후 말했다.

"그럼 미래를 점쳐 주시겠습니까?"

"물론입니다. 제겐 이 목걸이를 건 기품 있고 아리따운 분의 모습이 눈에 보입니다."

자신 있게 말하며 그는 뵈머에게 다가가 손을 잡았다.

"안타깝게도 그분의 성함을 말씀드릴 수는 없습니다만, 우회적으로 말씀드리도록 하지요. 그 분은 프랑스에서 가장 고귀한 여성이라고요……."

"설마 마리 앙투아네트 왕비님은 아니시겠죠?"

뵈머는 낙담한 듯 고개를 흔들었다.

"죄송하지만 틀렸습니다. 왕실 보석상이라서 전 이미 왕비님께 이 목걸이를 사 주십사 두 번이나 부탁을 드렸습니다만,"

"거절당했다, 이 말씀이시죠."

칼리오스트로는 상대방 말을 자르고,

"알고 있다마다요. 하지만 결국 왕비님은 이 물건을 소유하십니다. 그것만큼은 확실해요. 제 점은 틀려본 적이 없습니다."

라고 말하고 칼리오스트로는 콧수염을 만지작거리며 오만한 눈빛으로 보석상을 바라보았다.

"지금은 그렇게 절 의심하셔도 좋습니다. 하지만 언젠가 제가 한 말이 거짓이 아니라는 걸 깨닫게 될 겁니다."

그는 뵈머를 남겨둔 채 가게를 나와 다시 마차를 탔다. 마부는 채찍을 들어 올려 뒤를 돌아보고는 칼리오스트로에게 물었다.

"호텔로 가실 건가요?"

"아니야. 뇌브 생 질(Neuve-Saint-Gilles) 거리 13번지로 가 주게."

마차의 진동에 몸을 맡기며 칼리오스트로는 방금 본 찬란했던 다이아몬드 목걸이의 잔영을 떠올리고 있었다. 그 목걸이로 마리 앙투아네트에게 복수하고 말리라고 다짐했다.

그렇지만 상대방은 누가 뭐래도 프랑스 왕비다. 왕비를 상대로 엄청난 사기극을 벌이려면, 이쪽도 그만한 배우들을 포진 시켜야 한다.

그 배우 중 하나로 그는 어떤 여자를 염두에 두고 있었다. 그 여자는 칼리오스트로와 마찬가지로 타고난 사기꾼이었으며 거짓말의 천재였다.

(그 여자와 손을 잡아야겠다.)

그 여자에 비하면 지금 수하로 부리고 있는 비예트와 여자들은 잔챙이에 불과하다. 연극으로 치면 단역이나 겨우 맡을 수준이다.

마차는 말발굽소리를 내며 뇌브 생 질 거리로 향했다. 그 13번지에 칼리오스트로가 손을 잡고자 하는 여자가 살고 있었다.

뇌브 생 질 거리 13번지.

안뜰을 지난 칼리오스트로는 안쪽 건물 벨을 눌러 은발의 집사가 나오기를 기다렸다.

"백작 부인은 안에 계신가?"

칼리오스트로의 물음에 집사는 고개를 흔들었다.

"아닙니다. 외출 중이십니다."

"과연 그럴까? 안뜰에 마차가 있는데? 걱정 마시게. 옛날부터 알고 지내던 칼리오스트로가 왔다고 좀 전해 줘."

집사는 칼리오스트로에게서 금화 한 잎을 받자 금세 태도가 바뀌었다.

작은 방으로 들어가자 이 사기꾼은 주위를 둘러보며 비웃음을 지었다. 은색 장식이 달린 지팡이를 겨드랑이에 낀 채 그는 복도에서 옷자락 끌리는 소리에 귀를 기울였다.

"어머, 주세페(Giuseppe)."

문을 열고 포도주빛 옷을 입은 여자가 두 팔을 벌려 기쁘게 소리쳤다.

"이게 몇 년 만이래? 날 잊지 않았구나? 와줘서 얼마나 기쁜지 몰라."

그녀의 포옹을 받으며 칼리오스트로는 귀에다 대고 말했다.

"한창 즐거울 때 방해해서 미안하군. 참 변한 게 없어."

"별 말씀을. 내 말이라면 뭐든 다 들어주는 도련님이야. 방금 뒷문으로 내보냈으니까 신경 쓰지 마셔."

"정말 기쁘군, 백작부인."

칼리오스트로는 상대방의 두 팔을 잡고 그 눈을 가만히 들여다보았다.

"세상에서 마음을 터놓을 수 있는 유일한 친구를 다시 만났으니."

"그리고 악에 물드는 즐거움을 나눌 친구이기도 하고."

백작부인이라고 불린 여자는 쾌활한 목소리로 웃었다. 나이는 스물 일고여덟쯤이고 새카만 머리카락에 날씬하고 세련된 느낌의 여자였다. 웃을 때면 그 눈은 남자들의 마음을 흔들어놓는 묘한 매력을 발산했다.

"파리에서 쫓겨난 다음엔 어떻게 살았어?"

"한심하게도 리옹에서 잠시 돈 좀 벌어보려고 했지. 그런데 손님이 다들 시골뜨기들이라서 상대가 되어야지, 원."

"그래서 다시 파리로 왕림하셨다?"

백작부인은 또 다시 밝게 웃었다.

"그래, 이번엔 그 교활한 머리로 무슨 생각을 해낸 거야?"

"엄청난 일. 내가 지금까지 짜낸 계획 중에서 가장 화려한 무대로 꾸며냈어. 그런데 그러려면 지혜로운 파트너가 필요해. 리옹의 작은 악당들과 손을 잡기야 했지. 그런데 그것들하고는 대화가 안 돼. 역시 머리 좋은 협력자가 있어야겠다는 생각이 들더라고."

"그래서 날 찾아온 거다……."

"맞았어. 이 프랑스에서 내가 가장 존경하는 악녀는, 아름다운 잔느 드 라 모트(Jeanne de la Motte) 백작부인, 바로 당신이니까."

미소를 띠며 칼리오스트로는 다시 상대방의 눈을 가만히 들여다보았다.

"도와줄 거지?"

"일단 얘기를 들어 봐야지. 조건도 따져봐야 하고. 당신을 돕고 싶기는 한데, 난 못하는 일은 확실하게 못한다고 딱 부러지게 말하는 게 좋더라."

그렇게 말하고 그녀는 애무하듯이 칼리오스트로의 손에 자신의 희고 아름다운 손바닥을 올려놓았다.

"그래, 그럼 분명하게 말하지. 난 왕비 마리 앙투아네트의 코를 납작하게 눌러주고 싶어. 그 교만한 얼굴이 일그러지는 걸 보고 싶거든. 어때?"

"재미있겠네." 라 모트 백작부인은 아무렇지도 않은 듯 대답했다. "그런데 무엇 때문에?"

"날 파리에서 추방했으니, 그 복수도 하고. 하지만 그보다 나는 그녀와 그 가족들이 이 나라에서 실각당하는 모습을 보고 싶어. 언젠가 혁명의 불길이 타오를 것이라는 건 분명하지만……. 그 불길을 내손으로 지피고 싶거든."

"당신이?"

"그래. 지금까지는 정치니 사회니, 어떻게 돌아가는지 무심했었지. 그런 내가 혁명의 도화선이 되는 거야. 재미있지 않겠어? 당신도 왕비를 좋아하는 건 아니잖아?"

"좋아할 리 있겠어?"

지금까지 웃으며 칼리오스트로의 말을 듣던 백작부인의 눈에 돌연 증오의 눈빛이 나타났다.

"우리 집안은 원래 이 나라 왕이 될 혈통이야. 내 조상이 발루아(Valois) 조(朝) 앙리 2세라고."

"그런데 당신은 아주 끔찍한 어린 시절을 보냈지. 그 옛날 길거리에서 거지생활을 하던 당신이 설마 고귀한 혈통의 아이라고는 아무도 생각하지 못했겠지. 그걸 어느 귀부인이 데려다 키워주지 않았더라면……."

칼리오스트로는 그녀의 분노에 기름을 부을 작정인지, 차분히 그녀의 과거를 끄집어냈다.

"그래. 얼마나 고생을 하며 살았는지 몰라. 그래선지 내 마음에서 아직도 루이(Louis)라고 자칭하는 국왕과 왕족들을 증오하는 마음이 사라지질 않아."

"우리 두 사람이 뜻을 같이 했군. 나와 손을 잡아줄 거지? 왕비에게 어떤 형태로든 빚을 갚아주고 싶은데, 둘이서 같이 해 보지 않겠어?"

"내가 왠지 넘어간 것 같은데?"

라 모트 백작부인은 다시 즐거운 듯이 웃었다. 그러나 그녀가 이 제안에 호기심이 발동했다는 것만은 분명히 표정에 드러났다.

칼리오스트로의 말처럼 백작부인이 될 때까지 이 여자의 과거와 경력은 비참했다. 이십칠 년 전, 아버지 자크 발루아 남작이 파리의 자선병원에서 알코올중독으로 숨을 거두자, 하녀출신 어머니와 그 애인으로부터 매일 얻어맞고 구걸을 강요당했다. 비참했던 그녀를 한 귀부인이 길거리에서 우연히 보고 데려다 키워주었다. 그 귀부인 덕분에 어느 정도 교육을 받게 되었고, 라 모트라는 헌병대위와 결혼한 후에는 라 모트 백작부부라고 자칭하게 되었다. 야심찬 그녀는 자칭한 작위를 이용해 베르사유에 출현했는데, 때로는 빈혈로 쓰러지는 흉내까지 내가며 왕비 마리 앙투아네트의 눈에 들려고 했지만, 왕비는 눈길 한 번 주지 않았다.

그런 그녀의 마음에 소녀시절에 이미 싹튼 악이 잘 자라나고 있음을 칼리오스트로는 꿰뚫어보았다. 잘만 된다면 왕이나 왕의 남동생을 유혹해서 제2의 뒤바리 부인의 자리를 꿰차보겠다는 야심도 엿볼 수 있었다. 결혼한 후에도, 그녀가 나이 어린 소년까지 가리지 않고 많은 남자들과 정사를 벌이고 있다는 것을 칼리오스트로는 익히 들어 알고 있었다.

그러나 머리만큼은 비상한 여자다. 나쁜 짓에는 특히 두뇌회전이 빠르다. 그래서 더욱 그는 그녀를 파트너로 삼고 싶었다.

"그래도 일단 계획은 들어봐야지."

"그게 아직 정리가 안 됐어. 다만 한 가지, 쓸 만한 게 있어. 당신도 알겠지만, 보석상 뵈머가 만든 세상에서 제일 아름다운 목걸이 말이야. 160만 리브르잖아. 나도 이 두 눈으로 보고 왔는데, 정말이지 현기증이 날 만큼 아름답더군."

"알고 있지, 그 보석 얘긴."

"왕비는 보석엔 사족을 못 쓰는 걸로 유명하잖아. 그래서 뵈머는 왕비에게 팔려고 했지. 그런데 가격이 너무나 엄청나서 제 아무리 마리 앙투아네트도 손 댈 엄두를 못 냈다더군……. 그 얘긴 들었겠지?"

"그래. 그런데 그 보석으로 어쩌려고?"

"그 다음은 당신 머리로 짜내는 거야."

백작부인은 의자에 걸터앉아 다리를 꼬았다. 포도주 빛 긴 옷이 양쪽으로 벌어지며 다리가 훤히 드러났다.

"내 목적은 왕비에게 모욕을 주는 거야."

"그보다 진짜 목적은 왕비가 물 쓰듯 세금을 펑펑 쓰는 걸 파리 시민들에게 보여주고 싶은 거겠지."

역시 이 여잔 두뇌 회전이 빠르군, 하고 칼리오스트로는 혀를 내둘렀다. 일일이 다 설명하지 않아도, 반만 듣고도 상대방의 의도를 정확히 파악한다.

"그렇게 해서 그 여자를 국민들이 더 증오하게 만들고 싶은 거지?"

"그래, 그런 뜻이야."

"혁명의 불을 지피겠다는 것도 그런 뜻이야?"

"제대로 다 맞혔어, 백작부인."

두 사람은 큰 목소리로 호탕하게 웃었다.

"좋았어. 도와주지. 왕비 마리 앙투아네트를 상대로 사기극을 벌일 거라면 몰리에르 연극에 출연하는 것보다 더 보람이 있겠어."

"게다가 관객은 프랑스 전 국민이고."

칼리오스트로는 한 눈을 찡긋 감았다.

"건배하고 싶군, 백작부인."

올가미

마리 앙투아네트는 다른 무엇보다 보석을 좋아한다.

그리고 여기에, 제아무리 왕비라 하더라도 손대지 못할 만큼 값비싼, 그리고 그녀가 미치도록 갖고 싶을 게 분명한 다이아몬드 목걸이가 있다.

그 목걸이를 도구이자 먹이로 삼아 베르사유 궁전뿐만 아니라 파리 전역을 순식간에 들끓게 할 스캔들을 만들자.

그리고 할 수만 있다면 그 목걸이를 우리 수중에 넣자.

그것을 목표로 칼리오스트로는 그날 밤 늦게까지 라 모트 백작부인과 계획을 짰다. 설계도의 밑그림을 몇 번이나 그리고는 찢고, 그리고는 찢었다.

"오늘은 이걸로 그만 해."

밤이 깊어지자 백작부인은 한숨을 쉬었다.

"지금까지 생각해 낸 걸로는 완전하지가 않아."

"그래, 희대의 사기극 치고는 토대가 너무 엉성하군."

칼리오스트로도 쓴웃음을 지었다.

"나도 머리 좀 식히고 관점을 좀 바꿔 봐야겠어. 내일이면 좋은 아이디어가 떠오를 지도 모르지."

"시간은 얼마 걸려도 좋아. 서둘렀다간 일을 그르칠 테니까."

칼리오스트로는 일어서서 나갈 준비를 했다. 그때 멀리서 초인종 소리
가 울렸다.

"이 시간에 누가……."

콧수염 아래로 비웃음을 지으며 칼리오스트로는 백작부인을 놀렸다.

"또 손님이로군. 방금 전 침대에서 쫓겨난 도련님이 돌아온 거 아닌가?"

"설마."

은색 수염의 집사가 문을 열어 모습을 드러냈다. 그는 엄숙한 얼굴을
유지한 채 조용히 말했다.

"로앙(Rohan) 대주교님께서 오셨습니다."

"어머……, 약속이 없는데."

얼굴을 붉히며 백작부인은 칼리오스트로의 얼굴을 힐끔 쳐다보며 말
했다.

"무슨 용무실까?"

"나한테까지 숨길 건 없어. 당신이 대주교와 그렇고 그런 사이라는 건
다들 아는 사실이잖아……. 그럼 난 방금 전 도련님처럼 뒷문으로 실례해
야겠군."

웃음을 참으며 칼리오스트로는 망토를 걸치고 은색 장식이 달린 지팡
이를 들고는 작은 방에서 나가려고 했다. 그리고 갑자기 뭔가 생각난 듯이
발걸음을 멈추었다.

"로앙 대주교가 베르사유 궁전에서 재상 자리를 노린다는 소문을 들었
는데……. 이번 계획에 그의 야심을 이용할 수도 있겠어."

그리고 그는 바람처럼 방에서 사라졌다. 그 모습을 눈으로 쫓으며 라

모트 백작부인은 쾌활하게 웃었다.

(못된 인간 같으니라고. 정말로 나쁜 사람이네…….)

그녀는 이 칼리오스트로의 막힘없는 태도에 호감을 느꼈다. 그것은 마치 형제나 사촌에게 느끼는 애정과 같았다. 그를 만나면 같은 부류의 인간을 만난 것처럼 반가움을 느꼈다.

거침없는 태도의 칼리오스트로가 앉아 있던 바로 그곳에, 이번에는 빨간 대주교복을 입은 키 크고 희멀건 얼굴의 남자가 앉아 있었다. 생김새는 추했지만 민첩한 매력을 내뿜는 칼리오스트로와 달리, 로앙 대주교라 불리는 이 남자는 응석받이로 자란 도련님 표정이 이 나이가 되도록 얼굴에 남아 있었다.

"오늘 오실 줄은 몰랐네요."

"백작부인, 실례를 용서하시오. 다만 오늘밤만큼은 혼자 견뎌낼 자신이 없어서……."

대주교는 신경질적인 눈으로 방안을 둘러보았다.

"무슨 일 있으셨나요? 말씀하셔도 되는 내용이면 말씀하시지요. 마음이 좀 가벼워지실 지도 모르잖아요."

라 모트 백작부인은 남자 곁에 앉아 그의 무릎에 자신의 손을 올려놓았다.

"난 아무래도 왕과 왕비 눈 밖에 난 것 같소. 뒤에서 내 험담을 하는 사람들이 베르사유 궁전에 있는 게 틀림없어."

"무슨 험담을요?"

"프랑스 가톨릭교회 전체를 총괄하는 지위에 있으면서 행실이 바르지 못하다고."

"그렇지만……."

웃으며 백작부인은 대답했다.

"행실이 바르다고는 결코 못하실 걸요. 빈에 계실 때 무슨 짓을 하셨는지, 제 귀에도 다 들려온 걸요."

"그건 정말 옛날 얘기고, 뭣 모르는 치기에 그랬던 거요. 하느님을 섬기는 자도 때로는 잘못을 저지르는 법이오. 파리에 돌아와서는 남들 눈도 있고 해서 절도 있게 지낸 건 누구나 다 아는 사실 아니오. 그런데 누구나 저지르는 옛날 과오를 이제 와서 들쑤셔 왕과 왕비 귀에 들어가게 만드는 건, 내 실각을 바라는 재상 측 파벌일지도 몰라요."

대주교의 창백한 관자놀이에 불꽃같은 분노의 색깔이 미미하게 나타났다.

"브르퇴유(Breteuil) 남작이 내가 그의 지위에 오르는 걸 질투하는 거야. 마리 앙투아네트 왕비는, 그들 패거리들의 참언(讒言, 거짓으로 꾸며서 남을 참소하는 말)을 믿고 계시는지 오늘도 말 한 마디 건네지 않으셨어. 인사 한 번 해주지 않더라고."

"마리 앙투아네트 왕비님이?"

"그래."

라 모트 백작부인은 눈을 피하고 대리석 벽의 한 점을 응시했다.

(이 사람을 이번 계획에 이용할 수도 있겠어.)

방금 이 방에서 모습을 감추기 직전에 칼리오스트로가 넌지시 비친 말이 다시 생각이 났다.

그때 마치 영감처럼 어떤 계획이 떠올랐다. 그 목걸이를 이용해 마리 앙투아네트를 세상의 웃음거리로 만들겠다는 묘안이, 방금 하늘의 계시처럼 머리를 스쳐지나갔다.

"가엾으신 분. 그래서 오늘 밤 저희 집까지 찾아오신 거군요."

그녀는 사랑스러워 견딜 수 없다는 듯 대주교의 손을 감싸 쥐었다.

"난 기뻐요."

그리고 눈물을 쥐어짜면서 중얼거렸다.

"내가 당신에게 도움이 된다면 얼마나 좋을까……. 아니지, 제가 꼭 도와드릴게요. 왕비님이 당신에 대해 품는 오해를 제가 풀어드릴 거예요."

"백작부인, 당신이?"

"네. 물론 굴러들어온 돌 같은 저 따위가 베르사유 궁전에서 무슨 힘이 있겠어요. 제 말이 먹힐 리 없겠지요. 하지만 제겐 사랑하는 분에 대한 크나큰 사랑이 있어요. 반드시 국왕폐하와 왕비님의 신임을 되찾으실 수 있게 해보일 거예요."

로앙 대주교는 어머니에게서 용기를 얻은 어린아이처럼 백작부인을 바라보았다.

"역시…… 야심한 밤이긴 하지만 여기 오길 잘 했다는 생각이 드오. 당신의 그 말만으로도 울적했던 마음이 조금 가벼워지는 것 같소. 그런데 그러려면 어떤 방법이 있을 것 같소?"

"우선 왕비님에게 선물을 하세요."

"선물은 지금까지도 가끔 하곤 했지만……."

"다른 귀족들도 할 만한, 그저 그런 것 말고요. 그 분이 마음속으로 아무리 갖고 싶어도 가질 수 없는 걸 선물하셔야죠."

두 손으로 감싼 로앙 대주교의 손에 백작부인은 조그만 입술을 가만히 갖다 대었다. 그리고 그 손가락을 입술로 부드럽게 애무했다.

"알고 계시나요? 왕비님께서 정말로 원하면서도 갖지 못하는 게 있다는 것을."

"왕비님 같은 분에게도 그런 물건이 있나?"

대주교는 손가락을 백작부인이 애무하는 대로 맡기고 의심스럽다는 듯이 물었다.

"있고말고요. 왕실 보석상 뵈머가 만든 목걸이죠……. 못 들어보셨나요?"

"아니, 모르는데."

"처음엔 루이 15세 애첩이신 뒤바리 부인을 위해 뵈머가 제작했지요. 그런데 부인이 실각하면서 목걸이를 살 사람이 나타나지 않아 오랫동안 방치됐었죠. 왕비는 아시다시피 보석이라면 참지 못하는 분이시잖아요. 그래서 한동안 사고 싶은 마음이 동하셨나본데, 160만 리브르라는 거금을 선뜻 지불하지 못하신 거죠. 포기하셨다고 들었어요."

"160만 리브르……."

"대주교님. 왕비님 마음에만 들면 원하시는 재상 자리를 차지하실 수 있습니다. 160만 리브르로 그 자리를 살 수 있다면…… 충분한 가치가 있다고 생각지 않으십니까?"

파리에 온 뒤, 마르그리트는 아무 것도 할 일이 없었다. 칼리오스트로는 매일 같이 어딘가 나가서는 밤늦게 몰래 들어왔다.

그가 대체 무슨 계획을 짜고 있는지, 토끼 아주머니는 물론 비예트 부인도 모른다. 무엇을 위해 불필요한 돈을 써가며 이 호텔에 머물러야 하는지 도무지 알 수가 없다. 칼리오스트로는 모두에게 일체 질문을 해서는 안 된다며,

"때가 되면 다 말하겠어."

라고 분명하게 못을 박았다. 그는 이 엄청난 계획을 만에 하나라도 여

자들에게서 새어나가는 일을 경계하는 것 같았다.

할 일이 전혀 없었기 때문에 낮이면 마르그리트는 그리웠던 파리 거리를 돌아다녔다.

쿠르라렌의 번화가를 걸으며 그녀는 모든 게 그 날과 똑같다는 사실에 가슴이 죄어오는 것 같았다. 스쳐지나가는 마차들. 한껏 멋을 부린 여자들. 그 여자들을 훔쳐보며 물색하는 젊은이들. 유일하게 달라진 것이라곤 그곳을 걷는 그녀가 옛날처럼 돈을 위해 몸을 팔지 않아도 된다는 사실이었다.

그러던 어느 날이었다. 그녀는 해질 무렵의 센 강변을 천천히 산책하고 있었다. 저녁노을에 물든 배가 강을 천천히 내려가고 멀리 성당에서 삼종기도 종소리가 잔물결처럼 파리 시내로 퍼져가는 시간이었다.

그녀는 그 강변 저편에서 한 무리의 여공들이 줄지어 이쪽을 향해 걸어오는 것을 보았다. 모두들 하루의 일과를 끝내고 서둘러 집으로 돌아가는 젊은 여자들이었다.

그 행렬을 지나칠 때,

"마르그리트"

하고 한 여공이 갑자기 말을 걸었다. 먼지를 뒤집어쓴 모자 아래에 피로에 찌든 익숙한 얼굴이 마르그리트에게 웃음을 지어보였다.

"마르그리트. 기억 안 나? 나야."

그녀는 아녜스 수녀였다. 옛날 쓰러진 마르그리트를 고마르 신부 사제관에서 돌봐주었던 그 젊은 수녀였다.

"이런 데서 만나다니."

수녀는 마르그리트의 어깨에 손을 얹고 반가운 표정으로 얼굴을 들여다보았다.

"어떻게 살고 있는지 정말 걱정했단다. 네가 진정으로 행복하기를 기도했었어."

뭐라 대답하면 좋을지 알 수 없어 마르그리트는 그만 얼굴을 숙였다. 이 수녀가 은혜도 모르는 그녀를 책망하기는커녕 이렇게나 따스하게 말을 걸어줄 줄은 꿈에도 생각지 못했던 것이다.

"지금 무슨 일을 하는지는 묻지 않을게."

수녀는 아무 말도 하지 않는 마르그리트를 위로했다.

"지금 사회엔 부정과 부패가 만연해 있으니까. 나를 봐. 나도 여공이 됐단다."

"수녀는 그만 두셨어요?"

"아니, 난 아직도 수녀야. 그렇지만 수녀원 안에 살면서 사회에서 고통받는 사람들을 멀리서 바라보며 돕는 데에 점차 불만을 느끼게 됐거든. 그런 생각은 훨씬 전부터 한 거지만……, 어떤 일을 계기로 폭발한 거지."

"폭발이요?"

"그래. 프랑스 교회의 미온적인 태도가 계기였어." 아녜스 수녀는 부끄러운 듯 웃었다.

"지금 이 나라 교회는 예수님의 말씀에 충실하다고는 할 수 없어. 분명하게 그걸 목소리로 내는 건 정말이지 용기가 필요했단다. 예를 들어 빈 (Wien) 대사를 하다가 여기 베르사유 궁중 사제장이 된 로앙 대주교를 생각하면 얼마나 화가 나는지. 성직자인 몸으로 백성들이 굶주리고 있을 때 물 쓰듯이 돈을 쓰는 사람이야. 행실도 바르지 못하고. 하지만 교회는 그를 비난하지 않아. 높은 귀족 출신이니까."

수녀는 마르그리트가 눈부신 듯이 자기를 쳐다보는 걸 알아챘다.

"미안. 나 혼자 떠들었네. 하지만 수녀이면서 내가 왜 수녀원장님께 특별히 허락을 받고 여공생활을 하고 있는지 설명하고 싶었어."

마르그리트는 아무 대답도 하지 않았지만, 이 수녀만은 믿을 수 있을 것 같았다. 자기들과는 전혀 다른 귀족과 부자와 성직자들 편에 서는 사람은 아니라고 여겨졌다.

"언제든 날 찾아와. 난 아직도 옛날 그 수녀원에 있어."

그녀는 손을 흔들고 이미 멀리 떨어져 걷고 있는 여공들을 쫓아갔다. 그 뒷모습을 마르그리트는 오랫동안 바라보았다.

호텔로 돌아오자 때마침 한 대의 아름다운 마차가 서 있었다. 그 마차에서 나이 든 여자가 내렸다. 밖으로 마중 나온 호텔 주인에게 그 나이든 여자가,

"칼리오스트로 박사에게 라 모트 백작부인이 마차에서 기다린다고 전해주세요"

라고 말하는 소리를 들었다.

라 모트 백작부인. 대체 누구지? 호기심이 발동해 마차를 뒤돌아본 마르그리트를, 금으로 장식된 마차 창문을 통해 깃털 모자를 쓴 여자가 내려다보았다. 두 사람의 시선이 교차했을 때, 백작부인의 얼굴에 놀라운 빛이 역력했다.

조금 후, 오늘도 변함없이 세련된 옷차림을 한 칼리오스트로가 은으로 된 지팡이를 겨드랑이에 끼고 나타나 마차에 올라탔다.

"깜짝 놀랐어. 방금 전, 호텔 앞에 있던 여자앤 누구야?"

"그 애? 파리에서 옛날부터 알던 매춘부야. 우연히 리옹에서 다시 만났지."

"옆모습이 마리 앙투아네트를 판에 박았어. 숨이 멎는 줄 알았다니까."

"당신도 그렇게 생각해?"

칼리오스트로는 자기 생각이 적중했다는 듯 미소를 짓고는,

"나도 쓸모가 있겠다 싶어 파리까지 데리고 온 거야. 그런데 로앙 대주교를 이용할 방법은 생각해 뒀나? 백작부인."

"로앙은 왕비에게 잘 보여 재상 자리를 꿰차려는 속셈이잖아. 그러니까 왕비를 위해서라면 그 남자는 물불 안 가릴 거야. 어쩌면 목걸이를 선물하려 들지도 모르고. 그걸 노려볼까 생각 중이야."

"흠. 그런데?"

"그런데 두 가지 난관이 있어. 로앙이 진짜로 목걸이를 사서 직접 왕비에게 선물한다면 이득을 보는 건 왕비뿐이잖아. 돈 한 푼 안 내고 갖고 싶어 안달 났던 목걸이를 손에 넣는 거지. 물론 그런 멍청한 짓을 내가 할 리 있겠어?"

"물론이지. 그래서 당신 생각은 어떤 건데?"

"내가 짠 각본은 이거야. 목걸이를 기꺼이 바치겠다는 로앙 대주교의 호의를 전해들은 왕비는 무척이나 감동을 받지만 160만 리브르나 되는 고가품을 받을 수는 없다고 대답하는 거지. 그리고 만약 로앙 대주교에게 그럴 마음이 있다면 왕비로서 몰래 개인적으로 그 160만 리브르를 그에게서 빌려 직접 그 목걸이를 살 생각이라고 그렇게 로앙에게 전하는 거야."

"오호, 그리고 그 160만 리브르와 목걸이는 누구 손에 넘어가는 거지?"

칼리오스트로는 상대방을 탐색하듯 백작부인의 옆모습을 바라보았다.

"다 알면서. 나랑 당신이지."

"속된 말로 우리가 중간에서 슬쩍 하는 거군."

"아니지. 그냥 돈과 목걸이가 홀연히 이 세상에서 사라지는 거야. 마치

당신의 마술이나 마법처럼. 나나 당신이나, 내가 짠 무대엔 직접 등장하지 않는 걸. 등장하는 건 로앙과, 가짜 왕비와, 두세 명의 가짜 궁녀들, 그리고 가짜 시종이지. 그걸 할 만한 배우들 좀 찾을 수 있겠어?"

"그 정도야 다 생각해 두고, 아까 그 여자아이 말고 두 명 더 리옹에서 데리고 왔지. 남자들도 부르면 파리로 바로 달려올 거야. 모두들 머리는 잘 돌아가는 악당들이고."

칼리오스트로는 감동을 받고 라 모트 백작부인의 손을 꼭 잡았다.

"훌륭한 친구를 둬서……난 정말이지 행복한 놈이야. 그런데 이 사건은 결국 세상에 밝혀질 텐데 그땐 어떻게 할 셈이야?"

백작부인은 늘 그랬듯 호탕하고 밝은 목소리로 크게 웃었다.

"160만 리브르에다, 그만한 가격의 목걸이가 있는데? 그 정도 돈이면 우린 미국으로 도망가서 유유자적 살 수 있어. 미국이 싫으면 이탈리아든 스페인이든 상관없고. 그리고 혁명만 일어난다면 우리는 당당하게 프랑스로 돌아올 수 있어. 왕비의 스캔들을 만천하에 뿌린 영웅이 되어서 말이야……"

이날 밤, 호텔로 돌아온 칼리오스트로는 평소와 달리 기분이 좋았다.

평소에는 비예트 부인에게도 필요 이상으로는 말을 하지 않던 그가, 그녀와 토끼 아주머니와 마르그리트를 자기 방으로 불러 저녁 식사에 초대했다.

"웬일이시래?"

토끼 아주머니가 비꼬는 말투로 마르그리트를 향해 어깨를 움츠리자,

"드디어 일이 시작되는 거야"

하고 비예트 부인이 말했다.

"이제부턴 놀고먹으며 지낼 순 없을 거야."

그녀의 말은 사실이었다. 칼리오스트로의 방에서 식사하는 내내 이 천재 사기꾼은 자기의 여행담을 재미있고 과장되게 물 흐르듯이 말했지만, 식사 후 커피가 나오자,

"그럼 진지하게 얘기 좀 해 볼까?"

하고 모두의 얼굴을 둘러보았다.

"오랫동안 모두에겐 비밀로 했었는데 머지않아 우린 거사를 일으킬 거야. 리옹에는 이미 편지를 썼으니 비예트 부인, 당신 남편도 파리로 올 테고."

"우리 남편이요?"

"그래. 당신 남편 도움도 받아야지. 하지만 미리 말해두겠는데, 이번 일의 보스는 당신 남편이 아니야."

"알고말고요. 그건 그렇고 대체 어떤 일인지 말 좀 해 주세요."

커피 잔을 테이블 위에 올려놓으며 칼리오스트로는 가만히 고개를 흔들었다.

"말할 필요는 없어. 다들 내 말대로 움직이면 돼. 비밀로 하는 이유는 두 가지야. 하나는 만일 한 사람이라도 이 계획을 다른 사람에게 누설했다간 모든 게 다 실패로 돌아가기 때문이야."

"우리가 그렇게 입이 싼 줄 알아요?"

조금 술이 취한 비예트 부인은 머쓱한 표정을 지었지만 칼리오스트로는 침착했다.

"또 하나. 바로 당신들을 위해서야. 만약 일이 틀어져서 경찰에 잡혀가 재판정에 서더라도, 내막을 전혀 모르면 당신들은 무죄가 될 테니까. 아무것도 모르고 했습니다, 그렇게 잡아떼면 석방될 거야. 그러니까 내용은 내

게 묻지 않는 게 좋아."

"그럼 돈은? 우리 몫은 있긴 있는 건가?"

그렇게 따지는 비예트 부인에게 칼리오스트로는 코웃음을 쳤다.

"내가 그렇게 쩨쩨한 인간으로 보이나? 한 사람 당 10만 리브르씩은 나눠줄 거야. 전부 해서가 아니라 한 사람 당이지."

"그래서 당신은 얼마나 챙길 건데?"

"나? 난 한 푼도 필요 없어. 돈보다는 완전범죄를 꾸미는 즐거움이 내겐 있으니까. 난 계획을 짜고, 연출할 거야. 배우는 당신들이고. 비록 잡혀가더라도 나 역시 너희처럼 무죄야. 그런 생각을 하는 것만으로도 충분히 즐겁거든."

옆에서 듣던 마르그리트는 이 키 작은 남자의 자신에 찬 옆모습을 가만히 바라보았다. 결코 미남은 아니다. 오히려 추남에 가깝다. 그러나 총명하고 자신에 찬 남자는 얼마나 매력적인가. 마르그리트는 순간적이기는 했지만 이 칼리오스트로에게 마음이 끌렸다.

"아무리 그래도 그렇지, 아주 조금만이라도 알려주시죠."

"무엇을 할지 절대 난 말하지 않을 거야. 다만 가까운 시일 내에 어떤 여자가 너희들을 찾아올 텐데, 그 여자 지시대로 움직이면 돼."

"그 여자 지시대로라고? 그럼 칼리오스트로 박사, 당신은 뭘 할 건데요?"

"나? 난 아무 것도 안 하지. 아무 것도 안 하니까 무죄인 거고."

낮은 목소리를 내며 칼리오스트로는 웃었다. 그 쉰 웃음소리에 세 여자는 이 남자가 무슨 생각을 하는지 알 수 없어 어리둥절한 표정을 지을 뿐이었다.

라 모트 백작부인이 자기 집에서 그다지 멀지 않은 로앙 대주교의 저택을 방문한 것은 그로부터 일주일 정도 지나서였다.

창문마다 비단 커튼이 달려 있고 중앙에 라오콘(Laocoon)상이 놓인 대리석 면회실에서 백작부인은 궁중 사제장인 로앙 대주교와 마주 앉아 있었다.

"이 소식을 들으시면 틀림없이 기뻐하실 겁니다."

백작부인은 희멀건 응석받이 얼굴의 한 남자를 올려다보았다.

"시메 공작부인을 아시죠."

시메 공작부인. 로앙 대주교는 고개를 갸우뚱했다. 베르사유 궁전에는 귀족부인이 적어도 천 명은 있다. 그 천 명의 이름을 일일이 기억하지는 못한다.

"전 시메 공작부인에게 말씀드렸어요. 그 분은 저랑 달리 왕비님과 자유롭게 얘기할 수 있거든요. 왕비님께서 피하신다고 대주교님이 얼마나 걱정을 하시는지를요……."

"그래, 그래서?"

"공작부인이 틀림없이 왕비님 마음을 누그러뜨려 주실 거라고 믿고 있었거든요. 마침 어제는 심부름 때문에 왕비님을 찾아뵈었다가 공작부인이 말씀을 드리셨죠. 그랬더니, 웃으셨다고 하더군요."

"웃으셨다고?"

"네. 조짐이 좋아요. 보통 정말로 싫어하는 사람 얘기를 듣고 웃거나 하지 않잖아요. 그리고 왕비님께선 옛 추억을 떠올리듯이 말씀하셨대요. 처음 프랑스에 왔을 때, 스트라스부르 대성당에서 처음 뵌 분이 로앙이라고……."

"옛 추억을 떠올리듯이 그렇게, 말씀하셨다고."

궁중 사제장의 얼굴에 기쁜 듯 웃음이 떠올랐다.

"그 날 일을 떠올려 주셨군. 그때 난 보좌주교였고 삼촌인 추기경 대신에 마리 앙투아네트 왕세자비를 맞이했지. 내 환영인사를 들으시고 왕세자비 눈에 눈물이 고였어……."

"그날 일을 왕비님께서 떠올리신 거예요. 이걸로 충분해요. 이제 머지 않아 좋은 소식이 있을 거예요."

"정말 잘 해 주었어……."

"네. 하지만 이걸로 만족하셔서는 안 됩니다. 앞으로가 중요합니다. 왕비님의 마음이 풀어지도록 더욱 노력하셔야……."

"내가 무엇이든 다 할 거라는 사실쯤, 당신도 잘 알잖아."

"네. 그래서…… 그 목걸이를 왕비님께 선물하려는 마음은 아직도 변함이 없나요?"

"물론이지."

로앙 대주교는 굳게 약속하듯이 끄덕여 보였다.

"전 그 얘기도 시메 공작부인에게 꺼냈어요. 그러자 공작부인은 잠시 생각하시더니, 아마도 왕비님께선 그렇게 비싼 물건을 받지 않으실 거라고, 하지만 은밀히 이야기는 꺼내보겠다고 하셨어요."

시메 공작부인 — 그런 여인은 왕비 주변에 존재하지 않았다. 입에서 나오는 대로 꾸며낸 이 인물을 통해 이 악녀는 로앙 대주교를 마음대로 조종하려고 했다.

"내 마음만이라도 왕비님께서 알아주시면 좋겠는데."

"네. 걱정하지 마세요. 제가 열심히 움직일게요."

"모든 게 잘만 되면 내 그 노력을 결코 헛되게 하지 않겠소, 백작부인."

로앙 대주교는 그녀의 손에 얼굴을 갖다 댔다.

(왕비님 마음만 돌려놓을 수 있다면⋯⋯)

백작부인의 손에 입을 맞추며 이 세상물정 모르는 남자는 벌써부터 자신의 영달을 꿈꿨다.

그의 야심은 프랑스 재상이 되는 것이었다. 그러나 베르사유에는 자신의 영달을 막는 적들이 있다. 그 적들을 누르기 위해서는 왕과 왕비의 총애가 반드시 필요했다.

"내년 이맘 때 쯤은,"

그 심리를 꿰뚫었는지 백작부인은 일부러 쓸쓸하게 중얼거렸다.

"저 따위는, 말도 걸지 못할 높은 곳에 계시겠죠⋯⋯."

"무슨 말을 그렇게 하나."

대주교는 고개를 흔들며 대답했다.

"내가 출세하면, 반드시 당신의 지위가 높아지는 데도 도움이 될 거야."

페르센

누나가 어린 남동생을 돌보듯 페르센을 뒤에서 밀어주겠다―.

이 놀이를 생각해낸 후 왕비 마리 앙투아네트는 마음이 들떴다. 트리아농 궁의 연희에 그를 부르고 친구들에게 소개하고 부인들의 주목을 끌게 만들어 놓고는, 행동거지가 프랑스 궁정 예법과 다르다 싶으면 살짝 주의를 주었다.

"당신은 지나치게 점잖으신 것 같습니다. 점잖다는 건 분명 미덕임에 틀림이 없습니다만 자신의 의견을 개진해야 할 때 침묵한다면, 사람들은 당신을 생각이 없는 사람이라고 여길 테지요. 물론 불필요한 이야기를 장황하게 늘어놓아 모두를 따분하게 만드는 남성분에 비하면 침묵이 훨씬 나을지도 모르겠습니다. 그러나 짧은 말 속에 깊은 생각을 담아 발언하는 연습을 하셔야 할 것 같습니다.

어제 우리는 보마르셰(Pierre-Augustin Caron de Beaumarchais, 극작가, 1732~1799)의 〈피가로의 결혼〉을 상연할지에 대해 논의했었지요. 그희곡은 우리 왕실과 귀족사회를 비웃음거리로 만든다며 상연에 반대하는 의견이 많은 것도 잘 알고 계실 겁니다. 하지만 전 기껏해야 연극 하나 상연하면서 천하의 중차대한 일인 것처럼 금지하려 드는 대신들의 생각을 도무지 이해할 수가 없습니다. 그리고 어제 트리아농에서 모두가 이 얘기를 나누고 있었을 때, 당신은 입을 다물고 있더군요. 마치 아무런 의견이 없는 것처럼…….

프랑스에서는 자신의 의견을 피력하지 않는 남자를 어리석은 자라고 생각합니다."

그녀는 그렇게 편지를 쓰고는 말이 좀 심했나 싶기도 했다.

(솔직히 말하면……)

깃털 펜을 쥔 채 마리 앙투아네트는 고개를 옆으로 살짝 기울이며 생각에 잠겼다.

(난 페르센의 그 점잖은 면이 좋던데.)

자신의 재능과 재치를 과시하려 드는 귀족들은 베르사유 궁전에 넘쳐날 정도로 많다. 시선을 모으고 인기를 끌려는 그런 남자들이라면 물리도록 봐 왔다. 세련된 말, 재치 넘치는 경구와 냉소, 이 궁전에서의 대화술이란 그런 것들을 얼마나 자유자재로 구사할 수 있는가에 달렸다. 우스꽝스럽다는 것은 베르사유에서는 최대의 악덕이니까.

그러나 지금 그녀가 남동생처럼 돌봐주려는 그 스웨덴인은 그런 프랑스다운 대화에는 숙맥이다. 교묘한 농담과 기지가 담긴 말들로 여자들을 즐겁게 할 재간이 없다.

그는 마치 소년처럼 얼굴을 붉히고 기쁨과 쓸쓸함을 금세 표정에 나타낸다. 모든 게 왠지 어색하기만 하다.

그러나 그런 어색함이 마리 앙투아네트에게는 신선하게 느껴졌다. 권모술수가 넘쳐나는 이 궁전에서 처음으로 순수한 남자를 만난 것 같았다…….

페르센에게 보내는 편지에는 왕비의 문장(紋章)이 인쇄되어 있다. 그 편지를 특별 제작한 봉투에 넣어 봉납한 후 테이블 위에 있는 종을 울렸다. 공손한 태도로 시녀가 들어왔다. 처음 보는 얼굴이었다.

"누구죠?"

마리 앙투아네트는 의아하다는 얼굴을 했다.

"잔느 드 라 모트라고 합니다. 왕비님 궁녀로 새로 들어왔습니다."

"그래요? 폴리냐크 부인이 내게 할 말이 있다고 들었는데……"

마리 앙투아네트는 더 이상 의구심을 느끼지 않았다. 담당 시녀와 궁녀가 병이나 휴가 때문에 교대하는 일은 종종 있는 일이었다.

"이미 카드실에 와 계십니다. 부르러 갈까요?"

"아니야. 내가 갈게."

왕비는 라 모트라는 시녀에게 의례적인 웃음을 띠고는 미끄러지듯 방을 나갔다. 가까운 벗인 폴리냐크 부인을 만나는데 호들갑스럽게 다른 사람을 거느리고 다닐 필요는 없었다.

왕비가 나가자 방 안에는 여전히 그윽한 향이 남아 있었다. 새로 온 시녀는 눈을 감고 그 향을 가슴 가득 들이마신 후 서둘러 대리석 책상으로 다가갔다. 그리고 아직 사용하지 않은 왕비전용 새 편지지와 봉투를 몇 개 집어 들어 옷소매 안으로 재빨리 감췄다.

왕비가 글을 쓰는 작은 방과 카드 방은 지척에 있었다. 친한 벗들과 모여 노름을 하는 방이다. 폴리냐크 부인은 그 카드 방에서 왕비를 기다리고 있었다.

"오늘은 빨리도 오셨네."

부인에게는 딱딱한 예절을 지키지 않아도 되었다. 사이좋은 자매처럼 무엇이든 터놓고 얘기를 나눌 수 있었다.

"이렇게 빨리 오신 걸 보면 뭔가 즐거운 소식이 있나 보군요."

"아닙니다."

어두운 얼굴로 폴리냐크 부인은 고개를 저었다.

"그게…… 그다지 좋은 소식이 아닙니다."

"좋은 소식이 아니라면 별로 듣고 싶지 않네. 제 성격 잘 아시면서."

마리 앙투아네트는 의자에 앉으며 웃었다.

"알고 있습니다. 다만 이 얘기는 꼭 들으셔야 할 것 같아서요."

"무슨 얘길까요?"

"알고 계시겠지만, 파리에서는 최근에 왕실을 비웃는 비밀 팸플릿이 나돌고 있습니다. 런던과 암스테르담에서 인쇄되었다고들 하지만, 파리에서 만드는 게 틀림없습니다."

"분명 군주제에 반대하는 혁명가들이 인쇄하는 거겠죠."

"아니오, 그 작자들뿐만이 아닙니다."

폴리냐크 부인은 왕비의 얼굴을 가만히 바라보았다.

파리에서 불경한 팸플릿이 비밀리에 발행되는 것쯤은 마리 앙투아네트도 들은 적이 있었다. 팸플릿에 실린 글들은 어려운 정치논문이 아니라 왕실 사람들을 비웃는 노래가사나 잡문, 가십 같은 것들이라고 했는데 직접 실물을 본 적은 없다.

"그럼 대체 누가 만든다고 하시는 겁니까?"

"이 궁전에 있는 분들입니다."

"베르사유에 있는? 귀족들이?"

"마리 앙투아네트도 놀랐는지 목소리가 커졌다.

"믿을 수 없군요."

"저도 처음엔 믿을 수가 없었습니다. 그런데 평범한 귀족들뿐만 아니라 아주 고귀한 분들 중에도 국왕폐하와 왕비님에게 불평불만을 품은 분들이 계시다는 사실을 잊지 마시옵소서."

"우리에게? 보나마나 뒤바리 부인 일파겠죠."

"아뇨, 그뿐만이 아닙니다. 그럼 솔직히 말씀드리죠. 국왕폐하의 동생되시는 분인 프로방스 백작도 그 중 한 사람입니다."

"프로방스 백작? 왕제(王弟)저하가?"

"그 분은 평소에도 왕위를 폐하께 빼앗겼다고 말씀하시고 다니십니다. 게다가 프로방스 백작을 옹립해서 권력을 차지하려는 귀족들이 동조하고 있습니다. 개중에는 샤르트르 공작도 들어 있습니다."

샤르트르 공작 — 왕세자비였던 시절에 그녀의 마음을 잠시나마 흔들어놓았던 그 남자. 그 후 그녀는 그를 멀리하고 있었다. 그래서 원망하는 마음에 더욱 프로방스 백작에게 다가갔는지도 모른다.

"그 귀족들뿐만 아니라 트리아농에 초대를 받지 못해 차별을 당한다고 억울해하는 부인들이 있습니다. 그 자들은 국왕폐하와 왕비님을 비웃는 팸플릿을 기꺼이 돈 주고 살뿐만 아니라, 뒤에서 자금까지 대어주는 자들도 있다는 걸 알게 되었습니다."

"그렇게나 많은 적들이 있나요?"

마리 앙투아네트는 슬픈 듯이 폴리냐크 부인을 올려다보았다. 그녀의 눈에서는 눈물이 떨어져 내릴 것만 같았다.

"그건 내가 오스트리아인이라서……, 프랑스의 피가 섞여 있지 않기 때문이겠죠."

"아닙니다. 그들은 질투하고 있는 겁니다. 왕비님께서 너무나 아름답고 우아하시며 왕녀로 타고나셔서 그렇습니다……."

이날 아침 폴리냐크 부인의 보고로 마리 앙투아네트는 깊숙이 상처를 받았다.

제멋대로인 자신의 성격에 대해서는 잘 알고 있었다. 그녀의 그런 성격에 대해 눈살을 찌푸리는 원로귀족과 귀부인들이 있다는 것도 잘 알고 있었다.

하지만 그것은 베르사유 궁전 내부에 국한된 일이라고 믿었다. 아무리 몰래 험담을 하고 뒤에서 악담을 한들, 그들 역시 베르사유에서 살고 있는 한, 남편과 그녀를 중심으로 단단히 이어져 있다고 믿었다. 그들도 귀족인 이상, 왕실과 빈틈없는 결속으로 다져져 있다고 믿었던 것이다.

그러나 그 귀족들 중에 남편과 그녀를 타도하려는 야심을 품은 자들과 그들의 동조자들이 있다고 들었을 때, 마리 앙투아네트는 슬펐다.

(가엾으신 폐하……)

남편은 그런 흑막이 있으리라고는 털끝만큼도 의심하지 않는다. 그의 큰 동생 프로방스 백작도 숨은 배반자들 중 하나라는 사실을 상상조차 하지 못한다. 왜냐하면 그 시동생은 음험한 속내를 전혀 드러내지 않고, 앞에서는 형과 형수의 좋은 의논상대인 양 꾸미고 다니기 때문이다.

다른 귀족들 — 그들도 마찬가지다. 그들은 적어도 마리 앙투아네트의 눈에는 충실한 신하들로 비쳤다. 그랬는데 가슴속에 저마다 속셈을 숨기고, 음험하고 교활하게도 왕실을 비판하는 팸플릿 제작자들을 지원하고 있었던 것이다.

(무슨 수를 써야 해……)

마리 앙투아네트는 남편과 아이들의 운명을 떠올렸다. 아이들을 생각하면 그녀의 마음속에서 어미로서의 본능이 눈을 떴다. 아이들의 운명을 뒤흔들 싹은 하루 빨리 잘라내야 한다.

이튿날, 왕비는 빠른 시일 내에 대책을 강구해야겠다고 결심했다. 궁내부(宮內部) 장관(Ministre de la Maison du roi) 브르퇴유가 그녀의 서재로 불려왔다.

"저는 국왕폐하께도 아직 말씀드리지 않은 어떤 불쾌한 이야기를 들었습니다. 파리에서 왕실을 야유하는 저속한 팸플릿이 나돌고 있다는 것을 당신도 알고 계시지요."

마리 앙투아네트는 엄격한 표정으로 궁내부 장관에게 명령했다.

"그걸 단속하지 않고 왜 내버려 두시나요?"

"왕비 전하. 팸플릿은 비밀리에 출판됩니다. 어디서 인쇄되고, 누가 쓰는지 색출하는 것은 매우 어려운 일이옵니다."

"그렇다면 그걸 갖고 있거나 읽는 자를 엄벌에 처하겠다고 선포하세요."

브르퇴유는 비아냥거리는 웃음을 지으며 고개를 저었다.

"그건 별로 바람직한 생각이 아닐 줄 아옵니다. 만약 그런 선포를 했다가는 혁명가들이 언론의 자유를 탄압한다고 시민들을 더욱 선동할 것입니다. 그런 팸플릿 나부랭이는 아무런 힘이 없으니 그냥 놔두시는 게 오히려 현명한 대처법인줄 사료되옵니다."

"하지만…… 그 팸플릿 출판자금을 대는 자들 중에 귀족이 섞여 있다는 사실을 장관께서는 아십니까?"

"설마 그럴 리가요, 믿을 수 없는 일이옵니다."

"그렇다면 분명히 말씀드리겠습니다."

마리 앙투아네트의 미간에 분노가 불꽃처럼 일었다.

"프로방스 백작과 샤르트르 공작을 조사해 보세요. 만약 그 분들이 장난으로 그런 짓을 저지르신 것이라면 이번만큼은 죄를 묻지 않겠다고 전하세요. 다만 이런 일이 두 번 다시 일어나지 않기를 바란다고, 왕비의 전언이라고, 분명하게 말씀해주세요."

"알겠사옵니다. 그러나 저는 왕제저하와 샤르트르 공작이 그런 유치한 짓에 가담하리라고는 도저히 믿지 못하겠습니다……."

궁내부 장관 브르퇴유는 일단 정중하게 머리를 숙이고 접견실을 나왔다.

"멍청한 것……"

방을 나서자마자 이 키 크고 마른 남자의 뺨에 비웃음이 떠올랐다.

그날 밤, 궁전의 한 방에 브르퇴유를 비롯해 프로방스 백작과 십여 명의 귀족들이 모여 밀담을 나누었다는 사실을 마리 앙투아네트는 알지 못했다.

"왕비가 눈치를 챘다고 해서 문제될 것은 아무 것도 없습니다." 브르퇴유는 모두에게 설명했다.

"그 소문은 사실무근이며 오히려 그런 근거 없는 소문을 퍼뜨리는 자들을 엄중히 다스려야 한다고 국왕에게 보고하겠습니다. 다만 팸플릿에 자금을 대는 일은 당분간 자중해 주셔야겠습니다."

"그나저나 왕비가 정말 꼴사납군." 프로방스 백작은 불쾌한 표정을 지었다.

"나는 물론이고 고모님들도 요즘 우습게 알고 있어. 왕실에 대해 가장 존경심을 표하지 않는 게 다름 아닌 왕비라고."

"불만을 느끼시는 것은 당연하옵니다. 그러나 지금은 자중하는 게 상책일 줄 아옵니다."

브르퇴유는 프로방스 백작을 달랬다.

"때를 기다리옵소서. 때는 반드시 찾아올 것입니다."

브르퇴유를 불러낸 다음 며칠 동안, 마리 앙투아네트는 우울해서 견딜 수가 없었다. 아침에 알현하러 찾아오는 신하들에게 웃으며 인사하면서도 충성과 순종을 가장한 그 얼굴들을 믿을 수가 없었다. 그들이 가면을 벗었을 때, 늑대 같은 민낯을 드러낼 것이라고 생각하니 아무 것도 믿을 수가 없었다.

얼마 후 궁내부 장관이 조사한 바에 대해 보고했다.

"사실무근한 일이옵니다."

브르퇴유의 보고를 들은 다음, 남편은 그녀에게 이렇게 말했다.

"당신이 좀 지나쳤던 것 같소. 경악한 프로방스 백작은 이런 오해를 받았다는 데에 분노를 느낀다고 하더군. 그는 내게 왕위를 잇고자 하는 야심 따위 털끝만큼도 없다고 굳게 맹세했소."

마리 앙투아네트는 자신이 고립무원의 처지임을 깨달았다. 사람 좋고 선량한 남편은 자신의 신하들을 아무도 의심하려 들지 않는다. 오로지 이 궁전에서 파란이 일어나지 않기만을 바라고 있을 뿐이다.

믿을 수 있는 사람이라고는 폴리냐크 부인과 몇몇 벗들뿐이라고 마리 앙투아네트는 느꼈다. 거짓과 위선으로 가득 찬 귀족들을 피하고 싶은 마음에, 트리아농 별궁에서 지내는 날이 더욱 많아졌다.

"당신은 왕비인 내가 언제나 충만하고 행복할 것이라고 생각하시겠지요. 하지만 왕비에게는 왕비만의 고독과 쓸쓸함이 있습니다."

그녀는 어느 날 페르센에게 보내는 편지에서 그렇게 자신의 심정을 드러내고 말았다. 그것은 역시 누나가 동생에게 보내는 편지와 같았다.

"저는 이제 베르사유가 싫어졌습니다. 아니, 원래 처음부터 베르사유는 제게 맞지 않는 곳이었습니다. 모든 게 과장되고 모든 게 형식적일 뿐이며 진솔함이 없는 베르사유. 겉과 속이 다른 사람들이 모인 곳. 그래서 저는 더욱 트리아농의 작은 세계를 사랑합니다. 이 작은 세계를 찾아 주는 분들만이 제 마음을 배신하지 않는 진정한 벗이기를 바라마지 않습니다. 왕비란 때로는 외롭고 힘든 자리입니다."

왕비는 그 후 트리아농에 초대를 받을 때면 자신을 위로하는 듯한, 그 늘진 페르센의 시선을 느꼈다. 그 눈빛에는 귀족들이 말로만 하는 위로와는 다른, 가슴을 울리는 무언가가 담겨 있었다. 페르센은 점잖고 말수가 적었기 때문에 그 이상은 아무 말도 하지 않았다. 그렇지만 이 청년만큼은 자기를 왕비가 아닌 한 사람의 여인으로 바라봐 준다는 느낌을 받았다.

어느 날 해가 저물 무렵, 그녀는 페르센과 몇몇 친구들과 함께 트리아농 궁의 정원을 산책하고 있었다. 시골풍 정원에서는 시내가 늪으로 흘러 들어갔고, 늪은 저녁노을에 장밋빛으로 빛났으며 장밋빛 노을 속에서 물새가 조용히 헤엄치고 있었다. 마리 앙투아네트가 시내에 걸린 작은 다리를 건널 때, 페르센이 손을 뻗어 도와주었다.

노을이 페르센의 금발에 닿아 아름답게 반짝거렸다.

"저는……"

이때 갑자기 페르센이 혼잣말처럼 작은 목소리로 말했다. 그 말은 마리 앙투아네트 말고는 누구에게도 들리지 않았다.

"무슨 일이 있어도, 언제까지나, 왕비님께 충성을 다 하기로 결심했습니다."

이렇게 페르센이라는 존재가 마리 앙투아네트의 마음속에 점점 더 크게 자리 잡게 되었다. 어느덧 그녀 역시 그를 몇 안 되는 벗 중 하나라고 여기게 되었다.

그러나 그것은 아직 사랑이라고 부를 만한 감정은 아니었다. 마리 앙투아네트는 왕비라는 자신의 처지를 의식 깊은 곳에 늘 인식하고 있었다. 그것은 그녀의 자존심이며 긍지였기 때문이다. 그녀는 다른 귀부인들처럼 남자들에게 쉽게 마음을 열 수 없었다. 그러나 페르센을 트리아농 궁에서 열리는 행사에 부르고 큰 키의 그를 초대 손님 속에서 발견할 때면, 그녀의 가슴은 소녀처럼 두근거렸다.

"트리아농 궁에 와주신 것을……"

손님 한 사람 한 사람에게 인사를 하며 왕비는 상냥하게 말을 걸었다.

"충성의 증거라 여기고 있습니다."

그러나 페르센에게는 단 한 마디도 하지 않았다. 묵묵히 그의 눈을 바라볼 뿐이다. 북유럽 청년다운 맑고 푸른 눈, 그 눈은 마치 그 나라 숲속에 숨죽인 깊디깊은 호수와 같았다. 페르센 역시 왕비의 눈을 응시했다. 백만 마디 말보다 두 사람은 그렇게 서로의 우정을 확인했다.

그러던 어느 날, 이상한 일이 일어났다. 트리아농에서 열린 〈세비야의 이발사〉 연극에서 왕비는 로지나 역을 맡았다. 누가 보더라도 명연이라고는 할 수 없는 그 연기에 사람들이 큰 박수를 보냈다. 무대의상을 입은 채 왕비가 한 사람 한 사람에게 축사를 받고 있을 때, 갑자기 그녀의 낯빛이 변했다.

초대하고 싶지 않은 손님이 뻔뻔스럽게도 섞여 있었다. 궁중 사제장인 로앙 대주교이다. 희멀건 얼굴에 웃음을 띠며 로앙 대주교는 정중하게 왕비의 손에 몸을 굽히고 "오랫동안 이 트리아농에 초대되기를 손꼽아 기다리고 있었습니다. 크나큰 영광으로 가슴이 벅찰 지경입니다" 하고 인사를 했다.

마리 앙투아네트는 로앙 대주교를 본능적으로 혐오했다. 성직자임에도 불구하고 그녀의 고향 빈에서는 난잡한 생활을 보냈다는 이야기를 어머니 마리아 테레지아 여제가 보낸 편지로 알고 있었고, 그 어머니 역시 로앙을 싫어했다. 어머니가 싫어한 남자를, 딸인 마리 앙투아네트 역시 좋아할 수 없었다.

그뿐만이 아니었다. 왕비는 이 희멀건 지방질 몸에 도련님 기질의 신경질적인 그 표정이 싫었다. 형식적인 인사 방식도, 여자 같은 목소리도 좀처럼 좋아할 수 없었다. 로앙 같은 인간을 트리아농 궁에만큼은 절대로 부르고 싶지 않았다.

누가 그녀의 허락도 없이 이런 인간을 초대했을까?

인사를 받았을 때, 불쾌한 빛이 왕비의 미간을 스쳐지나갔다. 그러나 그 표정을 알아채지 못한 로앙은 말을 이었다.

"말씀하신 내용, 기꺼이 받들겠습니다."

대체 이 남자는 무슨 말을 하고 있는 걸까. 진의를 파악하지 못하면서도 다음 초대 손님에게 얼굴을 향했다. 페르셴이었다. 불쾌했던 표정이 단숨에 따스한 웃음으로 바뀌었다.

그러나 이튿날, 그녀가 부른 비서 캉팡 부인(Madame Campan)도 절친한 벗인 폴리냐크 부인도 로앙 대주교에게 초대장을 보낸 기억이 없다고 부인했다.

"그렇다면 왜 그가 찾아왔을까요? 누가 그를 불렀을까요?"

"모르겠사옵니다."

캉팡 부인도 폴리냐크 부인도 자신이 없다는 듯이 고개를 저었다.

"여우한테 홀린 기분이옵니다."

왕비도 같은 마음이었다. 특히 로앙 대주교가 의미심장한 말투로 한 말은 이해할 수 없는 일로 남았다……

〈세비야의 이발사〉가 상연된 후, 이번에는 페르센이 트리아농 궁에 발길을 끊었다.

근무가 바쁜 탓에 찾아뵙지 못하는 점 용서해 주시옵기를—.

페르센은 그런 거절의 편지를 보냈다. 근위대에는 스웨덴인만으로 구성된 부대가 있었고 페르센은 그 부대장이다. 그 자리 역시 마리 앙투아네트가 거들었기에 임명된 자리였다.

음악회도 연극도, 그리고 즐거운 벗들만 모인 트럼프 놀이도 페르센이 없으니 시시하게 느껴졌다. 표정은 즐겁게 지어 보였지만 흥이 나지 않았다.

그 푸르고 깊은 호수 같은 눈빛이 어딘가 멀리 떠나버린 것만 같았다. 마리 앙투아네트는 그가 그녀에게 얼마나 소중한 존재인지 새삼 느꼈다.

"벌써 두 달이나 저희 모임에 모습을 드러내지 않으셨군요. 물론 잘 알고 있습니다. 남자 분께는 해야 할 의무가 있으며 그 의무를 이행해야만 한다는 것을. 그리고 당신이 그 의무에 충실한 분이라는 것을. 그러나 그로 인하여 우리는 모든 연회에서 빛을 잃은 보석을 보는 기분이라는 사실을 잊지 말아주시기를 바랍니다……."

그녀의 이 편지에 페르센은 정중한 사과의 답장을 보냈다. 부대장으로서의 근무가 그를 옭아매고 있고 당분간 그를 자유롭게 해주지 않을 것이라는 내용이었다.

그러나 그 편지의 행간에서 마리 앙투아네트는 어떤 거리감을 느꼈다. 페르센다운 정중함에 넘치는 그 글에, 의식적으로 그녀에게서 멀어지려는 마음이 담겨 있음을 여자의 본능으로 알아챌 수 있었다.

(왜 그러시지? 내가 너무 멋대로 굴어서 기분이 상하셨나……?)

그런 생각에 마리 앙투아네트는 갑자기 표현할 길 없는 불안에 휩싸였다. 그녀는 왕비라는 신분도 잊고 지극히 평범한 여자의 심리에 휘둘리기 시작했다.

그날 이후로 페르센이 참석하지 않은 파티는 그녀를 짜증나게 했다. 쓸쓸하다거나 뭔가 부족하다는 마음이 점차 초조함으로 변해갔다.

누나처럼 자애롭게 대하려 했던 그 청년, 그 청년이 나를 이렇게 초조하게 만들다니. 그 초조한 기분은, 너무나 화가 나고 긍지에 상처를 주는 것이었다.

그 옛날, 샤르트르 공작에게 한동안 마음을 빼앗겼을 때에도 지금처럼 초조함과 고통을 충분히 맛보았지, 그 감정이 다시 되살아나다니…….

그녀는 두 번 다시 페르센에게 편지를 쓰지 않기로 마음먹었다. 그 라는 존재를 떠올리지 않으려 했다. 차갑게 묵살하리라 결심했다. 왕비를 무시하는 태도는 이 베르사유에서는 용서받지 못할 행동이다.

그러나 묵살하려면 할수록 그가 신경이 쓰여 견딜 수 없었다. 편지를 쓰지 않으려 하면 할수록 편지를 쓰지 않는 자신을 의식하게 된다. 그런 초조함을 폴리냐크 부인이 알아챘다.

"왜 그러십니까?"

어느 날, 하프를 연습하던 마리 앙투아네트에게 부인은 이상하다는 듯이 물었다.

"한 달 전 왕비님과는 전혀 다르십니다. 모두 함께 웃고 떠들 때도 갑자기 공허한 눈을 하십니다. 오늘도 하프 연주를 몇 번이나 틀리셨고요."

부인은 가만히 마리 앙투아네트의 눈을 바라보았다.

"전…… 알고 있습니다. 스웨덴인이 모습을 보이지 않는 게 원인이시지요?"

"아니요, 무슨 말도 안 되는……" 얼굴을 붉히며 왕비는 고개를 저었다. "저는 남편에게 말고는 마음이 흔들려서는 안 되는 몸입니다."

부인은 고개를 크게 끄덕이고 입을 다물었다. 그러나 그녀는 마리 앙투아네트의 그런 형식적인 변명에 속아 넘어가지 않았다.

닷새 후, 부인은 왕비의 거실을 찾아와 페르센을 만나고 왔다고 보고했다.

"그래서……, 그가 뭐라던가요?"

마리 앙투아네트는 무관심한 척 물었다.

"페르센 백작이 그러더군요. 처음엔 머뭇거렸습니다만…… 트리아농으로 찾아뵙지 않는 이유는 모두 왕비님을 위한 것이라고."

"나를 위해서라고요?"

"파리의 팸플릿 제작자들이 페르센에 대한 왕비님의 우정을 음란하게 왜곡하려 듭니다…… 그들에게 그런 말을 퍼트린 지체 높은 분의 이름을 제가 말씀드릴 수는 없고, 페르센 백작도 거론하지 않았습니다. 그러나 그걸 안 그는 왕비님의 평판을 떨어뜨릴 수는 없다며 자제하고 있습니다……."

마리 앙투아네트는 고개를 숙인 채, 잠시 침묵했다. 그리고 입술에서 한숨처럼 말이 새어나왔다.

"그래요, 그는……, 그는 그런 분이십니다."

인간희극

대담한 연극은 계속되고 있었다. 칼리오스트로와 라 모트 부인이 공모한 3막짜리 이 연극은 가엾은 로앙 대주교를 피에로로 만드는 데서 막을 열었다……

라 모트 부인은 엄숙하게 대주교에게 고했다.

"오늘 저는 중대한 물건을 전달받았습니다. 사람들을 물러가 있으라 하십시오."

대주교가 신호를 보내자 두 비서가 서둘러 모습을 감추었다.

"왕비님께서 직접 보내신 편지입니다."

"직접……"

건네받은 편지는 마리 앙투아네트만 사용하는 금색 가장자리에 백합 문장이 비치는 편지지였다.

"오늘 이후로 그대를 비난할 만한 인물로 여길 필요가 없어졌음을 기쁘게 생각합니다. 제 바람을 들어주신 그 호의에 감사하고 있음을 알아주세요. 다만 그 점에 대해서는 제가 처한 입장을 이해해 주시길 바랍니다."

마리 앙투아네트 드 프랑스라 쓴 마지막 행의 서명이 왕비의 편지임을 명백히 증명하고 있었다.

기쁨에 몸을 떨며 로앙 대주교는 벌떡 일어났다. 그는 손을 뻗어 라 모트 부인에게 그의 반지 위에 입맞춤을 허락했다.

"그 목걸이 비용을 마련해보겠다고 말씀 드린 게 아주 마음에 드셨나 보오."

"왕비님께선 크게 감명을 받으셨습니다."

"고마운 일이야."

"하지만 왕비님께선 어디까지나 이 일을 비밀에 부치고 싶다 하십니다."

라 모트 부인은 편지 마지막 부분을 가리키며 강조했다.

"왕비님의 생각으로는 목걸이 값을 빌린 것을 비밀에 부치기 위해 우선 지불보증인이 되어주셨으면 한다고 합니다."

"보증인? 물론이지."

"그리고 왕비님의 대리인으로서 목걸이를 받으시고, 그것을 후일 건네 주신다면 기쁘겠다고 하셨습니다."

로앙 대주교는 너무나 기쁜 나머지, 라 모트 백작부인의 말을 깊이 생각하지도 않고 고개를 끄덕였다.

"그 날짜는 제가 그때마다 아르켜 드리겠습니다. 사안이 사안인지라 왕비님께 누가 되지 않도록 부디 조심해주십시오."

"내가 얼마나 감사하고 있는지……, 언젠가 이 감사하는 마음을 당신에게 표현할 날이 올 것이오."

대주교의 저택을 나온 백작부인은 마차를 타고 쿠르라렌에 있는 고급 레스토랑 '라크 블루(Lac Bleu)'로 서둘러 갔다. 그곳에서 그녀는 칼리오스 트로와 식사를 하며 다음 연극에 대해 얘기를 나누기로 했다.

"난 최면술에 대해서는 무지하지만 오늘 그 사람, 꼭 최면술에 걸린 것 같았어."

그렇게 말하며 백작부인은 쾌활한 목소리로 웃었다. 모든 게 순조롭게 진행되고 있다는 쾌감과 맛있는 포도주가 그녀를 도취하게 만들었다.

"그런데 생각해 보면, 우리 두 사람은 참 희한한 사람들이야."

칼리오스트로도 대담한 웃음을 지으며 중얼거렸다.

"사람들을 속이고 기만하는 게 삶의 보람이니 말이야. 아, 난 이게 하나의 예술이라는 생각이 들 정도야……"

"악의 즐거움을 맛보지 못하는 남자는…… 남자로 안 보여."

"그렇지만 우린 연인은 아니지. 좋은 벗이야."

이때 칼리오스트로의 뺨에 냉소적인 미소가 떠오른 것을 백작부인은 알아채지 못했다.

기록에 따르면 칼리오스트로와 라 모트 부인이 함께 식사를 한 날부터 닷새 후인 12월 19일, 한 귀족 부인이 보석상 뵈머의 가게를 찾아가 문제의 목걸이를 본 다음, 가까운 시일 내에 왕비의 이름으로 이 훌륭한 장신구를 살지도 모른다고 말했다. 그리고 이듬해 1월 24일 아침, 그 여성이 다시 나타나 왕비의 대리인으로서 로앙 대주교가 오늘 여기 찾아올 것이라고 전했다.

보석상 뵈머는 처음엔 반신반의했지만 그날 오후, 정말로 대주교가 시종을 거느리고 나타났을 때에는 놀라움과 기쁨으로 말이 나오지 않을 지경이었다. 로앙 대주교는 목걸이를 칭찬하더니 가격을 묻고 돌아갔다.

1월 29일, 판매계약이 성립되었다. 160만 리브르의 보석은 4회 분할로 2년 내에 지불한다는 조건으로 "어떤 지체 높은 여인"이 구입하기로 했다.

그 지체 높은 여인이 누구인지는 뵈머도 이미 알고 있었다. 보석은 로앙 대주교의 저택으로 배달되었다……

"자, 이제 너희들이 나설 차례야."

호텔의 자기 방에서 칼리오스트로는 비예트와 그의 아내, 토끼 아주머니, 그리고 마르그리트에게 명령을 내렸다.

"가르쳐준 대로만 하면 돼. 그렇게만 하면 아무 문제없어. 모든 게 잘 될 거야."

그날 저녁, 그들은 마르그리트만을 호텔에 남기고 마차에 올라탔다. 차가운 부슬비가 내려 파리의 거리는 한적하고 적막했다.

자신의 저택에서 라 모트 백작부인이 그들을 기다리고 있었다.

"얼른 분장을 하도록 해."

그녀의 지시로 비예트는 서둘러 준비해 온 신하 복장을 했다. 비예트 부인은 귀부인 의상을, 토끼 아주머니는 하녀 옷으로 갈아입었다.

"완벽해. 자, 그 바보 씨가 여기로 찾아오면 계획대로 하는 거야."

30분 정도 지나자 저택 앞에 마차가 멈추는 소리가 들렸다. 토끼 아주머니가 입구에 마중을 나가 마차에서 내리는 대주교에게,

"백작부인께서 기다리고 계십니다"

하고 말했다.

대주교는 중요한 물건인 듯 상자 하나를 가슴에 안고 있었다. 그 목걸이가 들어 있는 상자다.

"왕비님께서 직접 여기 오시는가?"

걱정스럽게 그가 묻자 라 모트 부인은 고개를 저었다.

"그건 불가능합니다. 하지만 왕비님 대리로 시메 공작부인이 궁전 시종

한 사람과 같이 오시기로 되어 있습니다."

희멀건 대주교의 얼굴에는 불안한 그림자가 남아 있었지만, 토끼 아주 머니가 나타나

"오셨습니다"

하고 말하자 당황스럽게 의자에서 일어났다.

비예트 부부가 분장한 시메 공작부인과 시종은 천천히 방으로 들어왔다. 라 모트 부인은 공손하게 한쪽 무릎을 꿇고 인사를 했다.

"왕비님을 대신해 대주교님께 깊이 감사드립니다."

그리고 대주교가 내민 보석 상자를 시종이 받아 들고, 시메 공작부인은 왕비의 서찰을 건넸다. 서찰에는 짧게 다음과 같이 쓰여 있었다.

"이 편지를 갖고 간 자에게 보석 상자를 건네십시오."

편지 종이는 백합 문장을 인쇄한 왕비 전용 편지지였다.

"왕비님께서 머지않아……" 시메 공작부인이 엄숙하게 말했다. "사적으로 대주교의 알현을 허락하실 겁니다."

그 말에 로앙 대주교는 환희에 싸여 깊숙이 고개를 숙였다. 그리고 그 머리를 다시 올렸을 때, 시메 공작부인과 시종은 이미 모습을 감추었고, 라 모트 부인만이 미소를 지으며 그를 바라보고 있었다.

"축하드리옵니다, 대주교님. 왕비님께서 드디어 사적인 알현을 약속하셨군요."

"이렇게 빨리 소망이 이루어질 줄 몰랐어."

"아뇨, 그런 작은 소망뿐만 아니라, 재상이 되실 소망도 분명 이루실 겁니다."

부인의 말에 로앙 대주교는 하늘을 날 것 같았다. 그는 팔을 뻗어 그녀를 덥석 끌어안았다. 부인의 부드러운 손이 대주교의 목을 부드럽게 어루

만졌다.

"사랑하는 분이 출세하시는 데 도움이 될 수만 있다면 그게 바로 여자의 행복이랍니다."

달콤한 목소리가 귀를 간질이며 들려왔다…….

이렇게 시종과 시메 공작부인에게 목걸이를 건네주고 나서 베르사유 궁전을 찾아갈 때마다 로앙 대주교는 왕비의 알현을 언제쯤이면 허락받을 수 있을지 두근거리며 기다리고 있었다.

그런데 아무런 소식이 없다. 소식이 없을 뿐만 아니라 귀족과 귀부인들의 인사를 받는 마리 앙투아네트는 그 사이에 서 있는 대주교를 쳐다보려고도 하지 않았고, 말 한 마디 걸지 않았다. 대주교는 그녀가 변함없이 차갑다는 생각을 했다.

"그건 겉으로만 그러신 거지요."

라 모트 백작부인은 설명했다.

"안타깝게도 왕비님께서 대주교님을 싫어하셨던 걸 궁중 사람들은 모두 다 아는 사실 아닙니까. 그런데 왕비님께서 갑자기 태도를 바꾸실 수는 없지요. 하지만 사적인 알현을 시메 공작부인이 굳게 약속하셨으니……."

한 달이 지나고, 두 달이 지났다. 겨울이 가고 봄이 왔다. 그런데도 왕비는 말 한 번 걸어주지 않는다. 세상 물정 모르는 대주교의 마음속에서도 의문이 싹트기 시작했다…….

"목걸이가 왕비 손에 넘어간 건 확실한 건가?"

보석상 뵈머와 계약한 첫 번째 돈을 그달 안에 지불해야만 한다. 지불을 하기 전에 왕비가 목걸이를 확실히 받았다는 증거가 필요하다고 대주교는 라 모트 부인에게 따졌다.

"물론 불안하시겠지요. 시메 공작부인에게 제가 부탁해 볼게요."

부인은 당연하다는 듯 크게 끄덕였다.

희극의 제2막은 이렇게 올라갔다……

"왕비님께서 사적으로 알현을 하시겠답니다."

라 모트 부인에게서 그 소식을 들었을 때, 대주교는 그만 들고 있던 지팡이를 떨어뜨릴 정도로 기뻐했다.

"그렇군. 드디어 만나 뵐 수 있게 되었구나."

"왕비님께선 베르사유 궁전이 아니라 트리아농 정원에서 모레 만나시겠다고 하셨습니다. 저녁에 왕비님께서 정원을 산책하시는 건 알고 계시죠?"

어리석은 이 남자는 백작부인의 이 말을 곧이곧대로 믿었다.

이틀 후, 그는 혼자서(아무도 데리고 나오지 말라는 왕비의 전언이었다) 부푼 가슴을 안고 저녁 무렵에 트리아농 숲에 서 있었다. 그 숲속으로 라 모트 부인이 그를 찾아오기로 되어 있었다.

이미 저녁 안개가 숲속에 암갈색 어둠을 드리우고 있었다. 발소리를 죽이며 백작부인이 모습을 드러내고,

"이제 곧 오실 겁니다"

하고 빠르게 속삭였다.

"행운을 빌게요. 전 왕비님 가까이 갈 자격이 없어서 여기서 실례하겠습니다."

어둑한 숲속에서 또 다시 혼자가 된 대주교는 가슴에 오른손을 얹고 기다리고 있었다. 심장 고동소리가 분명하면서 강하게 들렸고, 외워뒀던 인사말을 떠올리려 했으나 까맣게 잊어버렸다는 걸 알았다.

숲 저편에서 네 개의 회색 그림자가 보였다. 그림자는 숲 옆에서 멈추더니 그 중 하나만 이쪽으로 다가왔다.

"로앙 대주교님. 이쪽으로 오시죠."

목소리와 실루엣으로 판단하건대 시메 공작부인이라고 대주교는 생각했다. 그는 몽유병자 같은 발걸음으로 그림자를 향해 걸어갔다. 저녁 안개 속에서 챙이 넓은 모자를 쓴 왕비로 보이는 여인이 그를 기다리고 있었다.

"영광으로……"

대주교는 더 이상 말을 꺼내지 못했다. 말이 목에 걸려 목소리가 되어 나오지 못했다……. 왕비가 무슨 말인가 인사를 한 것처럼 느껴졌으나, 그는 들을 수조차 없었다.

"왕비마마, 서두르셔야겠습니다." 시메 공작부인이 왕비를 재촉했다. "누가 오는 것 같습니다."

네 개의 그림자는 홀연 모습을 감추었다. 대주교 역시 잰 걸음으로 숲 속을 빠져나갔다. 여전히 꿈속인 것만 같았다. 궁전 밖으로 나와 대기시켜 둔 마차를 타고나서야 겨우 크게 숨을 쉬었다. 그리고 다시 한 번, 제대로 된 인사말 하나 못 꺼낸 못난 자신을 질책했다.

(그래도 이걸로 됐어. 왕비님의 노여움이 누그러지신 게 분명해졌으니까…….)

라 모트 부인을 제외하고 호텔로 돌아온 일행은 기다리던 칼리오스트로의 방에 모여 축배를 들었다.

"대주교 꼴을 꼭 보여드리고 싶었는데 말입죠."

비예트는 입술 가장자리에 조소를 띠며 로앙 대주교의 몸짓을 흉내 내 보였다.

"왕비로 가장한 마르그리트 옷자락에 이렇게 몇 번이나 입을 맞추며 영광이옵니다, 황송하옵니다, 그런 말도 안 되는 말들을 몇 번이고 되풀이하더군요."

"마르그리트가 정말 잘해줬어요. 진짜 왕비님처럼 눈을 내리깔고 대주교를 쳐다보지 뭐예요."

비예트 부인은 마르그리트의 팔을 잡고,

"넌 정말 여자아이가 대범하기 짝이 없구나. 그래, 안 무섭든?"

"너무 웃겨서, 웃음이 터져나올까봐 혼났어요."

모두의 대화를 변함없이 냉랭하게 바라보던 칼리오스트로는 그제서야 입을 열었다.

"오늘밤 축배는 이 정도로 그만하지. 아직 일이 하나 더 남았으니까."

"더 남았다니요?"

비예트뿐만 아니라 여자들도 깜짝 놀란 듯이 마술사를 쳐다보았다.

"목걸이는 분명 백작부인이 수중에 넣었지. 하지만 자네들은 아직 보수를 받지 못했지 않나."

"그 목걸이를 분해해서 나눠 가질 계획인 줄 알았는데, 아닌갑쇼?"

"그건 너무 위험해."

칼리오스트로는 고개를 세게 저었다.

"내 생각엔 언제가 됐든 이 사건은 결국 발각될 거야. 백작부인은 일단 이탈리아로 도망쳤다가 거기서 미국으로 뜨면 안전하다고 하던데, 난 그보다 우리가 무죄 방면되는 편이 더 낫다고 생각해, 안 그런가?"

"그야 그렇지요. 그런데 어떻게 하시려고요?"

"그러려면 목걸이에 달린 보석에 손을 대면 안 돼. 그 목걸이에 손을 댔다간 중죄를 벗어나지 못할 테니까. 무거운 형을 받는 건 백작부인 하나로 충분하지. 적어도 이 칼리오스트로는 굴비처럼 엮여가기 싫네. 자네들은 어때, 날 따라 올 텐가?"

모두 서로 얼굴을 쳐다보며 눈짓으로 의논을 했다. 침묵 속에서 의견이 하나로 모였다.

"이미 한 배에 탔지 않습니까. 칼리오스트로 박사님께 모든 걸 맡기겠습니다요."

"그럼 내일, 한 번 더 일을 하지. 시메 공작부인과 비예트 시종이 대주교 저택을 찾아가는 거야. 그리고 이건 당연히 백작부인한텐 비밀로 해야 하고."

이튿날 아침 미사를 끝낸 로앙 대주교가 부제의 도움을 받아 제의를 벗고 있을 때, 시동이 방으로 들어왔다. 그리고 왕비 마리 앙투아네트의 심부름으로 사람이 찾아왔다고 전했다.

낯익은 두 사람에게 대주교가 전날 일에 대해 고맙다고 하자 시메 공작부인은 앞으로도 할 수만 있다면 기꺼이 돕겠다고 미소 지으며 말했다.

"왕비님께서도 어제의 사적인 알현에 매우 흡족해 하셨습니다. 그리고…… 괜찮으시다면 목걸이 값을 지불할 대금을 빌려주셨으면 한다고 말씀하셨습니다."

"그 돈은 이미 준비해 뒀습니다. 그런데 제가 왕비님 대리인으로서 보석상 뵈머에게 직접 건네줄 생각이었습니다만……."

"호의는 감사합니다만 그렇게 되면 대금을 빌린 사실이 세상에 알려지게 됩니다. 왕비님의 명예를 위해 왕실에서 지불한다는 형식을 취할 수 있게 해 주십사 부탁 말씀을 드리러 찾아왔습니다. 그리고 큰돈을 빌리는 입장이므로 당연히 왕비님께서는 이자를 고려하고 계십니다."

시메 공작부인은 그렇게 말하고 의미심장한 눈빛으로 대주교를 가만히 쳐다보았다.

"이자라 함은······ 대주교께서 재상이 되도록 음으로 양으로 돕겠다는 뜻입니다."

얼굴을 붉힌 로앙은 고개를 숙였다. 야심을 들켰다는 생각에 당황한 것이다. 그는 곧장 금고실로 들어가 금화 70만 리브르가 들어 있는 상자 세 개를 하인들에게 운반하게 했다.

그 세 개의 상자를 마차에 다 실은 다음 시종과 공작부인은,

"왕비님께서······ 틀림없이 기뻐하실 겁니다."

하고 수수께끼 같은 웃음을 보이며 고맙다고 말했다. 마차는 그대로 문에서 멀리 사라져 갔다······.

그날 저녁, 칼리오스트로와 그 일행은 호텔을 떠났다. 마치 바람처럼 파리에서 사라졌다.

물론 칼리오스트로와 그 일행이 이렇게 질풍처럼 파리에서 행방을 감추었음을 라 모트 백작부인은 알지 못했다.

며칠 후, 공작부인과 시종이 목걸이 대금 일부를 왕비 대신에 받아갔다는 소식을 로앙 대주교에게서 들었을 때,

"뭐라고? 제기랄!"

그녀는 귀부인이 차마 입에 담지 못할 천박한 말을 외쳤다.

"그 두 사람이······ 70만 리브르를!"

"그래, 그렇다고. 그런데, 빌려줘선 안 되는 거였나?"

"아닙니다. 그렇지는 않습니다만······."

제정신을 차린 라 모트 부인은 서둘러 감정을 억누르려 했지만, 얼굴에 이미 드러난 당황한 표정을 감출 여유가 없었다.

(이상해.)

대주교는 부인을 바라보며 갑자기 생각난 듯이 혼잣말을 했다.

"그러고 보니 그 두 사람은 내게 왕비가 쓴 차용증서도 주지 않았어."

그리고 그는 부인의 양쪽 어깨에 손을 올려놓고 새파랗게 질려 소리 쳤다.

"왜지? 왤까?"

"모르겠습니다, 저도……."

부인은 대주교의 손에 들어간 힘에 얼굴을 찡그렸다.

"분명 왕비님 체면을 생각하신 것이겠지요."

"그래도 70만 리브르라는 거액인데. 솔직히 말해서 그걸 빌려드리려고 나도 여간 고생한 게 아니야. 아무리 왕비님이라고 해도 차용증서를 받아 야지. 시메 공작부인은 그에 대해 아무 말 않던가?"

"내일 제가 받아오겠습니다."

"정말로 시메 공작부인이 실재하긴 하는 건가? 나는 베르사유 궁전에 서 한 번도 그 이름을 들어보지 못했는데……."

"두 번이나 만나지 않으셨습니까."

어깨를 꽉 누른 대주교의 손을 치우며 라 모트 백작부인은 자리에서 일 어났다. 눈에는 분노의 빛이 어렸다.

"로앙 대주교님. 그렇다면 제가 이날까지 지내온 게 모두 다 거짓말이 고, 주교님을 속였다고 생각하시는 겁니까?"

그리고 눈에 눈물이 고이더니 뺨을 타고 흘러내렸다. 그녀의 완벽한 연 기에 당황한 대주교는 부인의 손을 잡았다.

"아니오, 그런 뜻이 아니라 그냥……, 너무 불안해진 내 마음을 좀 이해 해 주시오."

화가 겨우 가라앉은 시늉을 하며 백작부인은 대주교의 저택을 나왔다. 그녀는 마부에게 행선지를 밝혔다.

"그리고 칼리오스트로 님이 아직 숙박 중이신지 물어봐 줘."

센 강에 가까운 호텔에 마차가 멈추자, 여주인이 명령한 대로 마부는 안으로 들어갔다가 바로 돌아왔다.

"칼리오스트로 님은 벌써 떠나셨다고 하는뎁쇼."

천을 찢는 웃음소리가 라 모트 백작부인의 입술에서 터져 나왔다. 그녀는 두 손으로 얼굴을 감싸고 미친 듯이 계속 웃었다.

(나쁜 놈. 나까지 속이다니, 정말 나쁜…….)

70만 리브르를 탈취하고 도주한 칼리오스트로의 의중을, 이 악녀는 훤히 들여다볼 수 있었다. 이번 사건이 발각되면 그 책임을 모두 그녀에게 뒤집어씌울 작정인 것이다.

(흥, 내가 그렇게 호락호락 넘어갈까봐?)

고가품인 목걸이는 그녀의 수중에 있지 않은가. 칼리오스트로는 목걸이 가격의 반도 안 되는 돈을 가져갔을 뿐이다. 발각되기 전에 프랑스를 떠나 이탈리아로 가야겠다. 언젠가 혁명이 일어나 왕실이 붕괴되고 민중 정부가 성립되면 가슴을 펴고 당당하게 파리로 돌아올 수 있을 것이다. 제일 이득을 본 것은 자신이라며 라 모트 부인은 스스로를 위로했다.

그러나 로앙 대주교의 의구심은 완전히 풀리지 않았다. 70만 리브르를 시메 공작부인과 시종에게 건네주었다는 말을 들었을 때 그 여자가 보인 표정을 그는 잊을 수가 없었다. 그러고 보니 지금까지 아귀가 맞지 않는 일들이 너무나 많았다.

(여태껏 내가 속아온 건 아닐까?)

불안이 마음속을 암운처럼 채우자 그는 안절부절 못했다.

먼저 알아봐야 할 것은 시메 공작부인이라는 여자가 과연 존재하는가, 정말로 존재한다 하더라도 왕비의 수족이 되어 모든 일들을 지휘할 만큼 최측근인가 하는 점이었다.

깃털 펜을 들어 편지를 한 통 쓴 그는 하인에게 당장 폴리냐크 부인의 남편 폴리냐크 백작에게 전하라고 명령했다.

"그리고 반드시 답장을 받아오너라."

그 하인이 말에 채찍을 휘두르며 베르사유에 다녀오기까지 몇 시간 내내, 대주교 로앙은 희멀건 얼굴에 초조함을 띤 채 거실을 서성거렸다.

그날 저녁—.

이미 밖은 어둠에 싸인 후였고 하인은 이마에 송골송골 땀이 맺힌 채 돌아왔다. 대주교는 하인이 내민 폴리냐크 백작의 답장을 초조하게 뜯은 다음 집어삼킬 듯한 눈으로 읽어 내려갔다.

"문의하신 사항에 대해 답변을 드립니다. 시메 공작부인이라는 분은 분명 계십니다만, 우리는 그분이 왕비마마의 측근 중 한 사람이거나, 혹은 과거에 그랬던 적이 있었다는 말은 들어본 적이 없습니다. 왜냐하면 시메 공작부인은 예순이 넘은 고령이시니까요."

예순이 넘은 고령의 귀부인. 속았다는 것을 알았을 때, 로앙 대주교는 짐승 같은 신음소리를 냈다.

대담하게도 로앙 대주교의 갑작스런 방문과 그의 성난 고함소리를 다 듣고 나서 라 모트 부인은 입술에 도전적인 비웃음을 내비쳤다.

이미 한밤중에 가까운 시간이었다.

"말씀대로 모두 거짓입니다." 여자는 무덤덤하게 대답했다. "하지만 그 목걸이는 이미 제 손에 없습니다. 공모했던 자들이 들고 파리를 떴거든요."

"그렇다면…… 돌려줄 생각조차 없다는 건가."

"없습니다."

대주교가 고함을 치면 칠수록, 부인은 냉정하고 차분해졌다.

"조용히 좀 하시지요. 큰소리를 치신다고 문제가 해결되는 것은 아니지 않습니까."

"고소할 거야."

"지금 뭐라고 하셨습니까, 고소한다고요? 저를요? 마음대로 하시지요. 그러시면 제가 당신과 정을 통했다는 걸 세상이 다 알게 되겠지요. 아마 파리의 팸플릿 제작자들이 꽤나 좋아하겠군요. 파리의 대주교이자 궁중 사제장이라는 분이 율법을 어기고, 저뿐만 아니라 수많은 여자들과 정을 통했다고 신이 나서 써댈 겁니다."

벽에 기댄 로앙 대주교의 낯빛이 벽보다 더 어두운 빛으로 변했다. 주교 모(帽)가 바닥에 떨어져 머리는 헝클어지고 눈에는 핏발이 서 있었다.

"그렇게 되면 재상은커녕, 틀림없이 지금 지위까지 잃게 되겠지요. 국왕과 왕비가 그런 분의 미사에 참석하실 수는 없을 테니까요……."

"악마 같은 것!"

"좋을 대로 부르시지요. 그래서 화가 풀리신다면요."

이 악녀는 마치 보채는 아이를 달래는 어머니처럼 자상하게 말했다.

"더 이상 자신을 괴롭히지 마시지요. 저를 고소하겠다는 어리석은 말씀 좀 하지 마시고, 조금은 현명해지시는 게 어떻습니까? 그리고 행실을 바르게 고치셔서 존경받는 진정한 성직자가 되도록 하십시오. 그걸 깨닫기 위해 160만 리브르를 지불한다고 생각하시면…… 옛말에도 있지 않습니까, 고통스러운 시련일수록 지혜를 만드는 좋은 교훈을 준다고."

라 모트 부인은 대주교가 그녀를 고소할 수 없는 입장임을 잘 알고 있었다.

"이해하셨으면, 저는 그 목걸이 가격 중에서 60만 리브르는 돌려드리도록 하겠습니다."

쾌활한 웃음소리를 내더니 그녀는 대주교를 그곳에 남긴 채 옷자락을 펄럭이며 방을 나갔다.

그 시간, 베르사유 궁전 깊숙이 자리한 침실에서 마리 앙투아네트는 아무 것도 모른 채, 조용히 규칙적인 숨소리를 내며 잠들어 있었다…….

발각

정원에서 웃지 못 할 희극이 벌어진 그해 여름, 왕비 마리 앙투아네트는 보석상 뵈머로부터 수수께끼에 싸인 편지를 받았다.

"이번에 왕비님께서 말씀하신 계약이 저희의 복종과 헌신을 증명하는 것이라 믿으며, 오로지 성실과 존경심으로 승낙하는 바입니다."

계약? 대체 무슨 계약이란 말이지? 그녀는 폴리냐크 부인과 캄팡 부인에게 물었다. 폴리냐크 부인은 물론, 왕비 비서 아내인 캄팡 부인도 어깨를 움츠리며 고개를 저었다.

"분명 그 보석상이 머리가 어떻게 되었나 봅니다."

그녀는 웃으며 이 편지를 촛대 불에 대었다. 뵈머의 편지는 펄럭이는 나방처럼 불꽃에 타올라 재가 되었다…….

이것으로 앙투아네트는 이 일을 까맣게 잊었고, 머리 한구석에 떠올리는 일조차 없었다.

그런데 그로부터 삼 주 정도 지난 어느 날, 캄팡 부인이 당혹스런 표정으로 왕비에게 어떤 일에 대해 보고하러 찾아왔다.

"여우에게 홀린 것도 아니고 참으로 이상한 일도 다 있습니다. 그 보석상이 이번엔 제 별장으로 찾아왔지 뭡니까. 처음엔 무슨 말을 하는지 도무지 이해를 할 수 없었습니다만, 그는 왕비님께서 약속하신 대금지불을 받고 싶다고만 되풀이해서 말하지 뭐겠습니까."

"지불? 뭘 지불하라는 거죠?"

"그게……." 캉팡 부인은 웅얼거렸다.

"그 있지 않습니까, 그 남자가 만든 그 훌륭한 목걸이, 바로 그 목걸이 대금이라고 합니다."

"목걸이 대금이라고요?"

마리 앙투아네트는 전혀 이해할 수 없었다. 그 목걸이 대금을 왜 그녀가 지불해야 하는가?

물론 화려한 그 목걸이에 대해서는 그녀도 알고 있었다. 전 국왕이 뒤바리 부인을 위해 제작하게 한 것인데 국왕이 서거하고 뒤바리 부인이 실각하면서 주인을 찾지 못한 그 장신구. 뵈머는 그 목걸이를 들고 찾아와 왕비에게 사 주십사 애원한 적도 있었다.

캉팡 부인이 말한 대로 훌륭한 목걸이였다. 마리 앙투아네트조차 여태껏 그렇게까지 현란한 장신구를 본 적이 없었다. 반짝이는 540개의 다이아몬드가 별들처럼 알알이 박혀 빛났고, 그 빛은 왕비의 마음을 매혹했었다.

그러나 자그마치 160만 리브르, 아무리 마리 앙투아네트라지만 도저히 구입할 수 없는 가격이었다. 무릎을 꿇고 애원하는 뵈머에게 그녀는 고개를 가로 저을 수밖에 없었다…….

그 기억이 다시 떠오르며,

"그걸…… 제가 샀다고 그가 말하던가요?"

"네. 뵈머는 대리인이자 계약서에 서명까지 한 로앙 대주교에게 이미 물건을 건네주었다고 합니다. 저는 물론 있을 수 없는 일이라고 잘라 말했습니다. 왕비님께서 대주교에게 그런 부탁을 하실 리가 없다고 설명도 했고요."

"당연하죠. 그래서 뵈머는, 납득하던가요?"

"천만에요. 그는 그러는 저야말로 진실에 대해 아무 것도 모른다고 주장하더군요."

"그 남자, 미쳤군요."

마리 앙투아네트는 경악했다.

"대주교니, 대리인이니."

"어찌 하시겠습니까? 참 이런 말도 안 되는 얘기를. 그대로 방치하올까요?"

"아뇨, 조사를 좀 해 주세요. 이번 일은 제 이름을 사칭해서 대주교가 뭔가를 꾸민 것 같습니다. 빈에 계신 어머니께서 제게 보내주셨던 서찰 내용이 정말이었군요. 그 성직자를 조심하라셨던 그 서찰 말이에요……."

캉팡 부인은 당장 왕비의 비서인 남편에게 이 수수께끼 같은 사건을 보고하였고, 캉팡 백작도 바로 조사에 착수했다. 뵈머에게 사건의 전말을 기록해서 제출하도록 명령한 것이다.

열흘 후, 뵈머는 명령대로 그때까지의 일들을 대충 정리한 보고서를 제출했다.

바로 국왕 집무실에서 국왕의 사적인 긴급회의가 열렸다. 모인 면면은 국왕부부와 궁내부장관 브르퇴유 남작, 공보장관 미로메닐(Miromesnil), 이 네 사람뿐이었고 다른 사람들은 안을 들여다볼 수조차 없었다.

분노를 노골적으로 드러낸 왕비 마리 앙투아네트는 외쳤다.

"로앙 대주교를 체포해 주세요. 그 사람은 제 이름을 사칭해 끔찍한 사기를 꾸몄습니다."

"노여워하시는 게 지당하신 줄 아옵니다만…… 대주교라는 지위에 있는 사람을 체포하게 되면 일이 너무 커지게 되지 않을까 심려 되옵니다……."

미로메닐은 왕비를 부드럽게 달래려 했다.

"이건 예상으로 말씀드리는 것이긴 합니다만……."

이번에는 브르퇴유 궁내부장관이 눈을 감고 중얼거렸다.

"대주교는 오랫동안 낭비를 일삼으며 재산을 탕진하고 그걸 어떻게든 메워보려고 이런 과오를 범한 게 아닐까요?"

그는 로앙 대주교를 혐오한다는 점에서는 왕비와 같은 입장이었지만, 그의 경우에는 재상 자리를 넘보는 로앙의 야심을 꿰뚫어보았기 때문이었다.

"그래요, 그런 이유가 틀림없어요."

궁내부장관의 말에 왕비는 맞장구를 치며 고개를 끄덕였다.

"어쨌든 간에 그는 제 체면과 명예를 실추시켰습니다."

논의는 끝나지 않았다. 왕비는 대주교를 체포해야 한다고 주장했고, 미로메닐 대변인은 이에 반대했다. 궁내부장관이 왕비의 편을 들었기 때문에 의견이 둘로 갈라졌다.

"폐하께서는 어찌 생각하시옵니까?"

아내가 그렇게 재촉했을 때, 루이 16세는 당혹스런 표정을 지었다. 사람 좋은 그는 사건을 불거지게 만들고 싶지 않았다. 사건은 가급적 원만하게 해결하고 싶었다.

"난 공보장관 의견과 같은데. 체포는 너무 심하지 않겠소?"

"그럼 폐하께선 저보고 이 일을 그냥 웃어 넘기라시는 겁니까?"

"아니, 내 말은 그게 아니고……"

관방장관은 당황해 고개를 젓는 루이 16세의 말을 거들었다.

"폐하. 대주교와 말씀을 나누심이 어떠실는지요. 저희는 보석상의 변명은 들어 알고 있습니다만, 대주교에게도 해명할 기회를 주어야 하지 않겠습니까? 양쪽 말을 들어봐야 공평할 것으로 사료되옵니다."

"그렇군."

살았다는 듯이 국왕은 고개를 끄덕이고는

"그렇게 합시다"

하고 중얼거렸다.

대주교가 바로 불려왔다. 그는 예배당에 가려던 참이었는데 이 이야기를 듣자 창백해진 얼굴로 국왕집무실을 향해 걸어갔다.

집무실에 들어가자 네 사람의 시선이 그에게 쏟아졌다. 루이 16세의 곤란한 표정, 미로메닐 공보장관의 긴장된 표정, 대주교를 싫어하는 궁내부장관 브르퇴유의 조소를 띤 표정, 그리고 그 세 얼굴 사이에, 분노로 불꽃처럼 이글대는 눈빛의 왕비가 앉아 있었다.

"대주교."

루이 16세가 약간 시선을 피하며 말했다.

"문제가 생겼소. 보석상 뵈머가 일으킨 사건에 당신 이름이 거론되는데. 당신은…… 뵈머에게서 목걸이를 산 일이 있소?"

대주교는 몸을 부들부들 떨며,

"네"

하고 기어들어가는 목소리로 대답했다.

"그걸 당신 명의로 샀소?"

침묵이 이어졌다. 한참 후에야 대주교는 겨우 고개를 가로 저었다.

"왕비마마 명의로, 제가 대리인이 되었습니다."

"전," 마리 앙투아네트는 쇠가 긁히듯 날카로운 소리로 외쳤다.

"당신을 대리인으로 세운 기억이 없습니다."

"전…… 아무 것도 몰랐습니다. 그저 시메 공작부인이라는 여인의 전언으로 제게 대리인이 되라는 명령을 하셨다고……."

왕비는 깜짝 놀라 이 가엾은 남자의 얼굴을 응시했다. 시메 공작부인? 그 여자가 내 말을 전했다고? 그는 대체 무슨 소리를 하고 있는 걸까?

"게다가 왕비마마 시종도 저희 집에 와서 목걸이를 갖고 가기에, 전 이미 왕비마마께서 목걸이를 받으신 줄 믿고……."

"대체 무슨 말을 하고 싶으신 겁니까?"

로앙 대주교는 눈에 가득 눈물을 담고 자기는 완벽한 피해자였다고 말하기 시작했다. 혼란스러운 데다가 종잡을 수 없는 그의 말을 통해 사건의 진상을 파악하기란 좀처럼 어려웠다.

침묵이 잠시 이어진 후,

"제가 속았습니다" 하고 로앙 대주교가 숨을 헐떡이며 말했다.

"모두 라 모트 백작부인이 꾸민 짓입니다."

"라 모트 백작부인? 대체 그 사람은 누구랍니까?"

마리 앙투아네트는 분노로 목소리를 떨며 물었다.

"왕비마마께서 제게 보낸 서찰을 건네주던 여자입니다. 목걸이를 왕비마마에게 선물하라고 꼬드긴 것도 그 여자입니다."

"전 당신한테 그런 편지를 쓴 기억이 전혀 없습니다. 솔직히 말씀드려 전 당신한테 전혀 호의를 갖고 있지 않거든요."

"알다마다요. 그걸 잘 알고 있었기 때문에 왕비마마의 역정을 푸는데 라 모트 백작부인이 발 벗고 나서겠다기에…… 시메 공작부인이 다리를 놓고……."

"대체 무슨 말씀을 하시는 겁니까? 전 그런 공작부인과 이야기를 해본 적도 없습니다."

로앙 대주교는 두 손으로 머리를 감싸 쥐고 고개를 숙였다. 그의 감은 두 눈 안쪽에 파멸이라는 검은 두 글자가 새까맣고 또렷하게 박혀 있었다. 방금 내 미래가 산산조각이 났다. 그 여자 때문이다, 이게 다 그 여자 때문이다…….

"제가 멍청했습니다."

"동감입니다." 왕비의 목소리는 차가웠다.

"결코 현명한 분이 하실 행동은 아니지요."

"대주교." 루이 16세가 그를 도왔다.

"당신이 왕비에게서 받았다는 편지를 갖고 있다면 보여주어야 할 것 같은데……."

제정신을 차린 대주교는 서둘러 주머니에서 한 통의 편지를 꺼냈다. 침묵 속에서 그 편지가 왕의 손에서 왕비의 손으로, 왕비의 손에서 궁내부 장관과 대변인에게 건너갔다.

"왕비 필적도 아니고 왕비의 서명도 아니오" 하고 국왕은 포기한 듯이 말했다.

"대주교이자 궁중 사제장인 당신이 이런 서명을 왕비가 했다고 생각했다니 믿기 어렵군. 프랑스의 마리 앙투아네트라니……. 왕비는 서명할 땐 항상 세례명만 쓴다는 건 누구나 다 아는 사실 아닌가. 안됐지만 대주교, 이번 사건엔 당신 한 사람만 관련된 게 아닌 모양이군. 그 라 모트 백작부인이라는 사람과 시메 공작부인을 사칭한 여자들도 다 조사해 봐야겠어.
당신이…… 그 동안 충분한 변명을 할 수 있기를 바랄 뿐이네……."

"폐하, 전 체포되는 것이옵니까?"

로앙 대주교는 벌떡 일어나 절규했다. 국왕은 눈을 돌려 아무 말도 하
지 않았다. 마리 앙투아네트는 분노로 눈물을 가득 담은 채 대주교를 노
려보고 있었다.

궁내부 장관 브르퇴유는 문을 열어,

"근위대장. 대주교를 체포하시오"

하고 큰 소리로 명령했다.

검 자루를 손으로 누르며 제복을 입은 근위대장이 성큼성큼 집무실 앞
으로 걸어왔다.

"대주교님, 폐하의 명령이십니다."

로앙은 시체처럼 창백해진 얼굴로 비틀거리며 근위대장에게 팔을 이끌
린 채 국왕 집무실을 나갔다.

대기실, 의례실, 회랑으로 모여든 신하들은 멍하니 연행되어가는 대주
교를 바라보고 있었다.

"무슨 일이지?"

"무슨 일이 일어난 거야?"

로앙이 사라지자 사람들은 서로 얼굴을 마주보며 소곤댔다.

"대주교는 불경죄 혐의로 체포되었습니다."

브르퇴유는 큰 소리로 모두에게 설명했다.

라 모트 백작부인은 뇌브 생 질 거리 저택에서 이미 도주해 버리고 없
었다. 부인의 집에 들이닥친 경찰들은 텅 빈 공허한 집에서 이를 갈아야

했다.

그날, 샹파뉴(Champagne) 지방 퐁테트 마을을 향해 여섯 대의 사륜마 차가 가도를 달려갔다. 선두를 달리던 마차 안에는 라 모트 부인과 수석 시녀가, 다른 다섯 대에는 그녀가 고용한 요리사와 시종들, 급사들이 타고 있다.

그녀는 이미 이 마을에서 샤토(château, 城)라 불리는 저택을 빌렸다. 여기서 그녀는 당분간 머물렀다가 이탈리아로 도망칠 계획이었다.

점심식사를 위해 집으로 돌아가는 농부들은 괭이와 광주리를 든 채, 초록 숲을 지나 마을 어귀에 들어선 여섯 대의 마차를 깜짝 놀라 입을 벌 리고 쳐다보았다.

"우리 조상은 지금 루이 일족보다 훨씬 전에 프랑스 국왕이었던 앙리 2 세야. 앙리 2세는 아들 앙리 드 생 레미(Henri de Saint Rémy)에게 이 지 방을 하사하셨어."

그녀는 자신의 범행이 아직 발각되지 않았을 것이라고 사태를 쉽게 생 각하고 있었다. 로앙 대주교가 설마 나를 고소하지는 못 할 것이다, 나를 고소했다가는 그와의 정사가 모두 표면에 드러날 테니까. 그러니 당분간 이 마을에서 호사를 누려야겠다. 그 목걸이에 달린 다이아몬드와 다른 보 석들을 영국에서 조금씩 팔아 돈이 들어오게 이미 손을 써 뒀다.

"사흘 후에 마을 농민들을 초대해서 연회를 벌이도록 해."

그녀는 수석시녀에게 명령했다.

"그리고 내가 옛날 여기 영주 자손이라고 설명해주고."

일행이 이 마을에 도착한 지 사흘 째 되는 날, 성 정원에서 성대한 잔 치가 열렸다. 마을 사람은 누구든 와도 좋다는 소식을 교회 앞에서 전달 하자 남녀노소 환성을 질렀다.

굶주렸던 그들은 끊임없이 구워지는 돼지고기와 닭고기, 그리고 통째로 마실 수 있는 포도주에 놀라 눈을 크게 떴고, 앞 다투어 먹고 마시기 시작했다. 라 모트 부인은 딱 한 번 저택의 돌계단에 서서 그들에게 미소를 지어보이며 손을 흔들었다. 그 모습은 흡사 이 마을 영주 부인 같았다. 농민들 중에는 땅바닥에 무릎을 꿇고 그녀에게 머리를 조아리는 자도 있었다. 그날부로 그녀는 농민들에게 여신과 같은 고마운 존재가 되었다.

일주일 정도 지난 어느 날 아침, 라 모트 부인의 마차가 나타난 바로 그 길 숲에서 말을 탄 여섯 명의 남자가 모습을 드러냈다.

"라 모트라는 여자는 어디 있나?"

대장으로 보이는 남자가 농부에게 물었다. 그 남자는 성이 어디 있는지 듣자 부하들에게 신호를 보내 말을 내달렸다.

성을 포위하자 대장은 돌계단을 올라가 문에 달린 종을 쳤다.

"라 모트 부인을 체포하겠다. 부인은 바스티유 감옥으로 호송될 것이며 재판 판결이 날 때까지 그곳에 유폐될 것이다."

체포장을 본 수석시녀는 비명과 같은 소리를 질렀다.

그 목소리를 듣자 부인은 큰 방에 모습을 드러냈다. 그곳에 있는 경찰들을 보고 모든 것을 알아차렸다.

"저는 모르는 일입니다."

그녀는 위엄을 띠며 대답했다.

"그렇다면 해명을 하기 위해 파리로 오시지요."

대장이 냉정하게 고개를 젓자 부인은

"그 더러운 구둣발로 내 저택을 더럽히지 마세요. 난 내 명예를 위해서라도 내 마차를 타고 파리로 가겠어요. 당신들은 뒤를 따라 오시든가."

"쓸데없는 발악은 이제 그만 두시지. 로앙 대주교가 국왕폐하께 모두 털어놓으셨소."

그 말을 들은 부인의 얼굴이 창백해졌다.

마을에선 한바탕 소동이 벌어졌다. 이 지방 영주의 자손이라는 고귀한 여성이 시종 하나 없이 마차에 구겨 넣어진 채 경찰들에게 끌려 저택을 나서는 것을 보고, 농민들은 너무나 놀라 입을 쩍 벌리고 서 있었다.

"금방 돌아올 거예요."

마차 창문에서 라 모트 부인은 뻔뻔스러운 미소를 띠며 줄지어 그녀를 쳐다보는 농민들에게 그렇게 말했다.

"이 경찰들은 다들 잘릴 거예요. 내게 이런 무례한 짓을 저질렀으니 당연한 일이죠."

마차는 푸릇푸릇한 숲속으로 사라졌다.

이 무렵 로앙 대주교는 이미 바스티유 감옥에 감금되어 있었다. 지금까지와는 완전히 달라진 비참한 모습으로, 벽을 그대로 드러낸 방에서 머리를 감싸 쥔 채 하루하루를 보내고 있었다. 신분이 높은 그는 감옥 안에서도 시종을 두 사람 두어도 좋다는 허락을 받았다.

(그 여자 때문이다, 이게 다 그 여자 때문이다……)

그는 얼굴을 감싼 손가락 사이로 때때로 그 원한 맺힌 목소리를 냈다. 그리고 그는, 그가 저주하는 그 여자 역시 바스티유 감옥에 갇혔다는 사실을 알지 못했다.

무심한 왕비 마리 앙투아네트.

그녀는 로앙 대주교와 그의 배후에서 이 사기극을 조종했던 라 모트 백작부인이라는 여자를 시야에서 제거해버림으로써 사건은 일단락됐다고 믿었다.

그녀 같은 종류의 여자들은 격렬하게 화를 냈다가도 상대방이 눈앞에서 사라지면 바로 그 원한을 잊어버린다. 그리고 순진하게도, 그런 모욕을 받은 그녀를 중신들, 귀족과 귀부인, 더 나아가 파리 시민들도 마음으로부터 동정해줄 것이라고 믿었던 것이다.

그 증거로, 대주교와 라 모트 부인이 체포된 지 2개월도 채 못 되었을 때 왕비는 센 강에서 벗들과 시종들을 데리고 뱃놀이를 즐겼다.

대포가 천지를 울린다. 마리 앙투아네트의 일행을 태운 흰 배에 밧줄이 매이고 열다섯 마리의 말이 그 줄을 끌고 간다. 왕비는 경쾌하게 움직이는 배 위에서, 강기슭 저편에 서서 그녀를 바라보는 구경꾼들에게 손을 흔들었다.

"저기 좀 봐요."

그녀는 폴리냐크 부인과 캉팡 부인을 뒤돌아보았다.

"저기, 사람들이 몰려들어 우리를 환영하고 있어요. 저것 봐요, 혁명 따위가 일어날 리 없잖아요."

그러나 강기슭에 모여든 파리 시민들이 얼마나 차가운 시선으로 그녀를 바라보고 있는지, 무슨 말을 하고 있는지 그녀는 모른다.

"160만 리브르짜리 목걸이를 살 수 있다지? 가난한 우리는 1리브르도 아까워서 쩔쩔매는 걸 저 여자가 알 리 없지."

"맞아." 여자들은 소리쳤다. "아이들한테 빵 한 번 실컷 먹여보지 못하는데."

무심한 왕비 마리 앙투아네트. 그 시민들 목소리는 그녀의 귀에 가 닿지 않았다. 그리고 그녀는 파리뿐만 아니라 베르사유 궁전에서도 이 사건을 계기로 왕비를 비웃고 비방하는 목소리가 더욱 커졌음을 알지 못했다.

"실은 왕비는 그 목걸이를 갖고 싶어서 로앙 대주교를 이용한 거야. 그게 다 밝혀질 것 같아서 혼자만 모른 척 빠져나오고 모든 죄를 대주교에게 전가한 거지."

이 소문은 궁전뿐만 아니라 대주교의 명예를 지키려는 교회 성직자들 사이에서도 퍼져나갔다.

"그게 아니라, 왕비는 로앙 대주교를 싫어해서 그를 불쾌하게 여기는 브르퇴유 궁내부 장관과 짜고 이런 덫을 친 거야. 이건 처음부터 왕비가 가담한 대주교 추방을 위한 연극이었던 거지."

중신들 중에는 의기양양하게 이런 말을 속삭이는 자들도 있었다.

진위와 상관없이 마리 앙투아네트를 둘러싼 험담과 비웃음과 조소가 궁전 여기저기서 퍼져나가고 있었다. 파리에서도 왕실과 귀족들에 대한 원한과 분노의 목소리가 들끓었다. 굶주린 시민들과 국민의 고통은 뒷전이고 그렇게 비싼 목걸이를 사들이다니… 카페에서는 혁명을 부르짖는 남자들이 이 사건을 문제 삼았고, 신문은 신문대로 연일 대서특필했다. 그 목소리가 점차 커졌고, 그 목소리가 사람들의 분노를 부채질하고 폭발하기까지 시간은 별로 걸리지 않았다…….

바스티유 감옥에서 로앙 대주교는 옆방에 있는 어떤 남자를 알게 되었다. 남자는 감옥방에서 거의 나오는 일 없이 햇볕이 들지 않는 벽에 몸을 향한 채, 글을 쓰고 있었다.

창백한 얼굴을 한 그 남자는 사드 후작이라고 했다. 그는 옥중의 다른 수감자들과도 좀체 말을 하지 않았다. 그의 죄명은 정치범도 사상범도 아닌 파렴치죄라는 것을 모두들 잘 알고 있었다.

(그 남자는 기괴한 악에 탐닉하는 자야. 아비뇽 근처 라 코스트에 영지를 갖고 있다는데 자기 성 안에 마을 여자들과 젊은이들을 끌어들여 차

마 말 못할 연회를 매일 밤 열었다는군. 마르세유에서는 매춘부들에게 설사약이 든 과자를 먹여 그 고통스러워하는 모습을 보며 희열을 느끼고 파리에서는 거지 여자를 꼬드겨 근처에 빌린 방에 가둔 다음 침대에 묶고 때리면서 흥분했다지……)

이 이야기는 로앙 대주교 귀에도 금세 들어갔다. 아무리 호색가인 대주교라 해도 섬뜩하게 느끼지 않을 수 없는 이야기였다.

"매일 밤늦게까지 글을 쓰고 계신다면서요."

어느 날, 대주교가 안뜰에서 감시를 받으며 산책을 하고 있을 때, 이 괴이쩍은 남자도 팔짱을 끼고 걷고 있었다. 대주교는 할 수 없이 후작에게 말을 걸었다.

"실례지만 어떤 책을 쓰십니까?"

그러자 사드 후작은 로앙 대주교를 업신여기는 눈으로 바라보았다.

"어떤 책이냐고요?" 그는 대담한 웃음을 입술에 띠우고 "그 얘기를 듣고 싶으십니까?"

"괜찮으시다면요……."

"혁명에 관한 책입니다."

"혁명이라고요?" 대주교 로앙은 놀라 어깨를 움츠렸다.

"전 당신이 요즘 유행하는 급진파인 줄은 몰랐습니다만……."

갑자기 사드 후작은 얼굴에 분노의 빛을 드러냈다.

"급진파란 정치 팸플릿을 만드는 그 자들을 말하는 거요? 말 같지 않은 소리를. 내가 말하는 혁명이란 그런 군주제 타도 같은 쩨쩨한 게 아니오. 물론 군주제는 타도되어야지. 그러나 난 인간의 도덕혁명을 목표로 하고 있소. 당신 같은 가짜 성직자가 입으로만 하는 그리스도교 도덕의 위선을 벗겨내고 진정한 인간의 도덕을 주장하는 거요."

마치 둑이 터져 물이 넘쳐흐르는 것처럼 사드 후작이 말하기 시작했다.

"오늘날까지 사람들이 선이라고 했던 것들은 내가 보기엔 위선에 지나지 않소. 오늘날까지 악이었던 것은 내가 보기엔 아름다운 빛을 발하는 선이오. ……나나 당신이나 여자 꽁무니를 쫓아다니는 건 똑같지. 하지만 당신은 그냥 교활한 호색가일 뿐이야. 그래, 경멸스럽게도 먼지처럼 작은 악당이지. 당신 따위가 내 이야기를 알아들을 리 없지."

획 돌아선 그 남자는 대주교를 돌멩이처럼 무시하고 감옥 안으로 사라졌다. 놀라서 기가 찬 대주교는,

"저 놈은 완전히 미쳤어"

하고 외쳤다.

1786년, 새해가 밝았다. 그해 5월이 되어서야 고등법원은 이 목걸이 사건에 대한 재판을 개정했다. 재판이 개시되기까지 이렇게 시간이 걸린 이유는 사건의 기괴함뿐만 아니라 프랑스 최고의 명문 집안 출신이자 대주교라는 지위에 있는 인물을 법정으로 끌어내는 데에 반대하는 사람이 많아서였다. 사건은 이제 사회문제로까지 확대되었다.

이해 5월 30일, 라 모트 백작부인은 바스티유 감옥에서 마차를 타고 법정으로 끌려나왔다.

그녀는 법정에서 느긋하고 자신에 찬 태도로 질의에 응답했다.

"저는 이번 사건에 손 하나 까딱하지 않았습니다. 대주교님과 왕비님 사이를 이어줄 힘이 제게 있을 리 없지 않겠습니까? 전 대주교님을 존경하고 있기에 왕비님 기분이 풀어지기를 진심으로 기도하긴 했습니다만……."

"하지만 대주교는 그러기 위해 당신이 힘써 주겠다고 약속했다고 하는

데……."

"가당찮습니다. 제게 그런 자격도 능력도 없다는 것쯤 대주교님도 잘 알고 계실 텐데요."

"당신이 왕비마마가 대주교에게 보낸 편지를 나르는 운반책이었다고 하던데."

"제가요?"

그녀는 갑자기 쾌활한 목소리로 웃기 시작했다. 법정 안이 어수선해졌다.

"무슨 편지 말씀이시죠? 왕비님 편지가 틀림없습니까?"

"왕비님 편지가 아니오. 서명이 달랐소."

"그렇다면 왕비님 편지도 아닌 걸 제가 날랐다고 물으시는 겁니까? 그 점에 대해선 제게 죄가 없군요. 맹세컨대 전 그런 기억이 전혀 없습니다."

의기양양하게 피고인은 재판관을 올려다보았다.

"그러나 전 왕비님께서 대주교님께 보내신 편지를 일부 본 적이 있습니다."

다시 법정에 목소리가 파도처럼 퍼졌다.

"로앙 대주교님이 보여주셨습니다. 그 편지에서 왕비님께선 대주교님을 친밀한 말로 부르셨습니다."

파리에서 도주한 칼리오스트로 일행은 본거지였던 리옹에 도착했다. 마르그리트와 토끼 아주머니가 오랜만에 보는 리옹은 무엇 하나 변한 게 없었다. 론 강과 손 강은 변함없이 유유히 도시를 흐르고 있었고 그 도시 위를 생 장 성당의 종소리가 울려 퍼지고 있었다.

"잘 들어. 이 일은 언젠가 발각될 거야. 그건 각오해 두는 편이 좋아."

칼리오스트로는 모두에게 말했다.

"하지만 잡혀가더라도 무죄방면 되면 되는 거야. 우리 중에 특히 잡혀갈 만한 사람은 나와 비예트 부부야. 토끼 아주머니와 마르그리트는 문제없어. 아무튼 무슨 말인지 전혀 모르겠다고 무조건 잡아떼면 돼."

그리고 그는 로앙 대주교에게서 빼앗아 온 돈을 모두에게 나누어주었다. 비예트 부부가 3분의 2를, 나머지를 토끼 아주머니와 마르그리트가 둘로 나누어가졌다.

"칼리오스트로 박사님, 정말 한 푼도 필요 없으신 겁니까?"

비예트의 질문에 칼리오스트로는 처음으로 씨익 웃고는,

"난 돈을 위해 이 일을 한 게 아니야. 난 프랑스 왕비의 코를 납작하게 눌러준 것만으로도 충분하다고. 아니 코만 누른 게 아니지. 이 사건은 결코 이대로 끝나지 않을 거야. 어쩌면,"

거기서 그는 숨을 한 번 들이쉬고 중얼거렸다.

"너희들이 상상도 못할 일의 도화선이 될 지도 몰라."

"어떤 일을 말씀……."

"프랑스를 크게 움직일 만한……, 혁명이라고 할까."

그는 그 후 비예트에게 만약 체포된다면 무어라 말할지 자세히 설명했다. 영민한 비예트는 칼리오스트로의 말을 바로 이해했다.

라 모트 부인과 로앙 대주교가 체포되었다는 뉴스가 그 이튿날 리옹까지 퍼졌다.

"자, 이제 헤어질 때가 되었군. 나는 리옹에 남겠지만, 너희들은 각자 흩어지는 게 좋겠어. 그렇지 않으면 바로 일당인 게 탄로 날 테니까. 토끼 아주머니와 마르그리트는 비예트 부부와도, 나와도 만난 적이 없다고 하는 거야. 그리고 돈은 반드시 숨겨 둬. 큰돈을 들고 다니다가는 의심을 살 테니까."

칼리오스트로의 명령에 따라 이튿날, 비예트 부부와 토끼아주머니와 마르그리트는 둘로 갈라져 리옹을 떠났다. 부부는 북쪽을 향하는 도로로, 토끼 아주머니와 마르그리트는 마르세유로 도망치기로 했다.

스트라스부르와 파리와 리옹밖에 모르는 마르그리트는 북프랑스와 중프랑스와는 전혀 다른 남프랑스의 풍경에 매혹되었다.

새하얀 화강암 산들. 그리고 우산모양의 소나무 숲. 물레방아. 눈부신 태양이 시골길이며 여자들이 빨래하는 강물에 부딪쳐 반짝인다. 그리고 모든 게 밝고 즐거워 보였다.

그러나 그런 겉모습, 밝아 보이는 풍경과 반대되는 광경을 종종 목격했다. 괭이와 가래를 어깨에 멘 농부들이 맨발로 무리를 이루어 큰 소리로 외쳤다.

"빵을 돌려 달라, 보리를 돌려 달라!"

이 남프랑스도 기아에 허덕이고 있어 실정을 저주하는 목소리가 여기저기서 들려왔다.

마르세유의 하늘은 푸르렀다. 바다 역시 푸르렀다. 항구에는 숲의 나무들처럼 배가 모여들었고, 어부들이 그물에서 건져 올린 조개와 생선이 남프랑스의 햇빛에 반짝반짝 빛나고 있었다.

마르세유 번화가에도 카페가 생겨 파리의 쿠르라렌처럼 남자들이 모여서는 정치논의가 한창이었다. 목걸이사건의 경과에 대해 서로 소식을 전하고 진실이 무엇인지 갑론을박했다. 액센트가 강한 마르세유 사투리들을 통해, 재판이 시작되었고 법정에서 라 모트 부인이 결국 칼리오스트로의 이름을 거론했음을 알게 되었다.

언젠가 경찰이 체포하러 들이닥칠 것을 알고 있었던 칼리오스트로는 그들이 나타났을 때 유유히 맞이할 수 있었다.

"라 모트 백작부인이 저를 공모자라고 했다는 말은 신문을 통해 알고 있습니다. 아니, 제가 파리에 상경해 제 결백을 주장할까 싶었던 참입니다. 기꺼이 가도록 하지요."

도망치기는커녕 분개하는 표정으로 파리로 선뜻 가겠다는 칼리오스트로의 예의바른 태도에 경찰들은 안도의 한숨을 쉬었다. 그뿐만이 아니라 상경 도중에 그들의 노고를 위로하며 숙소에서 연회를 베풀어 주자 경찰들은 완전히 이 사기꾼에게 동정심을 품게 되었다.

파리에 도착한 칼리오스트로는 거기서도 예심판사들을 아주 쉽게 구워삶았다. 로앙 대주교는 잘 알고 있다, 그러나 전에 파리에 왔을 때에는 한 번도 대주교를 만난 적이 없다, 그건 대주교도 증명할 수 있을 것이라고 그는 주장했다.

조사 결과, 칼리오스트로의 말이 맞았음이 판명되었다. 이 남자가 라 모트 백작부인의 말대로, 이번 사건에 가담했다는 구체적인 증거는 아무 것도 없었다.

게다가 파리 시민들 중에는 칼리오스트로가 과거에 보여주었던 신기한 마술과 질병 치료를 여전히 믿고 있는 자들이 있었다. 그 자들이 칼리오스트로의 체포에 항의하면서 왕실의 부당한 탄압이라고 주장하자, 이에 찬동하는 목소리가 점점 더 늘어났다. 칼리오스트로를 이용해 이를 발판으로 왕실을 공격하는 것이 동조자들의 목적이었다.

대주교가 체포당한 교회는 이번 사건을 성직자의 권위를 모독하는 행위라고 보고 법원을 강력히 비난했다. 파리 시민들 중 성직자에게 동조하는 열렬한 신자들도 로앙 대주교의 석방을 외치기 시작했다. 이제 사건은 정치적, 사회적 이슈가 되었고, 단순하게 판결을 내릴 수 없는 양상을 띠기 시작했다.

5월 31일, 고등법원은 최후 판결을 내리기로 했다.

오후 2시, 이미 고등법원 앞에는 군중들이 모여들었고 숨을 삼키면서 판결 발표를 기다리고 있었다.

"칼리오스트로 박사는 무죄다."

"대주교를 저버리지 말라. 오스트리아 여자가 대주교에게 죄를 뒤집어씌웠다."

군중들 속에서 그런 목소리가 들려왔고 그 목소리는 점차 커다란 합창으로 이어졌다.

"심판 받아 마땅한 자는 오스트리아 여자다."

"민중들이 굶고 있을 때 그 여자는 160만 리브르짜리 목걸이를 샀다."

오스트리아 여자란 누구를 가리키는지 모두 알고 있었다.

그때 고등법원의 어두운 건물 안에서는 판결을 둘러싸고 62명의 판사들이 거래와 술책을 동원해 대립하고 있었다. 왕실의 의향을 주장하는 판사들과 그에 반대하는 판사들 사이에 논쟁이 일어났다. 로앙 대주교에게 유죄를 언도할 확실한 증거가 없다. 그가 라 모트 백작부인이라 부르는 그 여자에게 속은 것은 분명하다. 그러나 그는 왕실에 대해 짧은 생각으로 불경죄를 저지른 이상, 어떤 형태로든 벌을 내려야 한다. 이는 왕실파의 의견이었다. 이에 대해 반대파는 어디까지나 기각을 주장했다.

오후 4시, 쾌청했던 하늘에 검은 구름이 뒤덮였고 소나기가 세차게 쏟아졌다. 고등법원 밖에서 기세 좋게 외치던 군중들은 순식간에 사방으로 흩어졌다.

그 빗소리를 들으며 재판장은 엄숙하게 판결을 내렸다.

로앙 대주교—무죄, 면책

칼리오스트로—무죄

라 모트 백작부인—유죄. 종신금고 및 낙형(烙刑, 불에 달군 쇠붙이로 피부를 지지는 형벌—역주)

비가 그치고 다시 푸른 하늘이 고개를 내밀었다. 판결 내용을 들은 군중들은 큰 소리로 행진했다. 판결은 국왕과 왕비의 바람이 반영되지 않았음을 드러냈다. 사람들은 왕비 마리 앙투아네트가 로앙 대주교를 파멸시키려 했으나 실패했다고 믿었다.

"가자, 바스티유로. 가자!"

행렬은 바스티유로 개미떼처럼 행진해 갔다.

가엾어라,

마리 앙투아네트가 울고 있구나

떼를 써도 통하지 않아서 울고 있구나

바스티유 감옥 앞에서 군중들 입을 통해 노래가 흘러나왔다.

칼리오스트로는 그 노래를 들으며 미소 짓고 중얼거렸다.

"처음엔 그냥 작은 눈덩이겠지만, 나중에는 커다란 눈사태를 일으키겠지."

엔도 슈사쿠가 역사를 대하는 방법

『침묵』의 작가, 엔도 슈사쿠

2017년, 한국에서 〈사일런스〉가 개봉되었다. 거장 마틴 스콜세지가 메가폰을 잡고 앤드류 가필드, 리암 니슨, 아담 드라이버가 열연한 이 영화는, 감독이 〈그리스도 최후의 유혹〉(1988) 시사회에서 대주교로부터 엔도 슈사쿠(遠藤周作, 1923~1996)의 『침묵』(1966)을 소개 받은 것이 계기가 되었다. 감독은 바로 영화화를 결심했지만, 17세기 일본을 재현해야 하는 물리적 어려움, 소송 문제, 캐스팅의 변경과 같은 지난한 과정을 겪으면서 계획이 좌초되었고 우여곡절 끝에 2016년에야 비로소 북미에서 개봉되었다. 감독이 원작을 만난 지 28년 만의 일이다. 그렇다면 세계적 거장으로 하여금 28년간 영화화의 의지를 관철시키게 한 『침묵』이란 어떤 작품인가.

엔도 슈사쿠의 대표작 『침묵』은 천주교 탄압이 최고조에 달했던 17세기 일본에서 페레이라 신부가 배교했다는 소식이 바티칸에 날아들고, 그를 신앙의 스승으로 여겼던 로드리고, 가루프 두 예수회 신부가 진의를 확인하기 위해 일본으로 잠입하면서 시작된다. 신부에 대한 추방령으로 일본에는 사제가 남아 있지 않은 상태였기에 일본의 마지막 사제가 된 그들은 신자들에게 열렬한 환영을 받지만 결국 나가사키 영주에게 잡힌 가루프 신부는 순교하고, 로드리고는 배교(背敎)를 강요받는다. 처참하게 고문 당하고 죽어가는 신자들을 목격한 로드리고는 신에게 묻는다. 신은 왜 그들을 보고도 침묵하시는가. 신앙심이 시험대에 오른 이때, 이미 배교의 의미로 성화를 밟았음에도 불구하고 로드리고가 배교하지 않으면 죽을 때까지 고문을 당하는 신자들이 있다는 것을 알고 로드리고는 그들을 위해 성화를 밟기로 결심한다. 로드리고가 성화를 밟는 순간 닭이 우는데, 이는 그가 신앙에 대해 새로운 깨달음의 경지에 이르렀음을 암시한다. 종교화에서 닭과 함께 그려진 인물은 베드로를 가리킨다. 닭이 울자 예수를 모른다고 세 번이나 부인했던 죄를 참회하고 예수의 제자로서 인생을 온전히 바친 베드로를 연상시키기 때문이다.

후일담으로 삽입된 17세기 공문서에 따르면, 로드리고는 일본인 이름으로 개명해 38년 간 배교자라는 오명을 감수한 채 살아갔고 죽어서조차 불교식으로 장례식이 치러졌다. 그러나 끝까지 로드리고가 신앙심을 잃지 않았음을 이 문서는 암시한다. 문서에는 로드리고가 죽기 5년 전, 조수로 함께 살았던 기치지로가 몰래 십자가 목걸이를 품고 있었음이 발각되었고, 십자가는 로드리고에게서 받은 게 아니라 주은 것이라고 주장하다가 처형되었다고 기록되어 있다.

만년 노벨상 후보자였던 엔도 슈사쿠에 대해 그레이엄 그린은 "20세기 그리스도교 문학에서 가장 중요한 작가"라고 언급했으며, 대표작 『침묵』은 영국의 '더 가디언'지가 뽑은 죽기 전에 읽어야 할 1000권의 목록(일본인

작품은 여섯 작품)에 들어가기도 했다. 작가의 이런 명성을 고려했을 때, 한국 독자들에게 그의 지명도가 그다지 높다고 하기는 어렵다. 이는 어쩌면 엔도 슈사쿠를 말할 때, 종종 수식어로 그리스도교(좀 더 한정한다면 가톨릭교) 작가라고 규정해버리는 탓도 있을 것이다. 그리스도교에 무관심한 이들에게는 신앙에 대한 갈등과 해석이 중요한 문학적 테마가 아닐 테고, 독실한 신자에게는 로드리고의 신의 뜻에 대한 해석이 너무나 자의적으로 느껴질 것이다. 그리스도교 작가라는 타이틀은 이 작가와 작품의 정체성을 규정하면서 동시에 올가미로 작용한 것은 아닐까 하고 조심스레 추측해본다.

하지만 이 작품이 독자에게 던지는 질문은 반드시 신앙에만 국한되지 않는다. 신념이란 무엇인가, 선악이란 무엇인가, 정의란 무엇인가 하는 문제까지 확장시켜 독자들의 사고를 뒤흔들기 때문이다. 그것은 작품이 그리는 현실의 복잡성, 인물들의 다면성에 기인한다. 가혹한 현실에서 빨리 순교할 수 있었던 가루프의 상황이, 타자의 목숨까지 결정해야 하는 로드리고보다 훨씬 단순명쾌하고 다행스럽게 보이기조차 한다. 그리고 로드리고에게 배교하라고 설득하는 통역관과 페레이라, 고통 받는 신자들을 구하기 위해 배교행위를 함으로써 철저히 스스로를 낮추는 선택을 한 로드리고, 끊임없이 죄를 저지르면서도 고해를 통해 면죄를 받으려는 기치로, 신자들을 배교시키기 위해 수단과 방법을 가리지 않는 잔혹한 나가사키 영주 이노우에조차 단순한 악인들이 아니다. 이런 상황과 인물의 복잡성이, 순교는 선이고 배교는 악이라는 단선적인 구도로 설명할 수 없게 만든다. 그리고 이러한 다면성이야말로 현실에 더 가까워 진실성이 느껴진다. 현실에서는 마블 코믹스처럼 완전한 선인도 완전한 악인도 존재하지 않기 때문이다.

엔도 슈사쿠의 작품이 갖는 문학적 가치 중 하나는, 역사적 사실을 대할 때 진실이라고 믿어 의심치 않았던 선과 악, 정의와 불의에 대해 의문을 던지게 만드는 데 있다. 예를 들어 또 다른 엔도 슈사쿠의 대표작 『바다와 독약』은 제2차 세계대전 당시, 미군포로에 대해 어느 대학병원에서 실제로 자행되었던 생체실험을 다룬다. 이 작품은 평범한 인간이 생체실험이라는 끔찍한 범죄에 어떻게 물들어 가는지, 그 과정을 담담하게 그렸다. 만약 도덕적으로 악하지도 않고 선하지도 않은 평범한 독자가 같은 상황, 같은 입장이었더라면 같은 죄를 저지르지 않을 것이라고 단언할 수 있겠는가, 그런 질문을 스스로에게 던지게 만드는 힘이 그의 작품에는 있다. 이 작품, 『왕비 마리 앙투아네트』 역시 그렇다.

엔도 슈사쿠의 마리 앙투아네트

인생 전반부의 화려함, 후반부의 오욕과 불행이라는 운명의 극명한 대비로 3세기에 걸쳐 끊임없이 이야기의 소재가 되어 온 마리 앙투아네트. 엔도 슈사쿠는 이 작품을 통해 무엇을 말하고자 했을까. 슈테판 츠바이크의 『마리 앙투아네트-베르사이유의 장미』를 포함하여, 마리 앙투아네트에 관한 방대한 이야기의 계보 속에 엔도 슈사쿠는 굳이 왜 『왕비 마리 앙투아네트』(1979~1980)를 더해야만 했을까.

전기의 대가 슈테판 츠바이크의 손에 완성된 작품의 저자 서문을 보면, 이 전기작품을 관통하는 주제가, 지극히 평범했던 인간이 운명의 채찍질을 통해 마지막 순간에 위대해지는 과정을 명징하게 드러내려 했음을 알 수 있다. 철없고 깊은 사유를 기피하고 화려한 것을 좋아하던 평범한 여자가, 운명의 수레바퀴 아래서 단단해지고 "불행 속에서 사람은 비로소 자신이 누구인지를 알게 됩니다"라는 말을 남기면서 의연하게 죽어간다. 슈테판 츠바이크의 마리 앙투아네트는 비극을 통해 평범한 인간이 위대한 인간으로 성장해 가는 모습에 초점을 맞춘다. 그러나 엔도 슈사쿠의 마리 앙투아네트가 확연히 다른 점은, 역사적인 사료를 충실하게 따르면서도 마르그리트와 아녜스라는 허구의 인물을 등장시키고 있다는 점이다. 이 '역사소설'의 '허구'부분이야말로 이 작품의 존재의의이기도 하다.

소설은 마리 앙투아네트가 아니라 마르그리트의 이야기로 시작된다. 역사소설이면서 실재 인물과 허구의 인물이 작품의 양대 축을 담당하는 구도가 특이하다. 지롱드파를 지지하던 샤를로트 코르데가 마라를 암살한 것은 사실을 바탕으로 했지만, 범인 코르데가 이 소설의 중요 등장인물 아녜스였다는 설정 역시 허구이다. 시점에 따라서는 이 소설의 주요인물은 마리 앙투아네트뿐만이 아니라 마르그리트와 아녜스 등 세 여인으로 볼 수 있다. 이 세 사람은 각기 왕정주의자, 급진적 혁명주의자, 온건한 혁명주의자로 분류할 수 있는데 이러한 정치적 입장은 논리와 사상에서 연유한 것이라기보다 그들의 인품에서 비롯되었다고 할 수 있다. 타고난 성정이 기품 있고 우아한 마리 앙투아네트는 죽음의 순간까지 왕비로서의 위엄을 잃지 않으려 의식적으로 노력했고, 마르그리트는 열네 살의 마리 앙투아네트를 본 순간부터 느낀 질투심과 복수심에 평생 사로잡혀 살았다. 그런가 하면 여공들을 조직하는 혁명 세력의 일원이었으나 혁명 이후에는 잔인한 피의 복수극에 반대하여 마리 앙투아네트를 지지했던 수녀 아녜스는 늘 약자의 편에 서서 의연한 삶을 살았다.

독자에 따라서는 지배계급이 민중을 어떻게 억압했는지는 제대로 다루지 않은 채 혁명 진영의 잔혹한 민낯을 그대로 드러내는 이 작품의 서술 방식이 그다지 공정하지 않게 느껴질 지도 모르겠다. 이 묘사의 불균형은 작가의 정치적 편향에서 비롯된 것일까. 『침묵』과 『바다와 독약』을 쓴 작가가 어느 시점에선가 형평성을 잃고 만 것일까. 하지만 이 소설을 찬찬히 들여다보면 이 작품 역시 『침묵』과 『바다와 독약』이라는 역사소설과 궤를 같이 한다는 사실을 알 수 있다. 앞선 두 대표작은 배교는 악이고, 생체실험 가담자들은 우리의 상상을 초월하는 악인들이라는 독자의 고정관념을 깨뜨리는 작품들이다. 『왕비 마리 앙투아네트』 역시 프랑스 혁명기를 살았던 사람들, 마리와 아녜스와 마르그리트 같은 사람들에 대해 바라보는 우리의 관점이, 여전히 고정관념에 갇혀 있음을 일깨워준다.

피지배 계급인 마르그리트의 왜곡된 심리와 혁명파의 잔혹함을 도드라지게 묘사하는 것은, 우리가 가진 역사의식의 불균형에 의문을 던지기 위한 게 아닐까. 지금 우리가 누리는 민주주의는 프랑스 혁명 당시 사람들이 피 흘려 쟁취한 것이라는 말을 우리는 종종 입에 담는다. 이 말은 곧 지배계급은 악이고 혁명세력은 선이며 정의라고 암시하고 있다. 하지만 정말로 그럴까. 정치적 입장과 도덕성은 불가분의 관계가 있는가. 프롤레타리아를 위한다는 구호가 정적의 숙청 도구로 쓰였음은 스탈린과 마오쩌둥과 폴 포트가 역사를 통해 이미 증명했는데도 우리는 그 끔찍한 역사를 때로는 의도적으로 못 본 척 한다.

순수문학과 대중문학을 구분하는 기준이 있다면 그것은 책을 읽은 후에 독자로 하여금 자신의 고정관념에 의문을 던지게 만드느냐 하는 것도 하나의 기준이 될 수 있다고 믿는다. 의미 있는 문학작품을 읽었을 때 느끼는 왠지 모를 불편함은 자신의 생각이 틀렸을 지도 모른다는 의구심 때문이다. 그런 의미에서 이 작품은 혁명은 선이고 반혁명은 악이라는, 실제로는 정치적 선택임에도 불구하고 도덕성을 개입시키는 독자의 고정관념을 뒤흔든다.

도덕적으로 고결한 삶을 산다는 건 얼마나 어려운 일인가. 마리 앙투아네트를 끝까지 지키고자 했던 귀족들은 극소수였고 대부분은 일신의 안위를 위해 해외로 도피했다. 겉으로는 정의를 내세우지만 민중들의 심리에는 복수심이 깔려 있음을, 무분별한 피의 학살을 통해 알 수 있다. 마리 앙투아네트는 사람들이 마르그리트를 희생시켜 자신을 탈출시키려 한다는 로잘리의 말에 이렇게 대답한다. "사람은 언젠가 모두 죽습니다. 하지만 중요한 건 죽음 그 자체가 아니라 어떻게 죽는가 하는 것입니다. 나는 왕비로서 죽고 싶습니다."

작가는 독자들에게 묻는다. 당신은 과연 어떤 사람인가. 기회주의자였던 대다수의 귀족인가, 어리석기는 하지만 죽을 때까지 선량함을 잃지 않았던 루이 16세인가, 사랑하는 사람을 위해 포기할 줄 몰랐던 페르센인가. 혹은 질투심과 복수심의 해소를 사회 정의라고 스스로를 포장했던 마르그리트인가, 어떤 고난 속에서도 기품을 잃지 않으려 했던 마리 앙투아네트인가, 핍박 받는 사람들에 대해 연민하고 행동할 줄 알았던 아녜스인가.

작가의 질문에 나는 기회주의자가 아니라고, 질투심을 정의라는 아름다운 포장지로 포장하는 마르그리트가 아니라고 자신 있게 대답하지 못하겠다. 그것이 이 작품을 읽은 후 내가 느꼈던 불편함의 정체였다.

엔도 슈사쿠의 『왕비 마리 앙투아네트』는 1979~1980년에 아사히 신문 출판부에서 출간되었고, 그 후 신조문고(新朝文庫)로 옮겨 2016년까지 총 60쇄를 기록했다. 본 역서는 이 마지막 판본을 번역했다. 제목을 『여혐의 희생자, 마리 앙투아네트』로 고쳤다.

2017년 10월 가고시마에서 김미형

여혐의 희생자 마리 앙투아네트 1

1판 1쇄 발행 | 2017년 12월 15일

글쓴이 | 엔도 슈샤쿠
옮긴이 | 김미형
펴낸이 | 안병훈
디자인 | 오숙이

펴낸곳 | 도서출판 기파랑
등록 | 2004. 12. 27 | 제 300-2004-204호
주소 | 서울시 종로구 대학로8가길 56(동숭동 1-49 동숭빌딩) 301호
전화 | 02-763-8996(편집부) 02-3288-0077(영업마케팅부)
팩스 | 02-763-8936
홈페이지 | www.guiparang.com
이메일 | info@guiparang.com

ISBN 978-89-6523-663-4 03830